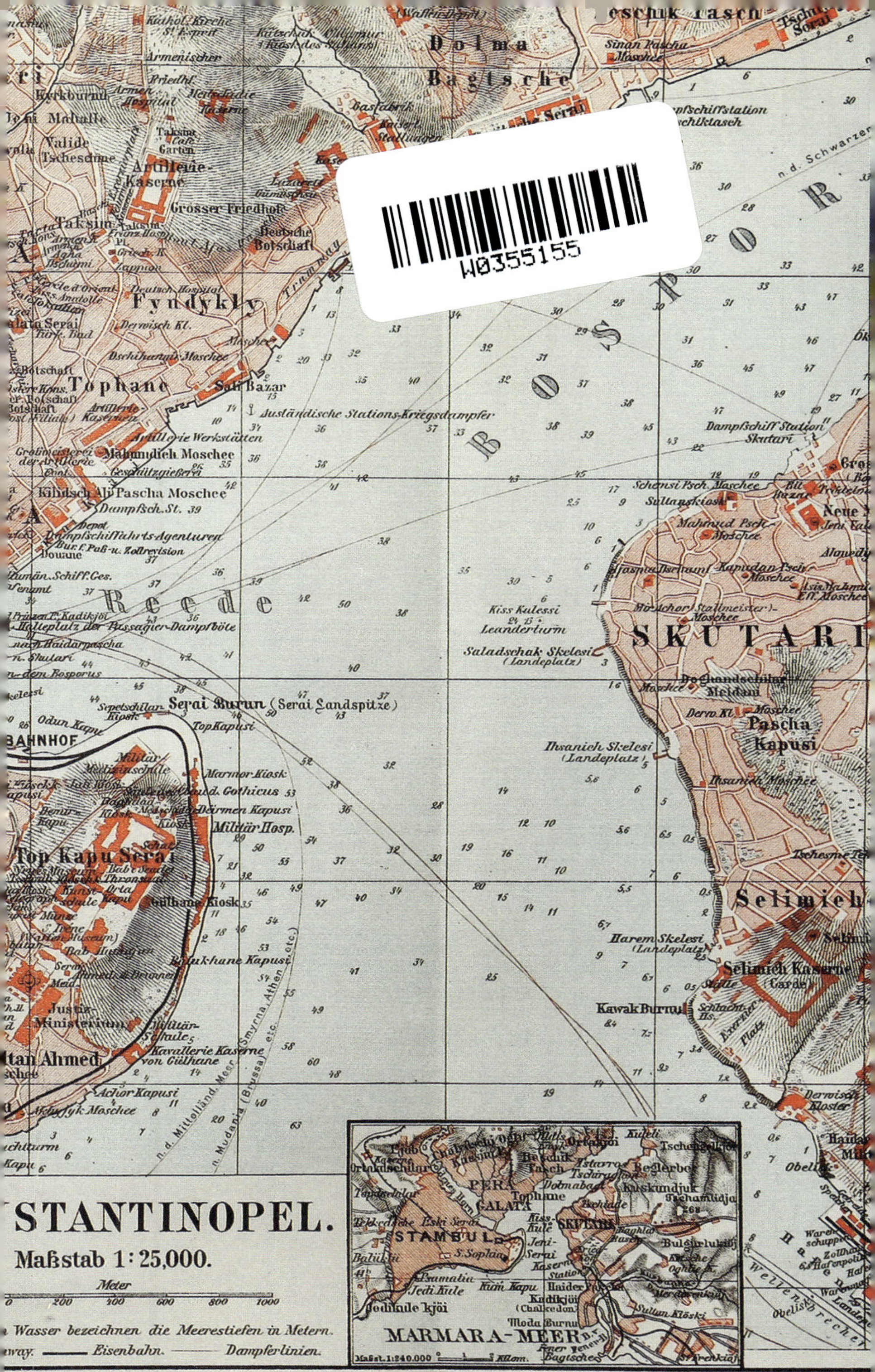

STANTINOPEL.
Maßstab 1: 25,000.
Meter
0 200 400 600 800 1000
Wasser bezeichnen die Meerestiefen in Metern.
Eisenbahn.
Dampferlinien.
Dolma Bagtsche
Tophane
Fyndykly
Taksim
Artillerie-Kaserne
Grosser Friedhof
Deutsche Botschaft
Salı Bazar
Ausländische Stations-Kriegsdampfer
Artillerie Werkstätten
Mahmudieh Moschee
Geschützgießerei
Kilidsch Ali Pascha Moschee
Dampfschiffahrts-Agenturen
Reede
BOSPOR
Dampfschiff Station Skutari
Kiss Kulessi
Leanderturm
Saladschak Skelesi (Landeplatz)
SKUTARI
Pascha Kapusi
Ihsanieh Skelesi (Landeplatz)
Ihsanieh Moschee
Selimieh
Harem Skelesi (Landeplatz)
Selimieh Kaserne
Kawak Burnu
Serai Burun (Serai Landspitze)
Top Kapu Serai
Marmor Kiosk
Militär Hosp.
Gülhane Kiosk
Balukhane Kapusi
Kavallerie Kaserne von Gülhane
Achor Kapusi
Justiz-Ministerium
BAHNHOF
PERA
GALATA
STAMBUL
Tophane
Dolmabagtsche
SKUTARI
Kadiköi
MARMARA-MEER
Maßst. 1:240.000

Matthias Göritz

Die Sprache der Sonne

Matthias Göritz

Die Sprache der Sonne

Roman

C.H.Beck

Der Autor dankt der Kulturakademie Tarabya
für die Unterstützung seiner Arbeit.

Mit 2 Karten (vorderes und hinteres Vorsatz:
© alamy. © shutterstock)

www.chbeck.de
Umschlaggestaltung: Rothfos & Gabler, Hamburg
Umschlagabbildung: Istanbul, Goldenes Horn, Bootsanlegestelle (1937)
© akg-images/Paul Almasy und © Stocksy, Meruyert Gonullu
Satz: Fotosatz Amann, Memmingen
Druck und Bindung: CPI – Ebner & Spiegel, Ulm
Printed in Germany
ISBN 978 3 406 80004 7

myclimate

klimaneutral produziert
www.chbeck.de/nachhaltig

Niemand stirbt so arm,
dass er nicht doch etwas hinterlässt.

Pascal

«Bin weder in der Zeit,
Noch völlig außer ihr;
Ununterbrochenen im Fluss
Des beispiellosen, weiten Augenblicks»

Ahmet Hamdi Tanpınar

Teil I
Das Wunder

Istanbul, Januar 2016

11:11 blinkt es auf dem Display des Radioweckers in ihrem Eckapartment in den *Emre Pascha Suites.* Sie hat nicht gedacht, dass sie um diese Zeit noch im Bett liegen würde, aber der Flug gestern und die lange Fahrt mit dem Taxi von der asiatischen Seite nach Galata hatten sie angestrengt.

Sie hatte es bis zum letzten Abend aufgeschoben, Ayaz zu sagen, dass es aus war. Ihre Sachen hatte sie in den letzten Wochen heimlich in drei riesige Koffer gepackt, vor allem die schwere Winterkleidung aus den Secondhandshops in Berlin. Ein kleiner Lagerraum war gefunden, die Miete fürs Zimmer, es sollte doch eigentlich nur eine Zweck-WG sein, würde sie noch für weitere drei Monate zahlen. Ihr Fulbright-Stipendium lief bis Mai. Ihre CDs, die sie in Ayaz' Zimmer auf dessen Denon-Anlage gehört hatten, während sie sich liebten oder ihre Ausflüge ins Nachtleben planten, wollte sie ihm schenken. Ayaz sagte nichts, dann kamen ihm die Tränen, später folgte der Wutausbruch. Als Lee mit ihrem Reisegepäck unten an der Straße aufs Taxi wartete, begannen die ersten Aimee Manns, Kruder und Dorfmeisters, Lali Punas und Barbara Morgensterns durch den kalten Berliner Nachthimmel zu segeln. Hart prasselten die Plastikhüllen auf die Autodächer, die Silberscheiben flogen noch weiter und spiegelten das Licht, wenn sie durch den Schein der Straßenlaternen rauschten wie dankbare Blicke zurück. Lee sah zum Fenster hoch. Ayaz war vom Fenstersims wieder ins Zimmer getreten. Wahrscheinlich für Nachschub. Sanft flatterte ein Booklet an Lees Kopf vorbei, die Textseiten wirbelten wie die schönen Tänzer in ihren Gazeshirts auf Dr. Mottes Loveparades. *Lost in Space.* Die hatte sie immer besonders gemocht, der Song war auf Endlosschleife gelaufen, als sie nach dem Abend im *Arkadasch* im gemeinsamen Wohnzimmer gesessen hatten, ganz nah beieinander. Ihre Beine hatten sich berührt, es war wie ein Stoß aus elektrischer Energie gewesen, dann hatten sie getanzt. *Baby kiss me like a drug / like a respirator,* Ayaz warf weitere CDs herunter. Eine der scharfkantigen Hüllen schlug auf der Haube eines Daimlers auf. Die Alarmanlage begann zu quäken. Dann kam ihr Taxi.

Sie ist noch zu müde, ihre Maschine war erst nach Mitternacht, aus Berlin kommend, auf dem Flughafen Sabiha Gökçen gelandet. Die Luft auf dem Flugfeld, sie waren auf einer Außenposition zum Halten gekommen und mussten in Busse umsteigen, war erstaunlich kühl gewesen. Lee war froh, dass sie warme Sachen dabeihatte. Die Einreiseformalitäten verliefen unkompliziert, als Amerikanerin brauchte sie für die ersten neunzig Tage kein Visum. Der Beamte, der ihren blauen Pass mit großer Sorgfalt durchblätterte, bis er endlich die richtige Seite für den Einreisestempel gefunden zu haben schien, hatte zum Schluss sogar freundlich gelächelt und ihr auf Englisch ein «Welcome to Istanbul» mit auf den Weg gegeben. Sie hatte sich an den Duty-free-Ständen, die neben den Gepäcklieferbändern aufgebaut waren, noch ein Parfüm gekauft, Alien. Der Name und das merkwürdige, kronenartige Helmgesicht als Flaschenkopf auf dem violetten Körper der kleinen Flasche gefielen ihr. Sonnengöttin. Kriegerin. Etwas Machtvolles war von der Flasche ausgegangen und hatte sich auch in dem Duftkörper auf ihrem Handgelenk ausgebreitet. Sie hatte vor der Beziehung mit Ayaz eigentlich nie Parfüm benutzt, er hatte ihr zwei sehr schöne Flaschen geschenkt, *Opium* und *J'adore,* die er wunderbar zu ihrer Haut passend fand, nun hatte sie plötzlich Lust, sich ein neues zu kaufen. Wie einen Talisman. «Very warm», sagte die Verkäuferin und lächelte trotz der späten Stunde geduldig. «You can refill.» Während der stundenlangen Fahrt im Taxi roch Lee immer wieder an ihrem Handgelenk, merkte, wie groß die Stadt wirklich war und wie fremd. Bereits während des Anflugs war ihr beim Blick aus dem Fenster die schier endlose Wüste aus Lichtern mit dunklen Flecken dazwischen aufgefallen, jetzt, von unten, sah sie die noch unbebauten Täler oder Hügel. *Sie sind im Irrtum, sie bauen und bauen ...* Hatte sie diese Zeile nicht vor Kurzem noch in Berlin gehört?

Der türkische Taxifahrer, der ihr erst begeistert in schlechtem Englisch von seiner russischen Frau erzählte, von der er sich nun leider scheiden ließ, *what a pity*, von einem schnalzenden Lippenlaut begleitet, als wollte er seine Verachtung über ein missratenes Gericht zum Ausdruck bringen, hatte lange vergeblich nach dem «Hotel» gesucht, fuhr durch enge Gassen voller Plastik und Kartonagen an gespenstisch verriegelten Läden mit Graffititoren vorbei, fragte dann ein paar Jungen, die an einem spät nach Mitternacht noch geöffneten Kiosk an ihren Liefermofas lehnten. Die zuckten auch nur mit den Schultern. Aber dann standen sie davor, gar nicht so weit von der Metrobrücke entfernt, im Hang unterhalb Galatas. Im «Hotel» hatte Gott sei Dank noch eine Frau mit blond gefärbtem Haar auf sie gewartet, ihre Daten in den Computer eingetragen, ihr den Schlüssel zu ihrem Apartment mit Küchenzeile und das Internetpasswort ausgehändigt und ihr überaus herzlich *Welcome to Istanbul* gewünscht. Lee hatte den schweren Koffer allein die Treppe hinaufgeschleppt, der Aufzug funktionierte nicht, und die Frau an der Rezeption, *Melek Hanım*?, war schon wieder von dem formlosen Schreibtisch mit dem Registrationscomputer verschwunden. Lee trat in ihr Eckapartment, ließ den Koffer und die Laptoptasche fallen, öffnete das Erkerfenster, ließ Luft in das stickige Zimmer, streifte die Schuhe ab und legte sich angezogen aufs Bett. Das alles hatte sie mehr angestrengt, als sie sich selbst eingestand. Die ganze Aufregung der letzten Tage ...

Das Hämmern, Klirren, Reden, Hupen begann im Morgengrauen, sie war aufgewacht, aber noch zu müde, wieder eingeschlafen, doch der Lärm hielt sie zusammen mit der Müdigkeit in diesem Folterkreis von Schlafen und Hochschrecken gefangen – wo war sie hineingeraten? 11:11. Sie schlägt die Decke zurück, sie trägt nur Unterwäsche, hatte sie sich irgendwann nachts noch ausgezogen? Sie geht ans Fenster, sieht hinaus in die Gassen, da sind Geschäfte, die gestern Nacht hinter den Metalltoren und Stahljalousien verborgen gewesen waren, Schaufenster voller Eisenwaren, Lampen, Sanitärinstallationsartikel. Davor Männer an Fräsen; die Gasse ist Belade-, Ablade-, offener Arbeitsplatz. Funken sprühen, Rohre werden zurechtgeschnitten, Kartons ein- und ausgepackt, ein Kleinlaster bahnt sich durch das Gewimmel. Ohrenbetäubender Lärm. 11:11. Erinnert an eine Engelszahl. Sie lächelt. Das könnte sie gut gebrauchen. Einen Engel. Sie stellt den Wasserkocher an, ein eingetrocknetes Glas Instantcafé steht noch vom Vormieter im Schrank. *Emre Pascha Suites* ... Na ja. Lee setzt sich an den kleinen Tisch in der Ecke und googelt:

Sehr oft wird die Zahl 1111 als Weckruf wahrgenommen. Dies bedeutet, dass diese Zahl Sie aufwecken und Ihnen helfen sollte, herauszufinden, was in Ihrem Unterbewusstsein verborgen ist.
Diese Zahl sagt Ihnen auch, dass Sie ein spirituelles Wesen sind, also sollten Sie sich Ihrem spirituellen Leben mehr widmen. Die Engelszahl repräsentiert auch Ihren Weg zum Erfolg.
Diese Zahl hat immer eine positive Symbolik und kündigt etwas Gutes an, das in Ihrem Leben passieren wird. Sie müssen sich nur auf Ihre Lebensziele konzentrieren und nicht aufgeben.

Ihre Lebensziele? Nun, sie ist hier! Sie liest weiter:

Die geheime Bedeutung und Symbolik
Die geheime Bedeutung der Zahl 1111 hängt immer mit Neuanfängen und neuen Möglichkeiten um Sie herum zusammen. Ihre Engel geben Ihnen die Chance, etwas in Ihrem Leben zu ändern und von vorne zu beginnen.
Wenn Sie in der Vergangenheit Fehler gemacht haben, ist es jetzt an der Zeit, einen neuen Lebensabschnitt zu beginnen.
Es ist Zeit, neue Dinge zu sehen und neue Projekte in Ihrem Leben zu starten. Jetzt ist genau der richtige Moment dafür, denn alles, was Sie jetzt beginnen, wird erfolgreich sein.

Dann war sie ja richtig! Lee trinkt den Kaffee aus, stellt das Geschirr in die kleine Spüle. Abwaschen kann sie auch später. Es geht schon auf Mittag zu, und sie hat Lust, die Stadt zu erkunden, bevor sie am Nachmittag Naumann besuchen wird, über den ihre Großmutter in ihrem Tagebuch so viel geschrieben, aber auch so viel verschwiegen hat.

Sie speichert die Seite mit der Engelszahl für später, macht sich ausgehfertig, überlegt, ob sie auch den Laptop mitnehmen soll oder ob sie den am besten irgendwo einschließt? Nach dem Tod von Helene, der sie sehr mitnahm, hatte Ida, eine stille, aber sich immer in der Gruppe um Lee aufhaltende schwedische Austauschstudentin am Bard-College, ihr ein Paket Karten zugesteckt und ihr erklärt, sie solle dem Universum vertrauen. Lee hatte zuerst geschnaubt, dann aber festgestellt, dass sie die schön gemalten Landschaften und Sonnenaufgänge, die sie morgens als Tagesorakel zog, um dann die jeweiligen Nachrichten des Universums auf den Rückseiten zu lesen, vermisste, wenn sie den Morgen ohne sie begann. Sie hatte sich auf der *Website des Universums* angemeldet, ließ sich nun die täglich wie zufällig wirkenden Nachrichten und Links des Universums schicken, studierte alles langsam und genau, lächelte dabei immer, wenn sie sich vorstellte, diese Nachrichten der skeptischen Helene vorzulesen, von den Engeln, der Zahlenmystik, dem Reichtum, der in jedem Leben stecke, man müsse nur vertrauen, dachte dann aber wieder und wieder: vielleicht auch nicht. Vielleicht hätte Helene gar nicht gelacht, sondern mit ihrem Pascal gekontert, der nicht nur Philosoph war, sondern auch Priester: Aberglaube und Astrologie sind etwas, das wir nicht einfach abtun sollten. Solange wir nicht sicher wissen, was das Universum bewegt, und solange es hilft. Und es half Lee, diese Karten zu ziehen und nun seit Jahren ihre Morgen mit etwas Schönem, Positiven, Bestärkenden zu beginnen. Es tröstete sie. Im Haus gegenüber gießt eine Frau Blumen. Lee winkt, ruft *Merhaba*, die Frau zieht die Gardine zu, ohne zu antworten.

Ein erster Gang führt sie durch die Gassen bis an die Tünelbahn; sie weicht den Handwerkern aus, die auf der Straße Rohre zurechtschneiden, den Lieferwagen, die sich durch den Strom der Menschen schieben, die Kartons schleppen, Badezimmerarmaturen begutachten. Wie Flimmertierchen unter dem Mikroskop, dieses

Gewimmel, ein Gefühl, sich durch einem körperartigen Blutstrom zu schieben, in dem kein einziger Teil vom Ganzen weiß, aber doch alle ahnen, dass sie es sind, die diesen Leib aufrechterhalten. Gerüche nach Gebratenem aus den Imbissstuben. Lee bewundert die Jungen, die ungerührt Tee auf Tabletts durch das Chaos balancieren. Sie merkt, sie wird von den Männern angestarrt, die sich über die kühlschrankgroßen Pakete lehnen, die sie von Lastwagen hieven, und jetzt rauchen und Pause machen. Gleich neben dem Eingang zur Tünelbahn, in einem Büro der Verkehrsbetriebe, kauft sie sich eine *Istanbulkart,* lädt sie mit 100 Türkischen Lira auf, sucht bei einem der Straßenhändler eine gelbe Schutzhülle für die Karte, hält die Karte einen Moment lang in der Hand, als wäre sie unschlüssig, ob sie die Entdeckung der Stadt wirklich gleich beginnen sollte, fährt dann aber nicht zur İstiklal hoch, es ist noch zu früh – und merkt, dass sie sich zu warm angezogen hat. Das milde Januarlicht verspricht einen sonnigen Tag. Das «Hotel» befindet sich nur einige Hundert Meter Hürdenlauf zwischen den Elektrogeräten und Kupferrohren entfernt, und sie beschließt im *DEM,* das um die Ecke des Transportamtes liegt, zu frühstücken. Ayaz hat ihr dieses Café angepriesen, als er noch angenommen hatte, sie würde erst im Sommer nach Istanbul ziehen – gemeinsam mit ihm. Es sei eine kleine Oase; Lee setzt sich ans Fenster mit dem Blick ins Getümmel der Gasse, neben sich eine stille gelbe Mauer um die kleine Moschee, mit den Maulbeerbaumzweigen darüber und drei weißen Katzen neben einem ruhig vor sich hin rauchenden Verkäufer von Socken und Schuheinlagen. Es versetzt ihr einen Stich in die Magengegend, als sie freundlich auf Türkisch begrüßt wird und automatisch antwortet und nach der Karte fragt, so, wie Ayaz es ihr beigebracht hat. Während sie auf den Tee wartet, nimmt sie eines der Tagebücher Helenes zur Hand.

14. August 1936, Basel, Kreuzgasse 12

Telegramm !!! – ich hab in meinem Leben kein schöneres bekommen: «Engagement assuré – arrivé samedi nécessaire. *Spitzer*»
Wilde Gedanken summen mir im Kopf. Kann ich fahren? Darf ich fahren? Muß ich fahren? Aber: Mama und Papa zu Hause in Aachen, jenseits der heiklen Grenze. Unfall. Verhaftung, was kann ihnen nicht noch alles passieren? Nichts Gutes jedenfalls. Ich bin keine gute Tochter, Ascheregen auf mein Haupt. Und nun dies: Nicht zu fassen. Spitzer, Leo Spitzer, hat mir eine Stelle in Istanbul besorgt! Herrgott, ja, eine wirkliche Tätigkeit. Wie bunte Kugeln schwebt mir diese Stadt vor, ich jongliere sie durch die Luft, ich bin so glücklich, und wie unverdient das alles! – ich, die kleine Helene, die nun das miefige Institut und den Status des ungewollten Gastes in der Schweiz endlich verlassen kann. Was für eine Stelle das sein soll, ist mir erst mal egal. Bei all der Hölle und Angst, die ich hinter mir gelassen habe, tut sich mir nun die Pforte zum Paradies auf. Auch wenn ich weiß, was Spitzer eigentlich von mir will. Sein Ruf eilt ihm ja voraus, und bei meinem Vortrag vor zwei Jahren auf der Konferenz in Berlin, da hat er nicht nur auf meine Beine gestarrt. Aber gut. Irgendwie komme ich da schon durch. Ich soll Samstag schon da sein! Ich bin losgezogen und habe mich nach den Fahrkarten erkundigt. Ich werde Heineken fragen müssen und Lisbeth, ob sie mir Geld leihen für das Billett, ich müßte schon am Mittwoch fahren, der Orient-Expreß braucht drei Tage; das ist ja schon morgen.

Heineken hat mir vierhundert Franken geliehen. Ich werde niemandem etwas sagen, ich habe versprochen, es ihr noch im nächsten Jahr zurückzugeben. Lisbeth hat geweint. Aus Wut oder aus Freude? Ich weiß es nicht. «Du Glückspilz», hat sie nur gesagt. «Du hast das große Los gezogen.» Sie alle haben wohl das gleiche gedacht: ‹Und was wird aus mir, wenn ich hier fertig bin?› Ich kann mein Studium nun in Istanbul mit der Doktorarbeit abschließen – und das auf einer richtigen Stelle! Ich stand eben da und blickte in den Spiegel im Gemeinschaftsbad dieser kleinen Pension. Ich mußte mich immer wieder kneifen. Nein. Ich bin keine Vertreterin einer Rasse. Ich bin eine richtige Frau.

Lee hat die Tagebücher ihrer Großmutter schon gelesen, will aber noch einmal wissen, mit welchen Gefühlen Helene damals hierhergekommen war. Sie denkt an die Gespräche, die sie noch mit ihr geführt hatte, vor ihrem Tod. Neue Adresse, Bosporus, hatte Helene dann süffisant gesagt, und ein Gedicht von Mascha Kaléko zitiert, das diese allerdings viel später, in Israel verfasste: *Das Weh bleibt, nur das Heim geht.* «Aber auch das ist nur die halbe Wahrheit, *Lee.* Istanbul hat mir die Augen geöffnet – dass es ein Leben auch ohne Zuhause gibt.» Lee hatte ihre Professorin am Bard College, Professor McLaughlin, gebeten, die Tagebücher, die Helene dem College, aber eben auch ihr hinterlassen hat, erst später mit in die Arendt Collection aufzunehmen; in ihrer Dissertation wolle Lee diese aufarbeiten und dann in Auszügen veröffentlichen. McLaughlin hatte zugestimmt, aber dass Lee die Tagebücher einfach mitgenommen hat, nach Berlin, dann nach Istanbul, war nicht vereinbart gewesen. Und der Extrakoffer mit all dem Papier kostete bei jedem Flug einiges an Aufpreis.

Aber wer, wenn nicht sie, sollte das Recht haben, die Aufzeichnungen zuerst zu lesen? Doch nur ihre Mutter, aber die, ja … war an Helene nicht interessiert. Sie will ihrer Professorin am Abend endlich eine Mail schreiben und sie bitten, ihr die Entführung der Tagebücher zu verzeihen – vielleicht könnte sie sogar hier in Istanbul jemanden auftreiben, der ihr half, die Bücher zu digitalisieren? Sie könnte das zur Not auch aus eigener Tasche zahlen.

15. August 1936, Basel, Café Bäumler

Es ist heiß. Eigentlich müßte man schwimmen gehen, aber ich habe die Menses. Noch drei Tage, dann … Heute Mama und Papa angerufen, hatte solche Angst davor … Am schwierigsten war es, weil es mir besonders ans Herz ging, noch einmal Mamas Stimme zu hören. Hab mir am Morgen gleich ein Herz genommen und bin zur Post, meldete ein Ferngespräch an, dauerte einige Zeit, bis das Fräulein vom Amt das Gespräch vermittelt hatte. Vaters Stimme klang völlig überrascht. «Helene!» Dann rief er gleich Mama.
«Aber Kind, muß das denn sein? So weit weg! In die Türkei! Ein junges Ding wie du. Du bist in der Schweiz doch in Sicherheit!»

«Ja, aber Mama, ihr seid es nicht, ihr müßt da raus, ich versuche, euch nachzuholen, euch Pässe zu schicken.»
Ich konnte hören, wie Vater, der neben dem Apparat stand und versuchte, alles mitzuhören, schnaubte. Er wird seine Arztpraxis nie aufgeben, auch wenn er jetzt, mit dem gelben Stern, nur noch Juden behandeln darf.
Dieses Chaos. Hab' um ihre Erlaubnis gebeten, ihnen nicht gesagt, daß alles schon besiegelt und beschlossen ist. Dieses verdammte schlechte Gewissen. Habe sogar geweint. So kann ich nicht fahren.
Mama hat aufgelegt. Sie kann es nicht akzeptieren, sagt sie. So ganz einfach weg aus Europa. «Das ist doch unser Heim!» Vielleicht rufe ich dann aus Istanbul wieder an.

Lees Mutter hatte Helenes Nachlass ans Bard College gegeben, wo Helene die längste Zeit unterrichtete, gemeinsam mit Professor Blücher, dem Mann Hannah Arendts, und auf dessen kleinem Friedhof sie nun alle drei begraben sind. Der Ton von Lees Mutter klang beherrscht, fast kalt, als sie über das Telefon Anweisungen gab; sie wolle nichts, was sie an Helene erinnere, sie wolle nichts, es solle nur weg, weg, hatte sie irgendwann geschrien, ihr ganzes Leben habe sich Helene nicht um sie gekümmert, habe ihr nie das Gefühl gegeben, wichtig für sie zu sein, sie hätte ihre eigenen Erinnerungen in ihren Tagebüchern aufbewahrt, aber sie, die eigene Tochter, hätte sie immer nur belogen, wäre nicht mal zu ihren Schulaufführungen gekommen, geschweige denn zum Abschlussball. Wenn es nach ihr ginge, könne Lee mit dem ganzen Zeug von Helene machen, was sie wolle.

«Was meinst du damit, sie hat dich angelogen?», hatte Lee wieder gefragt, fast reflexartig, weil sie darauf nie eine Antwort bekam. Sie hörte die Mutter schlucken und in einem gereizten, leicht verschleierten Ton antworten. Trank sie nun schon am Morgen?

«Sie hat auch dich angelogen! Ihr ganzes Leben bestand aus nichts als Lügen! Exil, ja, große Theorien, ja! Nazis, ja, aber nichts, kein einziges Wort jemals für mich, keine Liebe, nichts! Und als ich alt genug war, hörst du?» Ja, Lee hörte es deutlich, drei große Schlucke und das Gluckern, als sie sich aus einer Flasche, sehr wahrscheinlich Wein, nachschenkte.

«Mama», unterbrach Lee.

«Mama, ha! Was glaubst du, wie Helene war? Eine Rabenmutter, die große blonde Theoretikerin und Lebedame, die sich von ihren Schülern und Kollegen hat auf Händen tragen lassen, ja! Mir aber nie erzählt hat, wer mein Vater war, ja. Wusste sie's nicht? Immer beflissenes Schweigen und für mich ein böser Blick, als wär ich an irgendetwas schuld gewesen, und dann ist sie aufgestanden, hat mich an die Hand genommen, uns beide angezogen und gesagt, wir sollten jetzt wohl einen Spaziergang machen. Bei Regen und Schnee. Oder in größter Hitze. Und wenn ich dann nach den stundenlangen Gängen immer noch quengelte, hieß es: Dein Vater ist nicht mehr im Bild. Wir brauchen ihn nicht. Wir brauchen ihn nicht! Sie vielleicht nicht, aber ich … Ich hätte ihn gebraucht.» Lee hörte ihre Mutter schluchzen. «Das hat sie dir nicht erzählt, nicht wahr? Dass ich gelitten habe? Und bei all ihrer Grandezza, Auerbach hier und Dieckmann, Spitzer, Fuchs und Arendt da, konnte sie die kleinen Dinge, die für mich etwas bedeutet hätten, nicht mal erwähnen. Oder hat sie dir gesagt, wer dein Großvater war?» Lee spürte etwas in der plötzlichen Stille lauern, sie sagte nein und hörte in der Stimme der Mutter nun nicht nur den Gin oder den Wein, sondern eine Art Erleichterung.

«Gebettelt hab ich, gesucht hab ich, ihre scheiß Tagebücher, ihre verfluchten Briefe gefleddert, wenn sie im Seminar war oder ihre Vorlesungen gehalten hat. Ihre Studentinnen waren ihr immer wichtiger als ich!» Die letzten Worte klangen gemurmelt und fast schon zerknautscht aus den Miniaturmembranen heraus. Lee hatte ihr Mobiltelefon auf laut gestellt.

Sie war schockiert. Ihre Mutter hatte ihr immer erzählt, dass ihr Vater ein amerikanischer Leutnant gewesen sei, der im Korea-Krieg gefallen war. Und sie hatte doch auch diese Fotos gehabt, grobkörnige Aufnahmen von einem lächelnden jungen Mann in Uniform, der an einer Transportmaschine auf einem Flugfeld stand. Ein Mann, der gut zu ihr und ihrer Familienlegende gepasst hatte und dessen Bild sie immer bei Familienfeiern herzeigte, mit traurigen, aber stolz glänzenden Augen. Einen Heldenvater, so sagte sie, habe sie, die Mutter, gehabt. Er sei im Kampf für die Freiheit gefallen, die Freiheit der westlichen Welt. Für Amerika. Lee hatte das immer enervierend gefunden, dieses dauernde Beharren darauf, dass sie die Guten waren und die anderen der Feind. Amerika und seine Verbündeten, denen es den Takt vorgab, auf der einen Seite und der böse oder verwirrende Rest der Welt auf der anderen. Wahrscheinlich hatte ihre Mutter deshalb einen Sergeant der US-Armee geheiratet, aus Glaube und Hoffnung – und aus Trotz. Vielleicht aber auch nur, um ihrer eigenen Lügengeschichte vom Heldenvater, wie sich jetzt herausstellte, eine Grundlage in der Wirklichkeit zu geben. Auf einmal kam ihr ihre Mutter zerbrechlich vor wie ein altes Möbelstück, über das jeder sprach, auf das man sich aber niemals setzte. Der Leutnant war also gar nicht Lees Großvater? Wieso hatte ihre Mutter sie dann belogen, das war doch auch nicht besser als die Sache mit Helene? Aber als sie ihr das sagen wollte, hatte Lees Mutter schon aufgelegt, nur um Lee fünf Minuten später gefasst, aber mit zittriger, verletzter Stimme noch zu sagen, sie möge aber die Bilder, die Marie mit Helene, meistens jedoch ohne die Mutter selbst, zeigten, in Zeitungspapier einschlagen und mit den zwei Porzellan-Hunden, die sie ihrer Mutter einmal geschenkt habe, mit den eingravierten Grüßen aus Carolina, in einer UP-Box an sie senden. Über die Atmosphäre in Helenes Wohnung hatte sich ein Schleier gelegt. Helene hatte die Wohnung und die Einrichtung im Haus dem College vermacht, aber darauf bestanden, dass ihre Familie sich in aller Ruhe durch die persönlichen Dinge in ihrer kleinen Enklave in Rhinecliff durcharbeiten konnte, Dinge, die nicht fürs Archiv taugten oder einfach weggeschmissen gehörten. «Sei bloß niemals sentimental, wenn es um Sachen geht», das war Helenes Mantra gewesen. Letztlich hatte aber nur sie einen letzten Gang durch die Wohnung für die Familie beansprucht.

Lee hatte die Tagebücher anderer Emigrantinnen, die der Arendt Collection überlassen worden waren, fasziniert vor Ort gelesen, nachts in den großen Ohrensesseln der Olin Library mit Standlampe und Tischen daneben, die einem den Eindruck einer privaten Bibliothek vermittelten statt eines Collegelesesaals. Sie hatte ihrer Professorin, die aus der Collection ein Institut und Archiv für Exilliteratur und eine bedeutende Forschungsstelle über die Kreise deutsch-jüdischer Intellektueller in Amerika machen wollte, Helenes Tagebücher gezeigt – und sich selbst und ihr Projekt vorgestellt. Von der vergessenen Immigration in die Türkei, von der Stadt der Zuflucht, Istanbul, sprach Lee, erinnerte die Holocaust-Spezialistin McLaughlin daran, wie zögerlich gerade Amerika der Bedrohung jüdischen Lebens in Nazi-Deutschland begegnet war, zitierte auswendig Albert Einsteins Brief von 1936, als sich der Astronom E. Finlay Freundlich, der Einsteins Relativitätstheorie als erster Wissenschaftler einer empirischen Überprüfung unterzog, nach Princeton beworben hatte – und abgelehnt wurde. *«He was told explicitly that they did not want to hire Jews at Princeton»*, so Einstein. Als Beispiele für den gleichzeitigen Willkommenskurs der Türkei nannte Lee den Professor für Zahnmedizin, Alfred Kantorowicz, den die türkische Regierung nach neun Monaten Inhaftierung in Buchenwald eingeladen hatte, an einer türkischen Universität zu lehren, und ihn so befreite. Tausenden jüdisch-deutschen Intellektuellen und mehr als zwanzigtausend deutschen Juden bot die Türkei eine Zuflucht oder eine sichere Passage an, was viele nicht mehr wussten oder vergaßen. Und Lee wollte, gerade in Hinsicht auf den Kreis um Erich Auerbach, zu dem auch ihre Großmutter gehört hatte, zeigen, wie grundlegend die Exilanten durch ihre Arbeit an den Universitäten das türkische Bildungssystem veränderten. McLaughlin war elektrisiert gewesen. Zusammen mit ihrer Doktormutter von der Columbia University hievten sie Lee auf eine Stelle als Research Assistant, besorgten ihr ein Fulbright-Stipendium, mit dem sie auf die Suche nach weiteren Dokumenten nach Jerusalem, Hamburg, Marbach, Istanbul und Berlin gehen sollte, und wünschten Lee ein zügiges Vorankommen, wie sie es nannten, denn das Arendt-Institut würde, wenn sie auf eine feste Stelle spekulierte, bald promovierte Leute brauchen – und sie als nicht mehr ganz junge Frau wäre nun in ein, spätestens zwei Jahren, mit 29, gerade noch im richtigen Alter dafür. Helene hatte noch mitbekommen, dass ihre Enkelin als Freshman am College angefangen hatte. Sie hatten viel gesprochen, sie waren sich so nah gewesen, eine menschliche Nähe, aber auch eine zwischen zwei Frauen, die Lee mit ihrer Mutter niemals geteilt hatte und von der auch Helene mit großem Bedauern in der Stimme erzählte, sie habe diese niemals für ihre Tochter empfinden können.

«Weißt du, Lee, für deine Mutter war es sicher nicht einfach mit mir.» Es waren Gespräche auf der kleinen, das Haus am Hang umlaufenden Veranda mit Blick auf den Fluss, bei denen Helene rauchte, es

Lee aber verbot, eine schlechte Angewohnheit, du musst dir nicht alles von mir abschauen. «Ich habe keine Entschuldigung dafür. Ich war hier allein, eine Frau, ich hatte keinen Partner, ich wollte keinen Partner, ich wollte forschen und leben. Die Männer, die ich traf, hab ich nie mit nach Hause gebracht. Das war ja das Merkwürdige, ich wollte deiner Mutter zeigen, dass es auch ohne Männer geht. Ohne Abhängigkeit.» Sie trank von ihrem Gin Tonic. Wenn Lee nun daran dachte, wie wichtig Männer dann für ihre Mutter geworden waren und wie sehr sie sich in ihr eigenes Märchen vom Soldatenvater verrannt hatte, so sehr, dass sie sich ganz und gar von Helenes akademischen Freunden in den Universitätsstädten und College Towns abwandte, dann bekam sie fast Mitleid.

Es war für Lee wie eine Befreiung gewesen, nach Annandale-on-Hudson zu kommen, weil sie aus dem kleinen Ort in West Virginia, in den sich ihre Mutter mit ihrem Ehemann zurückgezogen hatte, endlich herauskam. Nicht dass es nicht auch schön gewesen wäre in der ehemaligen Holzfäller- und Kohlenbergbaustadt Thomas, wenn man das Wandern in den dichten, oft gar nicht recht erschlossenen Wäldern, Schwarzbären, Craftbeer und hausgemachte Eiscreme liebte. Die Mädchen von der Highschool gingen, wenn sie auf Abenteuer aus waren, mit Jungen von der Highschool aus dem benachbarten Davis aus, flanierten auf den Bürgersteigen vor den historischen Gebäuden aus der Zeit des Sezessionskriegs auf und ab, in denen sich neuerdings auch Bioläden, Fair-Trade-Shops, alternative Modeboutiquen und Kunstgalerien ansiedelten. Die Jungen aus Thomas machten das Gleiche mit den Mädchen aus Davis, in Thomas endete man in der *Purple Fiddle* mit alkoholfreien Drinks, knutschte oder legte sich hinter der Bowlingbahn ins Gras und vögelte. Lee war das nie genug gewesen. Sie träumte von fernen Ländern, die sie in den Büchern aus der Stadtbibliothek kennenlernte, von Abenteuern in Oz, in Mittelerde, auf dem Winterplaneten, wo die Menschen je nach Liebespartnern das Geschlecht wechseln. Die Bibliothekarin, Mrs. Peakes, hatte es früh aufgegeben, Lee Empfehlungen zu geben oder ihr in ihre Leseliste hineinzureden, dass Baums Oz-Bücher natürlich richtig waren für die achtjährige Lee, Science-Fiction von Ursula K. Le Guin oder Tolkiens *Herr der Ringe* aber doch eigentlich noch nichts für das rotblonde Kind, das auch immer allein kam, nachdem es mit der Mutter den Leseausweis beantragt hatte. Die Weltreisen gingen weiter, auch die nach innen, zwölfjährig mit Anna Karenina und Jane Eyre, im Alter von dreizehn Jahren mit Oskar Matzerath, Ishmael, Holden Caulfield oder Frankenstein. Und immer wieder Stephen King. «Bisschen frühreif», konnte sich Mrs. Peakes einen Kommentar nicht verkneifen, auch weil die junge Lee mit der Marzipanhaut in Schuluniform dann regelmäßig Filme mit Ingrid Bergman, von David Lynch und Wong Kar-Wai auslieh und Mrs. Peakes ihr nur mit Zittern *Lolita*, Buch und Verfilmungen, und nur mit Kopfschütteln *Eyes Wide Shut* verbuchte und über den Tresen schob.

In ihrer Großmutter fand Lee endlich einen Menschen, der sie mit all ihren Ängsten, in Small Town America zu verkümmern, und den Hoffnungen auf etwas anderes ernst nahm. Die Collegejahre Lees waren die letzten Lebensjahre Helenes gewesen; als Lee ankam, unterrichtete Helene schon gar nicht mehr. Sie lebte glücklich in ihrem kleinen weißen Holzhaus in Rhinecliff am Hang mit Blick auf den Hudson. Außer einem Chinarestaurant an der Bahnstation, in dem ein angeblich zertifizierter *Peking Duck*-Koch die Gäste verwöhnte, und einem kleinen, nur unregelmäßig geöffneten Tabak-, Zeitschriften- und Getränkeladen gab es hier zwar auch nichts: nur Natur und den verheißungsvollen Halt der silbernen Amtrak-Züge, die dann mit Tuten und Pfeifen wieder nach Buffalo, Niagara Falls und Montreal lossirrten oder zur Penn Station, New York. Aber Lee genoss die Sonntage, die sie mit ihrer *Granny* verbrachte, wie nur ihre einzige Enkelin sie nennen durfte, mit leichter Verschmitztheit. «Meschugge», knurrte sie, wenn Lee sie in ihrem alten Honda in Rhinecliff abholte und sie zum Lunch nach Rhinebeck ins *Beekman Arms* fuhren, ein altes, verrußtes Hotel mit dauernd brennendem Kaminfeuer im Gastraum – selbst im Sommer der Atmosphäre wegen. «Auch das Alter kann man hier bloß leben wie in einem Werbeprospekt. Flauschiger Teppich, Granny im Lehnstuhl, brennender Kamin. Amerikaner wollen Komfort. Selbst wenn die alten Knochen knacken und es draußen so heiß ist, dass eine Biene in der Sonne verbrennen würde – innen ist es recht kühl. Und natürlich braucht man dann zum Wohlfühlen gleich wieder ein Feuer.» Im *Beekman Arms* hatte sich, wie es auf der Gedenkplakette neben dem Eingang hieß, Washington ein paar Nächte aufgehalten, auf seinem Guerilla-Feldzug gegen die überlegenen britischen Kräfte, die von Boston bis Kingston auf der anderen Seite des Hudsons zunächst alle wichtigen Positionen besetzt hielten und weiter herrschten, als wäre der Aufstand der eigenen, weniger gut bewaffneten und zahlenmäßig unterlegenen Untertanen gegen die Krone bald wieder vorbei.

«Deine Mutter würde jetzt Cherry Pie bestellen», sagte Helene nach einem allzu üppigen Lammbraten mit Kartoffeln, dessen Reste sie sich einpacken ließ.

«Unbedingt!» Die Enkelin grinste, und beide studierten die Karte noch einmal genau, als gäbe es dort auch nach dem zwanzigsten gemeinsamen Lunch noch Geheimnisse zu entdecken. «Washington! Hip hip hooray!»

«Key lime?», flüsterte Helene augenzwinkernd und sich ein wenig zu Lee vorbeugend. Worauf sie beide unisono auf Deutsch im altehrwürdigen Saal der Taverne ein lautes «Sauer macht lustig!» ausstießen, sehr zum indignierten Stirnrunzeln der reichen New Yorker Wochenendtouristen, für die dieses Rhinebeck so etwas wie der heilige Gral eines Upstate-New-York-Kurzaufenthaltes war, und zur stillen Belustigung des Personals, das das diesem Ausruf folgende Gelächter der beiden Ladies vom Bard College schon gewohnt waren und entzückend schräg fand.

Bei ihrer Großmutter fühlte Lee sich angenommen. Sie war anders als in West Virginia, sie war mehr … sie selbst. Helene hörte zu und ließ sich sogar die Tank-Girl-, Swamp-Thing- und Watchmen-Comics zeigen und erklären, die Lee in ihrem Freshman Year so exzessiv las. Helene schenkte ihr eine alte Ausgabe der *Katzenjammer Kids*, und beide amüsierten sich dann köstlich über die Zwillinge Hans und Fritz, die sich keinen Autoritäten beugten und selbst der *Mama* und dem schiffbrüchigen Kapitän, der als Ersatzvater fungierte, heftige Streiche spielten. Einmal banden die Kids sogar eine Kanone auf ihre Bulldogge und jagten den Kapitän dann die Bäume hoch. Die Katzenjammer Kids sprachen ein sehr deutsches Englisch, in den Comics war das mit den vielen Konsonanten in den Sprechblasen angedeutet – und Helene und Lee lasen sich die Strips abwechselnd vor, kichernd wie kleine Kinder. Manchmal kamen sie aus dem Lachen gar nicht mehr heraus, wenn sie dann Vokale und Konsonanten in den deutschen Wörtern der Dialoge in die Länge zogen, wie sie «Achtunnnggg, Knirrrrrrrps!» riefen, wie der Schulmeister, oder wenn sie das wie ein Epitheton immer wieder auftauchende «Say watt iss?» des gestrandeten Kapitäns genüsslich zirkulieren ließen. «Ich weiß, Lee, deine Mutter hat kein Deutsch mit dir gesprochen, wahrscheinlich wegen mir.» Und manchmal wurde Helene dann sentimental. «Das, was wir hier tun, hätte ich mit ihr tun müssen. Das ist jetzt eine Generation zu spät.» Aber meist fing Helene sich ganz schnell wieder. «Warte», sagte Helene, «ich zeige dir die Originale, auf die sich Rudolph Dirks damals bezog, als der Verleger Hearst ihn 1897 um eine Serie für das *New York Journal* bat.» Helene zeigte ihr Max und Moritz, die Lee aber nicht einmal halb so amüsant fand.

Vielleicht lag es an dem Verständnis Helenes und der Haltung, die sie immer ausstrahlte, dass sie hierhergehöre, aber eben nicht ganz, sie war eine Immigrantin, Exilantin geblieben, sprach bewusst mit ihrem Akzent, sie hatte kämpfen müssen, war niemals bereit gewesen, sich anzupassen, sondern stets darauf bedacht, sich das Eigene nicht verderben zu lassen, komme, was wolle. Selbst als Neunzigjährige strahlte sie mehr Energie aus, mehr Lebens- und Weltgewandtheit als alle die Mütter von Lees Freundinnen und Freunden in West Virginia zusammen – kein Wunder.

«Weißt du, Lee, in meinen besten Jahren, als mich alle hier verheiraten wollten, selbst Heinrich und Hannah haben mir da immer wieder ledige Freunde und Bekannte vorgestellt, als wäre man kein vollständiger Mensch, wenn man keinen festen Partner hatte, da bin ich oft mit dem Auto in die Catskills gefahren, über die Brücke nach Kingston, bin schwimmen gegangen, meistens mit Badeanzug, aber nicht immer, habe mich an Lagerfeuern von Campern aufgewärmt, mich manchmal von Hippies abschleppen lassen, das ganze freie Leben gelebt, das damals in Woodstock und in den kleinen Orten an den Berghängen zelebriert wurde. Ich habe mich fallen lassen. Vielleicht war das nicht immer gut. Aber, na ja … du wirst da deine eigenen Erfahrungen machen.»

Helene blickte Lee bedächtig über die Speisekarte hinweg an.

«Männer sind keine Erfüllung. Ich habe mich mit Hannah deswegen oft gestritten, obwohl sie ja auch nicht mit ihrem Heinrich hier draußen lebte, sondern lieber ihr eigenes Leben in New York führte. Sie war seltsam konservativ für so eine beachtliche Frau.»

«Aber du hast ihre Philosophie doch gemocht?»

«Ja, sehr!» Helene hielt einen Moment lang inne und zitierte dann. «*Es gibt keine gefährlichen Gedanken; das Denken an sich ist gefährlich.*»

«Das klingt so, als wäre es auch dein Motto.»

«Das ist es auch, Lee. Hannah war eine Humanistin. So mutig und provokativ hat niemand sonst über unsere Welt nachgedacht. Immer wieder warnte sie vor der Gefahr, dass auch in der Philosophie die Pluralität und die Realität unserer gemeinsamen Welt zu sehr abstrahiert und verschleiert werden. Wenn wir eines brauchen, pflegte sie zu wiederholen, dann, dass sich Intellektuelle für die Bedeutung der öffentlichen Sphäre einsetzen, dass sie so sprechen und schreiben, dass man das Denken versteht. Nur dann kann Einsicht auch in Handlungen umgesetzt werden.»

Helene seufzte. «Aber sie war auch sehr entschlossen und verteidigte die Bedeutung der Privatsphäre. Selbst vor ihrem Mann, selbst vor ihren Freunden. Wie hat sie das immer ausgedrückt: ‹Einsamkeit ist die Voraussetzung für ein Leben in der Öffentlichkeit.› Eine Zeit lang wurde sie von allen in Anspruch genommen, von Liberalen und Konservativen umarmt, aber auch von Verfechtern aller politischen Richtungen angefeindet. Vielleicht ist das auch das Beste an guten Gedanken: dass sie niemals allen passen.»

Helene war besser über die Debatten und Diskurse der Gegenwart informiert als selbst die meisten ihrer Lehrer hier am College, und die waren nicht einmal halb so alt wie Helene. Und sie war lebenslustiger. «Wir sind Überlebende», sagte Helene, wenn Lee sie auf ihre Neugierde, auf ihren anscheinend unstillbaren Lebenshunger ansprach. «Wir müssen es den Nazis zeigen, dass wir sie überlebt haben. Das ist die echte Rache.» Helenes Geist wachte über Lee, selbst als sie gestorben war. Wann immer Lee zweifelte, ob sie dieses oder jenes tun, dieses oder jenes wagen sollte, hörte sie die tröstliche, tiefe, vom Rauchen kratzige Stimmer ihrer Großmutter: «Alles, Lee, du musst alles lesen! Und erleben! Erleben! Sonst hat es auch keinen Sinn.»

Und wenn sie bis tief in die Nacht von der grauenvollen braunen Zeit in Deutschland sprachen, dann von der angstvoll unruhigen Zeit in der Schweiz, aus der Helene sich durch die wundersame Einladung in die Türkei hatte retten können, reichte es für Lee manchmal bis an den Rand des Erträglichen, weil Helene bei ihren Erzählungen nichts beschönigte und nichts verschwieg.

«Die traurige Wahrheit ist, dass das meiste Böse von Menschen getan wird, die sich zwischen Böse und Gut nicht entschieden haben.»

«Warum redest du nie Deutsch mit den Professoren aus dem *German Department*?»

Helene zuckte mit den Schultern.

«Mir geht die Ungeschicklichkeit der Deutschen auf den Geist. Sie scheinen nie zu wissen, ob sie sich in ein Gespräch über die Vergangenheit überhaupt trauen können. Aber sie scheinen die Schwierigkeiten, einen Weg aus ihrem Schuldkomplex zu finden, auch zu genießen. Und wenn ich dann gängige Redensarten höre, wie ‹Das Vergangene sei noch nicht vergangen›, ‹Man könne doch kein Gras über die Sache wachsen lassen› oder ‹Nie wieder!› und ‹Man muss, bevor man etwas abschließt und neu beginnt, erst einmal darangehen, die Vergangenheit zu bewältigen›, dann überfällt mich das Grausen. Bewältigen? Das kann man wahrscheinlich mit keiner Vergangenheit, ganz sicher aber nicht mit dieser. Das Beste, was man vielleicht erreichen kann, ist es, diese Vergangenheit zu kennen, zu wissen und auszuhalten, dass es so und nicht anders gewesen ist, und dann zu sehen, aber auch abzuwarten, was sich daraus ergibt. Hannah hat Johnsons *Jahrestage* geliebt, die musst du mal lesen. Der hat es vielleicht geschafft, so zu schreiben.» Helene machte eine Pause und grinste. «Dann wird auch dein Deutsch besser.»

Wenn sie dann beide still wurden, auf der bequemen Ledercouch in Helenes altem Holzhaus inmitten der Wälder unweit des Hudsons saßen und den Geräuschen des Hauses, dem Zirpen der Insekten und den Lauten der Nachtvögel lauschten, lehnte sich Lee oft an Helene oder ließ sich von ihr in den Arm nehmen, bis Helene die tiefdunkle Stimmung auflöste mit einem energischen «Komm, wir gehen ins Bett». Man munkelte unter den älteren Professoren-Generationen am Bard College noch immer über die «Eskapaden» ihrer Großmutter, aber auch, dass diese, zusammen mit ihren Vorlesungen zur politischen Theorie, zum Werk Arendts und Auerbachs und zum Begriff des Exils in der Literatur, nicht wenig zu ihrer Popularität beigetragen hatten. Sie, Helene, war berühmt dafür gewesen, mit ihren Abschlussjahrgängen, einige Fässer Bier, Kästen von Wein, Sandwiches und Picknickdecken im Gepäck, abends loszuziehen und dann zum Abschluss nachts nackt im Hudson zu baden.

Lee fühlte sich durch Helene bestärkt. Sie hatte in den Überblickskursen zur Literatur in einem Seminar zur Femme fatale als Figur der Befreiung Anaïs Nin für sich entdeckt, ihre Tagebücher gelesen, ihre erotischen Geschichten; sie hatte beim Lesen Anaïs' Entdeckung ihrer Leidenschaften und Möglichkeiten miterlebt. Ihre eigenen Ausgaben waren voller Unterstreichungen gewesen; einer ihrer Lieblingssätze stammte allerdings gar nicht von Nin, sondern von Allendy, Anaïs' drittem Geliebten in den Pariser Jahren, genauer gesagt von 1938, kurz nachdem sie June und Henry Miller kennengelernt hatte; Allendy praktizierte so etwas wie eine den Körper integrierende Psychoanalyse mit ihr: *«The more you act like yourself the nearer you come to a fulfillment of your real needs.»* Anaïs erinnerte sich genau an diesen Satz, weil es um Liebe ging und um den Unterschied zu Sex – aber Allenby, ein guter Verführer, benutzte das nicht, um Sex abzuwerten, im Gegenteil. *Act like yourself*... Eben. Nur wenn man handelte, wenn man sich ausprobierte, konnte man herausfinden, wer man war, was die eigenen wahren Bedürfnisse waren, was man sich wünschte, welche Art von Identität. Und war das, dieser Mut, sich zu finden und sich neu zu erfinden, nicht gerade das, was sie von West Virginia weggeführt hatte?

«Die Leute da glauben», hatte sie ihren großstädtischen Kommilitoninnen am Bard College im Dormitorium nahe am Hudson River erzählt, «dass das Benzin tatsächlich direkt aus den Zapfsäulen der Tankstellen kommt. Als Belohnung und Ersatz für ihre Kohle.» Ein paar ihrer Mitstudenten hatten den Witz nicht verstanden. Aber die verstanden auch nichts, als sie in American History die Ölkriege im Irak und den Rachefeldzug wegen 9/11 in Afghanistan kritisierte, *somebody must pay for hurting the USA*, oder als sie radikal-marxistische *reading groups* gründete und eine Protestgruppe von Vassar und Bard gegen den Missbrauch von Wahlspenden durch Giuliani bis nach Washington anführte und dafür die Presse mobilisierte, ihre erste große Aktion. Und sie hätte die ganze Absurdität West-Virginischen Lebens auch mit Chicken Wings, die man bekanntlich auf Feldern erntet, oder anhand von Fischstäbchen, Strom, Strohhalmen, Billigkleidern, Plastikbechern und Instantkaffee durchexerzieren können. Helene unterstützte sie, als Lee als Herausgeberin der College-Zeitung verschiedene Aufrufe gegen eine naive Wir-sind-aber-doch-gute-Leute-weil-wir-Amerikaner-sind-Haltung der komfortabel, aber konstant im Minus und auf Pump lebenden Mehrheit der Mittelschicht aus den Vorstädten verfasste und diese als Pamphlete in Nacht-und-Nebel-Aktionen an Rathäusern, an Kirchenborde und Schaukästen lokaler Sportvereine plakatierte. *America needs not to be great, it needs to be sane.* Sie probierte auch *green* statt *sane* oder *it needs justice and peace.* Lee und Helene waren sich einig, dass die meisten Leute, selbst wenn sie keine Fahne in ihrem Vorgarten hissten und sich nach außen liberal gaben, doch insgeheim überzeugt waren, im großartigsten Land der Erde zu leben. «Sich selbst für großartig zu halten birgt in sich schon den Keim zum Massenmord.» Das Schreiben politischer Essays lernte Lee in den ersten Jahren am Bard College: die Leute herauszufordern, sie aber auch zu überzeugen. «Wenn dir keiner zuhört, kannst du auch keinen auf deine Seite ziehen. Das amerikanische Grundproblem ist das Phlegma der Leute. Du musst sie immer wieder daran erinnern, dass es noch etwas anderes gibt als den täglichen Einkauf bei eBay oder im Supermarkt und die nächste Serie.»

Helene brachte Lee das Provozieren bei. Sie ließ sie Bücher zu spät in die Olin Library zurückbringen und gab ihr die Aufgabe, sich dann findig aus den daraus resultierenden Gebühren herauszuargumentieren; sie ließ sie in Restaurants, wenn etwas am Essen nicht gut oder schlicht langweilig war, die Wahrheit sagen: «Der Koch war verliebt, oder? Das Rebhuhn war vollkommen versalzen.» Und wenn berühmte Wissenschaftler oder Denker zu Gast waren, um Vorträge zu halten, setzte Helene sich mit Lee in die erste Reihe und stupste ihre Enkelin direkt nach dem Vortrag in die Seite, damit sie die erste Frage stellte. Sie achtete darauf, dass Lee sich nicht mit einer oberflächlichen Antwort zufriedengab, dass sie die Person, wer auch immer Bedeutendes es war, nicht so schnell vom Haken ließ, weiterfragte, was Lee bei den ersten Malen ein derart wildes Herzklopfen einbrachte, dass sie dachte, sie müsse sterben. Das war schon mal was. Sich nicht zufriedengeben mit dem, was war. Und am Bard College zu studieren, hieß experimentieren, das förderte man. Sie konnte ihren Anaïs-Satz ausprobieren. Sie änderte ihren Vornamen von Mary-Lee zu Lee. Das klang nach mehr, wie Harper Lee, Bruce Lee, Lee Miller. Nach Kunst und Welt und Abenteuer. Und Helene hatte genickt, ihr einen Klaps gegeben, «Nur zu» gesagt und gelächelt. «Finde heraus, wer du bist, was du sein willst. Niemand wird schon fertig geboren, und was du erlebst, darf nicht das Einzige sein, was dich prägt. Sonst ist deine Vergangenheit nur ein Gefängnis. Du wirst es schon schaffen. Du wirst es schon sehen.» Und Helene half Lee auch, ihre Gedanken zum Exil, das sie ja, geboren und aufgewachsen in den USA, nur aus ihrer Lektüre, den Erzählungen Helenes und dem Schweigen ihrer Mutter kannte, in wissenschaftliche Prosa zu fassen.

Edward Said entwickelt sein Konzept des Exils – sowohl als physische Bewegung in einen fremden Lebensraum als auch als hermeneutische Situation oder sogar als Modus der kritischen Aktivität. Er entwickelt dieses Konzept in Auseinandersetzung und als transhistorischen Dialog mit Erich Auerbach. In seinem Bemühen, die Wechselbeziehung zwischen kulturellen Diskursen und historischen «Wissensregimen» zu beschreiben, zeigt Said, dass das intellektuelle Exil (aus dem die säkulare Kritik hervorgeht) die Vorstufe zu einem konkreten Akt der kulturellen Wiedergewinnung ist: nämlich die Wiederaneignung und Mobilisierung von Texten durch einen exilischen Willen zur Interpretation und Synthese. Durch eine eingehende Untersuchung von Auerbachs «Philologie und Weltliteratur» und Saids «Säkularer Kritik» vergleiche ich das Bewusstsein der Autoren aus ihrer weltlichen soziopolitischen Situation heraus, evaluiere ihre humanistischen Ziele und ihre Lesarten der Kulturgeschichte, die sie in Form von literarischen Darstellungen und Interpretationen der Realität durchgespielt haben. Auerbach, in seiner kulturellen Entfremdung als Jude, der während des Zweiten Weltkriegs im Exil in Istanbul lebte, nimmt für Said eine solche Schwellenposition ein, sein Buch Mimesis *wird zum Ausdruck exilischen Bewusstseins und kulturellen Widerstands.*

Als Lee Helene ihr *abstract* zeigte, schüttelte die noch den Kopf. «Damit kannst du dich so nicht bewerben, Lee, das ist Geschwurbel, viel zu verkopft – vielleicht blickst du zuerst über den Rand der Theorie hinaus und verstehst uns alle besser, wenn du die Briefe von Erich Auerbach, die Tagebücher von Traugott Fuchs, Lieselotte Dieckmann und natürlich auch meine eigenen liest.»

Die Übergabe der Tagebücher an Lee war kurz vor Helenes Tod unsentimental, aber mit großer Zuneigung geschehen – und ohne dass eine von beiden geweint hätte. Helene hatte irgendwann geahnt, dass sie in den nächsten Monaten sterben würde, und die Achseln gezuckt. «Deiner Mutter gebe ich die meisten Sachen, die ich habe, sie wird sowieso alles dem College überlassen, damit die es entweder aufbewahren oder entsorgen – aber für dich sind die besonderen Bücher, meine Aufzeichnungen. Hüte sie, lies sie, verwende sie. Du wirst schon etwas damit anfangen, da bin ich mir sicher.» Es war ein Pakt zwischen den Frauen gewesen, ein Vermächtnis, die Arbeit fortzusetzen, ein selbstbestimmtes Leben zu führen. Lee hatte diese Aufgabe gebraucht, dieses Vertrauen. Die Beisetzung Helenes war, wie sie es wollte, ganz im Stillen geschehen. Botstein, der Präsident des Bard College, hatte Lee an sich gedrückt und sein Beileid bekundet, Dean Smith und einige ehemalige Kollegen waren mit ihr ins *Beekman Arms* gefahren, Helene hatte das Menü des Totenschmauses selbst zusammengestellt.

«Was werden Sie nach Ihrem Abschluss nun tun, Lee?», fragte Dean Smith sie beim Kaffee. Lee hatte darauf keine Antwort. Sie war selbst überrascht, wie sehr sie der Tod Helenes – und auch, dass ihre Mutter die Beisetzung vollkommen ignorierte – mitnahm. Als Lee in Thomas anrief, um die Todesnachricht zu übermitteln, hatte ihr Vater den Hörer an Lees Mutter weitergereicht, die dann sofort überlegte, wie man Helenes Leichnam am besten und günstigsten nach West Virginia in das Familiengrab transportieren könnte.

«UPS hat einen guten Transportservice für so etwas, ich habe mich schon erkundigt.»

«Mama!»

«Und wir machen es ihr hier dann ganz schön, sie kommt neben Charles und Joanna, da ist noch genug Platz, und wenn ich dann einmal nicht mehr bin, kannst du …»

«Mama!»

Als Lee dann am Telefon Helenes Anweisungen für die Beisetzung auf dem Friedhof vom Bard College neben Heinrich Blücher und Hannah Arendt durchgab, hatte ihre Mutter sie angeschrien. Es war, wie Lee später vermutete, wohl eine Mischung aus Enttäuschung und Schmerz gewesen, aber die Auseinandersetzung, die daraufhin folgte, zerrüttete ihr Verhältnis für die nächsten Jahre noch mehr.

Nach dem College war Lee ohne festen Plan nach New York gegangen, hatte alle möglichen Arbeiten übernommen, gekellnert, politische Kampagnen für die hoffnungslos abgeschlagene grüne Partei als unterbezahlte Hilfskraft begleitet, hatte mit wechselndem Erfolg Artikel für Zeitschriften geschrieben und die Nächte in Klubs durchgetanzt, war Beziehungen eingegangen, nur um sie wieder zu lösen, hatte in Galerien gejobbt, sich von Künstlern als Modell fotografieren lassen, sich von Partys und Flirts vereinnahmen lassen, den schnellen, fiebrigen Entscheidungen, wer mit wem nachts zurück im Taxi fuhr. Trotzdem fühlte sie sich allein. Es war, als lebte sie seit Helenes Tod unter einem dichten Schleier, durch den nur das Extreme zu ihr durchdrang. Sie vermisste ihre Großmutter. Das Leben in New York bescherte ihr Abstürze, die sie so noch nie erlebt, aber die Stadt entfachte auch Mut in ihr, den sie bislang so von sich nicht gekannt hatte.

Die Dates und Dinner mit Liebhabern und Internetbekanntschaften ließen Lee seltsamerweise einsamer zurück als das heftige, offensive Spiel in den Klubs, wo niemand «etwas Festes» suchte – außer der Überschreitung der eigenen Grenzen. Wollte sie keine Menschen mehr um sich? War sie für ein Leben mit jemand anderem einfach nicht bereit? Oder war sie zu jung? Oder war es die Stadt, New York, die sie verunsicherte? «Lee, es ist nichts Schlimmes, wenn man sich nicht verliebt, wenn man keine Kinder will, wenn man letztlich allein leben möchte.» Helene hatte das schon zu ihr gesagt, als Lee noch am Bard College war. Da war ihre Großmutter bereits krank gewesen, die Krebsdiagnose hatte sie vor Lee ebenso lange geheim gehalten wie Lee ihre ersten Party-Nächte am College. «Du musst bei dir bleiben, Lee, finde heraus, was dich glücklich macht, egal ob das ein Mensch ist oder ein Tier.» Sie lachten beide, weil sie an Helenes Hündin, Daria, denken mussten, einen kleinen Zwergpudel, der über vierzehn Jahre an ihrer Seite über die Hügel des Bard College getrabt war. «Warst du denn nie mit jemandem glücklich?», fragte Lee und hielt Helenes Hand. Helene neigte einen Moment lang den Kopf so, wie der Pudel immer geschaut hatte, verwundert, neugierig und mit einem warmen Vertrauen in den Augen, dass nichts die Welt um einen herum erschüttern könne. «Doch, immer wieder. Aber nicht länger. Einige Menschen finden das Glück in menschlichen Beziehungen, andere nicht. Da kann man fast an Religionen glauben. An Klöster. Die Wissenschaft und die Kunst, das sind auch solche Dinge, mit denen man sich ein Leben lang beschäftigen kann – ohne sich einsam zu fühlen, ohne wirklich etwas zu bereuen. Du wirst sehen, welcher Weg für dich der richtige ist.» Schließlich war Lee wieder auf die Hilfskraftstelle nach Bard zurückgekehrt, eineinhalb Jahre nach Helenes Tod. Dean Smith hatte sie angerufen. «Wenn Sie wollen, Lee, kommen Sie zurück!» Eine Position, die schließlich zu einer Doktorandenstelle aufgewertet wurde. Es fiel Lee bis heute schwer, anzuerkennen, dass sie diesem Moment ihr jetziges Leben verdankte. In New York hatte sie zuletzt oft am Fenster gesessen, den Schneefall beobachtet und die bittere Kälte gespürt, die ihren Weg durch das dünne Glas suchte und sie wieder und wieder zu irgendeiner Unzeit zwang, über ihr Leben seit Bard nachzudenken. Nach Helenes Tod hatte sie eine seltsame Apathie befallen. Zuerst hatte sie gedacht, ein Jahr Pause würde nach Jahren des akademischen Forschens und Austausches erfrischend sein, aber es war weder einfach noch erfüllend. Sie hatte dann versucht, an ihre Lieblingsmomente während ihres letzten Studienjahres zu denken, aber dabei kamen ihr immer nur wieder die Gespräche mit Helene in den Sinn, das anregende Umfeld, in dem sie sich während ihres Studiums befunden hatte. Seit Helenes Tod war Lee uninspiriert, aber von einer rastlosen Energie erfüllt, die sie einfach nicht loswerden konnte. Sie sagte Dean Smith zu. Da war er endlich, ein neuer Lebensabschnitt, letztlich auch dank Helene und ihrer Tagebücher. Diese Aufzeichnungen hatten sie schließlich auch hierhergeführt, nach Istanbul.

Das Licht kommt in Wellen. Die Gardinen wehen ins Krankenzimmer wie die Taschentücher von Menschen, wenn sie einem Zug hinterherwinken. «Sterben ist nichts für Kinder», murmelt er, noch nicht ganz wach. Am Ende des Bettes tickt es. Welche Uhr?

Formlos ist das Licht, weich und körnig, gelblich, ein bisschen Heimat, ein bisschen verkommen. Er muss an Klaviere denken, die hat er immer bewundert, gehasst. Er öffnet den Mund. Kein Ton rauszukriegen, der richtig war, diese elfenbeingelben Tasten, aller Unterricht für die Katz. War das sein Vater gewesen? Seine Zunge schmeckt schwer und belegt. Der kam nicht zum Bahnsteig, winkte nicht zum Abschied.

Das gelbe Licht, die Gardine, das Stückchen Himmel. Seine kleine, bescheidene Welt. Tick. Tick.

Das Tack-Tack-Tack der Stiefel auf den Straßen, Marschtritt, wie hartes Rauschen am Meer. Muscheln und Steine klicken, stoßen einander an, prallen an die Knöchel, reißen die Haut auf, man schwankt. Das Kind wird umgeworfen von so viel Gewalt, brüllt, setzt sich auf den Hosenboden, wird von der Welle weggespült, greift in den Sand. Tausend Körner-Steinchen-Muschelsplitter schürfen die Haut ab, scharfer Schmerz. Die Mutter längst tot, der Vater nicht mehr beim Jungen, der sich sein Leben macht, fest stehen will in der Welle, den Schmerz aushält. Ein Rausch in den Straßen. Bursche, wie viele Abschiede hast du in deinem Leben gesehen? Vielleicht sind es die mit Monogrammen versehenen Leinentaschentücher der Eltern, die lange nicht wissen werden, ob ihre Tränen nun vor Glück oder aus Sorge vergossen werden. Leinentücher. Leichentücher. So war das am Beginn des Großen Krieges gewesen. Andere hatten Lebewohl gesagt. Er hatte sich später von niemand Bestimmtem verabschieden können, nur von sich selbst, war in den Krieg eingetreten. Hatte sich älter gemacht, war nach Bayern gegangen, hatte in Passau angemustert 1917, war in die kaiserliche Armee eingetreten, die deutsche! Wollte mit, damals, taschentuchjubelnd. Doch erst hatte er inmitten einer unüberschaubaren Menge in Wien an der Ringstraße gestanden und den Männern zugejubelt, die auszogen in den Krieg. *Serbien muss sterbien.* Da war schulfrei, nein, sie waren einfach alle auf die Straße gegangen. Eine Erregung. Die Mädchen warfen sich Wildfremden an den Hals, die Jungen mit ihren Lederranzen marschierten einfach an der Seite mit. Frauen warfen Blumen, die die jungen Burschen geschickt auffingen und an die Lippen führten. Die Schnurrbärte unter den Käppis gekitzelt von Blüten, der Duft nach der Nacht, die feine Haut im Tau. Eine Erregung wie nach der Matura. So rochen sie später. Aber die Matura hatte er verpasst, in Österreich. Musste das Abitur nachholen, in Bad Nauheim. Nicht reif gesprochen, aber doch reif genug gewirkt musste er wohl haben, als er nach Münden ging, um in den Krieg zu ziehen.

Jemand, wahrscheinlich Nermin, hat Blumen in die Glaskaraffe auf den Tisch zwischen den Fenstern gestellt. Ein Muezzin beginnt seinen Ruf, es muss zwölf Uhr sein. Auch sein Gesang kommt in Wellen, die Stimme schwebt in den Himmel, hoch über die Satellitenschüsseln, die Kabel und Wäscheleinen der Nebengebäude, der Himmel ist Bosporus-blau, wie ein Wolkengesang kurvt ein Schwalbenpärchen hoch um die Kuppel der griechisch-orthodoxen Kirche, deren Spitze er sieht, wenn er sich aufrichtet, sich nach rechts fast aus dem Bett beugt und an den Garten denkt, der immer voller Katzen ist, wilde, rohe Banden ohne Familie, mit ausgekratzten Augen, abgebissenen Ohren, nichts Einschmeichelndes an ihnen, nur dieses tierartig Fremde in einem heiligen Stillhaltepakt in der Friedensoase des Gartens. Die Stimme des Muezzins bricht sich an den Hotels und den hohen Häusern rund um den Hügel vom Taksim-Platz. Taksim, alte Zisterne, Taksim, Ausgangspunkt einer Welt, nirgends ist die Erde so rund wie hier. Eine weitere Stimme antwortet, die des Sängers vom Turm der Moschee hinter dem französischen Lyzeum rollt an gegen die von der unterhalb des Alman Hastanesi gelegenen Moschee, wo er, Naumann, liegt. Die Moschee an der Firuz Ağa, die Stimmen zwei Bögen, die gegeneinanderstehen, sich überlagern, anschmiegen, drücken, zerplatzen. Ein feines Ploppen der Mikrofone, von fernen Echos weiterer Stimmen begleitet. Dann kommt ein neues Stück, der Kanon mit dem großen, wiederkehrenden *Allahu Akbar* als einzig verständlichem Kontrapunkt. Früher hat ihn das aufgeregt. Früher hat er mit heißem Herzen jede

Religion verdammt, Verfechter eines laizistischen Staates, Jünger von Atatürk. Jetzt vermittelt es ihm fast ein Gefühl von Heimat, strömt das leicht verzerrte, elektrisch verstärkte Duett die Straße hinunter nach Cihangir, übertönt die Taxifahrer, Müllsammler, Simit-Händler. Am Taksim tummeln sich sicher Touristen. Den Weg, der zu den eleganten Restaurants und Cafés hinab bis zur Kreuzung an der Firuz Ağa führt, wo es rechts dann zu den Antiquitätsgeschäften, Secondhandläden und neumodischen Latte-macchiato-Cafés und seit zehn Jahren auch zu Pamuks *Museum der Unschuld* geht, nehmen nur wenige. Unschuld. Was für ein Wort, als könnte man alles Schöne, Fröhliche, Naive, Junge nur aus der Abwesenheit von böser Verstrickung und Sünde erklären. Naumann greift neben sich und schaut auf die Uhr. Methodisches Hämmern dringt an sein Ohr. Tick. Nägel werden eingeschlagen in Holz. *Jesses.* Mit dem Katholischen hatten sie ihn damals gequält, die Großeltern und der Vater, vor dem Krieg, wie mit dem Klavier. Nägel wohl einige darin. *Nagel fromm, Nagel frei, der Engländer kommt gleich vorbei.* Sie hatten sich das bei Ypern ausgedacht, schnell geschmiedete Reime gesungen, weil sie vor Angst zitterten unter der Maske im Gas. Und als dann die Panzer kamen … Aber der Presslufthammer an der Baustelle hat aufgehört. Vielleicht aus Respekt. *Allahu …* Oder weil Mittagspause ist. Er liegt oben, im Dachgeschoss. In seinem Turm aus Licht, nah an der Sonne. Hatte er das nicht damals gedacht, als die Truppen vorbeizogen? Dass man nur die Augen schließen, die Arme ausbreiten, die Sonne spüren und sich von diesem Gefühl mittreiben lassen, sich dem Jubel, der Sprache, den Düften, dem Marschtritt, den Schreien, dem Gefühl in der Menge ganz hingeben müsste? Sonne. Größe. Gemeinschaft. Hier, hier geht man mit. Und sein Vater, der alte Regierungsrat, hatte ihm sogar noch verboten, zu winken! Das ist der Untergang, hatte er gesagt. Recht hatte er gehabt, der Rat. Damastschneise der Wolken, ein Strahl, die Schattenmuster der fein geklöppelten Gardine bewegen sich im Wind. Sein Zimmer, ein Schattenspiel. Das Geschrei einer Möwe, die nach Abfall sucht oder ein gestorbenes Kätzchen unten in den engen Straßen entdeckt; die Möwe bringt den Geruch vom Meer und den von nassem, frisch gemischtem Beton. Dauernd wird gebaut, die Stadt wächst nicht, sie wuchert. Sie irrt sich. Sie irren sich alle. Die Stadt, die Politiker, die Banken, die

Baumaschinen, die weiter und weiter nach Istanbul strömenden Massen, die Wohlstand suchen und Elend finden. Nur das Marmarameer und der Bosporus und das Goldene Horn sind noch aus Wasser. Natürliche Straßen, wie vor Tausenden von Jahren, Adern für die Schiffe. Eine dicke Fliege hängt an der Gardine, fliegt surrend los, schlägt gegen das Glas. Das Wasser. Auf Wasser kann man nicht bauen, sagt man das nicht? Doch Wasser, es trägt die ganze Last, den Glanz, die Geschichte. Obwohl man jetzt auch Tunnel darunter baut. Und noch mehr Brücken, Asphalt, Stahl und Beton. Die Holzhäuser – fast ganz von der europäischen Seite verschwunden, zumindest hier aus Beyoğlu. Er kennt nur noch ein größeres Holzhaus in der Nähe, in Gümüşsuyu am Hang nach Kabataş, zum alten Hafen hinunter, dessen Abriss sie jetzt auch planen, sagt Ali. Oder haben sie inzwischen schon angefangen? Er wird bei Ali nachfragen, wenn der heute kommt, oder war Dienstag? Dienstags kam er nicht. Das braune alte Haus mit seinen wunderschönen Ecken, erinnert er sich, steht wie eine Burg gegenüber einer Schule und blickt mit den Fenstern aufs Wasser. Doch da unten konnte er sowieso nicht mehr gehen, nicht allein, die Straße war zu steil, zu rutschig der Hang. Besonders bei Regen. Auch das Haus verfällt. Wie sein altes in Balat. Wahrscheinlich hat es längst irgendein kleiner Subunternehmer gekauft, kämpft jetzt mit der Denkmalschutzbehörde, schmiert die Kommission für Stadtentwicklung, wartet auf den unwiderruflichen Verfall, den Moment, der zum Abriss berechtigt, und plant schon jetzt sein Boutiquehotel. Stahl und Beton, mit Kaffeebar und Patio vor der Tür, Glasfassade statt Holz. Holzhäuser gibt es nur noch an den alten Yalıs am Wasser zu sehen und in einigen Straßenzügen am Hang unterhalb der Suleymaniye-Moschee, auch da langsam verrottend. Damals war das anders. Damals waren noch viele Häuser aus Holz. Er schließt die Augen, versucht, sich an den Geruch zu erinnern, dann geht er durchs Licht, verlässt seinen Körper und spürt, wie der weiche, laue Wind über das alte Flachdach des Krankenhauses hereinweht.

«Damals habe ich keine Angst gekannt», murmelt Naumann, obwohl niemand im Raum ist. Dann schläft er ein. Nermin, die ihm außer den Blumen manchmal auch hausgemachte Manti aus Kayseri mitbringt, Teigtaschen in Joghurtsoße mit scharfem, frisch geriebenem Paprika, hat den Raum betreten und schon wieder verlassen. Wann, weiß er nicht. Sie hat ihn sanft geweckt, ihm Suppe hingestellt, die Decken kurz aufgeschüttelt und ihn gefüttert. Er hat neuerdings Mühe, den Tag zu überstehen, überhaupt zu verstehen, was wann geschieht, weil er immer wieder einnickt. Er braucht eine Aufgabe, etwas, auf das er sich konzentrieren kann. Die Zeitung … Nein, keine Zeitung. Auch die deutsche nicht, die ist ein paar Tage alt. Nachrichten sind jetzt egal, er schreibt sie ja nicht mehr selbst. Naumann sieht auf die Uhr, die silberne Automatik, die ihm der Rektor des Robert College geschenkt hat, damals in den 60ern, zum Dienstjubiläum. Eine Hamilton, eine amerikanische Uhr. Er mochte die Amerikaner nicht, aber sie ihn. Sie sind besser als die Engländer mit ihrem *Empire*, offener, haben ihm ja auch die Stelle gegeben nach dem zweiten Krieg. Hatten so viele aufgenommen, auch Helene damals. Er selbst hatte nicht mit auswandern wollen. Und jetzt kommt sie wieder, nein, nicht Helene, die Enkelin. Für einen Moment tauchen Laken auf, feine Laken, Hotellaken. Ein junger, nackter Körper. Sie. Und er, noch nicht in diesem Schmerz und in dieser Krankenfalle. Die Uhr ist stehen geblieben. Er hustet, schüttelt die Uhr ein paarmal energisch, hält sie sich ans Ohr und schätzt den Einfallswinkel des Lichts durch das Fenster. Ja, kurz nach eins, vielleicht. Er stellt die Uhr und greift dann zitternd nach dem halbvollen Wasserglas auf dem Metallschrank neben dem Bett. Der Schrank ist alt. Auf arretierten Rollen, die auch hundert Jahre nach der Produktion noch funktionieren. Nur er tut es nicht mehr.

Die elegante Patina des gelbgrünen Bakelit-Beschlags auf der Tischfläche, der auch das Fußende seines Bettes ziert, erinnert Naumann an eine Zeit, als er noch Zähne hatte. Manti muss man nicht groß kauen. Das war der Vorteil. Er weiß, dass auch die Medikamentenschränke und Schreibtische in den Räumen des leitenden medizinischen Personals auf der Station von damals sind, Bauhaus-Eleganz. Er hatte sie als junger Kriegsinvalide nicht gemocht. Diese kühle Funktionalität der Möbel und Räume. So hatten ihn die Ärzte angesehen, die ihm die halbe Lunge entfernten und danach seine Augen behandelt hatten. Kühl. Funktional.

Patient gibt an, wieder dunkle Schemen zu sehen. Farbspektrum noch nicht wieder zurück. Retinaschaden wahrscheinlich. Verwendungszweck: untauglich. Baldmöglichst Bett frei machen, Sanatorium. Bis dahin weiter Kompressen.

«Die Zeit ist der Feind.» Das Atmen fällt ihm in diesem Moment schwer. Seine Brust rasselt. Er saugt verzweifelt nach Luft, sie ist so dünn, ein unregelmäßiger Strom wie durch einen verstopften Strohhalm. Auch diesen Satz hört niemand.

Das Licht im Krankenhaus ist gedämpft. Jemand hat die Fenster geschlossen. Ein kühler Hauch zieht unter den Türritzen vom Gang her durchs Zimmer. Ist es Abend oder schon Nacht? *Sterben ist...* Die Uhr, sie tickt – «Ich bin noch hier», flüstert Naumann. Und wiederholt es. Sein Atem geht wieder regelmäßig. *Ich bin noch hier.*

Lee findet den Eingang zum Krankenhaus nicht sofort, obwohl es doch, wie Naumann ihr vor ein paar Tagen am Telefon gesagt hat, eigentlich ganz einfach sei.

«Wenn Sie über den Taksim-Platz gehen, biegen Sie nicht rechts in die İstiklal ein, ignorieren Sie die schöne Straßenbahn, Sie gehen nach links, in die Sıraselviler Road.» Warum er *Road* gesagt hat und nicht Straße oder das türkische Wort Caddesı benutzt hat, wollte sie ihn eigentlich noch fragen. Jetzt kommt sie aber von der falschen Seite – er hatte wohl vermutet, sie würde mit der Metro am Taksim einfahren; Lee hat vom Tünelplatz den Weg durch die İstiklal genommen. Ein mildes cognacfarbenes Licht auf den prunkvollen Fassaden, man konnte wirklich an eine europäische Prachtstraße denken, einen Boulevard in Paris oder Wien oder Budapest. Es ist zehn Uhr, der Himmel leicht bewölkt, noch immer war nichts von dem Gedränge zu spüren, das man ihr angekündigt hatte. Die meisten Geschäfte machten gerade erst auf. Ein kleiner oranger Truck der Stadtverwaltung hatte ein paar Hundert Meter vor ihr gehalten, fuhr einen Personenkran hoch, der Mann in der Leuchtweste im Korb begann, die Weihnachtsbeleuchtung abzuhängen, die sich über die Straße von Haus zu Haus spannte, Leuchtsterne mit Kometenschweif, Lichterketten, die wie Vorhänge sechs

Meter über dem Boden hängen. Am Taksim ist mehr los. Scharen von Menschen strömen aus den Aufgängen der Metro, in die İstiklal, den Gezi-Park, die vielen Seitenstraßen in alle Richtungen den Hügel hinunter. Sie denkt: wie ein Ei, das an einem großen runden Stein aufgeschlagen wird.

Lee geht langsamer als die Menschen um sie herum, viele Türken, viele Araber; sie fasst sich immer wieder an den Kopf, um den sie ein Tuch geschlungen hat, unsicher, ob sie denn nun Haar zeigen darf oder es verhüllen soll, wie viele, auch jüngere Muslima in Kreuzberg um das Kottbusser Tor herum, das taten. Sie spürt, wie nervös sie ist. Eine Gruppe von arabischen Männern mit Verbänden um die kahl rasierten Köpfe kommt ihr entgegen, sie mustern sie ungeniert. Wo die Verbände schon wieder herunter sind, erblickt man rote Punkte wie von Miniaturvertikutierern, die Haar transplantiert haben. Viele tragen Schweißbänder um ihre Köpfe, vielleicht um die Verbände am Platz zu halten oder um sich daran zu erinnern, sich die offenen Wunden nicht zu kratzen. Wie Tennisspieler aus den Achtzigerjahren. Zwei Frauen folgen den Männern, ihre Haare scheinen intakt – aber sie tragen Verbände über den Nasen. Haartransplantationen und Schönheitschirurgie – dafür sei Istanbul berühmt, hatte Ayaz erzählt. Nein, sagt Lee sich, sie ist gar nicht nervös. Sie ist aufgeregt. Gleich wird sie ihm begegnen, Naumann, dem Mann, der ihre Großmutter von früher kannte. Den sie vielleicht geliebt hat? Sie erinnert sich an die Stellen, die ihr schon beim ersten Durchblättern in Helenes Tagebüchern aufgefallen waren.

Dasselbe Wetter. Auerbachs Frau hat mich zu seiner Soirée eingeladen, was für eine Ehre! Schön, daß sie merkt, wer da im Dunstkreis ihres Mannes existiert. Kein Kleid für den Abend. Muß ich Günçe fragen, ob sie mir eins leiht.

(…)

Wenn ich einen Bruder hätte, dann wäre es dieser Mann, nein, er ist zarter und feiner als er. Etwas so Schönes und Trauriges haftet ihm an, als wäre er schon aus der Welt gefallen und hielte sich nur aus Trotz? Aus Pflichtbewußt-

sein? Aus Liebe zu irgendjemandem, irgendetwas an ihrem Rand. Habe ihn vor allen Leuten verteidigt, als sie sich über seine glühende Begeisterung für die neue Türkei lustig gemacht haben. Auerbach sagte später, ich hätte eine gute Figur gemacht. Er meint das anders als Spitzer, der dabei immer auf meine Beine geschaut hat. Der Mann, Naumann, sagt hartnäckig seinen Vornamen nicht, macht mir Vergnügen.

(...) Vielleicht bin ich ein bißchen verliebt?

(...) Was für ein Scheißkerl! Sp...

Wütende Streichungen, herausgerissene Seiten. Als hätte sie diesen Naumann im Nachhinein aus ihrem Leben verbannen wollen. Erzählt hatte sie von Naumann nie! Von Auerbach, von Spitzer und einigen Freundinnen, aber keine Andeutung, nichts, was mit einer Liebesgeschichte hätte zusammenhängen können, oder irrte sie sich? Hatte vielleicht gar nicht Helene die Seiten herausgerissen, war es stattdessen ihre Mutter gewesen? Ihre Mutter Marie, die sie jetzt selbst in Gedanken noch anschrie, weil Lee ihren Taufnamen benutzte und nicht den, mit dem sie sich selbst identifizierte, Mary, mit amerikanischer Verve. Hatte also Mary die Seiten entfernt? War dies eine der Spuren gewesen, die ihre Mutter gesucht und dann getilgt hatte? Naumann, der potenzielle, der wirkliche Vater? Lee war über sich selbst erstaunt gewesen, dass sie dann einfach in Berlin den Einfall gehabt hatte, Georg Naumann im Istanbuler Telefonbuch zu suchen. Wie unwahrscheinlich es gewesen war, dass er noch lebte, unwahrscheinlicher noch, dass sie ihn tatsächlich fand.

Helene hatte die Tagebücher in ihrem Abschiedsbrief an die Enkelin, der den Archivkästen beigelegt war, als ihre «Intimen» bezeichnet; und beim Lesen der Bücher in Berlin war dann dieser Mann immer wieder vorgekommen, Naumann. Seltsam, in Istanbul nun im Teehaus zu sitzen und die Bücher noch einmal genauer zu lesen. So genau, dass der Mann, der in ihnen vorkommt, bereits daraus in die Wirklichkeit herauszusteigen scheint.

Das Alman Hastanesi liegt wie eine Kommandozentrale hinter einer Mauer, gerade noch auf dem Hügelrücken, bevor die Straße steil zum Bosporus abfällt. Sieben Hügel. Wie Rom, Bamberg, Moskau – gibt es da ein Naturgesetz? Den Reiseführer hat sie im Flugzeug liegen gelassen, hat ihn genau studiert, ihr Gedächtnis ist nicht fotografisch, aber sehr gut; sie will sich statt auf einen Stadtführer lieber auf ihre eigene Nase verlassen. Als Lee schon ein ganzes Stück den Hügel zu weit Richtung Cihangir hinuntergelaufen ist, an einigen Cafés, kleinen Supermärkten und einem Ledergeschäft vorbei, das handgemachte Cowboystiefel anbietet und in dessen kleinem Schaufenster zur Straße hin eine chromglänzende Harley-Davidson steht, fragt sie endlich einen Passanten; «*Nerede Alman Hastanesi?*»

Der junge Mann, der ein zerrissenes Poloshirt trägt und einen Müllkarren zieht, lächelt und zeigt wieder den Hügel hinauf. 10:35 Uhr. Schwitzend, sie kommt nicht gern zu spät, legt sie beim Pförtner ihren Pass vor. Neben der Pförtnerloge hängen drei Bilder und zweisprachige Tafeln mit der Geschichte des Hauses; ein riesiges Ölgemälde zeigt das weißrosa schimmernde Gebäude mit seinem klassizistischen Giebel, eine Tafel mit kunstvoll ausgemalten Lettern daneben verweist auf die Gründung des Hauses, in dem man seit 1852 Heilkünste anbietet. Der Pförtner macht sich wichtig, beäugt kritisch ihren amerikanischen Pass, prüft die Visastempel, als wäre er Polizeibeamter. Sie wartet ungeduldig, mustert die Porträts oberhalb der Tafel, liest von der wechselvollen Geschichte des Krankenhauses, betrachtet das Bild von König Friedrich Wilhelm IV., der, wie sie liest, dem Krankenhaus zweitausend Taler aus eigener Tasche gespendet hat. Aus Zeitungsartikeln wusste Lee, dass es während der Gezi-Park-Proteste 2013 auch zu Angriffen mit Wasserwerfern und Tränengas auf das Gebäude kam, weil viele Protestierende versucht hatten, sich hier vor den Polizisten in Sicherheit zu bringen. Das Haus hat heute noch dreihundert Betten. Schließlich ist der Pförtner zufrieden. Er nimmt seine Mütze vom Pult, tritt zu ihr heraus, und gibt ihr den Pass zurück und erklärt in gebrochenem Englisch, welche Treppen sie nehmen müsse, es gebe im dritten Stock einen Durchgang in den hinteren Gebäudeteil, wo sie noch einmal zwei Stockwerke hochlaufen müsse.

Naumann hat ein eigenes Zimmer im obersten Stockwerk; ein Fenster steht halb offen. Durch die dünnen, altmodischen Vorhänge, die eher in eine Großbürgerwohnung gepasst hätten, sieht man weit über die Dächer hinweg. Im Schummerlicht des späten Vormittags wirkt der alte Mann zerbrechlich, übergroß, wie eine Skulptur aus dürren Zweigen, ein altes, luftiges Menschenbild, berührend und wie zu einem Verbrennungsritual in einer Operninszenierung in der Mitte der Bühne aufgebahrt. Lee fühlt sich plötzlich unsicher. Hat sie überhaupt das Recht, hier zu sein? Diesen Menschen, von dem sie fast gar nichts weiß, außer dass er ihre Großmutter geliebt hatte, oder nein, eigentlich weiß sie nur, dass sie ihn liebte, von dem sie die leise Vermutung hatte, nein, jetzt da sie hier war, musste sie ehrlich sein, vielleicht nur gehabt hatte, er könnte ihr Großvater sein, von dem sie nichts weiter weiß, außer dass er mit fast religiöser Verehrung und Attitüde über Atatürk geschrieben hatte. Was hat sie hier verloren? Belästigt man Sterbende nicht bloß mit seiner Anwesenheit?

Naumann hat sich fein gemacht. Murat und Ali konnten nicht kommen, um ihm zur Hand zu gehen, stattdessen hat Nermin ihm geholfen, sich zu rasieren und einen Morgenrock anzulegen, den Kragen seines Pyjamas darunter gerichtet, seine Haare gekämmt. Sie hat ihn mit ihren großen braunen Augen angeblickt, ihm das Rasierwasser sanft über die Wange gestrichen, *Geçmiş olsun!*, ihm gute Besserung gewünscht, ihm zugezwinkert, und sie hatten sich angesehen wie Vertraute. Nermin behandelte ihn nicht wie einen bloßen Patienten. Nermin war für ihn da, wie man sich vielleicht um einen kranken Onkel kümmerte. *Geçmiş olsun*… Würde es noch einmal besser werden? Er hat sich am Morgen wieder so leer gefühlt wie eine Hülle, sein Körper ein weiteres Laken unter dem Laken, ein Stück Haut, unter dem nichts mehr ist außer Knochen. Als könnte man die Pillen klappern hören, das Essen rutschen sehen, wenn man etwas hineintut, etwas Tee, ein wenig Zärtlichkeit. Man brauchte nur diese weitere Schicht an Stoff zurückzuschlagen, um an den eigentlichen Kern des Menschen zu gelangen. Seinen Knochenbau, der alles zusammenhält, die Wirbelsäule und Extremitäten wie ein einziger mit Takelage ausgestatteter Mast. Organe pumpten und hielten das

Ganze am Laufen. Und irgendwo in diesem Menschenschiff, dieser Maschine, steckte er, der Mensch, die Seele, der Wille, was auch immer. Besserung … Er mag Nermin, auch wenn er weiß, sie tut, was sie tut, aus Routine. Sie ist einfach so, ein guter Mensch. Er hat gehustet, mit seiner halben, intakten Lunge, die heute wieder pfeift, zumindest kommt es ihm so vor. Zu wenig Luft. Er hat das Gefühl, zu ersticken, versucht, sich zu beruhigen. Es pfeift. So hat er sich in all den Jahren immer wieder gefühlt, wenn die Panik kam, morgens in den Stunden zwischen Hund und Wolf, tagsüber in Fahrstühlen oder engen Zimmern, aber nie war es so schlimm gewesen wie in den letzten Jahren, wenn er die Treppen stieg zu seiner Wohnung am Hang, oder bei den Spaziergängen durch die Nachbarschaft, besonders die hoch zur İstiklal über die Treppen, die er ohne Hilfe gar nicht mehr hinbekam, und das eine Mal, einsam, allein, aber mit trotziger Entschlossenheit, hatte er gedacht, er könnte den Weg dann doch noch mal schaffen und sich oben zu Mert oder Gökçe ins Café setzen, wie ein Abenteurer hatte er sich gefühlt – bis er ausgerutscht war. Nermin hat ihm behutsam mit einem Waschlappen die Narben ausgewaschen, die groben Schnitte des Frontarztes, der gesagt hat, «was für ein Glück, dass Sie noch am Leben sind». Nermin hat ihm oft von ihrem Urgroßvater erzählt, der Schäfer war und auch solche Wunden hatte. Er war in Gallipoli gewesen, hatte von seinen Erlebnissen dort immer nur nachts erzählt, am Feuer, bei Festen, wenn alle tanzten, tranken, dann zog er sich das Hemd aus und zeigte auf seine Wunden. Naumann fragte sich oft, ob das Stolz war oder Verzweiflung. In Berlin ging er selbst in den heißesten Sommern mit Ulrich und den andern nie schwimmen, saß lieber am Ufer mit einem Buch und schaute zu. Ein Mann mit solch einer Brust, mit solchen Narben, mit so wenig Luft in sich. Nachts fröstelt es ihn, dann ist es zu heiß, er schwitzt und friert abwechselnd, er wirft sich zitternd hin und her, fühlt sich andauernd krank, als hätte er Dauerfieber. So war es immer schon, kein Wunder, dass keine Frau und kein Mann es lange mit ihm ausgehalten haben, denkt er. In den durchgeschwitzten Laken ist es morgens wie in einem kalten See. Und wenn dann der Blick ohne die Leidenschaft der Nacht auf seine Wunden traf … Naumann richtet seine Krawatte in dem kleinen Plastikspiegel, den Nermin ihm vorhält. Wie komisch das aussieht, ein alter Herr, adrett im Krankenbett. Naumann unterdrückt sein Husten und lächelt.

Als Lee ins Zimmer kommt, mustern sich beide verlegen. Naumanns Hände zittern, er nickt, als wolle er sagen, ja, jetzt bist du da, sieht die junge Frau an, mustert ihre Züge. Sie hat ein schönes, am Kinn spitz zulaufendes Gesicht mit feiner Nase, fast wie eine Katze. Ihr dunkelblondes glattes Haar ist dicht und umrahmt ihr Gesicht wie eine Haube. Ihre Ohren sind milchig und klein.

«... das war Helene auch», murmelt er, als hätte er unversehens einen Satz in seinem Kopf laut beendet. Klein und fein. Lee sieht ihn fragend an. Schnell schiebt er ein *«Ben de tam çay içmek üzereydim. Oturup bir çay içmek ister misin?»* nach, sie nickt, also versteht sie ein wenig Türkisch. Er schickt Nermin aus dem Zimmer. *«Sit down, please.»* Er deutet zitternd auf den Stuhl, den Nermin an seine rechte Seite gerückt hat. Seine rechte Seite ist seine Schokoladenseite. Das hatte seine Mutter immer gesagt. Auf dieser Seite sähe er aus wie ein Engel. Ein alter Engel.

Sie setzt sich, ist sich nicht sicher, in welcher Sprache sie antworten soll, sagt dann «*Evet amca, teşekkürler*». Sie hängt ihre Messenger-Tasche über den Stuhl, streift sich die Daunenjacke ab, zieht das Mobiltelefon aus der Innentasche, fragt ihn, ob es in Ordnung wäre, er nickt, sie ist sich trotzdem unschlüssig, ob sie es anschalten soll, um das Gespräch, das ja noch gar nicht angefangen hat, aufzuzeichnen. Plötzlich denkt sie, sie hätte ihm ein Geschenk mitbringen können, Blumen vielleicht oder wenigstens Baklava – zum Tee. Sie räuspert sich und sagt: «Herr Naumann, schön, dass wir uns jetzt hier in Istanbul unterhalten können, das ist so erstaunlich.»

Er nickt ihr freundlich zu.

«Gut, dann sprechen wir also Deutsch.»

Nermin kommt mit einem runden Silbertablett, das sie an elegant verschnörkelten Tragebögen hält, herein, die an einem Ring ganz oben befestigt sind, durch den sie ihren Finger gehängt hat. Das Tablett wirkt dabei fast wie eine Zarenkrone, die sie wie frisch aus der Schmiede vorsichtig ins Zimmer balanciert. Auf dem Tablett schaukeln zwei Tulpengläser neben einer Zuckerdose, der Tee in einem der Gläser ist dunkler gefärbt. Die Krankenschwester rührt Naumann ein Stück Zucker in das hellere Getränk ein, stellt das dunklere an die Ecke des schiebbaren Nachttischs, in Lees Nähe.

«*Siz de ister misiniz?*», fragt sie. Sie ist schüchtern, schaut ihr nicht in die Augen.

«*Hayır, teşekkür ederim*», antwortet Lee, sie brauche keinen Zucker.

Nermin verlässt das Zimmer, schließt die Tür. Die Fenster sind nicht ganz geschlossen, es ist kalt im Raum, findet Lee. Beide, Naumann und sie, sind froh, etwas in der Hand zu haben, nicken sich zu und trinken. Sie versuchen sich an einem Lächeln. Als es aussieht, als wollte Naumann etwas sagen, stockt er, fasst sich dann aber ein Herz.

«Sie sehen wirklich aus wie sie ... wie Helene.»

«Es ist schön, dass Sie sich nach so langer Zeit noch an sie erinnern!», sagt Lee. Sie mustert das alte, von Krankheit gezeichnete Gesicht. Ja, es ist *schön*, ein freundlicher Zug um die Augen.

«Aber natürlich! Ihre ... Großmutter ... wie könnte man sie jemals vergessen?»

Lee nickt. Maries Augen waren das nicht, schon gar nicht die Marys.

«Ja, also Ihre Großmutter und ich, wir ... haben eine Geschichte.» Plötzlich klopft Lees Herz so schnell, dass sie meint, er müsse es hören. Naumanns Hand mit dem Glas zittert stärker. Er stellt es ab, schließt und öffnet seine Hand zur Faust, dreimal, als wollte er Blut in sie pumpen. Dann nimmt er das Glas wieder in die Hand, unterstützt das Aufnehmen mit der Linken. «Aber trinken Sie doch erst Ihren Tee. Kalt schmeckt er nicht.»

Er deutet auf ihr erst halb ausgetrunkenes Glas, dann auf die Zuckerdose.

«Und gewöhnen Sie sich den Zucker an! Das schmeckt besser. Manche Türken beißen auch einfach ein Stück vom Würfel ab, halten ihn zwischen den Zähnen und schlürfen dann den Tee durch den Zucker.»

Er nimmt mit zittrigen Fingern ein Stück aus dem Zuckertopf, macht es ihr vor, beide lachen.

«Helene konnte das besonders gut, ja ... wir sind oft zusammen Tee trinken gegangen, damals. Nachdem ich aus dem Gefängnis gekommen war. Und als Ulrich starb, da war … da war Helene für mich da.»

Beide trinken ihren Tee ganz aus – ohne zu schlürfen.

Lee wartet darauf, dass der alte Mann weiterspricht.

«Wir sind so oft auf die andere Seite gefahren, nach Üsküdar, und dann spaziert, nach Kuzguncuk, da fühlt man sich wie im Grünen, wie in einem Dorf. Ist wohl immer noch so, ich war lang nicht mehr da. Helene hat es geliebt. Sie sagte immer, dass man sich in diesem kleinen Tal, zwischen den Hügeln mit den Bäumen und Gräbern, zwischen all den Menschen aus der ganzen Levante, die sich hier in den bunten Häusern niedergelassen hatten und einen ganz anderen Lebensrhythmus versprühten als der Rest von Istanbul, auf magische Art zu Hause fühlen konnte. Wir tranken dann Tee bei Murat oder vor einer der jüdischen Bäckereien. Ich glaube, man hielt uns für ein Liebespaar. Was wir vielleicht ja auch waren, ich weiß nicht …» Naumann unterbricht sich durch ein Räuspern. «Es gibt eine wunderbare armenische Kirche dort und auch eine alte Synagoge. Gut, dass sie das nicht mehr erlebt hat, Fünfundfünfzig, die verdammte türkische Kristallnacht. Die Griechen, die Juden, die Armenier, so viele sind danach raus. Was für ein Wahnsinn das war … Kuzguncuk, ja, da war es schön.» Naumann fängt plötzlich an zu zittern, von den Armen bis zu den Schultern hinauf.

Sie steht auf, nimmt ihm das Glas mit der Untertasse aus den Händen, stellt es zu ihrem auf das Kronentablett. Dann geht sie zum Fenster.

«Soll ich es schließen?», fragt sie.

Naumann beobachtet, wie der leichte Wind die Vorhänge am Fenster um ihre Beine weht. Sie trägt einen blauen Seidenrock mit gelben Vögeln. Kraniche? Nein, Reiher. Er mag Reiher, die standen auch in den Teichen und Mooren im Nebel auf Ulrichs Familiengut bei Posen. Der Rock reicht ihr bis über die Knie. Er ist sich sicher, dass sie den extra für ihn angezogen hat. Junge Frauen in Istanbul, besonders Amerikanerinnen, tragen keine Röcke, nicht einfach so. Die jungen Türkinnen aber schon, kurz, sehr kurz, wenn sie abends ausgehen. Röcke tragen … Das hat auch Helene nicht getan, damals, als sie noch einmal nach Istanbul kam. Sie war eine Frau in Hosen.

«Wenn man alt wird, mag man den Wind. Er bringt Nachricht», sagt Naumann. «Es ist mild zurzeit. Riechen Sie das?» Er wartet auf ihre Antwort. Sie steht am Fenster, blickt über die Dächer, den Bosporus, das Goldene Horn, die Spitzen der Minarette um den Kubus der Hagia Sophia und das Meer. «Fast schon wie Frühling.»

«Ja …» Er schließt die Augen und atmet tief ein. Es pfeift nicht. Er ist dankbar dafür. «Der Wind bringt die Stadt zu mir. Die Stadt und das Meer.»

Sie dreht sich um und will gerade an ihren Platz gehen, da fährt er fort.

«Aber wenn es Ihnen zu kalt ist, dann machen Sie nur zu!»

Sie schüttelt den Kopf. «So alt zu werden ist sicher nicht leicht.»

Er stutzt, dann lacht er und sieht, dass sie errötet.

«Als ich hundert wurde, wann war das, ja, da starb doch der Superman? Dieser Reeve, armer Bursche, Christopher hieß der, nicht wahr? Vom Hals ab gelähmt, saß nach seinem Reitunfall so lange im Rollstuhl, habe ich damals in den Illustrierten verfolgt. Ein tapferer Mensch. Altern ist auch nichts für Feiglinge. Ich liebe es, ins Kino zu gehen, die alten Säle an der İstiklal, prachtvoll, sogar Leute in Unterflack schau ich mir da an. Mit Helene bin ich oft ins Kino, nach Ulrichs Tod. Wir haben uns da getroffen. Yeşilçam. Eine eigene türkische Filmkunst gab es da aber noch kaum, die meisten türkischen Filme wurden erst nach dem Weltkrieg gedreht. Waren meist Streifen aus Hollywood, die sie zeigten, oder aus Paris, damals aber schon alles mit türkischer Synchronisation! Vieles von den türkischen Filmen damals, wie die von Muhsin Ertuğrul, waren immer noch eher gefilmte Theaterstücke. War trotzdem schön. Wir haben es gemocht, die dramatischen Liebesszenen oder die Väter, die ihre verlorenen Söhne am Ende wieder an ihre Brust drückten. Es ist schön, mit jemandem im Dunkeln zu sitzen, zu schauen, zu fühlen, zu lachen und zu weinen, wissen Sie?»

Naumann macht eine Pause in seinem melodiösen, langsamen Vortrag. Macht sie ihn nervös? Ist er schon müde? Soll sie ihm mehr Zeit geben? Eigentlich ist sie ungeduldig. Eigentlich glaubt Lee, dass da etwas ist in ihrem Gespräch, ein dunkler Fleck in Naumann, der mit Helene zu tun hat. Ein Fleck, der sie beide verbindet, aber sie entscheidet sich für den Umweg. Ihn nicht mehr direkt darauf anzusprechen. Für den Moment sieht er friedlich aus, halb vom Licht beschienen, das in Streifen durch die helle Gardine fällt. Ein Mann mit sorgsam gekämmtem Haar, frisch rasiert. Die Augen geschlossen, die Augäpfel dahinter bewegen sich, als ob er nachdenkt. Er könnte tatsächlich schön gewesen sein, damals. Lee fragt sich, ob er eingenickt ist, und will die Diktierfunktion am Mobiltelefon wieder ausschalten, um zu speichern und dann vielleicht ganz leise zu gehen, als Nauman die Augen aufschlägt.

«Aus Amerika. Ich habe eine Menge Leute gekannt aus Amerika – und noch mehr, die dahin gegangen sind. Und jetzt sind Sie da. Für mich aus Amerika gekommen. Die Enkelin von Helene.»

Sie denkt: aus Amerika. Sie. Die Enkelin. Sie hatte ihren Großvater, den Mann von Helene, «ein Erzeuger, bloß ein Erzeuger», ja nie kennengelernt; und seit sie die Lüge ihrer Mutter, der Leutnant in Korea, kannte und deren Ausbruch am Telefon erlebt hatte, diese tiefe Verletzung, die so viel erklärte, aber auch noch so viel unentdeckt ließ, war sie aufgewühlt von der Möglichkeit, einen Großvater zu haben. Dieser Mann hier … – kompliziert, sicher, aber besser als der Vater ihres Vaters, Onkel Raylan, mit seinem Pick-up, dem selbst gebrannten Moonshinelächeln und dem Rauch seiner Selbstgedrehten. Den vergaß sie als Großvater ganz gern. Unruhig rutscht sie auf ihrem Stuhl herum. Mit dem Datum konnte irgendetwas nicht stimmen. Helene war in den 40ern aus der Türkei in die USA emigriert. Und Ihre Mutter 53 geboren … War Reeve nicht schon in den 90ern gestorben? Sie hatte sich nie für Superhelden interessiert. Wie merkwürdig, dass dieser Mann sich an alte Comics und Filme erinnert. Naumann sieht sie an und fährt fort.

«Machen Sie das Fenster doch zu?»

Sie steht wieder auf und schließt die alten Doppelfenster mit den blanken Kupferklinken.

«Danke! Die Muezzins singen lauter seit der letzten Wahl. Zehn Dezibel mindestens. Mich stört das. Mein Gehör ist erstaunlicherweise noch ganz in Ordnung. Der Rest auch. Bis aufs Schlüsselbein. *Antostet bin i no net.* Dass Sie gesagt haben, ich sähe gut aus, das hat mich wirklich sehr gefreut. Ich fühle mich auch so, meistens.»

Hat sie das gesagt? Ja, der Eindruck des in sich zusammengefallenen, zitternden Kranken verschwindet, sobald er den Mund aufmacht. Die wachen Augen, das immer noch volle graue Haar. Sein Gesicht nicht halb so eingefallen, wie sie es selbst von vielen ihrer Professorinnen kennt. Er ist ihr sympathisch. Etwas Anziehendes geht von seinen Mundwinkeln aus, ein Lächeln, das sich immer nur anzudeuten scheint. Sie hat ihn sich, obwohl sie ihn ja schon auf dem Bildschirm gesehen hat, hier im Bett liegend eher wie einen Greis aus dem Alten Testament vorgestellt. Aber als sie ihn nun vor sich sieht, dünn, elegant, und begreift, dass er von seiner Erzählung gar nicht erschöpft ist, sondern seinen Worten eher nachsinnt und sie prüft, als müsse er selbst vor seinem inneren Auge beobachten, was er gerade berichtet hat, muss Lee an einen wettergegerbten Seemann denken oder auch an einen alten König aus einem der deutschen Märchenbücher, die ihr Helene geschickt hatte, als sie noch klein war. Drosselbart. Aber nein, Naumann ist anders, kein König. Seine Augen wirken hellwach, wie bei einem kranken Jungen, der neugierig ist auf das, was ihm da draußen in der Welt entgeht, während er im Bett liegen muss. Naumann ist um die Wangen rosig, so gar nicht asketisch. Sie kann ihn sich eher beim Essen vorstellen, auf der Straße herumlaufend, in Bewegung – als hier auf dem Bett. Ein Effekt, als hätte ihn diese Begegnung mit ihr plötzlich ungemein belebt.

Sie nimmt es als Kompliment, wie vertrauensvoll und bildhaft er jetzt von seinem Unfall erzählt, er benutzt sogar die zittrigen Hände. Wie ein alter Zauberer, ein Direktor, ein Schauspieler, der von seinem neuesten Dreh erzählt, die Rolle lebt. Er berichtet von der steilen Treppe hinter dem Galata-Bad, die nach dem Regen vom Katzendreck schmierig und glatt ist wie Seife, und auch wenn die Leute meinten, in seinem Alter solle man nicht mehr so viel zu Fuß herumspazieren, wäre es doch trotzdem ein Verbrechen, in dieser Stadt nicht zu Fuß zu gehen. Dann verpasste man ja alles. Zu Fuß und mit dem Schiff, das sei das wahre Reisen. Wenn man alt würde, merkte man plötzlich, was wirklich zähle. Was man erlebt hat. Wie wichtig und wertvoll das war. Allein die Sache mit dem Hut, als plötzlich alle westlich aussehen und grüßen sollten, aber diese Hüte waren eben besonders schön; wenn man die Straßen in Pera entlangging, sah das an einem Regentag von einem der oberen Stockwerke wie ein wippendes, wogendes schwarzblau-dunkelgrün-braunes Meer aus Hüten und Schirmen aus, sodass man sich leicht vorstellen konnte, die Straßen Istanbuls seien jetzt das, was früher der Bosporus war: Handelswege, ein bewegtes Sepia wie auf einer alten Postkarte, nicht wahr?

«Wissen Sie etwas vom Pera in der Zeit der Republik?»

Sie nickt und erzählt ihm von ihrer Doktorarbeit, von den Tagebüchern aus der Zeit, die sie gelesen hat, von den Emigrantinnen, auf die sie sich konzentriert, ihre vielen Geschichten, wie sie hier angekommen sind, sich neu zurechtfinden mussten in einer Gesellschaft im Aufbruch. «Das muss damals unglaublich gewesen sein, so geschäftig, so reich, ein Viertel von allen großen Minderheiten der Stadt geprägt.»

«Ja, die İstiklal war damals eine mehrsprachige Straße. Man hörte und las Griechisch, Armenisch und Jiddisch, Hebräisch, Deutsch und Spanisch von den Emigranten und den türkischen Juden – die waren ja alle längst da, die Sephardim seit fast fünfhundert Jahren.»

«Besonders beeindruckt hat mich, dass es damals direkt am Tünelplatz zwei deutsche Buchhandlungen gegeben hat – *Caron* und *Kalis*. Ich hab das in den Tagebüchern von Absolventinnen der deutschen Schule öfter gelesen, dass man damals verstärkt aus Deutschland Lehrer und Lehrerinnen mit nationalsozialistischer Gesinnung geschickt hat und dass die Schüler von den meisten Lehrern angehalten wurden, ihre deutschen Bücher bei *Kalis* zu kaufen und nicht bei *Caron*, denn deren Eigentümer war Jude.»

Naumann nickt.

«Ich bin beeindruckt, was Sie alles wissen. Ja, daran erinnere ich mich gut, die Deutsche Schule und selbst der Kindergarten fielen damals unter den Nazischatten. Das war für Helene damals der größte Skandal, dass die Nazis die Kinder missbrauchten und ihnen sogar durch Bücher und Bildung ihre rassischen Fantasien einbläuen wollten – das war, bevor ihre Eltern ins Lager kamen, aber das erfuhr sie erst viel später, erst in den USA. In der Buchhandlung *Caron* waren wir damals öfter, die war für die Emigrierten damals einer der wichtigen Treffpunkte und eine richtige Börse für Informationen. Sie sind das erste Mal in Istanbul?»

«Seit gestern Abend. Es ist aufregend.»

«Das ist es! Pera heißt jetzt Beyoğlu, die alten Botschaften und Residenzen sind noch da in der Nachbarschaft, und es ist immer noch schön, nachts oder im Winternebel frühmorgens durch die Straßen zu gehen.»

«Ja, der Nebel heute Morgen über dem Goldenen Horn und dann in der İstiklal mit der Weihnachtsbeleuchtung, das hatte so etwas … so etwas …»

«Altes?»

Sie nickt. «Etwas Altes, etwas Vertrautes. Schönes. Auch Trauriges?»
Naumann lächelt ihr zu. «*Hüzün* nennt man hier diese besondere Melancholie, die nur Weltstädte haben, voller Schichten und Geschichten, wissen Sie. Haben S' nur keine Angst, wenn Sie rausgehen. Die Türkei ist sicher. Nur bleiben Sie nicht zu lange auf dem Taksim stehen, wenn etwas passiert, dann sicher da.»

Lee lacht: «Nein, werde ich nicht! Ich weiß ja noch nicht mal, wie lange ich bleibe.»

«Hoffentlich lange», sagt er. Sie ist von seiner Offenheit gerührt.

Auch Lee schüttelt den Rest ihrer Befangenheit ab.

«Ich auch.»

«Ja, Sie haben das gleiche Lächeln. Und auch die Augen Ihrer Großmutter. Erstaunlich. Wie geht es ihr? Nein, verzeihen Sie, wie dumm von mir.»

Naumann sieht plötzlich sehr müde aus. Versunken. Sie hat das Gefühl, ein ganz leises Pfeifen zu hören wie bei Asthmatikern oder Lungenkranken. Lee sieht Tränen in seinen Augen, die er nicht abwischt. Er ist wieder still geworden. Als sie aufsteht und sich verabschiedet, sieht er sie lange an, greift nach ihrer Hand.

«Ich kann Ihnen da noch einiges erzählen, wenn Sie etwas über die Leute um Auerbach wissen wollen, über Helene – und über die Lage damals, die Lage in Deutschland und in der Türkei. Ich … ich möchte Ihnen so viel erzählen. Aber das müssen *Sie* auch. Wenn wir uns das nächste Mal sehen, können Sie mir dann ein wenig von Helenes Leben erzählen? In Amerika? Wir hatten ja keinen Kontakt mehr. Und wie ist sie gestorben?»

Er ist zum Schluss wieder aus seinem etwas altertümlichen, aber sehr feinen Deutsch ins Österreichische gewechselt. «Jetzt bin ich erschöpft.»

Sie nimmt seine Hand nicht von ihrem Arm, lächelt stattdessen und nickt. Fast ist sie versucht, sich vorzubeugen und den alten Mann zu umarmen. Dann löst sie sich, zieht ihre Messenger-Tasche von der Stuhllehne, verstaut das Handy darin und streift die Daunenjacke über. Er sieht sie zum Abschied lange an. Sein Blick bekommt etwas Milchiges, Fernes, als sähe er durch sie hindurch.

«Es waren schwere Zeiten damals. Und nicht bloß wegen der Politik. Das Leben hält so viel Schwieriges für uns bereit, manchmal kann man das gar nicht ertragen, aber Helene hat mich immer korrigiert, wenn ich in dieser Stimmung war. Dann hat sie mir das Haar aus dem Gesicht gestrichen, meinen Kopf in die Hände genommen, wissen Sie, als wollte sie mir das Gewicht der Welt abnehmen, und hat mich angesehen und gelächelt. Helene. Ohne sie hätte ich das alles damals nicht ausgehalten.»

Naumann seufzt.

«Ich habe Sie in unseren zwei Ferngesprächen leider niemals danach gefragt.»

Sie sieht ihn zögern, aber dann fragt er.

«Wann ist Helene gestorben?» Er sieht so ernst aus, gleichzeitig so jung.

«Sie ist erst vor fünf Jahren gestorben», flüstert sie.

Es treibt Lee einen Kloß in den Hals. Er schweigt.

«Sie hatte Krebs, Bauspeicheldrüse. Es ist schnell gegangen, sie hat noch alles ordnen können, mir ihre Aufzeichnungen hinterlassen, alles war verzeichnet, ganz Professorin, bis zuletzt. Sie hat mir erst spät gesagt, wie krank sie war, wollte mich im Krankenhaus auch gar nicht mehr sehen, ließ auch meine Anrufe nicht durchstellen, sondern schrieb mir einen letzten Brief. Ich solle sie so in Erinnerung behalten, wie sie war, wie wir waren, miteinander. Sie wolle kein Mitleid und vor allem kein Sterbebild hinterlassen.»

Ihr Blick schweift noch einmal durch sein Krankenzimmer. Sie kann ihn plötzlich riechen; Seife und einen Hauch Parfüm. Kein Geruch nach Krankheit. Keiner nach Alter. Lee kann sehen, wie sich Tränen in seinen Augen bilden, wie müde er von ihrem Gespräch geworden ist.

«Danke, Lee.»

Plötzlich geht ein Ruck durch Naumann. Seine Züge straffen sich. Er drückt auf den Knopf neben sich. «Danke, dass Sie es mir doch schon so klar und ohne Umschweife gesagt haben.» Er wischt sich die Tränen ab, dann beugt er sich aus dem Bett, öffnet mit Mühe die oberste Schublade, sie will ihm helfen, aber er winkt ab. Er holt eine Armbanduhr heraus. Sie ist offenbar alt, Lee erkennt einen Riss im Glas, durch den Feuchtigkeit in das Gehäuse gedrungen sein muss. Die Salzluft Istanbuls. Das Zifferblatt ist oxidiert, um die Mitte der Zeiger hat sich die dunkelblaue Farbe in ein irisierendes Gold verwandelt, wie ein fehlgeschlagenes alchemistisches Experiment, wie die Gloriolen um die mythologischen Figuren auf einem Bild von William Blake, *The Ancient of Days* zum Beispiel, das Urizen mit dem Zirkel zeigt, so sind die Farben von den Rändern her zur Mitte der Uhr verlaufen, wie eine strahlende Sonne, Ausbrüche in Silber, dann Gold, ein seltsamer Schleiereffekt. Lee ist wie hypnotisiert von dem Farbenspiel, bis er sie aus dem Staunen reißt:

«Oh ja, es ist schon halb fünf, bitte entschuldigen Sie, dass ich Sie so lange aufgehalten habe – und das mit so traurigen Themen. Bitte, genießen Sie den Abend, gehen Sie aus, schauen Sie sich die Stadt an, aber versprechen Sie mir, dass Sie gleich morgen wiederkommen, in Ordnung? Ich möchte noch so viel erzählen, so viel von Ihnen wissen. Haben wir eine Verabredung?»

Lee nickt dem alten Mann zu. Der lächelt zufrieden.

«Nermin bringt Sie hinaus.»

Draußen, an der kalten Luft, weiß Lee nicht so recht, wie sie das alles fassen soll. Sie hat das Gefühl, in Naumann einen Vertrauten zu finden, mit dem sie einen Teil ihrer Familie, den Teil Helenes, wiederfinden und entschlüsseln kann. Den Teil, den auch die Tagebücher nicht hergeben.

Sie geht über den Taksim, soll Naumann den ruhig für gefährlich halten, sie will den Gezi-Park sehen. Die Proteste dort vor ein paar Jahren hatten sie in den Bann geschlagen, sie hatte sie in den Zeitungen genau verfolgt, auch über Facebook-Freunde und deren Livestreams von hier. Die Jugendlichen, die plötzlich überall zusammenstanden und sich nicht von einer weiteren Shoppingmall ihren Raum in Istanbul nehmen lassen wollten, sie wäre damals gern selbst hingefahren. Sie war wütend auf Erdoğan, wie auf all diese dummen, dicklichen Männer, die glaubten, sie könnten die Natur zerstören, ihre Völker mit Geld, Religion, Pseudopatriotismus und Geschichtsklitterung kontrollieren und kämen damit durch. Einige ihrer Freundinnen hatten gelacht. «Revolutionstouristin» wurde sie genannt. Das hatte sie verletzt, durch den Tod Helenes war sie aus der Bahn geworfen worden, das College fühlte sich nicht mehr an wie das gleiche, Helene fehlte. Nach der Beerdigung mied Lee lange den kleinen Friedhof über der Library und dem Rugbyfeld, wo Helene lag. Nachdem sie die Universumskarten von Ida bekommen hatte, ging sie wieder öfter zum Grab, legte Steine darauf. Sprach wieder mit Helene. *Wieso bist du fort? Du hast doch gerade erst angefangen, mir deine Welt zu zeigen?* Aber irgendwann wollte sie eine Antwort. Fast alles an Bard brachte Lee immer wieder in Erinnerung, dass Helene tot war. Auch die neue Stelle am College und die Arbeit am Konzept ihrer Dissertation gaben ihr zunächst keinen Halt, aber sie hatte es Helene versprechen müssen, dass sie weitermachte. «Du musst mir bei allem, was du tust, versprechen, dass du die Dinge zu Ende führst, gib sie nicht auf, nur weil du feststeckst oder gerade nicht weiterweißt. Mach keine falschen Kompromisse.»

Der Park ist dunkel und kalt. Fast schon acht Uhr. Kein Hauch von Freude. Lee bemerkt, dass sich Hunger in ihrer Magengrube ausbreitet. Sie bricht den Spaziergang ab, geht wieder zurück in Richtung Bosporus. Das verlassene Gebäude des Atatürk-Kulturzentrums liegt jetzt zu ihrer Linken, dann entdeckt sie ein Café, dort sitzen unter Heizpilzen und einem Baldachindach hinter einer schönen Hecke Menschen draußen und trinken Wein. Einige essen. Sie sucht sich einen Platz, studiert die Karte – es heißt *Gezi Café* Istanbul –, sie bestellt Adana Kebab und einen Salat. *Keine falschen Kompromisse und Dinge zu*

Ende führen. Sie holt ihr Handy aus der Messenger-Tasche. Drei Sprachnachrichten von Ayaz, der sich entschuldigen will. «... und wenn du die letzte Frau auf der Welt für mich wärst, weil ich nach dir eh niemanden mehr lieben kann, ich würde dich wieder so aufnehmen, wie ich es getan habe ... immer.» Sie bricht die Aufzeichnung ab und ruft an. Keiner nimmt ab. Sie versucht es noch mal. Beim dritten Anruf meldet sich eine Computerstimme, diese Nummer sei zurzeit nicht erreichbar.

Plötzlich hat Lee Lust auf Wein. Sie denkt an Berlin, wo sie fast ein halbes Jahr lang jeden Tag in die Staatsbibliothek am Potsdamer Platz geradelt ist; es war gut gewesen, von Bard und aus New York wegzugehen. Sie konnte in Berlin auch wieder schreiben. Sie fühlte sich wohler, wenn andere um sie herum das Gleiche taten, sich durch ihre Dissertationsträume oder wenigstens durch den Master kämpften. Das war keine Schadenfreude, aber auch kein solidarisches Mitleiden. Sie mochte es, dass man in der Bibliothek bald feste Sitznachbarn hatte wie den milchgesichtigen Mann im Anzug, der, wie Lee sich einbildete, vorspielte, bereits Professor zu sein, wichtig seine Notizblöcke aufschlug und mit tiefem Seufzen einen wichtigen Tagungsbeitrag verfasste, aber in der Kantine das Geld für den Kaffee abzählte und nur selten, obwohl er immer darauf schielte, ein Sandwich nahm. Man konnte Menschen beobachten, konnte sich Geschichten ausdenken, konnte anderen seine eigenen Ängste anhängen, auch die Träume, ohne etwas zu sagen. Ich bin jetzt, denkt sie, nun im *Gezi Café,* keine Person mehr, die nur beobachtet – ich bin dabei. In Berlin war sie zunächst besorgt, ob ihre Doktormutter vielleicht doch nicht damit einverstanden wäre, dass sie in ihrer Arbeit über die Istanbuler Exilanten um Erich Auerbach, Leo Spitzer, Lieselotte Dieckmann, Traugott Fuchs und ihre Assistentinnen zu sehr den Fokus auf ihre eigene Familiengeschichte legte. Sie nimmt den Laptop aus ihrer Tasche, öffnet den zweiten Abschnitt des Einleitungskapitels.

Atatürk hatte in der Türkei tiefgreifende Reformen durchgesetzt, die auf eine Europäisierung der ganzen Gesellschaft zielten. Eine neue Ära begann. Westliche Wissenschaftler und Techniker wurden auf Betreiben des Staatsgründers und seines Bildungsministers Hasan Ali Yücel eingeladen und angeworben. Türkische Hilfe für jüdische Flüchtlinge. Anfang 1933 wurden die türkischen Universitäten reformiert, und bereits im Juli dieses Jahres wurden die ersten Anstellungsverträge mit deutschen Wissenschaftlern abgeschlossen. Sie sollten Türkisch lernen und Lehrbücher auf Türkisch publizieren, was aber meist schwieriger war als gedacht.

Doch jetzt erschien Lee das alles noch unbeholfen, halbgar. Sie machte eine Randnotiz und las weiter.

Dafür erhielten die deutschen Professoren in der Regel sehr gut dotierte Posten an den Hochschulen und bei Regierungsbehörden, teilweise wurden sogar extra eigene Institute gegründet, die von Exilanten geleitet wurden. Nach der Machtübernahme der NSDAP nutzten viele, vor allem jüdische Akademiker, die aus dem deutschen Wissenschaftsbetrieb verdrängt wurden, die Angebote der türkischen Regierung. Ab 1937 zogen viele, die in der Türkei Zuflucht gesucht hatten, in andere Länder weiter, vor allem in die Vereinigten Staaten – so wie auch Auerbach, Dieckmann und Helene. Bis 1945 hatten etwa eintausend hoch qualifizierte Exilanten, Anwälte, Ärzte, Architekten, Biologen, Soziologen und Sprachwissenschaftler, aus dem deutschsprachigen Raum, in der Türkei Zuflucht gefunden, veränderten und beeinflussten die Entwicklung der türkischen Universitäten und wissenschaftlichen Einrichtungen genauso wie auch der schönen Künste und der Musik. Das klang erst mal nach einer Erfolgsgeschichte staatlicher Art – doch auch in der Türkei gab es Antisemitismus, Diskriminierung und ethnischen Zwang.

Sie strich eine Wiederholung, setzte den letzten Satz ins Präsens und überlegte, ob sie ihn neutraler formulieren sollte.

Lee war anfangs zwischen den Dokumenten, Briefen und Tagebüchern fast ertrunken, die erst die Hoffnung, dann die Enttäuschung vieler Emigranten vermittelten, die nach Istanbul gekommen waren – aber sie fand auch viele Geschichten der Dankbarkeit, Briefe an diejenigen, die ganzen Familien einen Ausweg aus Nazideutschland ermöglichten, aber natürlich hatte keine dieser Geschichten sie so ergriffen wie die von Helene. Und sie war so erleichtert gewesen, als sie diese Spur zu Naumann gefunden hatte, dass sie dadurch Helenes Tagebücher noch mal neu in die Hand nehmen, aufschlagen, lesen konnte – diese neue Stoßrichtung beendete Lees langes und für sie qualvolles Aufschieben der Doktorarbeit mit einem Schlag. Es brachte Helene zurück.

Von Prokrastination und Blockaden beim Schreiben und Denken hörte sie täglich in der Kantine der Staatsbibliothek, als hätten sämtliche Akademiker, Studenten und Doktoranden ihren eigenen Gedankengarten mit diesem einen Wort bepflanzt, mit dem akademischen Äquivalent zu Gras, ein bleiches Vorgartengrün, ein grau verschleierndes, einschläferndes, träge machendes Marihuana. Als wäre man auch noch stolz darauf, sich das Leiden am Text, nein, das Leiden an sich selbst, gegenseitig zu zeigen. Sie war heilfroh gewesen, diese Phase nun hinter sich gelassen zu haben, über die Entscheidung, nach Istanbul zu fliegen und Naumann als letzten noch lebenden Zeitzeugen zu befragen. Als sie Ayaz von ihrem Fund erzählte, aber noch nichts von der Möglichkeit, in ihm vielleicht sogar den unbekannten Vater ihrer Mutter zu finden, und erst recht nicht von der in ihr bereits reifenden Entscheidung, bald abzureisen, hatte er eine Flasche Wein geöffnet. «*Bunu kutlamalıyız*! Das müssen wir feiern!» Sie hatten sich geliebt, und er hatte sie danach in den Armen gehalten, während sie die Schattenrisse der Bäume durch die Jalousie in seinem Zimmer betrachtete. Sie liebten sich immer in seinem Zimmer. Lee sah in den Umrissen zwei Tiere, Bären oder vielleicht plumpe, unbeholfene Menschen, die nachdenklich über einen Waldweg schlenderten, während Ayaz bereits ihre gemeinsame Reise nach Istanbul plante. «Wir können im Sommer fahren, da nehme ich mir bei Berlitz zwei Monate frei, die Sommerkurse kann Ahmet für mich geben, dann wohnen wir bei meinem Cousin in Kadıköy, und du kannst deine Recherchen machen, du wirst sehen, das ist richtig schön da.» Lee sah die beiden Tiere verschwinden, auch der Wald verschwand. Wand war wieder Wand. «Was hast du? Bist du noch da?», fragte Ayaz.

«Doch, doch.» Lee zeichnete mit ihrem Zeigefinger die Konturen der Bären nach, bevor sie ganz weg waren.

«Spielst du wieder Schattentier?», fragte Ayaz. Lee ließ den Finger von der Wand gleiten und strich Ayaz über die Brustwarzen.

«Wir können dann auch nach Bodrum fahren …»

«Schhh.» Lee legte ihm den Zeigefinger an die Lippen und kletterte auf ihn, bewegte sich auf seinem schönen, großen Körper, ließ sich von ihm streicheln, wollte nichts mehr hören von seiner Planung ihrer Zukunft im Sommer. «Lass es uns noch einmal tun.» Am nächsten Tag hatte sie dann das Flugticket gekauft und bis zum letzten Tag gewartet, um ihm zu sagen, dass sie diese Reise allein machen wollte. Allein machen musste.

Lee hebt ihr Wasserglas und trinkt stumm auf Helene. Dann hebt sie es noch einmal und flüstert: «Auf Naumann. Auf Ayaz.» *Alles zu Ende führen.* Sie blickt auf ihr Handy, schaltet es wieder ein. Ayaz hat ihr fünfzehn neue wütende, verzweifelte, bösartige und liebevolle Nachrichten geschickt, über alle Kanäle, eine lange SMS, kurze E-Mails, eine Sprachnachricht über Viber, zwei via Signal, eine WhatsApp mit einem Video, wie sie zusammen tanzen. Lee beschließt, jetzt nicht zurückzurufen. Sie klappt den Laptop zu, legt ihn zurück in die Messenger-Tasche und nimmt Helenes Aufzeichnung heraus, als der Kellner ihr die gekühlte Flasche Kayra bringt. Sie stutzt erst, aber als sie trinkt, merkt sie, dass der Wein genau richtig passt zum Kebab. Helene hat immer vom Essen in Istanbul geschwärmt. Ayaz auch. Plötzlich ist die Vergangenheit nicht mehr bloß ein Wühlen durch Texte und Dokumente. Ja, Naumann konnte Helene nicht damals in den späten Dreißigern in Istanbul geschwängert haben, das war für das Geburtsdatum ihrer Mutter zu früh. Aber auch spätere Aufzeichnungen waren aus den Tagebüchern herausgerissen. In den Fünfzigern. Und wenn die Sache mit dem Leutnant, die Mary erzählte, nicht stimmte … konnte es da nicht sein, dass Helene und Naumann sich noch einmal getroffen hatten? Lee nimmt einen weiteren Schluck aus dem großen, pokalartigen Glas. Helenes Geschichte. Sie ist da, erfahrbar, und Lee nimmt sich vor, Naumann behutsam danach zu fragen.

Bewegung hatte natürlich auch eine Rolle gespielt. Sie hatte es genossen, morgens mit Ayaz' altem Fahrrad von Kreuzberg bis zum Landwehrkanal zu fahren und dann an der Ecke Lotzower abzubiegen, im *Café Schümer* im Hinterhof ein kurzes Frühstück einzunehmen, meist ein Croissant und einen sehr heißen Cappuccino, und dann das Fahrrad für den Rest des Weges zu schieben, es abzustellen, anzuschließen, in die Bibliothek zu gehen, so wie andere Leute zum Arbeiten ins Geschäft oder ins Büro. Die Bibliothekarinnen erkannten sie nach ein paar Tagen, sie hatte sich kommen lassen, was die Magazine hergaben. Sie glich alles mit den Namen ab, die in den Briefen und Tagebüchern Helenes auftauchten, legte Listen an, schrieb Kurzviten, ordnete, sammelte, organisierte, exzerpierte und kopierte. Es war Zufall gewesen – ja, der Mann, der im Tagebuch während Helenes ersten Jahren in Istanbul auftauchte und in den sie sich offensichtlich verliebt haben musste, schließlich tauchte er immer wieder auf, als *großer, schöner Mann,* den Helene mal verschämt wie ein Backfisch, *heute hat er mir zugelächelt,* mal geheimnisvoll, *ich habe ihn von weitem in seinem langen blauen Mantel auf der İstiklal gesehen, bin ihm aber nicht nachgegangen,* erwähnte. Es wurde auch leidenschaftlich: *Seine Augen wühlen mich auf, wenn er mich ansieht, will ich mit ihm in die Berge fahren, auf Pferden reiten, mit ihm machen, mit ihm gehen, was und wohin er will.* Aber, darauf wiesen ja die herausgerissenen Seiten in dem ansonsten so wohlgeführten Tagebuch hin, er musste ein unglückliches Ende in Helenes Leben gefunden haben, was sie, Lee, wiederum neugierig gemacht hatte. An einem Tag hatte sie zufällig eines der Nachkriegstagebücher Helenes mit in die Bibliothek genommen, die meistens mehrere Jahre umfassten, viel informativer gehalten, viel distanzierter aufgebaut, und da stieß sie tatsächlich auf einige Passagen, die den Namen Naumann als jemanden, den sie bei einem anstehenden Konferenzbesuch wohl wiedersehen würde, enthielt, und was ihr, *so, wie es endete, Bauchschmerzen macht.* War das derselbe Naumann, der bis Anfang 1935 und darüber hinaus so begeistert über die neue Türkei und ihren Gazi Mustafa Kemal Atatürk geschrieben hatte und dessen Artikel Lee ein paar Tage zuvor mit Interesse gescannt hatte?

Sonnenaufgang in der Türkei, aus dem Land des Mittelalters ist ein Land der Aufklärung geworden … Hier, unter der weisen Führung des Gazi entsteht etwas Neues, ein Land, das sich nicht mehr in seiner Herkunft aus dem Orient versteckt, sondern in eine neue, europäische Zukunft blickt.

War das *der* Nauman gewesen, mit dem Helene eine Liebschaft hatte? Was hatte die beiden jungen Menschen im Exil in Istanbul zusammengebracht, wie waren sie sich begegnet, warum hatte Helene ihr nie von diesem Mann erzählt? Wobei *Exil* für Naumann nicht zutraf: Abstellung eher, wie sie aus den Registern auf den Mikrofiches zu den Einträgen für das deutsche Pressebüro Istanbul im Jahr 1935 erfuhr; oder Reisender auf der Arbeit. Es war nicht alles zu rekonstruieren gewesen. Georg Naumann war Journalist gewesen, schrieb für alle möglichen Blätter, den *Dortmunder Generalanzeiger*, die *Vossische Zeitung*, die *Hamburger Zeitung*, die *Deutsche Allgemeine*, den *Berliner Börsen-Courier*, das *Freie Wort*. Mehr bekam sie über ihn in der Staatsbibliothek nicht heraus. Die Artikel Naumanns waren größtenteils noch nicht digitalisiert. Sie fuhr in die Außenstelle der Bibliothek im Westhafen, scrollte durch Mikrofiches, schrieb ans Zeitungsarchiv in Innsbruck, vieles war im Krieg verloren gegangen, aber durch alles, was sie einsehen konnte, bekam sie einen recht klaren Eindruck. Naumann hatte leidenschaftlich für die Sache einer modernen Türkei gebrannt; Mustafa Kemal, der spätere Atatürk, tauchte in jedem seiner Artikel auf als *Glorioser Retter des Vaterlandes*, der *Held von Anatolien* oder auf Fotos als Person mit – häufig nachretuschierten – stechend blauen Augen. Nicht nur das konservative Lesepublikum der Weimarer Republik konnte sich anscheinend für diesen Kemal erwärmen. In zahlreichen Artikeln wurde Mustafa Kemal gefeiert, erst von den rechten Revisionisten nach dem Versailler Vertrag, als wollten sie allen beweisen, dass es auch anders hätte gehen können, kein Dolchstoß vonnöten, stattdessen wäre auch die Verteidigung des deutschen Vaterlandes bis aufs Blut möglich gewesen, *so, wie unsere türkischen Brüder dies taten*; da gab es begeisterte Oden an die *Brüder in Anatolien*, die sich gegen die «Schmach von Versailles» wehrenden Türken, denn auch ihr Land wurde in Protektionszonen eingeteilt und an die Westmächte verteilt. In diesen Kreisen war zu lesen: «Wo es Einigkeit im Volk gibt, stößt man keine Dolche in den Rücken der Armee, dass die Waffen in Ruhm und Ehre vorangehen gegen Griechen, Italiener, Engländer, Franzosen, siegreich fürs Vaterland!» Später hatten die Nazis diese Heldenmythen übernommen und verschärft: Mustafa Kemal Atatürk wurde in deren Artikeln als *der perfekte Führer*, als *Goebbels' Lehrer*, ja sogar als *Hitlers Stern im Dunkeln* gefeiert.

Soweit Lee es aus diesen Artikeln beurteilen konnte, war Naumann bei all seiner Leidenschaft für Atatürk keiner der rechtsradikalen Hagiografen gewesen. Er schien im Gegenteil selbst in den Artikeln, die die konservative Presse druckte, in Atatürk immer jemanden zu sehen, der seinen eigenen Weg nach Europa zu finden begann.

Sie hat die Flasche Wein ausgetrunken. Es ist spät, direkt vor dem Garten des *Gezi Café* ist offenbar eine Haltestelle für Sammeltaxis, die auf die andere Seite des Bosporus fahren. Sie vernimmt Gespräche, Fragen von Frauen mit Einkaufstüten, ob die Taxis auch in Harem hielten; nein, aber das des Kollegen. Es wird ein- und ausgestiegen, abgefahren, gewartet. Die Tische im Gezi lehren sich. Zwischendurch hat sie ihr Handy immer wieder an- und ausgeschaltet, Ayaz' Gesicht gesehen, wie er ihr in einem Video eine Liebeserklärung macht, sich entschuldigt. Er könne doch nachkommen, könne ihr bei der Recherche helfen, er vermisse sie so sehr, es täte ihm alles so leid, er wäre nur überfordert gewesen, von der Schnelle ihrer Entscheidung, selbst wenn sie ihn nie wiedersehen wollen würde, er liebe sie, er liebe sie sehr … Sie schickt ihm ein Küsschen-Emoji, schreibt, dass sie vielleicht einfach Zeit brauche, um sich hier erst mal allein alles anzusehen, es täte ihr leid, ihm nicht früher von ihren Reiseplänen berichtet zu haben, vielleicht war es einfach zu schnell, zu viel gewesen, auch zwischen ihnen, vielleicht ginge es ihr einfach zu nah. Vielleicht … Sie schickt die Nachricht ab, bevor sie es sich anders überlegt, ihr Herz pocht wie wild, dann schaltet sie das Telefon wieder ab. Das Café ist mittlerweile leer. Lee legt das Besteck zur Seite. Der Kebab ist gut gewesen. Sie muss regelmäßig essen, das hätte auch Ayaz gesagt, das hatte Helene immer betont, ja selbst ihre Mutter. «Bei Sturm fliegst du glatt weg.» Ayaz hatte das zärtlicher ausgedrückt, sie hochgehoben, seine kleine Prinzessin genannt, sie in seinen Armen, weit über dem Boden, geküsst. Liebe macht verletzlich. Vielleicht ist Naumann genauso überwältigt wie ich, denkt Lee, vielleicht hat er ihr deshalb heute nicht gleich noch mehr über Helene erzählt, und eigentlich auch nicht sehr viel mehr über sich. Informationen über sein Leben hatte er nur spärlich gegeben.

Leute, die ihn von damals kannten, gab es nicht mehr, und jetzt war er – nach eigener Auskunft – einer der ältesten Menschen der Welt. Wer Naumann war und was ihn wirklich mit Helene verbunden hatte, würde sie selbst herausfinden müssen – und zwar hier in Istanbul. Selbst wenn sich herausstellen sollte, dass er nicht ihr Großvater war, nach allem, was sie wusste, war es aufregend, durch Naumann so nah an Helene zu sein, an ihrem damaligen Leben.

Ja, vielleicht. Lee ist ein wenig beschwipst, sie steht unbeholfen auf, hält sich am Tisch fest, schwankt aber nicht. Da ist so vieles, was sie nicht weiß. Nicht über Naumann, nicht über Helene und, wenn sie ganz ehrlich ist, auch nicht über sich selbst. Sie zahlt mit Karte an der Kasse am Garteneingang, der Kellner ist höflich, will ihr ein Taxi rufen, aber Lee schüttelt den Kopf. Sie überlegt, ob sie über die İstiklal und den Galataturm nach Hause laufen soll – merkwürdig, wie schnell sie das immer von neuen Orten und Schlafplätzen denkt und zu Hause sagt –, sie nimmt dann aber doch ein Taxi und fährt zurück zum Hotel.

Istanbul, 1936

Er hatte auf dem Weg von Berlin an der Donau haltgemacht und seinen Vater besucht, den ehrwürdigen Herrn Hofrat, seit Langem pensioniert, der aber noch immer unter dem Stuck und aus den goldgerahmten Spiegeln der geräumigen Wohnung mit einer seltsamen Mischung aus Stolz und leichter Irritation auf den Sohn herabblickte, der doch auf seine Art auch Karriere gemacht hatte. Von seinem hohen Lederthron hinter dem kaiserlich-königlichen Schreibtisch, den er aus der Hofburg in seine Privatquartiere hatte mitnehmen dürfen, überblickte er sein eingeschränktes Reich, die kleine Bibliothek mit ihrem Rauchtisch und den mit Blattgold überzogenen Möbeln. Der Bezirk in der Josefstadt, obwohl nur ein paar Schritte von seiner alten Wirkungsstätte entfernt, schien dem Hofrat seiner Würde längst nicht mehr angemessen. «Tschuschenviertel», schimpfte er. «Jetzt bauen sie sogar für die Arbeiter in den Gassen diese neumodischen Backsteinkästen. Hühnerposten. Vermehren sich wie die Fliegen im Obst. Faulig das Ganze, Wien, das schöne Wien – gibt's schon lang nicht mehr.» Das hatte der Hofrat auch immer wieder in seinen monatlichen «Billetts» (so nannte er seine Briefe) zum Ausdruck gebracht, die er dem Sohn nachschicken ließ, von dem er meist keine Adresse hatte, nur eine ungefähre Vorstellung, in welcher Stadt, München, Leipzig, Berlin, Georg sich gerade aufhielt. Er sendete postlagernd. Auch das ein Ausdruck des Selbstbewusstseins dieses Dieners einer nicht länger existierenden Kaiserlichen Hoheit und des Habsburgerreichs, in dem er einmal eine eminent wichtige Stellung einzunehmen geglaubt hatte. Aber sein Sohn fragte tatsächlich auf den Hauptpostämtern der Städte, in denen er studierte, nach, ob nicht etwas für ihn hinterlegt wäre, mit extra bezahltem Aufbewahrungsauftrag aus Wien. Nicht dass Naumann seit dem Tod seiner Mutter noch viel an dem Kontakt mit seinem Vater gelegen hätte; er hatte nach seiner Kriegsverletzung auch jegliche Unterstützung abgelehnt, die der Hofrat Mitteregg ihm angeboten hatte, damals wollte er nur noch raus aus der Vaterwelt, diesem alten Relikt mit dem Backenbart, raus aus der dauernden Beschwörung des Vielvölkerstaats, Kaiser hier, Kaiser da, als gäbe es dieses Land namens Österreich noch – endlich entkommen, endlich ankommen. Aber Deutschland war aufgewühlt. Die roten Räte in München, die rechten Freikorps, die Kommunisten und die Völkischen in Leipzig und Berlin. Da wollte Naumann nicht mitmachen, aber wie konnte er sich da raushalten, das hatten ihm weder der alte Rat noch der Krieg beigebracht. Mit Mühe ließ man ihn sein Abitur in Bad Nauheim nachholen – sein Vater hatte ihm die notwendigen Zeugnisse von der Wiener Edelschule geschickt, die Naumann dann vorgelegt, erläutert, verteidigt hatte, bis man ihn schließlich, den Kriegshelden, den Verwundeten, ohne weiteres Schuljahr einfach die Reifeprüfung vor einer Kommission aus altgedienten Lehrern, teils ebenfalls gerade aus dem Feld heimgekehrt, ablegen ließ. Als Naumann danach den Mädchennamen seiner Mutter erst für seine Artikel und dann auch bei der Immatrikulation angenommen hatte, seine wenigen Antworten an den Hofrat auch so unterzeichnete: Naumann; erst dann waren auch die «Billetts» auf das Äußerste abgekühlt und mehr und mehr ausgeblieben. Hier nun, in der Beletage des Exils dieses einstigen Granden der Hofbürokratie, flammte der alte Konflikt wieder auf. Naumann hatte es geahnt, sich vielleicht sogar auf diese Auseinandersetzung gefreut. Immerhin hatte er es seinem Vater zu verdanken, dass er in das Sanatorium in Bad Nauheim eingeliefert wurde, gleich nach der Entfernung der Granatsplitter und der Rettung des halben Lungenflügels im Lazarett. Hier hatte er sich, verschont von Hunger und der Not des Zusammenbruchs des Kaiserreiches, nein, der zwei Kaiserreiche, erholen können. Auskurieren. Pläne schmieden. Verlieben. Erst in Emilie, eine Krankenschwester aus Landshut, die ihm immer wieder Mut zusprach, wenn sie für die Kanülen regelmäßig seine Arme und Venen wechselte, sie behutsam mit Creme einrieb, damit sich die Blutergüsse und die Entzündungsränder, wo die Kanülen angelegt wurden, erholten. Dann war da noch Oberstabsarzt Boohst gewesen, der nun wieder in Zivil, aber mit Orden am Krankenhauskittel, die Gaskranken kurierte; Boohst brachte ihm Lesestoff aus seiner Privatbibliothek mit. Herodot, Homer. Naumann war sich nicht sicher, wie er es Boohst erklären sollte, dass er die *Ilias* nie wieder lesen könne, weil er die Kameraden um sich herum hatte sterben sehen, die Gedärme aus Körpern quellen, Augen aus Schädeln brechen, Knochenwunden, kein Laokoon konnte da künstlerisch bändigen, kein Hexameter den Aufruhr besänftigen und kein besungener Zorn um einen getöteten Freund jemals ein adäquater Ausdruck sein. Der Krieg war nichts Persönliches gewesen, aber er hatte alles Persönliche zerstört. Doch das konnte Naumann nicht erzählen, wie all die Hunderten Männer um ihn herum nur hatten stöhnen, schweigen, essen und defäkieren können. Wie sehr er sich zu Boohst hingezogen fühlte, merkte er, als der ihn nach der Lektüre befragte und Naumanns Zögern richtig deutete. Er gab ihm dann leichtere Kost, Leo Perutz, dessen merkwürdige Fieberkaskaden, seltsamen Farbwörter wie drometenrot, fantastische Welten und vor allem in sich immer wieder neu aufeinander verweisende und ineinandergedrehte Geschichten wie in dem Prag-Roman *Nachts unter der steinernen Brücke* zogen Naumann tatsächlich in ihren Bann. Boohst sagte jedoch: «Die Odyssee sollten Sie aber versuchen. Schließlich wollen Sie ja nach Hause kommen, oder?» Aber das war es ja gerade. Wo war denn sein Ithaka? Naumann mochte es sich lange nicht eingestehen, wie allein er war, beschädigt, kein Junge mehr, noch kein Mann, manchmal dachte er, auch kein Mensch mehr. Es lag wohl daran, dass er nun schon so lange hier lag, dass sein Körper ihm fremd vorkam, zerstört, und wie dankbar er war, dass erst Emilie, dann Boohst ihn wuschen, verbanden, berührten. Aufmunternd an der Schulter, dann länger am Arm, sie ergriffen auch beide immer wieder Naumanns Hände. Es hatte ihn nervös gemacht, dass er Emilie lächeln sah, wenn sie merkte, dass sich bei Naumann etwas regte, wenn zusätzlich zu ihr auch Doktor Boohst an sein Bett kam. Es war das gleiche Gefühl, das er manchmal auch schon in der Schule verspürt hatte, unter den Augen seiner Lehrer. Die Anerkennung, die Neugier eines Erfahreneren. Er schämte sich, dass er eine Erektion bekam, war verwirrt, weil er nicht wusste, auf wen sie sich richtete, aber die beiden waren sehr nüchtern. Als er ihnen seine Attraktion gestand, sprachen sie bloß von «Lebensgeistern, die sich in ihm regten», das sei gut und gesund. Er las viel, eingemummelt in Wolldecken in den Sommerstühlen am Parkhang, schaute in die Landschaft, litt an den Zeitungen, litt an der Zeit. Wo war all das hin, was er sich in der Schule erträumt hatte, all die Abenteuer? Der Aufbruch nach Deutschland, der Aufbruch in den Orient, den er sich als sein Ziel immer vorgestellt hatte, der Aufbruch in die ganze Welt? Wo war die Begeisterung geblieben? Er hatte sie – wie so viele – in den Schützengräben verloren. Aber eine andere Spur hatte er damals wieder aufgenommen – neben der Liebe. Das Interesse für den Orient, besonders das für die Türkei.

Es war eine merkwürdige Fügung gewesen, dass er, Naumann, schon in seiner Schulzeit mit einem turkophilen Geschichtslehrer gesegnet war. Oberstudienrat Doktor Ernst Jäch, ein Urberliner, den es der Liebe wegen nach Wien verschlagen hatte – auch wenn Naumanns Mitschüler Witze über die fünfundzwanzig Jahre jüngere Mitzi machten, eine ehemalige stadtbekannte Zirkusartistin, und den deutschen Doktor hinter seinem Rücken als Doktor Dräch, den dreckigen Drachen verspotteten, der seine Mitzi aus dem Zirkuszelt vom Trapez entführt, entehrt (sofern man das denn noch konnte) und in den goldenen Käfig der Ehe gesperrt hatte, wo sie nun wohl ihre Trapezkünste beim Aufhängen seiner Unterhosen und an seinen Hosenträgern zeigen konnte und das Haus nicht mehr verließ, weil er sie, die schöne Mitzi von den Zirkusplakaten, so scharf bewachte; Dräch, Jäch – selbst Naumann fiel es bei all seiner Bewunderung für den von allem Türkischen begeisterten Lehrer manchmal schwer, von der Mitzi-Geschichte abzusehen – machte immer wieder mit kleineren Publikationen auf sich aufmerksam. Jäch hatte Geschichte und Orientalistik studiert, sich, als er noch jung war, im besten Mitzi-Alter, bei dem berühmten Felix Dahn, dessen Monumentalwerk *Ein Kampf um Rom* Naumann verschlungen hatte, im *Alldeutschen Verband* engagiert, war vehementer Verfechter der Berlin-Bagdad-Bahn gewesen und eine der hellsten Trompeten im Chor derjenigen, die im Bündnis mit den Türken und in den vielfachen militärischen Verflechtungen mit dem aufsteigenden Halbmond etwas viel Größeres sahen, wie er immer wieder in seinen Schulstunden ausführte: «Jedem, dem die Weltmachtstellung Deutschlands am Herzen liegt» – was ihm ein Aufstöhnen seitens der Maturanten am Akademischen Gymnasium einbrachte, Doktor Jäch aber nicht weiter störte, «jedem, dem es nicht egal ist, was das Deutschsein zu einer wahren Weltgemeinschaft der Völker imstande beizutragen ist, der muss im Türkismus und Pan-Türkismus, der brüderlichen Verbindung der arischen Rassen Turans und dem hehren Volke der Germanen, einen notwendigen, nein, lebenserhaltenden Brückenschlag gegen die Horden der slawischen Usurpatoren Mitteleuropas sehen, nicht wahr? Nicht wahr!» Aber nur Naumann nickte ergriffen. Er hatte die Völkerwanderungen mit Doktor Jäch verfolgt, die aufstrebenden Reiche, das Zerbrechen der Einheit des Imperium Romanum, die dunklen, aber heldisch leuchtenden Zeiten ihrer Erbfolger, der Goten, er kämpfte in seinen Träumen mit Theoderich, der Königin Amalaswintha, dem soldatischen Witichis, dem finsteren Teja, vor allem aber mit dem Heldenjüngling Totilas um die Krone Roms, die eine nicht minder heldenhafte Schar Altrömer verteidigte und ein Heer aus Byzanz für sich beanspruchte. Damals war ihm das noch richtig und heroisch erschienen, hatte ihm Welten eröffnet, ihn hinausgeführt in ein Traumland, die Geschichte. Das deutsche Wesen, führte Doktor Jäch aus, sei jahrhundertelang geschichtsprägend gewesen, ja, zivilisatorisch habe es sich mit den besten Kräften der Antike erst im Kampf gemessen, dann verbündet, es habe die Tugenden der Tapferkeit und der Treue zu neuem Glanz geführt, sei zu lange im Heiligen Römischen Reich Deutscher Nation auf die Ordnung und den Frieden ganz Europas bedacht gewesen und habe vergessen, sich als Volk selbst den Platz an der Sonne und an der Spitze der neuen Imperien zu sichern – einen Platz, den sich, wie er immer wieder abfällig betonte, die Welschen, Slawen und das feige, merkantile Albion gern hatten freihalten lassen, da sie als Ordnungskräfte des Kontinents doch keinen Finger gerührt, ja sogar immer wieder mit Waffen und Geld für eine Destabilisierung des deutschen Prinzips gewirkt hätten, man studiere doch nur, ein weiteres Aufstöhnen folgte, den sogenannten Siebenjährigen Krieg. Sobald die Klasse in die Pause entlassen war, wartete Naumann oft ein wenig, denn wenn der Professor noch Zeit hatte, bevor er sich in seine Schreibstube in der Wohnung im Herrenhaus am Ring, fernab seiner Mitzi, wie Naumann vermutete, zurückzog, ließ er sich vielleicht ansprechen. Dann kam Naumann noch mit über den Beethovenplatz, trug dem Professor seine Tasche und äußerte seine Gedanken über das gerade Gehörte. Jäch war es dann auch, der den Schüler Naumann als einzigen der Maturaklasse, die Naumann als Jüngster bestritt, denn seine Noten waren so gut gewesen, dass man es ihm auf Eingabe seines Vaters, des alten Hofrats, hin gerne erlaubt hatte, zwei Klassen zu überspringen, zu sich nach Hause einlud, in den Salon der Mitzi, die sich als nicht ganz so schlank und biegsam herausstellte wie in den Fantasien der Schüler, dafür aber als gewandte und charmante Gastgeberin. Kanapees wurden gereicht, eine Hausdienerin in Uniform mit Häubchen schenkte Champagner aus. Jäch, der den jungen Naumann nicht aus den Augen ließ, nickte ihm zu, als der zögerlich nach einem Glas griff. Es waren vielleicht dreißig Leute anwesend, zwei Kollegen Jächs vom Gymnasium, die dem Schüler erstaunlich freundlich begegneten, vielleicht wegen der ehemaligen Stellung seines Vaters, vielleicht, weil ihnen Jächs Meinung über Naumann anzeigte, dass er etwas Besonderes war. Er wurde von seinem Lehrer vorgestellt, die Männer, von denen es im Salon mehr gab als Frauen, lächelten, ein Attaché von der deutschen Botschaft und zwei Ökonomen aus dem Umfeld der Gesandtschaft des Osmanischen Reichs drückten ihm anerkennend die Hand. Naumann fühlte sich wohl, er wurde behandelt wie ein ehrgeiziger, begabter junger und zugehöriger Mann. Dann klopfte Jäch an sein Glas, die Gäste versammelten sich respektvoll um ihn, er stützte sich auf das Klavier, das an der

Wand neben den großen Flügeltüren zum Speisezimmer stand, und hielt eine kurze Begrüßungsansprache, in der er zum Ausdruck brachte, wie sehr er sich freue, die verschiedenen progressiven Kräfte des Okzidents und des Orients hier bei sich versammelt zu sehen. Anschließend unterhielt er sich mit allen, Cognacschwenker in der Hand, ein Bild gelehrter, fast eleganter Lässigkeit.

Jäch forderte Naumann auf, ihrem Ehrengast doch seine Frage zu stellen.

«Er hat eine eigene Frage?» Alp zog amüsiert die Brauen hoch.

Naumann spürte die Blicke aller im Salon auf sich gerichtet und fühlte einen Anflug der Angst, wie er sie von den ewigen Debatten mit seinem Vater kannte, wenn der sich am sonntäglichen Küchentisch über die «deutschen Ansichten» seines Sohnes echauffierte und ihn aufforderte, ihm nur ein gutes Argument zu nennen, wieso es nach Königgrätz 1866 besser gewesen wäre, wenn sich die Preußen doch für eine großdeutsche Lösung entschieden hätten; das hätte man dann Annexion nennen müssen, Landnahme, ein Anschluss mit dem Nadelschlossgewehr und nichts weiter, hatte er geschimpft, eine Auflösung aller vernünftigen Regeln, das Ende des Metternich'schen Systems und des Gleichgewichts, die den Frieden in Europa doch gesichert haben, ein Ende, das durch die deutsche Großmannssucht dann ja auch gekommen sei, Flotten, Kolonien, die waren doch irrsinnig. Und nachdem er wegen der Ansichten seines Sohnes die Contenance verloren hatte, gab es anschließend stille Kriege zwischen den beiden, Repressalien, die auf die Eindämmung dieser «skandalösen» Ansichten zielten, die der Sohn doch wohl nur von seiner Mutter haben konnte, dieser Hanseatin, dieser Kaufmannsseele, die nichts, aber auch gar nichts verstand vom Dienen an einer größeren Sache hier im Vielvölkerstaat. Als das Kronprinzenpaar in Sarajevo erschossen wurde, bekam der Herr Hofrat Mitteregg einen Schlaganfall – und das war das vorläufige Ende. Versetzung aus dem Kabinett in die Stadtkonservatorische Abteilung, Altenteil. Und die Streitereien mit dem Sohn häuften sich, auch die schlechte Laune bei Tisch wurde zur Regel. Naumanns Mutter wehrte sich gegen den häuslichen Unfrieden, wies bei aufkommenden Uneinig- und Unnachgiebigkeiten beide sofort zurecht. Sie fing manchmal sogar zu weinen an, unterbrach: «Streitet euch nicht, ihr wisst doch nicht, wie lange ihr einander habt. Lasst uns heute Frieden halten, bitte.»

Naumann schüttelte den Gedanken an diese sonntäglichen Szenen ab und räusperte sich leise:

«Sie, verehrter Herr Alp, haben davon gesprochen, dass sich noch vor drei Jahren die osmanischen Türken wohl nur als Mohammedaner bezeichnet hätten, dass ein Bauer aus Anatolien bei dem Wort Türke wohl nur einen *Kalabatsch* gesehen hätte, den Fezträger, und selbst die gebildeten Schichten kaum an ein großes gemeinsames Reich Turan, an eine Nation der türkischen Stämme über die Grenzen hinaus gedacht hätten – an all die Aserbaidschaner, Turkmenen, Tataren, Mongolen, Uiguren. Was hat sich denn inzwischen geändert?»

Alp stellte seine Teetasse auf die Anrichte, den Champagner hatte er abgelehnt.

«Nun, mein Junger Freund, bitte gestatten Sie, Sie geringfügig zu korrigieren, es heißt *Kilibasch*. Ich sehe, Sie haben wirklich etwas bei Ihrem», hier wandte er sich an den Gastgeber und nickte ihm wohlwollend zu, «verehrten Herrn Lehrer gelernt. Sie haben die Situation ganz richtig erfasst. Es hat sich etwas verändert, das Großartiges in der Welt meiner Vorfahren bewirken wird. Nach den Balkankriegen sind wir zwar kleiner geworden, aber auch bewusster für das, was wir sind – Turkvölker. Turkmenen. Turaner. Wir, die Steppenbewohner, die alle eine einzige Rasse eint, eine einzige Sprache – das Türkische. Das Osmanische Reich war ein künstliches Konstrukt, nichts weiter. Erfolgreich, ja, mit seinen Millets, den Verwaltungseinheiten des Osmanischen Reiches, in denen jede Minderheit ihre eigene Religion und Eigenart behalten durfte. Ein schöner, aber doch auch etwas hölzerner Traum. Wir Jungtürken, wir, die wir das Geschehen in Europa, das revolutionäre Begehren der Völker, Nationen zu bilden, gesehen und bewundert haben, wir streben nun auf, uns der Gemeinschaft der Völker wirklich anzuschließen – und unsern Platz einzunehmen. Und so trauern wir nicht etwa dem hinterher, was der Panslawismus, dieser Feind aller Zivilisation, uns in Serbien, Albanien und in Bulgarien entrissen hat, wir lernen und wir kämpfen nun, denn was eine wirkliche Nation verbindet, ist das Blut! Das Blut und die Sprache.»

Alp hatte sich bei seiner Rede in eine gewisse Erregung hineingesteigert und kam Naumann nun vor wie ein Opernheld, der seinen Liebesschmerz und seinen in Hoffnung umschlagenden Mut aus voller Brust von der Bühne sang. Und doch faszinierte er ihn. Sein feuriger Blick, seine Überzeugung, die Bewunderung der anderen und die Herausforderung, die plötzlich in seinen Blicken lag, als er Naumann am Ende seiner Ausführungen tief in die Augen sah.

Er hätte es der Mutter damals beinahe gesagt. Dass dieser Mann ihn angesehen hatte – und nicht wie ein Kind.

Naumann war also nach Hause gekommen, um Abschied zu nehmen, hatte Wien mit seinem ganzen Zuckerguss ja auch nur für einen Tag auszuhalten, denn dann ginge es weiter nach Istanbul. Einen Spaziergang würde er machen zu den ihm lieben modernen, sezessionistischen Gebäuden – und in die Praterauen. Und schließlich, wer wusste schon, wie lange der alte Rat noch durchhalten würde, er war schließlich sein Vater, da könnte er als Sohn doch wenigstens im Vorbeifahren mal aussteigen und zu Besuch kommen… «Schließlich bin ich dein Vater! Und du bist mein Sohn, wer weiß, wie lange noch…» Und das war der Moment, in dem er Naumann rührte. Doch der Hofrat, der nicht merkte, dass Georg bei diesem Eingeständnis von des Vaters Sterblichkeit schon dabei gewesen war, sich ihm zu öffnen, ihn vielleicht sogar, zum ersten Mal seit zwanzig Jahren, auf die Mutter anzusprechen, ihn vielleicht sogar in den Arm zu nehmen, fuhr gleich wieder fort: «Aber der Ton in deinem Deutschland, in diesem neuen Reich, in das du gegangen bist, wo man jetzt so deutsch sein muss, als wäre nur das Deutsche etwas, worauf man stolz sein könnte, dieser Ton stößt mich ab. Die Goschen soll er halten, der Hitler, der.» Naumann wollte ihn unterbrechen. «Du hast ja recht…» Aber der Hofrat hatte sich in Rage geredet. «Nein! Du bist und bleibst meines Fleisches Fleisch, meines Blutes Blut und damit Österreicher – und basta!» Besonders seltsam fand der Alte des Sohnes anhaltende Begeisterung für den «Türkenführer» – wie der *Völkische Beobachter* ihn nannte. Da hätten sie doch in den Jahrhunderten hier ganz andere Erfahrungen gemacht… Geschichte hänge eben vom Standpunkt ab, und den brauche man jetzt noch mehr, einen klaren Standpunkt, Duce hier, Hitler da und dann auch noch einen «Führer» in der Türkei? Wäre das nicht bereits mit der Bagdadbahn und dem damaligen Kaiserreich schon genug schiefgegangen? Bräuchten sie denn noch einen großen Krieg, bis sie endlich merkten, dass das Leben nicht vom Leben des Volkes abhinge, wie diese Schmarazis sagten, dass man als Wiener, Salzburger, Grazer, Budapester auch ganz gut hatte leben können, als ehemaliger Habsburger halt dann, aber doch nicht mit diesen idiotischen Beschwörungen der Volksgenossinnen und Volksgenossen, mit diesem neuen Griff nach der Weltmacht! Wahnsinn, alles nur Wahnsinn, warum sollte denn jemand besser sein, bloß weil er Arier sei? Wo blieb denn da der Verstand? Wo war denn da die staatsmännische Verantwortung? Was hätte denn da deine Mutter gesagt? Und da war der greise Mann in seinem zu großen Hausmantel aus Samt auch schon rot angelaufen, und Albert, sein alter Diener, hatte ihm sein Glas mit Weißgespritztem und die Pillen gebracht.

«Ich wollte nicht mit dir streiten, Papa», sagte Naumann schließlich. «Ich wollte dich wirklich sehen, bevor ich fahre. Und morgen … mit dir … ans Grab von Mama.» Das löste Schweigen beim Hofrat aus. Schweigen, auf das schließlich ein Nicken folgte. Er stand auf, auch Naumann erhob sich aus seinem Fauteuil. Naumann war sein Vater nie kleiner vorgekommen, aber er reichte ihm nur noch bis an die Schulter. «Bechterew», flüsterte Albert einen Augenblick später Naumann zu, «die Scheuermann-Krankheit. Das Rückgrat verkrümmt sich, er wird immer kleiner. Er isst auch nicht mehr. Nehmen sie ihn bitte mit nach unten, damit er mal wieder etwas zu sich nimmt.»

Als Naumann den Vater überredet hatte, doch das Souper mit ihm unten im Kaffeehaus einzunehmen, dauerte es; alles dauerte bei ihm, das Abendessen, weil er entschieden hatte, sich erst noch einmal umzuziehen, Abendgarderobe mit Stock und Zylinder, weil er sich dann die Treppe aus der Beletage hinab – sosehr er auch ächzte – vom Sohn nicht helfen ließ, bis er sich schließlich von dem peinlich unterwürfigen und sonst so arroganten Oberkellner im *Café Hummel* an seinen Lieblingstisch setzen ließ; und auch hier verlief das Gespräch von Vater und Sohn nicht sofort wieder friedlich.

Naumann dachte daran, was er dem Vater alles nicht erzählt hatte, vom Krieg, warum er gegangen war, warum er längst eingesehen hatte, dass seine damalige Begeisterung für das preußisch Soldatische ihn in die Irre geführt hatte, dass er bedauerte, nicht hier gewesen zu sein, als die Mutter starb. Dass er allein gewesen war, einsam, ein hilfloser, junger Versehrter, ohne Freunde, nur mit einem monatlichen Wechsel auf dem Postamt und den Billetts mit den Anweisungen des Vaters für die Garderobe und das Benehmen. Was Naumann nicht erzählte, war wichtiger als das, worüber sie schließlich sprachen.

«Du musst doch einsehen, dass ich immer nur dein Bestes wollte», sagte sein Vater, nachdem sie lange geschwiegen hatten. Naumann sah, dass sein Vater zuckte, während er zittrig sein Gulasch löffelte und mit grünem Veltliner nachspülte. «Er verabschiedet sich von der Welt», hatte Albert gesagt. Und so war es. Die Kontrolle über das eigene Äußere, die Haltung, die Affekte, was der Vater, seit Naumann denken konnte, für das höchste Gut eines Mannes gehalten hatte, war nun dahin. Der Ober, Albert, die Gäste, die ihn kannten, behandelten ihn noch mit Respekt – aber Naumann spürte in ihren Blicken das gleiche Bedauern und Mitleid, das auch er beim Anblick dieses nun in seine letzte Phase rückenden Menschen empfand, bei dem der Körper nicht mehr mitmachte, was der Geist auch nicht mehr klar artikulieren konnte.

Und trotzdem war Naumann wütend geworden.

«Das Beste? Welches Beste hast du gewollt? Das Beste für dich? Das Beste für Österreich? Was war denn mit dem Besten für Mutter, für uns? Du hast sie doch immer behandelt wie eine Fremde – und mich auch.» Obwohl er es sich so fest vorgenommen hatte, sich nicht wie ein kleines Kind zu fühlen und behandeln zu lassen, sich auf keinen Fall so zu benehmen, spürte er, wie die Wut gleich einem plötzlichen Fieberanfall in ihm aufstieg, er verlor die Kontrolle über sich. Obwohl es kühl war in Wien, fühlte Naumann, wie ihm der Schweiß sein Rückgrat hinabrann und Tränen in die Augen schossen. Nicht nur sein Vater, auch er war plötzlich wieder jung.

«Das ist nicht wahr. Ich habe deine Mutter geliebt – und ich wollte auch immer das Beste für uns alle, Georg, du kannst doch nicht immer nur deinen Träumen hinterherrennen. Du siehst doch, wohin das führt!»

Naumann kämpfte gegen einen Hustenanfall. Er bekam plötzlich keine Luft mehr. Der Oberkellner kam eilfertig an den Tisch.

«Ist Ihnen nicht gut? Soll ich dem jungen Herrn einen Arzt…»

«Nein, nein…», beschwichtigte der Herr Rat, «bringen Sie Wasser. Eine alte Kriegsverletzung.»

Nachdem Naumann einige Schlucke genommen und der Vater ihm sogar zögerlich eine Hand auf den Unterarm gelegt hatte, ebbte der Anfall ab.

«Du hast es nie erzählt…»

Naumann schüttelte den Kopf. «Nicht so wichtig.»

Der alte Hofrat rückte sich plötzlich zurecht. «Nicht so wichtig? Krieg ist nicht nur wichtig, er ist doch auch schrecklich. Dieser Wahnsinn! Glaubst du denn, wir hätten nicht darunter gelitten, dass du plötzlich weg warst? Ein Mal Feldpost von dir hat deine Mutter bekommen, ein Mal! Und dann noch einmal die Meldung, da hieß es dann, du seist an der Somme gefallen. Und dann kam das Furchtbare. Diese Grippe.»

Der alte Mann weinte jetzt auch.

«Sie hat gedacht, du seist tot! Sie lag da und wehrte sich nicht mehr. Sie hatte aufgegeben. Und ich war ja schuld, verstehst du, Sohn? Sie hat mir die Schuld dafür gegeben, dass du weggegangen bist. Ich habe dich gesucht und gesucht, jede Beziehung spielen lassen, damit wir dich finden, denn ich habe keinen Moment lang geglaubt, dass du tot bist. Sie aber. Sie ist einfach dahingewelkt, im Fieber hat sie dein Bild gehalten und dein Lieblingsbuch.»

«*Ein Kampf um Rom*?»

Der Hofrat nickte. Naumann hustete.

Der Rat griff über den Tisch nach Naumanns Händen und hielt sie fest.

«Georg, ich muss dir was sagen. Ich weiß, dass wir oft früher aneinandergeraten sind. Und das tut mir leid. Ich bin Österreicher durch und durch, das war mein Habsburg, meine Welt, und ich habe uns und unsere Politik als die Garanten für den Frieden gesehen, unseren Vielvölkerstaat. Dafür habe ich gearbeitet, Georg, so hör! Und es tut mir so leid, dass ich für dich und Rieke nicht die Zeit aufbringen konnte, die ihr verdient hättet. Ich habe Europa zerfallen sehen. Und jetzt geht das wieder los mit dem Hitler. Das sind genau die gleichen Saaten, die da aufgehen werden, die gleichen Machenschaften, wer wie wo und warum besser ist und wertvoller als alle anderen. Krieg ist Verbrechen heutzutage. Das weißt du doch! Mach da nicht mit!»

«Ich weiß, Papa!»

Ich weiß. Und er wusste es wirklich. Mehr, als sein Vater ahnte. Am nächsten Morgen machte sich Naumann mit seinem Vater als Erstes in die Anwaltskanzlei Roth auf, um ein neues Testament aufzusetzen und die Namensänderung des Jungen, wie sich der alte Jonathan Roth, der seinen Backenbart kraulte, ausdrückte, mit dem neu gewählten Nachnamen der Mutter auch rechtlich zu fixieren. Danach gingen sie gemeinsam an Henriekes Grab. Der alte Rat fixierte ein paar von den Stürmen der letzten Wochen verrückte Bodendecker mit seinem Spazierstock, Naumann hockte sich neben ihn. Sie holten die kleine Harke und das Schäufelchen hinter dem Grabstein hervor und machten sich an die Arbeit.

In seinem Schlafabteil erster Klasse, das er sich wegen Überbuchung mit einem Handelsvertreter aus Sofia teilte, hatte er Zeit, über alles nachzudenken. Sein Mitreisender, ein Bulgare, der kaum Deutsch sprach, aber hin und wieder zu ihm herübergrinste, zeigte Naumann später zwar nach und nach Fotos seiner Familie, deutete auf die zwölf verschiedenen Frauen, Männer und Kinder, wiederholte ihre Namen eindringlich, als wollte er Naumann dazu bringen, sie ihm nachzusprechen, als handelte es sich um eine erste Sprachlektion in Bulgarisch, ließ Naumann aber sofort in Ruhe, als der sich in seiner Plüschecke am Fenster an seinen Reisemantel lehnte und auf die vorbeiziehende Landschaft starrte. Das einzige Foto, das Naumann dem reisenden Gregori Gospodinov – Lederwaren, der ihm gleich nach Betreten des Abteils seine Visitenkarte überreicht hatte, hätte zeigen können, war ein vom Tragen in Naumanns Brieftasche schon ganz weich gewordenes Jugendporträt seiner Mutter.

Er war nicht dabei gewesen, bei ihr, als sie gestorben war, das hätte er dazusagen müssen, wenn er Gospodinov das Bild gezeigt hätte, das ihn seit dem Moment begleitete, als er beschlossen hatte, die Matura zu schmeißen und Österreich zu verlassen, nach Deutschland zu gehen, unter ihrem Namen in die Armee einzutreten und für das Reich zu kämpfen, das jetzt sein *Vater*land war, aber für Naumann immer *Mutter*land blieb. Und in ihrer Todesstunde, als sie im Fieber Hunderte Kilometer von ihm in seinem Feldlazarett entfernt lag, sein Jugendbild umklammernd, da hatte er von nichts gewusst, die Nachricht hatte ihn erst erreicht, als der Rat ihn endlich gefunden hatte, ein halbes Jahr später, und von da an hatte er immer wieder auf ihr Bild gesehen, und wie so viele Sterbende auf dem Schlachtfeld hatte er geweint und nach ihr gerufen. Und Emilie, die Schwester, in die er sich verliebte, hatte ihn gehalten wie ein Kind. Seine Mutter hatte ihn getröstet, wenn der Rat sich über sein Interesse an Deutschland, für Karl May und Felix Dahn, für Geschichte, lustig machte. Sie hatte ihm den Rücken gestärkt in diesem Heim österreichischer Ordnung. Er hatte sie, immer sie, lieb gehabt. Und diese Schuldgefühle, nein, all das konnte Naumann dem reisenden Händler Gospodinov nicht anvertrauen. Auch nicht, dass sein Vater ihn aus dem Lazarett geholt und nach Bad Nauheim wie einen Offizierskranken zur Rekonvaleszenz ins Sanatorium hatte verlegen lassen, und erst da hatte der Vater Georg in einem Billett vom Tod seiner Mutter berichtet, dann kam hohes Fieber, drei Tage Delirium, und der Schmerz machte für diese Zeit der Bewusstlosigkeit eine Pause. Er hatte es erst nicht glauben wollen, er hatte nur weg vom Vater gewollt, von seinem hilflosen Kindsein, zum Mann werden wollen, zu einem Ebenbürtigen, deshalb war er in den Krieg gegangen – er hatte nicht von ihr wegwollen! Er hatte ihr alles schreiben wollen. Doch weil er Gospodinov das nicht zeigen konnte, blieb er für sich. Die Bahnhöfe Wien, Pressburg, Galanta, Budapest rauschten vorbei, Reisende stiegen ein und aus, die Landschaften wechselten sich ab. Grüne Hügel, bergauf und bergab, als läge hinter der nächsten Kurve immer ein neues Geheimnis, unbekannte Gesichter von Kindern und alten Menschen tauchten in den Dörfern auf, an den kleinen Haltestellen und Bahnübergängen. Die einen blickten durch alte und neue Fenster aus ihren Haushöfen, die anderen lugten hinter Gartenzäunen hervor oder sahen von steilen Äckern auf. Sie verkauften nichts, sie brauchten nichts, schienen nur im kurzen Augenblick eine vergessliche Begegnung bezeugen zu wollen. Als der

Zug in einer dieser Weinhügellandschaften mehr dahinschlich als hindurchfuhr, öffnete Naumann das Fenster. Ein berauschender Duft nach Erde, nach Morgentau, nach der verlorenen Nähe der Sterne aus den Nächten entfaltete sich im Abteil. Dicker Nebel, der sich in die Täler senkte und oben auf den Hügeln von der Sonne beschienen wurde, er blickte aus dem Zug auf einen endlosen Archipel aus Hügelinseln in einem weißen, schönen Meer. Naumann fühlte sich von dieser Pracht ergriffen, und in Gedanken reiste er ins Unendliche. Er dachte an Stille. Die Stille des rieselnden Schnees, der sich auf diese Landschaft im Winter senken würde wie der Mantel, den man einem frierenden Kind behutsam um die Schultern legt. Die Stille einer anderen Zeit. Gospodinov ging in den Speisewagen, fragte den Mitreisenden höflich, ob er mitkommen wolle, was Naumann verneinte. Gospodinov grüßte steif und nahm für die kurze Strecke in den übernächsten Waggon sogar seinen Hut. Aber Naumann hatte so viel zu bedenken in diesen Stunden der Reise. Das Leben würde im Augenblick des Sterbens noch einmal an einem vorbeiziehen, hieß es, aber er hatte das damals an der Somme, im Schützengraben, nicht so empfunden. Es war etwas rein Körperliches gewesen, Eisensplitter, die in ihn eingedrungen waren, Hitze, die in seinen Eingeweiden brannte, sich in die Knochen fraß, ein Brüllen, der Gestank und das Geschrei: «Gas! Gas!» Jemand, der ihm seine Maske falsch aufsetzte, vielleicht war er das selbst. Das Gefühl, zerrissen worden zu sein, erst vom Schrapnell, dann von den Panzerketten, die einstürzenden Wände der Laufgräben, das Pochen in den Ohren, als hätte er sich zu lange und zu tief unter Wasser aufgehalten, das Gefühl, langsamer zu werden, zu schweben, nicht mehr unter Kontrolle, sich selbst von innen zuzusehen, beim Fallen, beim Bluten, diese Teilnahmslosigkeit selbst an den Schmerzen, damals, als ihn die Geschosse trafen und seine Lunge zerfetzten und er sich die Gasmaske herunterriss. Er hatte den Schmerz nur kurz gespürt, das eigene Blut fließen sehen, aber es nicht mehr gespürt, hatte die Blasen, die bei jedem Atemzug aus seinem Mund und aus der Brustwunde austraten, zwar bemerkt, stechend und pfeifend, aber sie hatten ihm nichts bedeutet. Er hatte sich zugesehen, fast mit einer Art Neugier, wie man einem fernen Karneval zusieht oder auf einer Wiese, auf der man einen Punkt fixiert und dann sich selbst, während der

Blick über die Gräser, Blumen und Insekten gleitet, immer näher kommt. Und wenn man dann bei sich angekommen war, stellte man fest, dass einem die Hände in die Gräser wuchsen, die Ringelblumen aus dem Mund und das letzte Mahlen der Zähne zu einem Schrei ins Erdreich wurde, bevor die grüne Welt, in der man sich eben noch sah, um einen herum im Schlamm versank, in Erde, Steinen, Gebrüll. In diesem Zug, wo es für ihn nun doch noch einmal achtzehn Jahre später wieder in ein neues Leben ging, nahm er jetzt vorsichtig das Bild seiner Mutter aus der Brieftasche, berührte es, küsste es und blickte stumm den Schienen lauschend in die Abendlandschaft hinaus.

Er hatte damals bei seiner Flucht von zu Hause geglaubt, nichts verloren zu haben – trotz der Matura, auf die er sich eigentlich gefreut hatte und die er verpassen würde; er war Tommy gefolgt, Thomas Raabe, dem Sohn des deutschen Kulturattachés; Tommy, der ein Faible für Fußball hatte und mit seinem Vater, seine Mutter lebte nicht mehr, erst zu Beginn des Großen Krieges aus London abgereist war und mit ihm erst nach Prag, dann nach Wien versetzt worden war, erzählte immer von Eton, den Schlafsälen, dem Kameradschaftsgefühl beim Bettenmachen, beim Essen, bei der körperlichen Ertüchtigung. Dabei blinzelte er Georg zu, korrigierte seine Haltung, schenkte ihm manchmal eine Eton-Krawatte oder einen Schal. Bald trugen Tommy und er die Haare gleich gescheitelt, aber er, Naumann, mit einem längeren Lockenschwung im Lord-Byron-Stil. Tommy konnte zuhören. Er wollte wissen, was Georg las, besuchte ihn, wenn keine Gefahr bestand, dass der Hofrat zu Hause war. Naumanns Mutter mochte Tommy, stellte immer heiße Schokolade ins Zimmer und frischen Strudel, wenn er kam, ließ die beiden aber in Ruhe, wenn sie sich Geschichten vorlasen. Tommy brachte auch Gedichte mit; deutsche Gedichte und englische. Sie sahen sich zusammen Georgs Alben an, in die er die Kolonialsammelbilder aus den Schokoladenpapieren und Kakaodosen geklebt hatte; sie kannten alle Kolonien des Deutschen Reichs, liebten es, auf dem Boden im großen Salon auf dem Perserteppich zu liegen, vor dem geöffneten Balkonfenster zur Ringstraße, sich ihre Lieblingspassagen aus Felix Dahns *Ein Kampf um Rom* vorzulesen, vom tapferen Totilas, der schönen Amalaswintha und den Machenschaften von Cethegus und Belisar. Sie waren Freunde, die besten, die man sich denken konnte, weil sie gemeinsam träumten. Bis es eines Tages geschah, dass sie herumalberten, die Hitze war groß im Zimmer, ein heißer Augusttag, bevor die Schule zu ihrem letzten Jahr noch einmal begann. Sie hatten die Schuluniformen abgelegt, die sie getragen hatten, um ins Cabaret zu gehen, weil sie dachten, sie würden in den feinen blauen Jacken mit Wappen älter wirken, aber der knurrige Mann, der die Eintrittskarten verkaufte, hatte sie ausgelacht und ihnen «Verschwindet, ihr Burschen» zugerufen. Sie zogen auch die Hosen aus. In Unterhosen und Unterhemd betrachteten sie ihre Füße, die nackten Beine halb hinausgestreckt auf den Balkon, hoch in den Himmel. «Du hast schöne Füße, Tommy», sagte Georg. Und Tommy setzte sich halb auf, stützte den Kopf auf und blickte Georg von ganz nah ins Gesicht. «Ja, nicht? Wir beide sind schön.» Und dann küssten sie sich. Genau in diesem Augenblick kam der Vater herein, schrie herum, «Schweinerei!», und warf Tommy hinaus. Die Mutter hatte versucht, ihn zu beruhigen, aber der Rat hörte nicht auf sie. Tommy erhielt Hausverbot. Und die Eton-Schlipse, die Schals, den Blazer mit Wappen, die Tommy Georg geschenkt hatte und in denen sie – wie zwei englische Jünglinge – als Gentlemen durch Wien spaziert waren, mit Herzklopfen durch die dunklen Gassen der Huren, mit Freude über die kleine Rebellion an den halb leeren Ständen vorbei auf dem Naschmarkt, verbrannte er im Kamin. Und er schrieb dem Attaché einen Brief, außerdem einen an das Gymnasium. Was darin stand, hatte Georg nie erfahren, nur dass Tommy nach diesem Tag und den drei Tagen Hausarrest nicht mehr da war. Nicht mehr in der Schule, nicht mehr in der Wohnung, in die ihn der Dienstbote der Hohenrabes nicht mehr hereinließ, nicht mehr in Wien. Von Tommy hörte er erst wieder von der Front. Ein Brief, den Tommy an Naumanns Mutter schrieb, unter falschem Namen, weil er wohl dachte, dass der Rat seinem Diener Anweisungen gegeben hatte, die Post an Georg zu kontrollieren.

Lieber Schorsch, mein kleiner Totilas,
Du glaubst es nicht, wie mich die Kadettenschule langweilt. Offizier soll ich werden, jetzt noch, es ist nicht, daß ich keine Lust hätte, das Vaterland zu verteidigen, wobei mir der Gedanke, den alten Chaps aus Eton auf der anderen

Seite zu begegnen, doch irgendwie Angst macht. Muß man die töten? Neulich hörte ich die Ausbildungsoffiziere von einem Fußballspiel reden, das die Engländer und die Deutschen zu Weihnachten ausgetragen hätten, mitten in einer Pause in der Schlacht kamen alle aus den Gräben, legten die Waffen ab, teilten Rationen und kämpften das Ganze auf dem Rasen aus – wobei Leutnant Ohlbaum sagte, es sei eine Schlammschlacht gewesen, die reinste Rutschpartie. Fünf zu eins für meine alten Chaps, natürlich, aber der Sportsgeist zählt! So sollte man Krieg führen, ganz wie ein Gentleman. Die Drillsergeants verstehen das nicht! Kommst Du auch? Ich werde bald an die Front versetzt, als Fähnrich beim Begleitschutz der Artillerie, dann sehe ich wenigstens die Leute nicht, wenn ich die dicken Bertas, Gustavs, oder wie immer diese Geschütze jetzt heißen, auf meine Freunde von der Insel abschießen lasse, na ja. Ich weiß nicht, wann ich Dir wieder schreiben kann, die Regeln sind streng. Ich denke oft an Dich, meinen Freund. Dein Tommy.

Sein Tommy. *Seiner.* Er hatte sich seit diesem Augusttag oft mit seinem Vater gestritten, mehr als sonst, heftiger. Und die Mutter hatte gelitten – und dann war er, nach diesem Brief, einfach gegangen. Nach Deutschland. Zu den Soldaten.

Gegen den Willen des Vaters, gegen den Willen Österreichs; mit dem Hinweis, seine Mutter sei Deutsche, also sei er doch auch ein Deutscher im Reich, hatte er sich der kaiserlich deutschen Armee angeschlossen, sich ausbilden lassen. Er hatte gedacht, ihm würde es schon irgendwie gelingen, die Spur zu Tommy wiederaufzunehmen, aber er wurde direkt an die Somme verfrachtet. Er war kaum an der Front angekommen, in einer unwirklichen apokalyptischen Landschaft mit zerwühlter Erde, verkohlten Baumleichen, Ruinen, Stellungen, Pferden mit Gasmasken, Leichen, die im Niemandsland zwischen den Gräben im Stacheldraht hingen, da brachen die anderen Tommys, einfache britische Soldaten, mit ihren Mark-I-Panzern durch, nicht aber sein Tommy. Sie sahen aus wie Schiffe, die aufs Land gekrochen waren, Wassertanks auf Rädern, Seitenstahltürme, fremde, unmenschliche Formen, die sich mit ihrer Keilform auf Ketten auf die vor Angst zitternden Männer in den Gräben zu bewegten, nicht aufzuhalten mit den Waffen, die sie auf sie abfeuerten. Georg lag im Dreck. Er hatte sich in die Hosen gemacht, als diese Riesenasseln aus Stahl auf sie zurollten. Seine Kameraden schrien, schossen aber man konnte abschießen, was man wollte, Luger, Mauser, MG, Granate – alles prallte an ihnen ab, und die Kettenungetüme rollten über den Stacheldraht hinweg, über die Minenfelder, die Gräben. Die Gräben wurden plötzlich zu Fallen, wenn diese Panzer darüberfuhren, brach alles ein. Erde, Steine, Holz, die Angst vor den Qualen, zerquetscht zu werden, lähmte ihn, als ein Nebenmann schrie, weil der Graben einbrach und alles begrub, und als einfacher Soldat konnte man nur noch eins entscheiden – rennen oder sterben. Und wer rannte, wurde erschossen. Und dann kam das Senfgas. Eine Weile hatte Naumann sich, nachdem er in einem Lazarett weit von der Front entfernt aufgewacht war, an den Gedanken geklammert, dass dies ein böser Traum gewesen war. Neben ihm stammelte ein Verwundeter, dass das Vaterland – das deutsche Vaterland – zurückschlagen würde, aber sein Ende war bald gekommen. Die Operationen, das Wechseln der Verbände, die immer neuen Nebenmänner, deren Schreie, das alles schnürte Naumann die Luft ab. Nein, auch seine fehlende halbe Lunge führte dazu. Wenigstens hatten sie sein Augenlicht gerettet. Inzwischen war der Krieg vorbei. Es dauerte lange, bis sein Vater seine alten Kontakte in der Heeresverwaltung reaktiviert und über eine Suchmeldung vom Schicksal des Sohnes erfahren hatte, der zwar nicht für immer versehrt, aber doch ohne einen Teil der Lunge weiterleben musste, der von den gesplitterten Rippen zerfetzt worden war. Im Sanatorium in Bad Nauheim hatte er ausgeholfen, sobald er wieder gehen konnte. Die Schwestern und auch Doktor Boohst begrüßten das. Ein Lebenszeichen, sagten sie. Besser als die Liebe, die emotionale Projektion, die Sterbende und Überlebende auf ihre Retter richteten. Boohst hatte ihm erklärt, wie das psychisch funktionierte und dass er sich nicht schämen sollte für seine Gefühle. Dann, als es ihm wirklich besserging, begann er, für die Zeitungen daheim Berichte zu schreiben, aber die wurden nie gedruckt. Habsburg gab es nicht mehr. Der Sohn eines Hofrats a. D. bedeutete nichts. Er bekam ein Pamphlet in die Hände, das die Spartakisten aus Frankfurt verteilt hatten. Der Oberstabsarzt, Doktor Boohst, nahm es ihm aus der Hand. «Die ziehen alles in den Dreck. Sehen Sie sich um, Naumann, all die Toten, die Sterbenden, die Verwundeten. All die Helden.»

Aber auch daran glaubte Naumann nicht mehr. Helden wofür? Sie waren in den Dreck geschickt worden, zum Sterben. Seinen Freund Tommy hatte er völlig vergessen. All die jungen Männer um ihn herum, die nun keine Glieder mehr hatten, denen die Kiefer fehlten, die Augen, die Finger, der Mut, sie waren eine neue Art Mensch. Kriegsmenschen, die so tief verletzt worden waren, dass niemandem klar war, wie es weitergehen konnte. Und auch wenn der Vater ihn anflehte, er möge nach Hause kommen, wieder in die Schule gehen, studieren, sein Leben neu ordnen, so konnte er es nicht. Doktor Boohst ließ ihn im Dachgeschoss seiner Villa wohnen, meldete ihn im Gymnasium an. Naumann arbeitete an den Nachmittagen im Sanatorium, wechselte Verbände, hielt das Besteck bereit, wenn Wunden von Eiter befreit werden mussten, wechselte Windeln für diejenigen, deren Eingeweide zerfetzt worden waren. Die Hälfte der Männer, die hier lagen, starb. Es war beinahe unmöglich, sich vormittags auf Latein, Mathematik und Geschichte zu konzentrieren, vor allem auf die Geschichte, die noch aus dem Kaiserreich kam und die es in der Sterbebaracke und auf den Straßen mit den Bettlern und Versehrten, angesichts der leeren Läden und ums Überleben kämpfenden Witwen gar nicht mehr gab. Die Kolonien, die Bagdad-Bahn, die historische Berufung der Deutschen mit dem Anspruch auf ein Weltreich. Vorbei. Er schaffte das Abitur dennoch. Danach, regelmäßig heimgesucht von Anfällen einer seltsamen Lethargie, bei denen er sich stumm aus den Vorlesungen schlich, um sich in seiner Studentenbude hinzulegen, an die Decke zu starren oder tagelang zu schlafen, hatte Naumann ein Studium der Orientalistik in Hamburg aufgenommen – in Etappen zwar, weil der Vater ihm immer wieder das Geld strich, um ihn zu zwingen, nach Hause zu kommen. Weil Deutschland in Etappen hungerte, starb und zerfiel, selbst das Geld nichts mehr wert war. Der Vater schrieb Billetts und strich ihm das Geld in harter Währung. Also arbeitete er in Krankenhäusern als Hilfspfleger, im Hafen als Lagerarbeiter, Fässer schleppend in Bars. Versehrte mit Löchern im Bauch, Löchern im Hirn, Löchern im Herzen schleppten sich durch die Straßen. Und etwas zerfiel. Keine Lüge mehr hinter der Fassade der Bürgerlichkeit, keine Zukunft mehr, die jungen Leute tanzten mit und gegen den Tod, sie kannten ihn jetzt, aber Naumann tanzte nicht mit, er raffte sich auf, arbeitete, schrieb und studierte weiter. Er hatte gute Lehrer an den Universitäten in Hamburg, Leipzig und Berlin, und Naumann wusste, dass es von einem Tag auf den anderen zu Ende sein konnte, er begann, entschlossen seine Faszination für die neue Türkei zu vertiefen als Gegenentwurf zu einem Deutschland, das sich nach dem Versailler Vertrag selbst zerfleischte und jede neue Perspektive verlor. Es blieb die Frage nach der Schuld und offene Wut, der Unwille zur und der Widerstand gegenüber der Reflexion. Die Zeitungen schrieben über die Türkei und meinten doch eigentlich sich selbst, wenn sie die Konservativen feierten wie Mustafa Kemal, den Helden von Gallipoli, den Stachel im Fleisch der Alliierten, den Feldherren von Angora, dem späteren Ankara, den Gründer und Verteidiger seiner Nation.

Auch Naumann begann, über die weißen Turaner, die Türken, und ihren Kampf gegen die Engländer, die Franzosen, die Griechen und Russen zu lesen und zu schreiben – er hörte nicht mehr auf. Manchmal erinnerte er sich, wenn er spätnachts an seinem wackeligen Pensionstisch saß, an die Stunden im Salon seines früheren Lehrers und an Tommy, der ihn für sein Wissen bewundert hatte. Dann lächelte er in sich hinein und versuchte, seine Begeisterung für das Neue, für die Aufbruchsbewegung und die Reformen, die dieser Mustafa Kemal initiierte, wieder mit den Augen von damals zu sehen, als die Möglichkeit, seine Zukunft selbst in die Hand zu nehmen und für das Gute zu kämpfen, noch bestanden hatte. Die Redakteure der großen Zeitungen des Hugenberg-Konzerns rissen ihm seine Artikel förmlich aus den Händen, aber: Sie änderten diese auch. Naumann hielt die Anstrengungen Mustafa Kemals vor allem für einen Kampf um Freiheit, um Unabhängigkeit und um westliche Werte, während die Redakteure der Zeitungen lieber hinzufügten, es gehe in der Türkei um einen Widerstand gegen den Schandfrieden von Versailles. Er solle diesen Aspekt deutlicher hervorheben, wies man ihn an, sodass dieser türkische Befreiungskrieg den Deutschen als Beispiel dienen könne! Naumann ärgerte das zwar, aber da die Geldanweisungen des Vaters immer sporadischer wurden und, wenn sie endlich ankamen, zunehmend an Wert verloren, da auch die Pension des ehemaligen Hofrats von der Inflation aufgefressen wurde, musste Naumann, wenn er weiterstudieren wollte, schreiben. Und wer zahlt, bestimmt. Widerwillig fügte er also, je nachdem, welche Zeitung oder Zeitschrift gerade einen Artikel von ihm druckte, die geforderten Formulierungen ein, er versuchte sich aber, soweit man es ihm erlaubte, an die Tatsachen zu halten.

Naumann war ein einsamer junger Mann, der Taumel und der Rausch zogen fast unbemerkt an ihm vorbei, was blieb, war ein Schmerz, den er immer dann wieder spürte, wenn er kurz zuvor einen Artikel abgegeben hatte und in die Redaktion zitiert wurde, um sich auf eine weitere Maßgabe verpflichten zu lassen. «Naumann, Sie sind talentiert, aber wir brauchen eher eine Art *Deutschland, nimm dir ein Beispiel am türkischen Führer* – ja?» Dann nickte er stumm, der Redakteur der *Berliner Zeitung* ergänzte Naumanns Text, das Honorar holte sich Naumann unten am Schalter ab. Für ihn trugen die ihm aufoktroyierten Passagen viel zu sehr die Parolen und das Gedankengut der Hitleristen in sich, die ihm mit ihren hässlichen Uniformen und dem rüpelhaften Gebrüll nachts auf der Straße, wenn er ins Kino oder ins Theater ging, begegneten. *Gazi* hieß nicht *Führer*, wie die Nazifedern schrieben. Es war ein Ehrentitel, bedeutete Krieger. Er konnte nicht verliehen werden, man musste ihn sich verdienen. Die Nazis hatten Kraft, wenn sie zusammenstanden. Manchmal bewunderte er das sogar, denn Naumann war allein. Er lebte in Schöneberg, in Wilmersdorf, in Charlottenburg – wie ein Zuschauer; sein Bett immer ordentlich gefaltet, darüber die faltenlose Wolldecke, wie er es im Lazarett und im Sanatorium von Doktor Boohst gelernt hatte – die Zimmer, in denen er wohnte, unpersönlich, mit Trockensträußen von den Vermieterinnen geschmückt, sein Pappkoffer mit zwei Hemden und zwei Anzügen darin. Aber was er wirklich hegte, seinen Schatz, den er von Pensionszimmer zu Pensionszimmer schleppte, das waren die wenigen Bücher, die Boohst ihm geschenkt hatte, drei Perutze, die er immer wieder las, Fontanes *Schach* und die *Odyssee* mit Boohsts Widmung. Er schrieb, aber über etwas Fernes. Und wenn er wieder einmal feststellte, nichts veröffentlichen zu können, wie er es wollte, beschlich ihn ein tiefes Gefühl der Hoffnungslosigkeit. Er fiel in ein Loch, in Schwärze, aus der Welt heraus.

Dann half nur das Kino. Allein zu sein – mit seinen Ängsten allein, aber um sich die Körper und Träume anderer Menschen, vielleicht ähnliche Einsamkeiten. In Berlin ging er am liebsten zu den Premieren im Admiralspalast in der Friedrichstraße. Das Blattgold an den Wänden, der Decke, und an den zwei Reihen der geschwungenen Balkone glänzte festlich im Kontrast zu den dunkelroten Plüschsitzen, die sich anschmiegten wie erschöpfte Liebhaber. Liebe hatte Naumann kaum einmal erlebt, seit er das Lazarett verlassen hatte. Ein, zwei schnelle Nummern in Hauseingängen mit Mädchen, die das Geld noch dringender brauchten als er. Immer hatte er Angst, sie könnten seinen Körper sehen, seine Wunden. Kinobesuche waren daher Naumanns neue Leidenschaft geworden. Hier spürte man Erregung bei einem guten Film, wie sie sich in den Köpfen und auf der Haut anreicherte und immer weiter ausbreitete, bis man sie fast greifen konnte, diese Spannung, diese Lust, dieses Staunen, diese Energie, das war so viel besser als nichts.

Naumann erinnerte sich, es war ein Dienstag gewesen … Die Uraufführung von Fritz Langs *Spione*. Man hatte ihm von der *Vossischen Zeitung* ein Billett dafür überlassen und ihm aufgetragen, eine Rezension zu schreiben, keinen Roman. *Niemanden interessiere, wie sich das Filmische und das Moderne aufeinander bezögen, warum der Produzent Erich Pommer nach Hollywood gegangen sei und was das für den deutschen Film bedeute, auch wenn es das Ende der Mabuses und Caligaris, der Monstren und Mythen, das mögliche Ende der deutschen cineastischen Innovation bedeute, warum nun Lang seine eigene Produktionsfirma gegründet habe, um weitermachen zu können* – alles faszinierend, aber er könne diese intellektuellen Ergüsse bitte gleich streichen, sie würden das so nicht mehr drucken, er sei hier bei der Presse und nicht mit Siegfried Kracauer oder Werner Krauß im Café. Sie wollten eine Filmbesprechung von ihm, aber keine Abhandlung über das Kino als Kunsteinrichtung. Apropos: Hatte man ihm nicht mehrfach bei der *Vossischen* von Redakteursseite aus nahegelegt, den Traum vom Doktortitel endlich aufzugeben und nur noch für Zeitungen zu schreiben? Das könne er besser, schließlich sei er doch nun schon wie viele Jahre dabei? Vier? Fünf? Sechs? Ein ewiger Student, wolle er das sein? Der belächelte, ältliche Dauerdoktorand in der Orientalistik? Er könne doch schreiben, aber vielleicht wäre das nicht seine Strecke, die Dissertation, und nicht seine Form, das Akademische. Seine Artikel hingegen, die wären gut. Was aber auch nicht hieße, man hielte ihn als Journalisten bereits für gut genug. Eher für ausbaufähig, ja, für besonders, jawohl, aber noch lange nicht für gut. Überall hielt man Naumann in Arbeit – mit Angst. Angst, dass er nicht genügte, dass, was er wollte und was er dachte, eben nicht genug waren, dass man ihm einen Gefallen tat, wenn man ihn druckte, dass man ihn duldete, aber nicht schätzte.

Im Graben vor der Kinobühne trumpfte das Orchester auf. Der UFA-Tusch, dann ein leises, drängendes Summen der Geigen und das Hämmern des Klaviers wie ein Pulsschlag. Im Saal wurde es dunkel. Mit einem Seufzer ließ sich ein junger Mann in Abendgarderobe neben Naumann in die Polster fallen. Er hatte ein schmales, fein geschnittenes Gesicht mit großen, blau leuchtenden Augen unter seltsam geschwungenen, tiefschwarzen Augenbrauen. Das hatte Naumann noch gesehen, bevor die Kronleuchter und elektrischen Wandkerzen ausgingen. Er trug Seitenscheitel, war blond, die Haare nicht pomadisiert, wodurch ihm einzelne Strähnen immer wieder in die Stirn fielen. Der Mann, der einen Zylinder, aus dem ein kleiner Stoffbär ragte, wie einen Kochtopf in die linke Armbeuge geklemmt hielt, beugte sich zu Naumann hinüber. Er nahm ein feines, herbes Parfüm wahr, dann zog der Mann eine große, fettige Papiertüte aus dem Hut, nestelte an ihr herum und hielt sie Naumann hin.

«Hamburger Speck?»

Es roch süß, aber Naumann schüttelte den Kopf. Der Mann lächelte, zuckte mit den Achseln und steckte sich ein rotweißes, zuckerbedecktes Schaumstück zwischen die Lippen. Dann verschwand alles im Dunkeln; die Lüster waren ausgegangen. Licht kam nur noch von der Leinwand her.

Der Film beginnt rasant: Wichtige Akten verschwinden auf unerklärliche Weise, hitzige Nachrichten werden von sonderbaren Funktürmen aus um die Welt geschickt, ein Motorradfahrer donnert durch die Nacht – dann: Ein Botschafter wird erschossen, und wieder werden Geheimdokumente entwendet, diesmal von dessen Leichnam; ein anderer Mann fährt vor einem Ministerium vor, hechtet die Treppe nach oben und schreit seinem Vorgesetzten entgegen: «Ich weiß, wer es ist!», als ihn unverhofft ein Schuss durch das Fenster hindurch trifft. Einige Frauen im Kinosaal erlagen dem durchs Orchester akustisch verstärkten Überraschungsknall und kreischten erschrocken auf. Naumann fühlte, wie sich sein Magen vor Erregung zusammenzog. Neben sich hörte er ein leises Kichern. Ein diabolisches langes Gesicht füllt nach einem Cut die Leinwand; wie eine Kappe nach hinten gekämmte pomadige Haare umrahmen die Gesichtshaut und ein Kinn mit Spitzbart. Wieder ein Cut:

I C H

ziert als Zwischentitel die Leinwand, es ist still im Orchester.

Naumann glaubte fast, ein scharfes Zischen von den Rängen und den Sitzen um ihn herum vernehmen zu können, das Publikum verband sich in ein atemloses Unterwegssein mit dem Film, nur der Mann neben ihm kicherte leise weiter, rückte den Teddybären in seinem Zylinder zurecht und aß seinen Hamburger Speck seelenruhig.

Das **I C H** – das teuflische Gesicht, der Zwischentitel – steht für einen Bankdirektor, *Haghi*. Dann: Treppenfluchten, *die* funktionale Geometrie der Moderne, erscheinen auf der Leinwand, es öffnet sich eine Tür zu einem Büroraum, in dem alle möglichen Themen in sämtlichen Sprachen verhandelt werden – in Russisch, Japanisch, Englisch, Deutsch; über Gitterabsperrungen, Telefone, Telegrafen, Rohrpostläufe … An der Wand ist ein Newsticker mit Nachrichten aus der ganzen Welt montiert, auch werden dort Billettes gesammelt, gelesen, gespeichert, Berichte geordnet – gefiltert, und zu Tickersätzen kondensiert werden sie dann an das **I C H** weitergeleitet. Haghi sitzt dabei aufrecht hinter seinem Schreibtisch. *Das Böse ist banal.* Alles Böse, rumorte es in Naumanns Kopf, geht von jemandem an einem Schreibtisch aus. Erst nach den ersten zehn Minuten des Films kam Naumann wieder richtig zu Atem, so gebannt war er von der Geschichte, die sich vor ihm abspielte. Leise Streicher, dann ein Klavier, das einsetzte. Der Mann neben ihm raschelte weiter mit der fettigen Papiertüte Hamburger Speck. Naumann sah aus den Augenwinkeln, dass ihn der Mann in Abendgarderobe musterte, während er sich langsam sein Zuckerwerk in den Mund schob. Unruhig drückte sich Naumann tiefer in den

Kinosessel hinein, dann spürte er den Arm des Mannes nah an sich, seinen eigenen auf der Lehne fast berührend.

«Sieht der nicht ein bisschen aus wie Trotzki?», flüsterte der Mann ihm jetzt, sich zu ihm herüberbeugend, ins Ohr. Naumann blickte starr geradeaus. Er roch ein herbes Eau de Cologne, leicht überdeckt von der Zuckersüße des Hamburger Specks.

«Die Harbou, Sie wissen schon, die Drehbuchautorin, hat sich von London inspirieren lassen», flüsterte der Mann wieder und legte Naumann die Hand auf den Arm. Naumann wollte ihn wegziehen, entschied sich aber dagegen. «Die sowjetische Handelsorganisation, ARCOS, die verdächtigt wurde, ein Spionagering zu sein, erinnern Sie sich?», fuhr der Mann fort. Ja, natürlich, schoss es Naumann durch den Kopf, richtig, die ARCOS, die All Russian Co-operative Society. Hatte Scotland Yard nicht deren Büros im Mai 1927 durchsucht? Er würde es morgen gleich nachsehen! Der blonde Mann lehnte sich wieder zurück. Es war Nauman nicht unangenehm gewesen, diese Unterbrechung, die kurze Intimität mitten im dunklen Kinoraum. Für den Hinweis war er dankbar, konzentrierte sich aber schon wieder auf den Film.

Die Geschichte wand sich und wurde immer verworrener: Unterwanderung der Polizei, Spitzel und eingeschleuste Agenten, Haghi im Rollstuhl, das **ICH** ist versehrt! Ein bisschen dick aufgetragen, fand Naumann, als wäre das Böse auf der Welt so leicht zu erklären! Als weltumspannende Operation mit einem pomadigen Teufel an der Spitze. Naumann hatte sich vorgebeugt, als wollte er diesem Haghi direkt in die Augen sehen, er begann, in Gedanken den Einstieg für seine Filmkritik zu formulieren, allmählich wurde er sich bewusst, dass er dabei den Mund offen hielt, die Zunge in den rechten Mundwinkel geklemmt, wie er es immer tat, wenn er sich konzentrierte; er hatte das Gefühl, als würde der Mann neben ihm, der immer wieder mit seiner Tüte knisterte, ihn ansehen. Noch tiefer ließ sich Naumann in die weichen Polster des Parkettsessels hineinsinken.

Agent «No. 326» ist auf den Fall angesetzt. Die Fotos aller Kollegen vor ihm sind mit einem Kreuz ausgestrichen. «Ich möchte nicht, dass Sie so enden», erscheint als Zwischentitel auf der Leinwand. Der Geheimdienstchef spricht. «Lassen Sie Vorsicht walten.» Ein Brausen tost durch Naumanns Kopf. War diese Schreibtischwelt, diese Welt der Anweiser, der Schreibtischtäter, in der auch sein Vater lebte, und waren all die Räte, die Chefs, die Lehrer, die Bankiers, die großen Militärstrategen, aus deren Welt er hatte entfliehen wollen, noch skrupelloser geworden als damals vor dem ersten Krieg? Hatte sein Vater jemals zu ihm gesagt, sei vorsichtig? Nein! Und «No. 326» trifft nun auf Sonja Barranikowa, die Lady mit dem Hund, Haghis Agentin. Sie ist vom **I C H** geschickt worden, um «No. 326» zu eliminieren. Denn das **I C H** weiß alles. Das **I C H**, im Rollstuhl hinter seinem Schreibtisch, mit seinem Spitzbart und dem Pomadenhaar, ist der mächtigste Mann der Welt. Doch die Wende kommt: Sonja Barranikowa und «No. 326» verlieben sich ineinander. Ja! Die Liebe ist es, die alles besiegt, selbst die größte, unheimlichste Macht wird von ihr zerstört! Naumann spürte eine taumelnde Zuversicht des Publikums, die Hoffnung, dass diese Liebe, nach der sich alle sehnen, endlich allen Kriegen, aller Ungerechtigkeit, aller Schurkerei ein Ende setzt! Die Zuschauer, inklusive Naumann, seufzten. Auch der Mann neben ihm, was Naumann seltsam glücklich machte.

Naumann wusste nicht, ob er während der zweiten Hälfte des Stummfilms überhaupt geatmet hatte. Stunden mochten vergangen sein. Aber wenigstens geblinzelt hatte er. Noch immer spürte Georg, dass sein Sitznachbar ihn ansah. Der elegante Mann in Abendgarderobe mit seinem Teddy im Hut und der Knistertüte – er hätte auch in den Film gepasst.

Naumann verspürte eine Erregung, eine Atemlosigkeit, als hätte er in einer Raupenbahn auf einem Jahrmarkt gesessen, die mit der Geschwindigkeit eines Eilzuges auf- und absteigend Kreise um Kreise drehte. Wie bunte Lichterketten hatte er farbige Gesichter, Fetzen von Schicksal und Leben und Leichtigkeit erhascht. Das Böse wird besiegt, die Schlacht wird geschlagen, nicht? «Sie sehen wunderbar aus, wenn Sie träumen.» Der Sitznachbar hatte Naumann auch während des

Abspanns gemustert. Ganz zu Naumann gewandt, hatte er das Kinn auf die linke Faust gestützt, der Zylinder war in Richtung Naumann gekippt, sodass dieser die fast leere Specktüte, den Hinterkopf und Rücken des Bären sah.

«Hinreißend», murmelte Naumann.

«Was?»

«Der Film. Die Maurus. Der Lang. Einfach alles ...»

«Hinreißend.» Der Mann strahlte Naumann förmlich an, er schien belustigt zu sein, fasziniert, aber nicht von dem Film, sondern von ihm. Um sie herum erhoben sich die Zuschauer, drehten sich zu den Logen im ersten Rang und fingen an zu klatschen.

«Bravo! Bravo!»

Oben erhob sich ein Mann im glänzenden Frack mit Halbglatze und Monokel. Er winkte wie ein Cäsar. Das war Fritz Lang persönlich. Rechts neben ihm seine Frau, Thea von Harbou. Und ja, da war auch sie, an Langs linker Seite, sein neuer Star Gerda Maurus. Jubel brandete auf. Lang verbeugte sich. Auch Naumann stand auf. Da roch er wieder das herbe Parfüm seines Nachbarn.

«Wenn Sie möchten, dann stell ich Sie vor. Nachher im Größenwahn. Erst mal essen die.»

«Sie kennen Fritz Lang?» Naumann drehte sich überrascht zu seinem Nachbarn um.

«Natürlich. Fritz ist ein Freund meines Vaters. Kommen Sie.» Der Mann klemmte den Hut mit seinen Utensilien fest in die linke Armbeuge, nahm Naumann am Arm und bugsierte ihn durch die noch tosende Menge in Richtung des Nebenausgangs.

«Soll ich Ihnen nicht doch holen zu essen? Sie gehen? Müssen essen Sie, ja, nein?», fragte der zurückgekehrte Gospodinov. Naumann lächelte, schüttelte aber sachte den Kopf. Er verspürte keinen Hunger. Nicht auf Nahrung.

Er brachte ein knappes Danke heraus, während sie in ihrem Kurswagen in Budapest an einen neuen Zug Richtung Belgrad gekoppelt wurden, und tauchte wieder ein in seine Gedanken.

So hatte es angefangen. Die Freundschaft zu von Stetten.

Mit einem Film. Mit einem Souper.

Die Geschichte zwischen den beiden begann damals und hatte sich rasend schnell abgespielt, ihn so gefangen genommen wie der Film, und war für Naumann bis heute unbegreiflich geblieben.

«Gestatten? Von Stetten ... leider nicht bei den Gascogner Kadetten, dafür zweiter Sohn eines preußischen Junkers, Hurra, und in der Tat: Vom Anerbenrecht befreit erbt bei uns nur das Majorat, also mein Bruder, und ich hatte nur die Wahl zwischen Staat oder Kirche – und da ich in der Kutte für die Welt verloren bin, entschied ich mich für den Staat, da blieb dann Beamter oder Soldat, und da mein Gemüt eher nicht von soldatischer Natur geprägt ist, nicht wahr, Sebastian? –», der Mann in der Abendgarderobe hob seinen Zylinder an, in dem fast lächelnd der Bär saß, er kraulte ihm die plüschigen Ohren, legte sich den weißen Seidenschal um, den vorher das Stofftier um den Hals getragen hatte, klemmte sich den Hut mit seinem Reisegefährten unter den Arm, schlug spielerisch die Hacken seiner Lackschuhe zusammen, verbeugte sich gekonnt und fuhr fort, «– bin ich nun kleiner Beamter im Ministerium des Außen, angehender Diplomat – nicht gerade von Format. Aber nun frage ich Sie, mein Herr, sehr direkt in der Tat: Ich bin hungrig, gehen wir etwas essen, bevor ich Sie dem Herrn Lang vorstelle?»

Es war ein wunderbarer Abend geworden. Sie hatten im *Adlon* Champagner getrunken, Austern gegessen. Geld schien für von Stetten selbst in diesen Zeiten keine Rolle zu spielen, und als Naumann den aufgekratzten Mann darauf hinwies, dass er neben diesem einen Anzug, den er gerade trug, neben ein paar Büchern, Leibwäsche und einer Schreibmaschine keine weltlichen Güter besaß, war von Stetten verstummt, hatte erst ihn, dann Sebastian, der mit ihnen am Tisch saß, angesehen und losgelacht.

«Sie könnten auch nackt bei mir sitzen, das spielt keine Rolle für mich. Erzählen Sie mir, wer Sie sind.»

Und so kam es, dass sie die Feier der Langs, Harbous, Maurus und Klein-Rogges verpassten – und bis in den Morgen erst noch länger im *Adlon*-Restaurant, dann in der *Adlon*-Bar und schließlich, schon sehr betrunken, auf einer Bank am Landwehrkanal saßen und sprachen.

Ulrich von Stetten hörte vor allem gut zu, sobald er seinen übersteigerten Witz, die Cyrano-de-Bergerac-Reimspiele, die Naumann später als Dankes-Sentenz nach dem Austerndiner imitierte, und die Allüren eines Dandys, die er sich, wie er sagte, in seinem Austauschjahr in Cambridge zugelegt hatte, ablegte. Er war ein feiner Mann, viel reifer und verständnisvoller, als Naumann ihn aufgrund seines exzentrischen Aufzugs eingeschätzt hatte.

«Sebastian? Den hab ich vom Jahrmarkt in Richmond, hab ihn aus einer Losbude befreit. Er sah so traurig aus zwischen all den anderen Plüschtieren, da musste ich ihn retten.»

Er hatte Unsummen für die Lose ausgegeben, bis er den Bären schließlich gewonnen hatte, den Budenbesitzer hatte das nicht gekümmert, aber die Zuschauer ergötzten sich an dem Spektakel des «feinen Pinkels», der die Lose aus drei Eimern im Arm hielt und nach und nach aufriss. Die anderen Gewinne ließ er dem Schausteller da.

«Das war ganz schön anstrengend, danach brauchte ich dringend eine kleine Stärkung. Hamburger Speck?»

Die Reste der Schaumzuckerwürfel waren verklebt, das Morgenlicht leuchtete rosig über dem Wasser. Nebel stieg in leichten Schwaden aus dem Kanal, kroch die Böschung hoch, legte sich aufs Trottoir. Naumann fröstelte. Er wünschte sich, dass ihm dieser seltsame junge Mann den Arm um die Schultern gelegt hätte. Stattdessen nahm er ein Stück Hamburger Speck. Es waren zwei Würfel, aneinandergeklebt. Naumann hielt von Stetten das große Stück hin. Dieser nahm den roten Drops mit der gelben Füllung zwischen die Finger, während Naumann den mit der weißen Füllung hielt. Ihre Finger berührten sich kurz. Dann lachten sie und zogen die beiden Stücke auseinander und nahmen sie in den Mund. Für Naumann fühlte es sich beinahe so an, als hätten sie damit ihr Schicksal besiegelt.

In den nächsten Wochen sahen sie sich häufig. Von Stetten führte Naumann in die Bars und Restaurants, die er und seine Kreise frequentierten. Naumann nannte es bei sich die Champagnerwelt. Aber es schien Von Stetten nichts auszumachen, wenn Naumann ihn nur in Studentenkneipen und Automatenrestaurants einlud, die er sich leisten konnte. «Weißt du, Georg, Essen ist keine Kunst, Genießen ist eine Kunst. Und die hängt nicht vom Geld ab oder von der Qualität der Speisen. Es kommt vielmehr darauf an, mit wem man sie teilt.» Sie tauschten Bücher aus, Naumann lieh Ulrich seinen Perutz, Ulrich Georg den *Fabian* von Kästner, der Georg zum Weinen brachte. Sie gingen gemeinsam in Museen, sahen sich Filme an, stöberten in Buchläden, Antiquariaten und auf Flohmärkten herum. Auch Fritz Lang lernte schließlich Naumann kennen, in einer Gesellschaft im Adlon stellte Ulrich die beiden einander vor. Lang musterte Naumann unverhohlen kritisch durch sein Monokel. Auch wenn Ulrich ihm seinen alten Frack vermacht hatte – sie waren annähernd gleich groß gewesen –, so sicher wie der Freund bewegte sich Naumann nicht auf dem gesellschaftlichen Parkett. Naumann war von Lang eingeschüchtert. Dieser hatte die Angewohnheit, die Mundwinkel beim Sprechen hinabzuziehen. Und er redete so gestochen, als ob jemand mitschriebe. Jeder Satz saß. Und das Monokel und die Zigarettenspitze taten ihr Übriges, dass Naumann kaum einen klaren Gedanken über die Lippen brachte. Das war seltsam, bewunderte er Langs Filme doch über alle Maßen. Aber in ihrem ersten Gespräch wirkte der Regisseur so kühl, so überlegen, fast zynisch. Sein Auge war groß geschwollen hinter dem Monokel, er rauchte durch seine Zigarettenspitze, brach dadurch immer wieder die Sätze ab, ließ seine Zuhörer in Spannung verharren, wie es denn weiterginge; er hatte es gleich nach der Begrüßung aufgegeben, bloß mit Naumann zu sprechen, und lieber eine Anekdote für die Runde erzählt; wie die Nazis sich an seinen *Nibelungen* ergötzten, obwohl er doch in *Metropolis* eindeutig sein Zeugnis abgelegt hatte für und gegen die neue Welt. Und ja, erst der *Dr. Mabuse*, brach es da aus Naumann heraus, und Thea von Harbou runzelte die Stirn, und die Gesellschaft blickte verwundert auf den Unterbrecher.

«Was ist damit?», fragte Lang.

«Nun, meiner Ansicht nach ist der *Dr. Mabuse* schon so eine Art Hitlerfigur.»

Lang paffte nachdenklich.

«Nicht schlecht, mein junger Freund, ja, nicht schlecht … Nun, jedenfalls, um auf die Nationalsozialisten zurückzukommen, hat mich der Reichsminister für Propaganda wieder einmal über die UFA-Leitung einladen lassen, ihn doch in seiner bescheidenen, ministerialen Akkommodation aufzusuchen, per Brief, aber eben nicht direkt an mich, doch ich weiß nicht, wie lange ich dieser Begegnung wohl noch entgehen kann.» Thea von Harbou trat an ihre Gruppe heran. Sie schnaubte, ihr langer, weißer Hals schien sich endlos zu strecken wie von einer Giraffe, einem Pfau oder Emu. Ein Eindruck, der von der Tatsache noch betont wurde, dass sie ein diamantbesetztes Käppi mit Federbusch trug und ein nur an dünnen Trägern hängendes, schillerndes Paillettenkleid, an dem eine große, glänzend blaue Brosche befestigt war, ein Saphir?

«Goebbels ist dir zugetan, Fritz! Der Mann ist ein Genie! Er könnte den deutschen Film zusammen mit dir und mir an die Weltspitze führen. Du musst ihn treffen, das hast du mir schon so lange versprochen – es ist eine Schande, wenn sich die begabtesten Männer im Reich nicht mehr umeinander bemühen.» Naumann schluckte. Die Harbou sah ihn nicht einmal an, sondern hakte sich ihren Fritz einfach unter und ging mit ihm davon.

Sie waren auch einmal bei Lang zum Tee gewesen, Naumann war nervös, als Ulrich ihn abholte; sein Zimmer in der Pension von Frau Aust war bescheiden, sie keifte nicht nur ihm, sondern auch den zwei anderen Untermietern immer wieder ein «Aber keine Damenbesuche!» hinterher, wenn sich die Gelegenheit bot, war neugierig bis zur Übergriffigkeit, durchsuchte die Sachen in seinen Schränken, bot nun aber von Stetten in seinem feschen grauen Nadelstreifenanzug sogar Likör an.

«Nein danke, Gnädigste. Wir sind schon etwas spät, aber bezaubernd, wirklich bezaubernd ihr Appartément.» Von Stetten sprach es extra affektiert aus, bugsierte die gute Frau Aust dabei geschickt mit ihrem Likörtablett aus dem Zimmer.

«Zieh dich an, Georg. Wir müssen gehen.»

Naumann konnte sich nicht zwischen Frack und Anzug entscheiden, bis Ulrich ihm schließlich die neue Knickerbockerhose, die sie im KaDeWe am Wittenbergplatz gekauft hatten, und seine alte Cricketweste aus den Cambridge-Tagen, die er Naumann nach ihrem Ausflug in den Grunewald geliehen hatte, herauslegte, eine passende Krawatte und die Schiebermütze heraussuchte, die Naumann eigentlich für passé hielt.

«Der moderne Mann trägt sportlich.»

Bei den Langs waren sie mit Fritz und seinem Personal allein gewesen. Thea fühle sich nicht wohl, hatte er gleich bei ihrem Eintritt gesagt. Es gab in letzter Zeit Gerüchte, das Paar hätte sich getrennt, aber Naumann konnte natürlich nicht danach fragen. Sie saßen in der Bibliothek und unterhielten sich. Lang war wieder sehr von oben herab, wollte aber doch wissen, was die beiden denn so Neues gelesen hätten, er wäre immer auf der Suche nach gutem Stoff.

«Haben Sie Schnitzlers neues Buch gelesen? Die *Traumnovelle*? Wir …», Naumann deutete auf Ulrich und sich und merkte, wie er dabei rot wurde, «lieben es.»

«Es erscheint erst demnächst als Buch, kam in der *Dame* in Fortsetzung, sehr … erhellend?»

«Erhellend?», fragte Lang. «Inwiefern?»

«Das Geschlechtliche. Was zwischen Mann und Frau, zwischen Menschen, an Anziehung besteht oder nicht besteht, und wie die Gesellschaft es schafft, die Tiere im Körper wie im Käfig zu halten und dann wieder zu entfesseln. Es ist …» Ulrich legte eine Pause ein. «Es ist …» Und Naumann sprang ein.

«Magisch!»

«… ja, und es schmerzt. Es geht um die Rollen, die wir alle spielen müssen, und die Ausbrüche.»

«Und um das, was ungesagt bleibt in der Beziehung zwischen Frau und Mann. Den Opfern, die wir bringen, weil wir der Fantasie nicht folgen …»

«Oder wenn wir ihr folgen, was das für Konsequenzen hat.»

«Das klingt wie das richtige Buch zu unserer Zeit.» Lang runzelte die Stirn über dem Monokel. Er wirkte, als würde er nachdenken, als hätte er bereits Bilder im Kopf, solche, wie sie Naumann aus seinen Filmen kannte, den Taumel, die Erregung aus dem Yoshiwara-Distrikt in *Metropolis*, die Enttäuschung, die alles durchzog, auch ihrer aller Leben. Zeigte der Film nicht, dass man sich in der Moderne vervielfältigen müsse, dass man doppelt und dreifach sein oder werden musste, Maschinenmensch, Hure und Heilige, aber Naumann dachte, nein, das war bei Schnitzler doch viel weniger geometrisch benennbar, viel subtiler, beunruhigender, nicht bloß für bewegende Massenszenen und sterbende Heldenkörper gedacht, das Feine und das Gemeine würden ganz verloren gehen, wenn sie so im Kino in Formen gepresst würden. Aber Lang legte sein Monokel ab.

«Ich werde es lesen. Habt ihr übrigens jemals die Baker tanzen gesehen?» Lang erhob sich, ging zu einem der Glasschränke, in denen kleine weiße Elfenbeinfiguren ausgestellt waren.

«Kommt einmal her.» Naumann und Ulrich erhoben sich.

«Diese Netsukes sammele ich schon seit Jahren. Sie sind sehr wertvoll für Kenner.» Lang nahm einen daumengroßen, fein gearbeiteten Fischer mit Strohhut und Angel heraus und legte ihn Naumann auf die Hand.

«Warm, was?» Dann kramte er aus dem hinteren Teil eine liegende Frauenfigur hervor. Die Frau war nackt. Ein kleiner Oktopus drang ihr mit seinem Schnabel in den Mund, ein Größerer tat dasselbe an ihrem Geschlecht.

Naumann hatte diese Szene schon einmal gesehen. Lang gab Ulrich die Figur.

«Hokusai, *Traum der Fischersfrau.* Großartiges Stück.» Dann zog er noch eine Fotografie aus der Schublade unter der Glasvitrine, Josefine Baker im Bananenkostüm, signiert mit «For dear Thea and Fritz».

«Sind nicht alle so prüde wie unsere neuen Deutschen. Wir haben sie Anfang 23 schon in Paris gesehen. Fabelhafte Frau. Dauernd guckt man auf Berlin, spuckt man auf Berlin, als sei es Sodom und Gomorrha – oder Babel.»

Er nahm Naumann und Ulrich die Figuren wieder ab und stellte sie zurück in den Schrank.

«Wenn ich einmal gehen muss, dann kommen die auf jeden Fall mit.»

Bei den anderen die er über Ulrich kennenlernte, fühlte er sich sicherer, auch wenn er ihre Leidenschaft, tanzen zu gehen, sich zu schminken, zu verkleiden, zunächst nicht verstand. Ulrich war bei ihm, das gab ihm Sicherheit.

Manchmal zitterte er nachts, wenn er wieder in seiner Pension an seinem wackeligen Tischchen saß und schrieb. Das Zittern, das kam nicht mehr nur von den Granatsplittern, den Panzern und dem Verschüttet-gewesen-Sein. Er hustete, schmeckte Blut. Er war sich nicht sicher, was es außerdem noch auslöste, diese bebende Angst. Er konnte oft nicht schlafen, weil er sich immer von einer Seite auf die andere wälzte und zu spüren meinte, dass die Decke seine beschädigte linke Lungenseite zerdrückte. Ulrich ging mit ihm in die Charité. Er war bei den Untersuchungen dabei, genierte sich nicht, als er Georgs versehrten Körper sah, die Wundnarben, die seine ganze linke Seite entstellten, rote Krater und Hautknubbel. Die große doppelte Naht, dort, wo sie ihn aufgeschnitten hatten. Es half, dass jemand da war, der sich um ihn kümmerte. Das Zittern hörte auf. Auch das Husten und Bluten.

Naumann war sich seiner Gefühle für Ulrich nicht sicher. Er versuchte, ihm zu schreiben, vernichtete die Briefe aber immer wieder – und nahm die Schnipsel mit aus dem Zimmer, damit nicht etwa die Aust sie fand.

«Ich weiß einfach nicht, wie ich es dir sagen soll ...», platzte er dann am Weihnachtsabend 32, den sie zusammen mit Freunden von Ulrich im *Kakadu*, Ecke Kurfürstendamm, verbrachten, heraus.

«Was?», schrie Ulrich, der eine Polonaise tanzte und Naumann mitzog. Naumann reihte sich ein und setzte dann, als die Polonaise sich auflöste und in Slowfox überging, bei dem er sich Ulrich schnappte, noch einmal an.

«Ich finde einfach keine Form, es dir zu sagen ...»

«Schhhh...» Ulrich legte ihm den Finger auf die Lippen, zog Naumanns Kopf an seine Schulter und hielt ihn fest. Noch nie, seit seinen Kindertagen, hatte Naumann sich so geborgen gefühlt, so aufgehoben. Als sie danach wieder am Tisch saßen, schlug Ulrich ein Wechselspiel vor. Alle sollten sich reihum zu einem neuen Partner setzen und dem Gegenüber ein Geheimnis erzählen, nur so fühle man sich frei, wenn man seine Geheimnisse teile! Es wurde gejubelt, Ulrich bestellte neuen Champagner, und da sie nur wenige waren, beschloss man bald, das Spiel auf den ganzen *Kakadu* auszudehnen.

«Ich liebe Ulrich», schrie Naumann der jungen Blonden ins Ohr, die mit der «Gräfin», Hermine Trauttmannsdorff, gekommen war, einer Freundin von Claire Waldoff. Sie hatte sich eine Maske um die Augen gemalt, in einem irisierenden Dunkelblau, aus dem ihre grünen Augen herausschimmerten.

«Ach was, Kokolores!», schrie die Blonde zurück und zog ihn mit sich auf die Toilette. Bei der Toilettenfrau ließ sie ein paar große Scheine liegen und bestellte Koks, dann schloss sie sich mit Naumann ein.

Wieder draußen im Taumel, suchte Naumann nach Ulrich. Die in ihm abebbende Ekstase fühlte sich an wie eine Niederlage. Hingeben wollte er sich etwas anderem, jemand anderem. Völlig Fremde zogen ihn in dunkle Ecken und erzählten ihm ihre Geheimnisse. Ein Mann im Hahnenkostüm versuchte, ihn zu küssen, Naumann stieß ihn zurück. Als er die Trauttmannsdorff fand, die mit einem Schwarzen in Burleskenstraps knutschte, zog er sie zur Seite. Sie ließ verblüfft von ihrem Partner ab.

«Ich liebe Ulrich», schrie er der «Gräfin» ins Ohr.

«Ach was, das ist ja mal 'ne Nachricht», antwortete sie, zeigte auf einen Tisch in der Nische gleich neben der Bar, wo sich drei Männer und zwei Frauen, bereits mit halb nackten Oberkörpern, aneinander berauschten. Im Zentrum der Gruppe saß Ulrich, küsste nach rechts und nach links, schob einen Mann unter den Tisch und lotste ihn zwischen seine Beine, während er die zwei Frauen neben sich abwechselnd küsste.

Naumann spürte, wie es ihn kribbelte.

«Du hast da noch Koks an der Nase», sagte die «Gräfin» und beugte sich vor, um es abzulecken. Er schob sie zurück in die Arme des Schwarzen und stürzte aus dem Lokal.

Naumann verstand, dass diese Menschen sich danach sehnten, sich als reine Körper zu erleben, als Muskeln, als Bewegungen, als Lust und Schmerz. Er konnte das auch Ulrich zugestehen, nur empfand er sich selbst nicht als Teil davon, er blieb kalt. Besonders bestürzte ihn, dass er Ulrich in diesen Nächten verlor, dass er ihm nicht sagen konnte, wie er sich fühlte, weil er unter all den begeistert nach Lust suchenden Mündern und Gliedern, den vom Tanz und von der Gier geschüttelten Körpern in diesem Reigen wieder allein war. Nach der Nacht im *Kakadu* weinte er das erste Mal wieder seit dem Tod seiner Mutter.

Naumann und Ulrich sprachen nicht über diese Nacht. Weihnachten war vorbei, die Besuche im *Kakadu*, in der *Weißen Maus* oder im *Moka Efti* wurden seltener, Naumann erfand immer häufiger Ausflüchte, er habe zu arbeiten, er müsse seine Doktorarbeit auf Vordermann bringen, dabei wusste Ulrich nur zu gut, dass er diese – realistischerweise – bereits aufgegeben hatte, als sie sich kennenlernten. Zudem begann nach der Wahl Hitlers zum Reichskanzler 33 ein anderes Klima den Berliner Nachthimmel zu verdunkeln. Naumann fiel es zudem immer schwerer, durch das Amüsement und die Nächte in den Bars die Einsicht von sich abzuhalten, dass er in Wirklichkeit genauso versehrt und verloren war wie all die Verhungernden und Verarmten, die auf der Straße oder in ihren Mietskasernen lebten. Das Einzige, was ihn von ihnen trennte, war seine Arbeit – und Ulrich. Und der neue Geist, der mit den Nazis und ihren Fahnen durch die Straßen fegte, tat sein Übriges, um Georgs Angst, erneut in den Abgrund zu rutschen, wieder anzufachen. Er konnte diese Angst nicht im Nervenkitzel wegtanzen; es war plötzlich auch unter jungen Leuten verpönt; wenn man den Oberkörper frei machte, dann in den Gruppen der Sturmabteilung oder in einem der Nachwuchsverbände der Nationalsozialisten, als Dienst am Volkskörper. Das nicht vor langer Zeit in ihm erwachte Gefühl von nervöser Aufregung, das selbst Menschen wie Naumann unter der Führung Ulrichs wiederbelebt hatte, verschwand nun, es erlosch in den Fackelzügen, Ansprachen, Massenaufmärschen. Die Menschen auf den Straßen standen unter Strom, aus den Bannern, den Uniformen und einem angeblich neuen, gemeinsamen Hass auf Volksfeinde kristallisierte sich etwas heraus, das Georg beunruhigte, das ihn nicht mehr auf andere vertrauen ließ, auch auf Ulrich nicht mehr. Wer war er denn noch, Atatürk-Journalist und gescheiterter Student, der Freund eines Diplomaten und Lebemanns, der genau dieses aber nicht mehr konnte: leben?

«Was ist los?», fragte ihn Ulrich immer wieder. «Warum kommst du kaum noch mit auf den Swutsch?»

Sie lagen auf seinem Handtuch am Schlachtensee.

Naumann, das Hemd über der Badehose am ersten Knopf geöffnet, rupfte Grashalme aus und sah Ulrich nicht an. Er zuckte bloß mit den Schultern. «Die Gräfin fragt dauernd nach dir. Stell dir vor, sie hat neulich eine Zeremonie abgehalten, in der *Weißen Maus*, da hat sie Stella und Eugénie vor laufender Kamera geheiratet! Die hättest du sehen sollen! Augenbrauen abrasiert, Haut weiß geschminkt, Lippen rot, Warnfarbe. Ebenso rot wie die Nasen, weißt du, ein bisschen weißes Puder für die innere Schönheit vom Luder, und ha!, da ging die Luzie ab. *Ménage-à-trois* als Mutter, Sohn und Heilige Geistin. Wild! Ponte hat gefilmt, Lang war kurz da. Thea natürlich nicht, aber alle fragten, wo du denn seist.»

«Ich … ich kann nicht mehr.»

«Du kannst nicht mehr was? Mitkommen?»

«Mitmachen, als wäre nichts geschehen! Was bringt es denn jetzt noch, wenn wir tanzen, wenn wir darauf beharren, anders zu sein. Draußen werfen die Braunhemden die Schaufenster der Geschäfte ein, schmieren die Wände voll mit ihren Parolen, kein Mensch außer unseren Freunden will uns mehr. Es wird schlimm werden, Ulrich, ganz schlimm. Nur meine Artikel über Atatürk reißt man mir jetzt sogar noch mehr aus der Hand, wenn sie denn Parallelen ziehen zwischen dem Völkischen hier und dem Völkischen dort, ich will das nicht mehr. Ich kann nicht mehr. Draußen ist fast schon wieder ein Krieg, und ihr tanzt.»

Naumanns Stimme hatte sich bei den letzten Sätzen überschlagen.

«Georg!» Ulrich nahm den schluchzenden Naumann in den Arm, hielt ihn fest. «Ist ja gut, ist ja gut!»

«Ich weiß nicht mehr weiter, Uli, ich kann einfach nicht mehr! Jedes Mal, wenn ich in diese Scheißredaktionen gehe und einen Artikel abgebe … Gestern haben sie den Rosensteins die Scheiben eingeschmissen und Leahs Bruder auf offener Straße angespuckt. Und du? Dein Ribbentrop nimmt dich mit in die Hallen und Vorzimmer vom Führer – …»

«Wirfst du mir das jetzt vor, dass ich im Außenministerium bin?» Von

Stettens Stimme wurde bittend. «Ich bin mitgegangen, weil ich muss, Georg, versteh doch, das ist mein Beruf. Ich bin Diplomat! Und Ribbentrop ...»

«Jetzt sag nicht, der ist nicht so!»

«... der ist nicht so! Der glaubt nicht an die Nazis, der tut, was er kann!»

«Ulrich, wie naiv bist du eigentlich? Und ihr alle? Du tust so, als könnte alles immer so weitergehen wie bisher. Es geht aber nicht ... Die Nazis hassen Leute wie uns. Die Nazis hassen unser Berlin. Die Nazis werden uns auf Linie bringen wollen, mit allen Mitteln ... Ich bin so allein. So allein.»

Plötzlich begannen Naumanns Hände zu zittern, der Anfall setzte sich über die Unterarme und Ellenbogen bis in die Schultern und den Oberkörper fort. Von Stetten rückte an ihn heran und nahm ihn in den Arm.

«Sch ... Georg. Komm. Du bist nicht allein. Du hast doch mich.»

Ulrich wiegte Naumann wie ein Kind.

«Denk doch an *Fabian*. Denk an Kästner.»

«Das geht auch nicht gut aus!»

«Aber es ist schön, weißt du noch? Als wir es uns letztes Jahr vorgelesen haben, auf der Müritz?»

Er betrieb die gemischten Gefühle seit langem aus Liebhaberei. Wer sie untersuchen wollte, mußte sie haben. Nur während man sie besaß, konnte man sie beobachten. Man war ein Chirurg, der die eigene Seele aufschnitt.

Naumann beruhigte sich. Ulrich hielt ihn immer noch fest.

«Schau, das ist so treffend, und es ist schön geworden, die Wolken haben sich verzogen, wir sollten noch einmal schwimmen gehen, ja? Und nachher kommst du mit zur Gräfin, wir gehen essen mit ihr. Guck mal, über dem Becken, ein Regenbogen!»

Zwischen Freunden können Gespräche über das Wetter Wunder wirken.

Aber die Verzweiflung, die Naumann empfand, hielt an. Ulrich musste ihn immer wieder bitten, doch mit ihm auszugehen, er nahm ihn im Sommer mit auf das Familiengut bei Schneidemühl, in der Nähe von Posen. Die Eltern taten herzlich, wenn Ulrich dabei war, die Mutter aber indigniert, wenn sie Georg allein im Haus antraf, rümpfte die

Nase, selbst oder vielleicht gerade wenn er von der Couch in der Bibliothek aufsprang und eine Verbeugung machte oder wenn er für Ulrich und sich einen Picknickkorb in der Küche packen ließ; sie machte kehrt, wenn sie ihn durch die Flure gehen sah. Von Stetten senior schloss sich einfach in seinen Arbeitsräumen ein und kam nur zu den Mahlzeiten heraus. Aber Ulrichs älterer Bruder, der Erbe, mit dem sie ausritten, unterhielt sich gern mit Naumann, über Landwirtschaft, über Familiengeschichte, über Ulrichs Neigung zum Überschwang.

Am letzten Abend ritten Georg und Ulrich allein aus, wie um von der Landschaft Abschied zu nehmen, dem flachen, weiten Land, dem raschelnden Wind in den Birken und dem Sonnenuntergang über den mit glänzendem Kopfstein gepflasterten Alleen.

«Ich muss dir etwas sagen, Georg.» Sie hatten die Pferde an einen Weidezaun gebunden und waren über einen Graben in eine Torfmulde gestiegen. Ulrich hatte seine Krawatte gelockert, die Mütze in den Nacken geschoben und blickte in die beginnende dunkle Bläue der Nacht.

Naumanns Herz begann zu klopfen.

«Ich wollte es dir schon so lange sagen. Aber …»

«Ja, Ulrich, ich weiß, ich …»

«Du weißt?» Ulrich setzte sich erstaunt auf.

«Ja, ich …»

«Wie kann das denn sein? Ich habe Ribbentrop doch versprochen – und er mir, dass niemand davon erfährt? Wie kann das denn sein?»

«Ribben…?»

«Mein Gott, die Sekretärin, da muss es durchgesickert sein – na, die kann was … ach egal, ja also, eine große Chance! Die haben zwei Leute abberufen, und ich muss nächsten Montag schon weg, mit dem Flieger, als Botschaftssonderfracht, über Wien.»

«Über Wien?» Naumann war perplex.

«Ja, am Dienstag bin ich in Istanbul, dann in Ankara. Es ist noch nicht entschieden, ob ich in der Konsulatsabteilung oder beim Botschafter direkt arbeite. Du kannst mich besuchen! Dann sehen wir uns deinen Atatürk mal persönlich an!»

Naumann wurde flau im Magen, vor seinen Augen drehte es sich.

«Was ist? Du siehst auf einmal so weiß aus, oder ist es das Mondlicht auf deinem Gesicht? Ich habe es dir noch nicht sagen wollen, weil es doch dein Traum ist, in die Türkei zu gehen – und jetzt kann ich das einfach so. Du wirst mir fehlen; aber im Winter kommst du mich besuchen, ja? Und bis dahin schreiben wir uns!»

Ulrich nestelte in der Tasche seiner Reitjacke und zog ein in Geschenkpapier gewickeltes Buch heraus.

«Ich wollt es dir nächste Woche zum Geburtstag geben, aber da bin ich ja nun schon weg.»

Naumann nahm das Buch. Bauhauspapier, klare, ineinanderfallende Rhomben, die ihn einzusaugen schienen.

«Na los, mach es auf!»

Vorsichtig wickelte Naumann das Buch aus.

«Der neue Hesse.»

Naumann strich über den Schutzumschlag, raues, schönes Papier, der Titel bestand aus zwei Namen, *Narziß und Goldmund.*

«Ich bin gespannt, was du sagst.» Von Stetten hatte sich bereits aufgerichtet und hielt seine Reitkappe in der Hand. «Ich nehme mein Exemplar mit auf die Reise. Du weißt, ich hasse Abschiede. Also ist das keiner. Du kannst mir gleich schreiben, ich lasse dir meine Adresse zukommen. Schlag mal die Titelseite auf.»

Naumann schlug das Buch auf. Unter dem Titel, in lang gezogener, feiner, fast architektonischer Schrift stand zu lesen: Für Georg, dem der große Wurf gelungen, eines Freundes Freund zu sein, herzlich von Ihrem Hermann Hesse.

Die Verzweiflung, die Naumann nach Ulrichs Abreise befiel, kannte keine Grenzen. Er saß, innerlich wie ein angeschlagener Boxer taumelnd, in den Cafés oder stumm am Fenster vor dem Mittagstisch im *Aschinger.* Rumms, rumms, rumms, wuchtete auf dem Alex die Dampframme. Eisige Luft. Februar. Die Menschen gehen in Mänteln. Wer einen Pelz hat, trägt ihn, wer keinen hat, trägt keinen. Man hat, was man hat! Die Frauen tragen dünne Strümpfe und müssen frieren, aber es sieht hübsch aus! Die jungen Pimpfe pfeifen. Kniefrei in kurzen Hosen. Was sagt der Gesundheitsdienst zur Hitlerjugend? Du hast die Pflicht, gesund zu sein! Dazu haben sich die Sandler vor der Kälte verkrochen. Wenn es warm ist, strecken sie die Nasen wieder raus. Inzwischen süffeln sie die doppelte Ration Schnaps, aber was für welchen! Naumann trinkt auch. Schon am Tag. «Herr Ober, noch ein Bier.» Die Braunhemden halten ihn ein ums andere Mal an, wenn er nach Hause torkelt. «Schnauze!» Es riecht. Nach Kohlebriketts, Kälte und dir. Die Züge fahren ein und aus, hin und her, kreuz und quer, von Nord nach Süd, von Süd nach Nord, von West nach Ost, oder doch umgekehrt! *Bye-bye, Baby, bis bald Bruder, ich seh dich später, aber dich nicht, Ulrich. Du bist weg, in Istanbul, in Illion, verfluchtes Griechenheer.* Rumms, rumms, rumms, die Dampfhammersprache der Nazis schmiert *Kauft nicht bei Juden* gegen die Wände, sie verprügeln Menschen mit Schläfenlocken (Unrat!), Sozialdemokraten (Feindbild!) und überhaupt jeden, der aussieht, als wolle er etwas auf die Mütze. Kein anständiger Mann, er will ein Volk, ein Führerreich, einen Staat. Gelbe, braune, schwarze Uniformen. Der Taumel der Siegestrunkenen. Dagegen ist keine klassische Bildung gewachsen.

Naumann reagierte nicht mehr auf die Einladungen der Freunde, weder die Trauttmannsdorff noch Fritz Lang schafften es, ihn aus seiner Apathie zu locken. Er stürzte sich statt ins Kino in noch mehr Artikel über Atatürk, ging in immer billigere Kneipen, es war ihm egal, wer ihn ansprach. Es hätte ihn jeder auffangen können, mitnehmen, machen mit ihm, was er wollte. Ja, er verspürte tief in sich so etwas wie eine dunkle Lust, sich im Dreck zu wälzen, beschmutzt und verletzt zu werden. Und genau das geschah an dem unseligen Abend, als die Bilder von Naumann gemacht wurden, nicht so feinfühlig und kunstvoll wie die Aufnahmen, die ihr Freund Ponte von Stellas und Eugénies Hochzeit in der *Weißen Maus* gemacht hatte. Die Bilder waren schäbiger; Ulrich, dachte Naumann, oder er meinte vielleicht erst später, dass er das in dem Moment gedacht hatte, während sie ihn in ihrem Taumel nahmen, irgendwer, Männer und Frauen, die ihn auszogen und benutzten – Ulrich, was macht man da nur! Und warum bist du nicht da?

Ihr zweiter Tag beginnt früh. Sie hat Kopfschmerzen, trinkt Wasser, nimmt eine Aspirin. Der Singsang der Metallarbeiten vor ihrem Fenster, der gleiche Instantkaffee. Eine neue Routine. Während sie duscht, hört sie den Lieblingssong von Ayaz, *Senden daha güzel* von Duman, stellt sich vor, wie er bei ihr steht und sie liebkost. Sie zieht sich an und beschließt, an diesem Vormittag einkaufen zu gehen, bevor sie Naumann am Nachmittag besucht. Eine SMS von Phyllis Keynes, ihrer Redakteurin bei der *New York Times*.

«Wir haben dir ein Paket geschnürt: Solange du in Istanbul regelmäßig für uns schreibst, bekommst du ein Fixum. Wir haben dort gerade niemanden mehr – setz dich aber mit Bülent in Verbindung, ich hatte euch ja letzte Woche schon bekannt gemacht; er hat sicher auch ein paar Ideen.»

Bülent Oktay schrieb regelmäßig für die *Times*, war offenbar ein Freund von Orhan Pamuk, Lee hatte sich mit ihm aber erst für die nächste Woche verabredet. Sie wollte zunächst eine Wohnung finden, ein Zimmer, ankommen. Hier im Hotel wollte sie jedenfalls nicht länger als ein, höchstens zwei Wochen bleiben. Gestern Abend war sie über die Camondotreppe, nachdem sie noch zwei Biere in einer Bar unterhalb des Galataturms als Absacker getrunken hatte, in ihr Viertel gegangen, in dem es schon völlig dunkel war, gespenstisch leer nach dem Lärm und Betrieb des Tags; sie hatte sich verlaufen, weil die Gassen, fast ohne Beleuchtung und voller schreiender Katzen, nachts alle gleich für sie aussahen. Ein paar Männer an einer seltsam festlich aussehenden *Meyhane*-Bar, die in dem nachindustriellen Dunkel vollkommen deplatziert wirkte, hatten ihr nachgepfiffen, als sie durch Zufall schließlich bei der Arap Cami angelangt war, hatte es angefangen zu nieseln. Die Straßen rochen nach Dreck, nach Metall und aufgeweichtem Papier. Pappkartonreste, alte Schrauben und Verpackungsdraht, Reste von Gemüse aus den wenigen Geschäften dort machten es in der Dunkelheit zu einer gefährlichen Rutschpartie. Als sie endlich im Hotel war, zitterte sie.

Sie würde heute Miray anrufen, ihre alte Studienfreundin aus den ersten Tagen am Bard College, mit der sie die Einführungskurse und für ein Semester auch das Zimmer im Studentenwohnheim geteilt hatte – die Websites, die sie nach Wohnraum abgesucht hatte, boten alle nur teure Zimmer an, wahrscheinlich für westliche Touristen. Wenn sie länger bleiben wollte, müsste sie sparsam sein.

Lee nimmt ihren Laptop mit und Helenes Tagebücher und Aufzeichnungen aus dem Jahr 35. Ihre Großmutter war früher in Istanbul eingetroffen als Naumann. Lee schlägt das Buch auf, blättert und liest Helenes feine, unregelmäßige Schrift.

Geld für die Fahrkarte ist da! Heinkeken hat sich nicht mehr gemeldet, wahrscheinlich will sie nicht, daß ich mich noch mal bedanke – schreibe ihr, daß ich die geliehene Summe von meinem ersten Gehalt zurückzahle, per telegraphischer Anweisung, wenn das geht. Hab den Tag im Konsulat verbracht. Im Vertrauen auf Spitzers Vermittlungsbrief – bin ein wenig unruhig, was er wohl als Gegenleistung für diese Chance will – stellte ich mich für ein Transitvisum für Bulgarien an; aber es gab da ein Problem: Spitzer hat mich gleich nach seiner Entlassung in Köln gedrängt, ein Einreisevisum für die Türkei zu beantragen, das ist jetzt abgelaufen, hab ich erst diesen Morgen gesehen! Mußte es riskieren müssen, daß die Beamten nicht so genau auf das Datum achten, der Stempel war ohnehin verschmiert. Das bulgarische Visum, sagen die mir dann nach stundenlangem Warten, kann ich nur in Bern einholen, bei der Botschaft – für ein neues türkisches müßte ich nach Genf reisen. Beides bis Samstag nicht machbar.

Ich kündigte mein Zimmer, ohne mich um das Gezeter meiner Vermieterin, «Dasch isch zu kurzschfrischtig, Fräulein», zu kümmern; jaja, ich weiß. Es war ein hartes Jahr, die Schweiz ist einfach zu teuer – und willkommen war man hier ja nicht, allein die dauernden Vorladungen bei der Fremdenpolizei!); ich verschenkte die meisten meiner Bücher an Kommilitonen, packte, aß mit Louise zu Abend; sie stieß mit mir auf eine bessere Zukunft an. Am nächsten Morgen fuhr ich mit dem ersten Zug nach Bern, bekam das Visum und erwischte gerade noch so eben den Orient-Expreß am Abend; der Bahnhof, der Bahnsteig, das Zeigen der Fahrkarten, das Einsteigen – all das war schon so eine Art erste Grenze; meine Koffer hatte ich vorsorglich bereits am Morgen aufgegeben, mein Zug stand da – ich las die Stationen auf den Schildern des Waggons, Graz, Ljubljana, Zagreb, Beograd, Sofia und schließlich Istanbul, jeder Name unbezweifelbar; der Tee im Speisewagen war gut und günstig, das war wie ein freundliches Geschenk, es klappte also alles mit der Reise.

(…)

Auf dem Balkan an jeder Station Hochbetrieb. Der Orient-Expreß war hier offensichtlich der absolute Höhepunkt des Tages. Meine Reisegefährten, die mir beim Einsteigen so viel Angst gemacht hatten, «Verriegeln Sie nur ja immer die Tür zum Abteil, junges Fräulein, nachts ist es nicht sicher in dieser Gegend», sodaß ich nicht schlafen konnte, stiegen in Belgrad und Nisch aus; trotzdem war ich angespannt, stand stundenlang am geöffneten Wagenfenster, all die Dinge, die zu diesem Moment geführt hatten, gingen mir durch den Kopf, all das, was ich mir erhoffte. Eine neue Freiheit, eine Welt, die wieder aus Zukunft bestand, aber auch die Angst schlich sich ein, daß dieser Wendepunkt in meinem Leben vielleicht doch noch an einer der Grenzkontrollen aufgehalten werden würde. Nervös stand ich auf dem Gang und rauchte, hörte den lebhaften Gesprächen zweier Jugendlicher zu, verstand nichts, sah sie nur neugierig an. Ich war ja selbst kaum älter, und doch fühlte ich mich von ihnen so weit entfernt wie von meinen Tanzstunden in Aachen und den ersten Studienjahren in Bonn.

(…)

Bei den Bulgaren ging alles glatt, dann passierten wir in der Nacht noch einen Zipfel griechischen Hoheitsgebiets, nachdem wir schon ein Stück weit über türkisches Land gefahren waren; mein Herz klopfte wie ein kleiner silberner Hammer. Ich war unruhig, hatte dauernd das Gefühl, mich übergeben zu müssen. Als die beiden türkischen Polizeibeamten, die den Zug seit dem ersten Grenzübertritt begleiteten, die Abteile durchschritten, zitterte ich. Mit Mühe reichte ich ihnen meinen Paß, erklärte ihnen, auf ihre Hinweise, das Visum sei abgelaufen, nichts, stellte mich dumm. Sie gestikulierten miteinander, der Zug hielt an. Sie stiegen aus, kamen nach einer Weile mit einem dritten Beamten wieder. Der zeigte auf das abgelaufene Einreisevisum. Der Zug ruckelte wieder an. Ich saß noch in ihm. Die drei Beamten nahmen den Paß mit sich. Es war mir egal, der dritte Beamte kam zurück und erklärte mir in gebrochenem Französisch, er müsse meinen Paß einziehen, weil das Einreise- und Aufenthaltsvisum ab-

gelaufen war – ich solle mich sofort auf der Präfektur melden. Er kritzelte eine Adresse auf ein Blatt, verabschiedete sich dann höflich. Meine Spekulation war aufgegangen. «Istanbul, Istanbul!», jubelte ich innerlich. Ich ging wieder auf den Gang und stellte mich ans Fenster. In der Dämmerung wechselten sich Dörfer ab. Kühe und Schafe standen auf den Weiden, die Dörfer, niedrig geduckte Steinhütten, ab und zu von einem Minarett überragt. In der Ferne galoppierten Pferde. «Rosse weidendes Thrakien», es war wie ein Traum, Homer fiel mir ein. Und dann war da auf einmal das Meer, das die Morgensonne hell aufleuchten ließ. Einen solchen Glanz hatte ich in meinem ganzen Leben noch nicht gesehen. Ich schloß die Augen, weil die Helligkeit mich blendete. Das letzte Stück der Fahrt, der Zug wurde langsam, die Stadtmauern, Vorstädte, Wäscheleinen, die Rufe, Hunde, Katzen, all die Geräusche zogen vorbei, ein Geruch wie von flatternder Wäsche, das innere Jubeln, gleich war ich da.

Lee legt ein Lesezeichen in die Seite. Will sie sich Rat holen in Helenes Anfängen für ihren eigenen? Ein Leben noch einmal ganz neu beginnen, auf die eigenen Kräfte vertrauen und auf die Hilfe der anderen. Im Grunde war es immer nur ihre Großmutter gewesen, mit der sie über ihre Gefühle reden konnte, ihre Einsamkeit, ihre Wünsche. Und weil Helene tot ist, redet sie mit ihr in den Tagebüchern. Helene, was würdest du jetzt tun? Soll ich Ayaz anrufen? An deiner Stelle, liebe Lee, würde ich mir weniger Sorgen machen und einfach anfangen, das zu erkunden, was dich umgibt.

Lee zahlt, packt zusammen, verabschiedet sich freundlich von dem gleichen Kellner im *DEM*, der sie auch gestern bedient hat, und macht sich auf die Suche nach einem Supermarkt. Sie überquert die lärmige Tersane Caddesi, geht rechts an Rasenmähern und Stahlschubkarren vorbei durch ein altes Tor in ein Handelshaus mit vier Stockwerken um einen Hof, ein altes Han, wo sich ein paar alternative Galerien befinden und ein kleines Café, wo sie einen Sade bestellt, einen türkischen Kaffee ohne Zucker. Ayaz hatte sich über sie lustig gemacht, weil er wusste, dass sie einen langsam auf offenem Feuer in der Cesve aufgebrühten, starken Kaffee mit ein ganz klein wenig Zucker am liebsten serviert bekommen hätte, aber das «türk kahvesi sade» ging ihr als einer der geschmeidigsten Wendungen so gut von der Zunge, dass sie den Zucker dann einfach im mitgelieferten Lokum, einem gelierten Sirupdrops, mit kleinen Bissen im Mund mit dem schwarzen, heißen, bitteren Kaffee drum herum genoss. Es war ein schöner Moment, hier auf den Holzstühlen an der Balustrade im dritten Stock zu sitzen, über dem geschäftigen Innenhof, aber in einer kleinen Oase, wo der Lärm der Straße seltsam fern schien und die Zeit auch eine andere hätte sein können, die 30er, 20er, ja vielleicht noch früher. Ein solches *Han* hätte sie eher näher am Bazaar vermutet, auf der anderen Seite des Goldenen Horns. Gestärkt ging sie weiter, schlug sich in kleine Gassen mit Geschäften für Plastikgeschirr und Heizlüftern bis zur Bauzaunwand, die den Weg zum Wasser versperrte. Ein paar einfache Restaurants zogen die Rollläden hoch, ein alter wettergegerbter Mann hatte sich am Straßenrand einen Grill aus Bauziegeln errichtet und schüttete gerade Kohlen auf. In einem Plastikeimer neben ihm, vor zwei Angeln, schwammen Fische. «Hab ich heute Morgen gefangen. Ganz frisch. Kommen Sie in einer Stunde wieder, dann kriegen Sie einen.» Lee lachte. «Was wird hier gebaut?», fragte sie und zeigte auf den Zaun hinter ihm. Der Mann zuckte mit den Schultern. «Istanbul.» Einer der jungen Männer in weißen Schürzen, die vor den Lokalen gegenüber das Kopfsteinpflaster mit Reisigbesen fegten, blickte auf und rief zu ihnen herüber, dass da eine Promenade gebaut werde, sicher sehr schön. Wie alles in Istanbul. Lee lachte mit den Männern und verabschiedete sich. Sie ging durch den kleinen Fischmarkt am Anleger der Fähre übers Horn, dann unter der Galatabrücke hindurch. Von der Brücke baumelten tausend Angeln, die im Licht glänzenden Schnüre senkten sich auf und ab wie die Saiten unzähliger Harfen. Links Cafés, rechts der Anleger des Fährschiffes nach Kadıköy. Sie fragte einen Passanten, wo man hier am besten etwas einkaufen könnte. Der Herr, vielleicht Mitte dreißig, mit einem ledernen Aktenkoffer, zeigt in die Richtung eines Platzes am Wasser, auf dem sie viele Parkbänke sah, aber keinen einzigen Baum. «Gehen Sie über den Platz ins *Namlı Gurme.*» Er führte seine Finger zu den Lippen und schmatze freudig. «Nicht billig, aber gut!» Und das war es.

Istanbul, 1936

Als Naumann schließlich mit seinen Koffern am Bahnsteig der Sirkeci-Station stand und vergeblich auf Abholung wartete, setzte er sich schließlich in das angenehm kühle Café direkt am Gleis, bestellte einen *türk kahvesi sade* und verschnaufte dann erst mal. Trotz der Enttäuschung, dass Ulrich nicht an den Zug gekommen war, stellte sich bei ihm ein verstohlenes Glücksgefühl ein. Angekommen. Er war angekommen.

Er hatte die letzten tausend Meter bei der Einfahrt des Zugs unterhalb des Topkapi-Palasts nur noch am Fenster gestanden, aufgeregt wie ein Kind, weil er Ulrich endlich wiedersehen würde.

Als der Orient-Express noch langsamer wurde, kaum noch im Schritttempo, fuhren sie links durch den Garten. Naumann hatte gelesen, dass Sultan Abdulaziz für den Bau der Bahnlinie und ihrer Endstation im europäischen Teil ein riesiges Areal seines Palastgartens geopfert hatte. Die Sonne brannte, der Zug schlich noch eine ganze Weile neben dem Wasser her, auf der rechten Seite sah man Segel und Dampfschiffe, eine regelrechte Versammlung von Wasserfahrzeugen, von denen die größeren auf die Durchfahrt durch den Bosporus warteten und die kleineren oft Fischern gehörten, die gerade Schwärme von Palamut fingen, die kleinen Verwandten des Thunfischs, wie ihm ein türkischer Händler erzählte, der an der Grenze zugestiegen war und ihn zunächst taktvoll in Ruhe gelassen hatte. Nun aber erzählte er Naumann mit freudigem Grinsen, welche Fische zu dieser Jahreszeit das Marmarameer durchkreuzten. *«Olta, Barbunya, Çinekop, Çupra, Dil, Fener, Gümüş, Hamsi, İstavrit, Kırlangıç, Levrek, Lüfer, Mezgit, Palamut, Pisi, Sarı Kanat, Tekir, Uskumru, Zargana.»* Er müsse sie alle probieren! Gegrillt, frittiert, gekocht, gebraten, mit Rakı, ja unbedingt mit Rakı.

Naumann wollte im Pera-Hotel, von zwei seiner Zeitungen und dem Presseamt bezahlt, für die ersten Tage absteigen. Ulrich würde ihm die Stadt zeigen, vielleicht konnte er anschließend sogar bei ihm wohnen, bis er eine geeignete Wohnung gefunden hätte.

Der Zug war nun auf den letzten fünfzig Metern noch langsamer geworden. Naumann sah Katzen, die faul in den Gärten lagen, und das grelle Licht, das der weiße Putz der Häuser und die alte Landmauer zurückwarfen. Es kam ihm beinahe so vor, als wäre der Zug in einer festen Masse gefangen, einer Masse aus geliertem Licht, als wären sie in einer Fotografie gelandet, als durchstießen sie, durch die Aufprallhitze wieder in Bewegung geraten, die Emulsion auf dem Papier. Ulrich hatte viele Briefe aus Istanbul geschrieben, hatte gefragt, wie ihm das Buch gefiel, der Hesse, sich nach Freunden erkundigt, ihm von seinen ersten Eindrücken in der Stadt berichtet. «Du solltest die Hunde hier sehen! Große orange Wedelwesen, die überall auf den Straßen lagern. Wenn man ihnen zu nahe kommt, zucken sie angstvoll zurück. Sie knurren nicht einmal. Als hätten sie Angst vor etwas.» Plötzlich hatte Naumann auf Ulrichs Briefe nicht mehr geantwortet, bis der sogar ein Telegramm schickte und unumwunden fragte: *Was ist los?* Doch nach der Nacht, in der Naumann sich vollkommen betrunken Männern in die Arme geworfen hatte, die sich später als SA entpuppten, einer Nacht, an die er sich nur dunkel erinnerte, Blitzlichter waren da gewesen, Taumeln und die tausendfach vervielfältigten Lichter in Spiegeln, später die Razzia, sie prügelten – aber nicht ihn –, es war weitergegangen, sie hatten ihn mitgeschleift in ihre Kaserne. Beim kleinsten Gedanken an diese Nacht lief ihm jedes Mal ein kalter Schauder über den Rücken. Wie konnte er es nur so weit kommen lassen? Das war doch nicht er gewesen? Aber die Vorladung, die man ihm ein paar Tage später in seine Pension schicken ließ, Naumann glaubte, an dem Brief frischen Klebstoff zu entdecken, seine Vermieterin hatte ihn wohl über dem Wasserkessel geöffnet, gelesen und wieder verschlossen, diese erste Einladung in die Albrechtstraße würde er nie wieder vergessen. Die geschäftige Sekretärin, die ihn in einen Verhörraum schickte, der freundliche Umgangston. Man ließ ihn schmoren, es wirkte. Er ging innerlich all seine Verfehlungen durch, auch seine Lunge machte ihm plötzlich wieder zu schaffen, er bekam in dem Raum mit einem kleinen Tisch und zwei Stühlen keine Luft, wagte es aber nicht, aufzustehen und das Fenster zu öffnen, wenn es denn überhaupt zu öffnen war. Hohe, schmale Rechtecke, Naumann wurde schwindlig. Der Gedanke an eine Zelle kam ihm in den Sinn, an das Lager. Er hatte von vielen aus Ulrichs Freundeskreis gehört, die Angst hatten, in ein Konzentrationslager zu kommen. «Die heben eine Bar nach der anderen aus. Hier im *Kakadu* sind sie noch nicht gewesen, aber wenn sie dich halb nackt erwischen, dann geht's dir schlecht», hatte Chiellini in vollem Ornat eine Woche nach Ulrichs Abreise bei einer der letzten Zusammenkünfte im *Kakadu*, bei der Naumann noch auftauchte, gesagt. Angst hatte sich wie erkaltendes Blei über die Gesellschaft der Freunde gelegt, die am Anfang des Abends vor allem versucht hatten, Naumann aufzuheitern. Dem Gesetz nach war die Liebe zum gleichen Geschlecht auch in der Republik nicht erlaubt gewesen. Aber es hatte niemanden gestört, man duldete es, zumindest in Berlin, man duldete jede Art des Nachtlebens. Mancher hatte schon gedacht, man sei, selbst bei der Polizei, insgeheim stolz darauf, dass es in Berlin so offen zuging. Doch bei den neuen Machthabern war das nun anders. Im Verhörraum löste Naumann den Knoten seiner Krawatte, lockerte den Schlips, fragte sich, was er mit seinem Hut machen sollte. Auf den Tisch legen? Nein. Zu gefährlich. Ihn in der Hand drehen? Sofort fing er zu zittern an. Aufbehalten? Dann knarzte die Tür, und ein Mann, der in einer Akte las, kam herein.

«Österreicher, Naumann, Georg Friedrich, geb. am 22.12.1900 in Wien. Sohn eines Hofrates Mitteregg. Mutter: Vierteljüdin. Soso.» Der Mann hatte ein fahles Gesicht mit auffällig vorgewölbten Lippen, die sich nun kräuselten, und schaute auf Naumann hinunter. «Name der Mutter angenommen?» Er sah Naumann an, wartete aber die Antwort nicht ab. «Profession: Student.»

«Ich bin Deutscher, und ich schreibe …», versuchte Naumann einzuwenden, merkte, dass sein Ton bereits wie eine Verteidigung klang.

«Dissertation über turanische Sprachen …» Der Mann sah auf.

«Das sind Sprachen der …»

«Studium also: abgebrochen!»

«Nein, ausge…»

«Journalistische Nebentätigkeit. Regelmäßig Artikel in der *Vossischen*, in der *Hamburger Zeitung*, *Freies Wort*, auch zwei, drei Mal bei uns; brav, gut, gut. Schreibt meist über den heroischen Kampf unserer weißen Arier, des türkischen Volkes und seines Führers Kemal Atatürk. Ideologisch ausbaufähig. Bedeutung für das deutsche Volk potenziell vorhanden.»

«Ich …»

Der Mann warf die Akte auf den Tisch und sagte fast beiläufig:

«Sie sind ein Volksverräter. Sie treiben Unzucht mit Minderjährigen. Mit minderjährigen Frauen und Männern, mit Ariern. Sie sind eine Schande für Ihre Profession, Ihre Familie, Ihr Volk. Ihre vierteljüdische Mutter scheint bei Ihnen durchzuschlagen. Sie sind eine Schande.»

«Ich …»

«Nein, schweigen Sie! Sie haben nicht das Recht zu sprechen. Sie haben nicht das Recht zu schreiben. Sie haben überhaupt kein Recht. Sie sind Abschaum, ein Schädling. Wir werden Sie …», er legte zwölf Fotos auf die Tischplatte vor Naumann, als würde er Memorykarten aufdecken, «und alle diese anderen Urninge ausmerzen, Sie werden schon sehen.» Der Mann war ganz ruhig und hatte ungerührt die Fotos auf dem Tisch ausgebreitet, während Naumann, starr vor Angst, verschwommene, nackte, ineinander verknäuelte Körper wahrnahm.

«Sehen Sie sich das in aller Ruhe an.» Der Beamte legte weitere Fotos daneben. Unkenntlich verstümmelte, blutige Körper, eingeschlagene Gesichter. Die SA-Käppis und Koppel, die Uniformjacken wie geschälte, weggeworfene Orangenschalen neben ihnen auf dem Boden, ein Exerzierplatz vor einer Baracke. Waren das dieselben Männer wie auf den Fotos zuvor?

«Das geschieht mit solchen wie Ihnen!»

Dann schob er wieder ein Foto dazu.

Naumann fühlte, wie ihm kalt wurde, dann warm, wie sich seine Eingeweide zusammenzogen, als würde sein Inneres durch ihn hindurchfallen. Ulrich! Und er. Bei einer Feier im *Kakadu.* Beide im Frack, sich im Arm haltend, lachend, den freien Arm hochgereckt, auf die Kamera zu, wie eine Einladung, eine Umarmung an die Welt. Der Mann schwieg eine Weile. Dann schob er seelenruhig all die Bilder wieder in seine Akte und verließ den Raum.

Er wusste im Nachhinein nicht, wie lange er da gesessen hatte. Das Licht war schummrig geworden, die Sonne war weitergewandert, warf schräge Lichtstreifen ins Zimmer, ließ den Raum zwischen den Wänden und dem leeren Tisch wie einen Schattenwald aussehen. Dann kam ein Mann in schwarzer Uniform herein, verlangte seinen Pass. Naumann gab ihn dem Mann, ohne zu zögern.

«Mitkommen.»

Sie gingen Gang um Gang entlang, an offenen Zimmern vorbei, überlange Läufer führten auf massige Möbelstücke zu, dann kamen sie in ein Zimmer, in dem ein weiterer Uniformierter hinter einem Schreibtisch saß. Der Mann in der schwarzen Uniform übergab dem anderen, den er mit «Obersturmbannführer» anredete, Naumanns Pass. Der Obersturmbannführer nickte, bedankte sich und entließ den Untergebenen mit einem schlaffen Wink, sich ganz dem Pass widmend.

«Ein naturalisierter Deutscher, ein Österreicher mit deutschem Blut und deutschem Pass wie der Führer selbst, Heil Hitler», hatte der Obersturmbannführer bemerkt und zackig den Arm hochschnellen lassen, woraufhin Naumann erschrocken zusammengezuckt war und sich hilflos und zitternd an derselben Geste versucht hatte, aber der Obersturmbannführer hatte sich schon erhoben und sich hinter ihn gestellt. «Nu bleiben Se ma ruhisch, mer wollen nix bös.»

«Ein hessischer Bub im Gestapodschungel! Obersturmbannführer – nicht Bahnwärter – Thiele, nicht der vom Hauptmann, sondern der mit dem Stiele», hatte er jovial zu Naumann gesagt und über den eigenen Witz gelacht, eine erlesene lange Rose aus dem Pressglas auf seiner Lederunterlage gezogen und sie Naumann hingehalten. «Schenk isch Ihner, da habbe Se bestimmt Sinn für, de Babba hadde Lädsche, een guudes Gschäft.» Dazu stieß er ein wieherndes Lachen aus, das Naumann an ein krankes Pferd erinnerte. Naumann griff nach der Rose und hielt sie zusammen mit dem Hut fest in der Hand. «Nu setze mer uns amol widder.» Thiele schob ihm einen niedrigen, unbequem aussehenden Stuhl hin, klopfte einladend auf die Lehne und fügte dann hinzu, dass man ja auch bloß ein «Geschäft» mit ihm machen wolle, nur ein klitzekleiner Auftrag, so nebenbei – er wolle doch seinen *Freund*, hierbei sah ihn Thiele durchdringend an, und sich nicht ins Konzentrationslager bringen?

«Also, horsche mal.» Der Geheimdienstler hatte sich auf den Schreibtisch gesetzt und schwang jetzt die bestiefelten Beine. «Istanbul, da isse ja auch der von Stetten, und da könnte doch auch Naumann hin, oder?» Dort sollte er dann ein bisschen auf die Urninge aufpassen, da wären ja jetzt viele hin, seinen *Freund* hätten sie da ja schon dorthin versetzt, Leute, die man vielleicht, so wie ihn ja auch, nicht so ganz in der Volksgemeinschaft akzeptiere, die man aber auch nicht so gerne verliere, er verstehe das? Und bei den Orientalen wäre das anders, da würde er wieder in den entsprechenden Kreisen verkehren, er, man wisse das, habe auch hier in Berlin seinen Spaß gehabt, «Ja, Bübbele, das hat dir Spaß gemacht, was?», aber der Käse war «gegässe», und bei den Orientalen sei man nicht so kleinlich, und sie wollten gern einmal ein Auge zu, und so weiter, nur wäre es jetzt an der Zeit, auch mal die guten Verbindungen, die er sich vor Ort aufbauen könnte, zu nutzen und «was fürs Vaddeland, nicht wahr, Sie verstehen» und so weiter. Ein Kurier käme einmal im Monat aus Ankara, und auch beim *Beobachter* hätten sie jemanden, dem solle er Bericht erstatten. «Mitglied in der *Teutonia* auch, macht keinen heiß, wenn Se da ab und zu ma 'n Bier schaffe gehen, oders Stöffsche.»

Man hatte ihn also gehen lassen, ihn nicht ins Lager geschickt, und er war nun in der Stadt seiner Helden, auch wenn Atatürk Istanbul, Konstantinopel, Byzanz nicht mochte – vor allem aber: Er war in der Stadt, in der auch Ulrich war. Naumann klopfte das Herz. Er bezahlte den Kaffee, ließ das Wechselgeld in einer kleinen Schatzschatulle liegen, griff sich seinen Koffer, ohne die sofort heraneilenden Träger zu berücksichtigen, die er lächelnd abwies, und trat auf die Straße hinaus. Die ganze Stadt stand seltsam still.

Sonnenlicht blendete ihn, Möwenschreie kamen ihm entgegen, Meergeruch. Wahrscheinlich hatte Ulrich zu tun, einfach nicht freibekommen, um ihn abzuholen. Oder seine Briefe waren nicht angekommen. Konnte alles passieren. Georg bemühte sich, nicht enttäuscht zu sein. Aber jetzt, da nach seiner Kaffeepause selbst die letzten Reisenden von ihren Familien, Freunden, Büroangestellten oder Hotelchauffeuren in Empfang genommen und sicher in Pferdekarren, Taxen oder Boote unten am Hafen von Eminönü verbracht worden waren, war die Bosporus-Metropole wie ausgestorben, die Straßen leer gefegt. Selbst die Straßenbahn ruckelte nicht wie ein künstliches Gewitter durch die Alleen von Sultanahmet auf das Wasser zu, nur ein paar alte Fords und zwei kleine Kutschentaxen standen noch am Bahnhof in Sirkeci. Er war enttäuscht und überlegte, ob er die Koffer nicht selbst schleppen könnte, aber da nahm ihm ein Kutscher schon das Gepäck aus der Hand. Naumann ließ es zu, wunderte sich, dass auf der Galatabrücke keine der vom Baedeker und von Ulrich so schön beschriebenen Angler standen, überhaupt, die Stadt wirkte wie ausgestorben. Als er den Kutscher fragte, der sein räudiges und unter der Last des Karrens rachitisch schnaubendes Pferd nun mit Peitschenknall den Hügel von Galata hinauftrieb, antwortete der grinsend: Volkszählung, alle müssten zu Hause bleiben. Anweisung des Gazi. Er gab dem Kutscher gutes Trinkgeld und hoffte, dass das arme Pferd heute nicht noch einmal solch eine Steigung mit so viel Gepäck zu bewältigen haben würde, ließ sich von Dienern des *Pera-Hotels* seine Sachen abladen und begab sich dann über den samtigen roten Teppich zum noblen Holztresen am Empfang. Die Atmosphäre des *Pera* war einnehmend: gedämpftes Licht, exotische Pflanzen, Teegeruch; ein Hauch von Luxus, aber so zart, dass man sich wie zu Hause fühlte, nicht ausgestellt in die mondäne Welt wie im *Adlon.* «Britisch» schoss es Naumann durch den Kopf, und das Pera war ja gerade für Reisende wie ihn, die aus Europa kamen und nach Asien weiterwollten, gebaut worden. Auf einmal wurde er müde. Er ließ sich auf sein Zimmer bringen, mit Blick Richtung Eyüp, auf die Teegärten, von denen er wusste, weil Ulrich sie ihm beschrieben hatte, dass sie Orte des Müßiggangs waren, direkt unter der Grabstätte des Bannerträgers des Propheten; ein weiterer magischer Ort, den er lieben würde. Aber jetzt war Ulrich nicht einmal da, um ihn zu begrüßen. Er überlegte, ob er ihn anrufen sollte, er hatte unten in der Lobby mehrere diskret separierte Telefonkabinen gesehen – aber es war Sonntag. Im Konsulat würde niemand erreichbar sein außer dem Pförtner vielleicht. Und außerdem: Volkszählung. Oder wurden Ausländer nicht gezählt? Ausländische Diplomaten zudem. Er wusste es nicht. Die erste Müdigkeit, die ihn überfallen hatte, wuchs nun zu einer ungeheuren Erschöpfung an, er ließ sich Tee auf sein Zimmer bringen und ein paar Sandwiches. Das würde das Pressebüro wahrscheinlich bezahlen – und wenn nicht, Reisegeld hatte er noch. Dann nahm er ein Bad, zog sich die weichen Lederslipper an, die ihm Ulrich letztes Jahr zum Geburtstag geschenkt hatte, und aß ein Sandwich, trank eine halbe Tasse Tee, legte sich ins Bett und schlief sofort ein.

Wenn wir zu viele Erinnerungen haben, ist es Zeit zu sterben. Nein. Das ist nicht richtig. Ohne Erinnerung sind wir nichts. Nichts als Schneeflocken auf einem Pelzmantel. Etwas schmilzt. Das Herz schmilzt, der Abstand schmilzt, dann schmilzt die Schneeflocke auf seinen Schultern. Ich lehne mich an ihn. Er nimmt mich in den Arm und gibt mir einen Kuß. Wie ein Zeichen. Ich schmelze. Ich liebe ihn, wenn er seinen Mund für mich öffnet und mich einläßt. Er sagt: Du bist noch so jung. Aber das ist es ja. Ich will ihn, damit er mich älter macht.

Istanbul, Januar 2016

Ein anderer Morgen, ein neuer. Er hat nicht viel geschlafen, ihm gehen die Dinge, die er Lee bei ihrem ersten Treffen erzählt hat, weiter durch den Kopf. Wann immer es ihm gelingt, die Lider zu schließen, sieht er Licht- oder Feuerblitze, eine blendende Helligkeit dringt durch den Wimpernkranz hindurch, wie Teile eines gerissenen Films, sodass er schnell die Augen wieder öffnet und die Dunkelheit seines Zimmers spürt. Nichts auf der Leinwand vor ihm. Die unruhige Nacht setzt sich fort, und flüchtige Träume streifen seinen Schlaf. Krachende Wellen des Bosporus. Wasser, das hochgedrückt wird und Luft einfängt, bis Gischt auf den Wellenkuppen tanzt. Ein schäumendes Meer, ein träumendes Meer. Draußen tobt ein Sturm. Trotz der unzusammenhängenden und unruhigen Träume erwacht Naumann letztendlich hell und energisch. Die Träume sind ihm vertraut, er hat sie sein ganzes Leben über gehabt als Vorboten des Verlusts, des Aufruhrs, der Krisis, für Momente des Mangels in seinem Leben. Er als Kind, im Pyjama, in seinem Zimmer. Es ist dunkel. Um ihn ein ungeheures Zischen und Züngeln. Er weiß, da sind Schlangen auf dem Boden, überall, Hunderte von ihnen. Sie kriechen auf das Bett zu. Vorsichtig schlägt er die Decke zurück, nackte Arme, nackte Füße, nicht schnell bewegen, Schlangen reagieren auf Bewegung. In Zeitlupe richtet er seinen gesamten Körper auf, steigt von der Matratze auf das massive hölzerne Kopfende des Betts. Schreien kann er nicht, dann käme seine Mutter, und wenn sie nur die Tür öffnen oder das Licht anschalten würde … Er klettert auf den Nachttisch, streckt beide Arme weit von sich in die Höhe und klammert sich an die Deckenlampe, unsicher tastet und hangelt er sich dann mit dem linken Bein durch die Luft zum Schrank, krallt sich mit den Zehen ins Holz und stützt das rechte Bein gegen die Wand. Ein Wimmeln unter ihm, der Boden ist bedeckt mit Ungetier. Er schiebt sich weiter nach vorn, kriecht auf den Schrank, näher zur Tür, wenn er sie bloß aufbekäme, leise, und sich hinausschlängelte … Dann ist der Traum vorbei, wie immer. Danach schoben sich Bilder von Ulrich vor sein inneres Auge, er Ulrich, wie er von ihm Abschied nimmt. Seine Einsamkeit, bevor und nachdem er dem Menschen, den er liebte, begegnet war. Seine Angst, die größer war als die Wunden auf seinem Körper. Das Gefühl, das ihn überkommt, wenn er an den Jungen zurückdenkt, der mit seinem Vater allein im Speisezimmer saß, weil die Mutter eine Kolik hatte. Seine Mutter war schwach gewesen. Ein Wesen der Krankheit. Das hatte er als Kind nicht begriffen und nur den Vater gesehen, wie der die Träger der Klinik gerufen hatte, die ihm die schreiende Mutter abnahmen, während sie sich die Haare ausriss. Er hatte Angst gehabt vor der Mutter, wenn sie diese Zustände hatte, aber noch mehr vor dem Vater, weil er die Männer rief, die seine Mutter abholten. Dann wurde es besser, seine Mutter bekam Medikamente, doch die machten sie abwesend, sie starrte meist wie leblos vor sich hin oder aus dem Fenster. Wenn sich Naumann auf ihren Schoß setzte, musste er die Arme seiner Mutter nehmen und um sich legen. Auch küsste sie ihn kaum mehr. Als täten ihr die Lippen weh. Auf Kuren musste sie fahren, ohne ihn. In Sanatorien. Er blieb allein mit dem Vater zurück und stand vor ihm, zum Rapport. Als er auf das noble, ehrwürdige österreichische Gymnasium kam. Zum Rapport. Wenn er ins Bett nässte. Rapport. Rapport der Beichte, Ängste, Nachtgebete. Auch der Vater war damals hilflos gewesen, das wusste er jetzt, als er in seinem Bett im Krankenhaus in Istanbul lag. Wie viel Zeit muss doch erst mit Wut und Scham und Unfähigkeit vergehen, bevor man sich eingesteht, dass man liebt. Dass man Nähe braucht, dass man verzeiht.

All seine Lehrer, bis auf Doktor Jäch, hatten den Jungen in seinen Träumen einen «Querkopf» und «Außenseiter» genannt: «Naumann», bemängelte Studiendirektor Hofer, sein Mathematiklehrer, während er entweder den Tisch oder die Tafel oder Naumanns Schopf mit seinem dünnen langen Bambusstock abklopfte, «hat da oben eben nicht viel zu bieten. Na wie auch, jüdische Mutter.» «Die Hölle», murmelt Naumann immer wieder beim Aufwachen, «ist eine Schule.» Das hatte er auch zu Erich Auerbach nach einer seiner Dante-Vorlesungen gesagt. Die Hölle war schon immer eine Schule. Auerbach hatte ihn verblüfft angesehen, doch dann gelächelt. Traugott Fuchs, auch er war Romanist, der bei ihnen stand, bemerkte damals: «Sie müssen es ja schlimm getroffen haben mit Ihren Paukern.»

Er hatte Naumann ein neues Glas Tee vom Büfett gereicht. «Nehmen Sie! Heiß wie die Hölle und süß wie die Sü…, oh, entschuldigen Sie mich.» Die junge Frau, der Fuchs sich nun zuwandte und die Naumann damals zum ersten Mal von Nahem sah, war rot geworden, als sie den Blicken Auerbachs, Fuchs' und seinem begegnete, sie war klein und zart, aber besaß die Ausstrahlung einer ägyptischen Priesterin oder Königin, mit ausdrucksstarkem, kantigem Gesicht, vollen Lippen und porzellanfarbenem Teint. Sie hatte Auerbach das Vorlesungsmanuskript gebracht, das er auf dem Rednerpult vergessen hatte, er schob es in seine Aktentasche, entgegnete «Danke, Helene». Sie entfernte sich und schritt auf die Gruppe von Frauen zu, die nah an der Kredenz mit Törtchen um Auerbachs Frau stand.

«Ein liebes Mädchen, finden Sie nicht?», sagte Auerbach.

«Eine Frau», murmelte Naumann.

An dieses Gespräch hat er sich in dieser Nacht erinnert. An ihre erste Begegnung. Sie war nicht gleich am Anfang seiner Zeit in Istanbul, nein, es dauerte ein paar Wochen, oder waren es Monate? Er hatte davor so vieles zu erledigen gehabt, einiges zu überstehen, davon müsste er ihr zuerst erzählen – oder ein anderes Mal.

Lee hebt die Augenbrauen, sieht ihn an, nickt ihm aufmunternd zu, schürzt die Lippen, wie um anzudeuten, dass sie enttäuscht wäre, wenn er es ihr nicht erzählen würde. Naumann lacht.

«Jetzt sehen Sie genauso aus wie sie, Lee. Genau wie Helene.»

Das hatten ihr auch viele Freunde ihrer Großmutter gesagt, auf Festen der jüdischen Gemeinde, zu denen Helene sie in Rhinebeck mitnahm, und später die älteren Professoren am College, die Helene gut gekannt hatten.

Ob diese Ähnlichkeit eine Vertrautheit herstellte, Dinge hervorrief, an die Naumann über ein Dreivierteljahrhundert nicht mehr gedacht, zumindest aber nicht mehr darüber gesprochen hatte? Oder war da noch mehr? Naumann sieht Lee an.

«Ich hab heut Nacht wieder von ihr geträumt.»

Das rötlich schimmernde Haar, die Sommersprossen um die Nase, diese milchige, aber feine, glänzende Haut. Ja. Das war sie.

«Ihre Großmutter, Helene, war einer der wenigen Menschen, die mich wirklich gekannt haben. Aber ich … ich habe auch sie verraten. Ich habe sie … enttäuscht.»

Lee setzt sich im Stuhl zurecht. Er ist unbequem, die Rückenlehne zu hart, sie findet keinen bequemen Halt, also schlägt sie ein Bein unter, stellt ihr Handy auf Aufnahme, blättert das Notizheft um, nimmt den Stift und nickt Naumann zu.

«Erzählen Sie.»

«Sie werden erst verstehen, was Helene mir bedeutet hat und heute noch bedeutet, wenn Sie begreifen, in was für einer Situation ich war.»

Istanbul, Januar 2016

Lee betritt die Bibliothek des SALT Galata. Das hat ihr der Kellner im *DEM* empfohlen. «Ist nur die kleine Straße rechts hoch, nächster Eingang links.» Sie muss ihre Tasche abgeben, kann aber ihren Laptop mitnehmen. In der Bibliothek hat man einen ausgezeichneten Blick über das Viertel, in dem sie wohnt, und auf die prachtvolle Süleymaniye-Moschee über dem Hang auf der anderen Seite des Goldenen Horns. Sie liest in einem türkischen Literaturmagazin, dessen Titel sie mag: *Istanbul offline*. Pfiffigerweise gibt es aber QR-Codes im Heft, die sie zu den Biografien der Autorinnen weiterleitet. Ein Gedicht von Efe Duyan mag sie besonders. So sehr, dass sie anfängt, es in zwei Sprachen zu übersetzen:

bir güvercini ısıtmak için ceketine sokmuşsa kopkoyu bir adam
sırf üşüyor diye aynı simitçiye uğruyorsa bir diğeri
çöpleri karıştıran bir çingene oyuncak bebek bulunca
seviniyorsa en çok
bir türlü diyememişsem çöpçülere,
düşmüş yaprakları ne kadar sevdiğimi;
çekindiysem her seferinde sırf benim yaşımda diye
tezgahını çıkarırken yardım etmeye eskicilere
sahaflarda kitapların tozunu gizli gizli
içime çekiyorsam
gemiciler
dillerinin ucuna gelmiş bir cümleyi söyleyebilmek için açılır demektir

hayallerimde bir görünüp bir kaybolarak
adımlarca dağılmak şimdiki işim.
izin kalmış geçtiğimiz her yerde

wenn es stimmt, dass ein mann eine taube unter seinen schwarzen
regenmantel packt um sie zu wärmen
dass ein anderer simit immer beim selben händler kauft
weil er weiß, dass der mann friert
dass ein zigeunermädchen dann am glücklichsten ist, wenn es
eine puppe im müll findet
dass ich den straßenreinigern nie sagen konnte, wie sehr ich
das laub im herbst liebe
dass ich zögerte, dem lumpenmann beim ziehen seines
karrens zu helfen
nur weil er dasselbe alter hatte wie ich
wenn es wahr ist
dass ich heimlich den staub von secondhandbuchladen
einatme
dann ist es sicher der fall
dass seeleute nur zur see fahren mit diesem einen einzigen
satz auf der zungenspitze

im augenblick
tauche ich in meinen träumen auf und verschwinde
und zerstreue mich in den straßen

Sie fotografiert das Gedicht ab und schickt es Ayaz. Sie überlegt, ob sie es mit ihrer Übersetzung irgendwo ausdrucken und Naumann bei ihrem nächsten Treffen mitbringen kann, dann findet sie die Geste aber doch zu naiv. Die englische Version schickt sie Phyllis, vielleicht als einen möglichen Auftakt einer Serie über zeitgenössische türkische Dichter? Oder als Aufhänger für einen Spaziergang durch Istanbul, für die travel-section am Wochenende?

Aber «Zigeunermädchen»? Das konnte man nicht mehr sagen. Nur stand da *bir çingene*, sollte sie das einfach lassen? Oder dem Autor schreiben?

Ayaz antwortete sofort.

Istanbul, 1936

Ulrich kam nicht. Er kam nicht, um Georg abzuholen, als dieser in Istanbul eintraf, er kam nicht am ersten Abend ins *Pera-Hotel*. Er kam auch die nächsten Tage nicht. Er hatte Georg keine Nachricht hinterlassen, wo sie sich treffen könnten, keine Telefonnummer, keine Adresse. Die Hochstimmung, die Naumann auf seiner Reise aus dem Deutschen Reich in das alte österreichische und durchs neue Balkangebiet hin zur Nation, deren Werden er schon so lange verfolgte, verspürt hatte, die hochfliegenden Gedanken, die Träume, die er gehabt hatte, auch weil sie ihm Rettung, eine neue Chance versprachen – sie waren verflogen und verschwunden. Weil Ulrich nicht da war. Georg hatte sein Gepäck schließlich einem Träger mit Sackkarre überlassen, ihm die Adresse des *Pera-Hotel* genannt, obwohl der Name des Hotels völlig genügte, und ihn gefragt, warum es so menschenleer war, er hätte etwas anderes erwartet. Der Träger zuckte mit den Schultern. Volkszählung. Volkszählung? Und Sie? Der Träger lächelte unsicher. «Ich gehöre nicht dazu.» Naumann nahm einen starken Akzent wahr.

Russisch vielleicht? Sie gingen das erste Stück nebeneinander her, an die Dampferanlegestelle, über die Galatabrücke bis zur Tünel-Bahn, die nur Naumann benutzen dürfe, sagte der Träger. Er müsse ihm das Gepäck jetzt entweder überlassen und der Herr könne sein Glück mit der Bahn versuchen, oder er würde derweil sein Gepäck den Berg hochziehen, das koste allerdings extra. Wie viel extra? Der Träger nannte einen exorbitanten Preis. Aber Naumann war müde. Er gab ihm die Hälfte, löste ein Ticket und fuhr nach oben. Der Platz vor der Bahn und die *İstiklal* lagen im Nebel. Golden glänzten die Schienen der Tram, die hier in der Wendeschleife stillstand. So wie die Stadt. Als er durch das Gewirr der kleinen Gassen schließlich den Weg zum Hotel fand, war der Träger schon da, hatte sein Gepäck einem Hotelangestellten übergeben und wartete auf den Rest seines Geldes. Naumann händigte es ihm aus. Der Portier sah ihm über die Schulter und schüttelte missbilligend den Kopf. Der Träger verschwand mit dem Sackkarren in der Nebelwand, die nun noch stärker von der anderen Seite des Goldenen Horns die Hänge hinaufrollte.

Angekommen war Naumann so nicht. Die Nacht verbrachte er zitternd und schluchzend, rief um drei Uhr morgens den Hotelarzt, der ihm etwas zur Beruhigung gab. Am nächsten Morgen hatte Naumann wieder Mut gefasst. Er würde sich nicht aufgeben, nur weil nicht sofort alles so war, wie er es sich vorgestellt hatte. Ulrich musste etwas dazwischengekommen sein, diplomatischer Dienst war sicher kein Zuckerschlecken; er konnte ja auch nicht wissen, wie dringend Georg ihn sehen musste, wie sehr es ihn drängte zu beichten sein Freund würde verstehen, Ulrich würde verstehen … Er war sicher einfach gar nicht in der Stadt!

Mit diesem Gedanken wusch Naumann sich, zog seinen besten Anzug an und machte sich auf den Weg über die İstiklal zum Taksim und dann den Hügel ein Stück weit hinunter zur Botschaft, die nun offiziell nur noch Konsulat war. Seine Vermutung wurde von einem türkischen Angestellten bestätigt, als er nach Herrn von Stetten fragte. «Ja, ja, er nicht hier, nicht … in Istanbul … Ankara … Ankara …», beruhigte ihn der Mann, den ihm der Pförtner heruntergeschickt hatte. Naumann bedankte sich erleichtert auf Deutsch und spazierte dann in seinen ersten Tag. Thiele hatte ihm zwei Anlaufstationen genannt, die er regelmäßig aufzusuchen hatte: das Deutsche Pressebüro, fast identisch mit dem des *Völkischen Beobachters*, bis auf ein paar Schreibtische in Nebenräumen für die anderen Zeitungen, und die *Teutonia.* «Trinken Sie da mal ein Bier, wenn Sie die Itzigs und die Urninge satthaben! Wir werden Sie schon finden, Naumann! Ihr Kontaktmann meldet sich – und im Büro sitzen Sie bei den Bayern.»

Die *Teutonia,* das hatte er sich im Zug geschworen, würde er so lange meiden, wie es nur irgendwie ging. Vor seinem inneren Auge tauchte der ganze männlich-militärische Elan germanischer Rudergemeinschaften, schlagender Verbindungen und anderer Männerbünde auf, bei dem er sich nur noch unwohl und fehl am Platz fühlte, ja Abscheu empfand. Er könne hier doch den Kriegshelden geben, die Somme!, hatte Thiele zu ihm gesagt. Genau das würde er aber nicht tun! Er würde versuchen, so wenig wie möglich Thieles Anweisungen zu folgen, was konnten die schon machen? Jetzt war er ja hier! Bevor er zum Pressebüro ging, machte er einen Spaziergang durch die Stadt. Sie würden schon merken, dass er sich nicht ganz so benehmen würde, wie die Herren in Berlin sich das vorstellten, nein. Dann dachte er wieder an Ulrich. Ihn musste er warnen. Er würde ihm morgen zumindest eine Nachricht in der Botschaft hinterlassen, etwas Unverfängliches, dass er da war und wo er abgestiegen war, dass er sich freuen würde, mit ihm essen zu gehen, wieder einen Abend miteinander zu verbringen, sobald er wieder in Istanbul war und seine Reise aus den Knochen geschüttelt hatte. Dann stand er am Kai in Kadıköy bei den Fähren, schlenderte an den Anglern vorbei, die im Gegenlicht des sich langsam auflösenden Nebels wie die Helfer eines gewaltigen Gottes aussahen, der im Wasser lebte und für den sie ein Saiteninstrument aufzogen, feine, glitzernde Schnüre an ihren Ruten, die funkelnd im Wind wehten. Auf der anderen Seite des Bosporus glänzte das gewaltige Bauwerk des Haydarpaşa-Bahnhofs, er konnte die Hänge von Harem sehen und dann die Teegärten von Üsküdar, direkt am Wasser, davor den Leanderturm auf seiner kleinen Insel. Nein, er konnte nicht mehr zurück nach Berlin, in sein altes Leben. Sie hatten ihn in der Hand, aber nicht seinetwegen gab es keinen Weg mehr zurück, er würde das aushalten, die Schande der Fotos. Aber nicht sein Vater. Und Ulrich auch nicht. Und Thiele hatte ihm gesagt, dass die Bilder nicht nur kompromittierend seien – sondern dass sie auch von einer Verbindung zu den Leuten um Röhm wussten, und er hatte Naumann ja die Bilder von einigen dieser Jünglinge und hin und wieder auch ihrer Freundinnen gezeigt, die entweder in der Nacht der langen Messer von SS-Rollkommandos beseitigt worden waren oder so lange ins KZ gesperrt werden sollten, bis sie ihren «unnatürlichen Trieben» abschworen, nur um dann verängstigt für alle Zeit in die untersten Ränge der Polizei oder des Sicherheitsdienstes wieder eingegliedert zu werden. Wenn sie Glück hatten. Thiele hatte ihn damals auch zutiefst erschreckt. Georg war nie gut darin gewesen, Schmerzen zu ertragen, und er wollte auch nicht in den Wald bei Potsdam gefahren werden, Kopfschuss – nein, er hatte zugestimmt; auch für Ulrich. Denn den könnten sie, Thiele zufolge, auch ganz schnell wieder auf die Liste der nötigen Maßnahmen setzen, wenn Georg nicht spurte. Und er, Naumann, er wäre doch hier auf einer Mission! «Mensch, Naumann, Ihren Stern des Türkenführers, den können Sie doch umso mehr leuchten lassen, wenn die neue Allianz mit den weißen, grundarischen Türken endlich gestiftet wird, wenn wir Deutschland auch hier im Vorderen Orient zur neuen Ordnungsmacht der Zivilisation machen könnten, nicht wahr?» Am Ende würde aus ihm schon auch noch ein geachtetes Mitglied der Volksgemeinschaft werden, er würde schon sehen. Er solle sich halt ein wenig unter die Juden mischen, es wäre ja nicht einmal so, dass seine Berichte ihn oder seine Zielpersonen in Gefahr brächten, im Gegenteil! Er wisse von den Madagaskarplänen? Man suche doch nur aktiv nach einer Lösung! Solle das Volk doch leben, wo es gedeihe, nur halt nicht im Großdeutschen Reich, Germania, das war eben doch etwas anderes, das sollten doch ⅞ seines Blutes ihm sagen, schließlich sei er nach den Rassengesetzen doch eigentlich einer der Ihren, nicht wahr? Da könne man dann auch sagen, Schwamm drüber. Und vielleicht wäre die Türkei ja was für die Juden, man könne nie wissen, das nähere Madagaskar sozusagen? Aber wissen müsse man die Dinge schließlich, also er war doch Berichterstatter von Hause aus, er würde das schon schaffen, da setze er, Thiele, all sein Vertrauen in ihn, so solle er das sehen, nicht als Strafe, nicht als

Zwang, nein, er würde damit nicht nur dem Vaterland, sondern letztlich auch den Juden helfen! Das war vielleicht das Erniedrigendste gewesen: Thiele zu sehen, wie er ihn aufmunterte, es schaffte, ihm ein Gespräch aufzuzwingen, ihn zustimmen zu lassen, ihn diese Lüge letztlich selbst glauben zu lassen.

Das Istanbuler Büro des *Beobachters*, eigentlich eine dauergemietete Suite in einem billigen Hotel, war nur noch von türkischen Hilfskräften besetzt, nachdem Kohler, der ehemalige Büroleiter, sich das Leben genommen hatte, aus «Unglück», wie man sagte, im Rausch, munkelten die Leute, die ihn von früher in Berlin als heftigen Trinker gekannt hatten. Berlin fehlte Naumann bald nicht mehr. Die Musik, die Kabaretts, sie hatten für Naumann ohne Ulrich ihren Reiz verloren. Die Kollegen, deren Schadenfreude nicht zu übersehen gewesen war, als sie ihn zu seinem Posten in Istanbul beglückwünscht hatten, bedauerten ihn. Istanbul war zweite Wahl, meinten sie, richtig nah dran war man nur in Ankara, seit 1923 die neue Hauptstadt der Republik. Aber Naumann freute sich wirklich auf Istanbul, Ulrich war da, die Stadt die von vielen ersehnte Perle der Welt, sein Traum vom Orient ging in Erfüllung. Er war sechsunddreißig, Junggeselle, als Journalist gut angesehen und sollte – das war die Legende für die Kollegen – ein Auslandsbüro leiten, für die noch nicht direkt von der Partei übernommenen Blätter. Das konnte er. Da war er sich sicher. Und auch von Istanbul aus müsste es möglich sein, über die große Aufgabe der türkischen Nation und ihres Führers zu schreiben, hatten ihm seine Redakteure bei der *Hamburger Zeitung* und bei der *Badischen* in ihren Glückwunschtelegrammen geschrieben – und ihm erste Aufträge erteilt. Da Ulrich weiterhin verschwunden blieb – er hatte das erste Billett gleich am nächsten Tag in der ehemaligen Botschaft demselben Amtsgehilfen überreicht, dieselbe Antwort erhalten, Ulrich sei in Ankara – machte er sich daran, sein Türkisch zu verbessern, es noch einmal neu und von Grund auf zu lernen. Seine zerstückelten acht Semester Orientalistik, mit Betonung auf Hocharabisch, Persisch und Osmanisch, genügten hier nicht.

Ali Bey, Assistent an der İstanbul Üniversitesi, wurde Naumanns Lehrer. Der früh zur Kahlheit neigende Ali, der ein altes Holzhaus am Hang neben der Synagoge in Beylerbeyi bewohnte, in dem er ihn später regelmäßig willkommen hieß, war zufrieden mit ihm; Georg lernte schnell, er war fleißig. Seine Arbeit im Auslandsbüro war einfach – er hatte ja auch kaum Kollegen. Naumann schrieb Artikel über die Schulreformen, die neuen «Trachten der Türken». Atatürk hatte alles darangesetzt, mit seinen Reformen das alte osmanische Wesen hinwegzufegen. Niemand hätte unter den Osmanen gesagt, sie oder er sei Türke. Das waren doch bloß stämmige, verrunzelte, hart arbeitende Nachkommen von Nomaden im finstersten Anatolien. Als Schimpfwort war das durchgegangen, aber als erstrebenswerte Nation? «Ich bin Türke. Ich bin ehrlich. Ich arbeite hart. Mein Motto: Ich beschütze die, die jünger sind als ich, ich behandle die Älteren mit Respekt und liebe mein Vaterland und mein Volk mehr als mich selbst. Ich strebe danach, voranzukommen und etwas zu erreichen. Möge mein ganzes Leben ein Geschenk an das Türkentum sein.» Ali Bey rezitierte diese vom Schriftsteller Ziya Gökalp verfasste Litanei mit Inbrunst. «Das lernen die Kinder jetzt in der Schule. Das ist unser Eid an die Nation. Aber einer, in dem es um uns selbst geht, um unsere Ziele, unsere Möglichkeiten, uns als Menschen zu verbessern.»

Naumann imponierte das. Er bewunderte diese Entschlossenheit, sich Ziele zu setzen und dann den Willen einer ganzen Nation so zu verändern, so zu formen, dass sie ihre traditionellen Kleider ablegte, und damit auch das traditionelle Denken, und sich europäische Hüte aufsetzte, man sah immer noch Konservative in Pluderhosen, aber nie mehr mit Fez, das war verboten, dafür bekam man buchstäblich etwas auf die Mütze. Es hatte Banden gegeben, die sich der Erziehung des Volkes auf den Straßen von Istanbul widmeten und dafür den Nostalgikern für das Osmanische Reich die Feze von den Köpfen schlugen. Der Fedora wippte mit seiner Krempe, von oben aus dem Büro des *Beobachters* sah das Gewimmel auf der Straße – abgesehen von den Simit-Karren, Wasserträgern und «*Bozaaaaa*!» schreienden Verkäufern, die ein leichtes Weizenbier anpriesen – wie ein Alltagsbild aus jeder beliebigen europäischen Hauptstadt aus. Nur dass Istanbul keine Hauptstadt mehr war.

Natürlich, die wichtigen Dinge, politisch, wirtschaftlich, militärisch, wurden in Ankara entschieden. Das diplomatische Korps war mit in die Berge gezogen, in die neuen Bauten und Gartenstädte, die nach modernistischen Vorbildern von den in Berlin, Wien und Paris ausgebildeten Star-Architekten der Türkei entworfen wurden. In Ankara hatten die Nazis sicher schon ihre Leute, die meisten jüdischen Emigranten kamen aber nach Istanbul, wegen der Universitäten. Und Istanbul hatte das spannendere, chaotischere Leben, hier war sicher stimmungsmäßig und im Getümmel der Menschen mehr zu erfahren als vielleicht im allzu kontrollierten Ankara. Naumann fühlte sich gedemütigt genug, dass man ihn aus Berlin weg in die Türkei geschickt hatte, gedemütigt, dass er für diese Leute spionieren sollte, aber er freute sich zugleich, dass er in Istanbul Ulrich wiedersähe. Nur dass er ihn immer noch nicht gesehen hatte, schmerzte. Hatten die Nazis Ulrich etwa gezwungen, ihn nicht wiederzusehen? Nutzen wollten sie aus ihm schlagen, dann müssten sie ihm aber auch etwas geben! Nein, nein, da saß er schon wieder in der Falle. Er würde das nicht zulassen, dass sie ihn weiter kontrollierten, er würde, würde … Nun, erst einmal würde er hier in Istanbul ankommen, sich einleben müssen. Was er hier von Ali Bey beim Sprachunterricht erfuhr, was er in den *Meyhane*-Bars beim Trinken, in den Versammlungen, zu denen ihn sein Lehrer schickte, sah, auf den Straßen beobachtete und in seine Artikel packte, das war etwas ganz anderes, als bloß nah an Gazi Mustafa Kemal zu sein, der gerade ein Jahr zuvor laut Parlamentsbeschluss, der allen Bürgern Nachnamen nach europäischem Vorbild verordnete, den Ehrentitel eines «Vaters der Türken», eines Familienoberhaupts aller Landsleute, zugesprochen bekommen hatte.

«Papa Türk», sagte sein zweiter Mann im Büro, Breuler, ein kleiner blonder, vor Ehrgeiz vibrierender junger Journalist, der ebenfalls erst vor Kurzem angekommen war, aber Naumann hatte ihn wütend angestarrt, bis Breuler sein Lachen über den eigenen Witz wieder eingestellt hatte, woraufhin Naumann von den beiden türkischen Bürogehilfen, Ahmet und dem alten Cankar, ein respektvolles Nicken erhielt. Über ein militärisches Genie, über einen Reformer, der in kürzester Zeit eine Nation verteidigt, wiederaufgebaut und vollkommen neu gestaltet hatte, machte man keine Witze. Naumann legte eine wöchentliche Kolumne an, «Sprüche, die der Vater der Türken seiner Nation mit auf den Weg gegeben hat», die auch der *Beobachter* druckte:

Eine Revolution, die nicht auf dem Blut begründet ist, wird nie Bestand haben.

Es gibt nur einen echten und vernünftigen Orden – den der Zivilisation. Um ein ganzer Mann zu sein, muß man sich nach dessen Regeln richten.

Es gibt verschiedene Kulturen, aber nur eine Zivilisation, die europäische.

Wir nehmen nicht den Imperialismus der europäischen Staaten als Vorbild, sondern den Fortschritt und die Weiterentwicklung.

Geschichte zu schreiben ist ebenso wichtig, wie Geschichte zu machen. Wenn der Schreiber dem Macher nicht treu ist, wird das Ergebnis eine gefälschte Geschichte sein.

Der Wanderer muß nicht nur den Weg, sondern auch den Horizont dahinter sehen.

Die Zukunft ist im Himmel.

Friede in der Heimat, Friede auf der ganzen Welt.

«*Yurtta sulh, cihanda sulh.*» Friede in der Heimat, Friede auf der ganzen Welt! Das war eine entschiedene, wirklich treffende Ansage. Das stand in dem kleinen, am Kiosk verkauften Sammelheft, das das Publikum, wie ihm Murat, der Mann in dem Kabuff auf der *İstiklal,* bei dem er Zigaretten kaufte, verriet, am Wochenende als Zugabe zur *Cumhuriyet* mit bekam. Das hatten die Zeitungsleser auch in Deutschland verdient. Nachrichten aus der Türkei, Sprüche des türkischen Führers. Wobei natürlich nicht alles passte. Die Bemerkung zum Imperialismus konnte er nicht bringen, aber den Spruch über den Geschichtemacher und den Schreiber, die heilige Allianz von Schwert und Feder, ja, das lud zu einer schönen, geistvollen Kolumne ein. Die Arbeiter von Hand und Hirn vereint das Herz, die Feder hat sich in den Dienst des Fortschritts der Nation zu stellen, sonst lügt sie. Und er hätte Fritz Lang eingeschmuggelt. Die Massen begriffen das, wir brauchen Vermittler, Übersetzer, Erneuerer. Der türkische Führer, der Vater aller Türken, der dem Schandfleck von Versailles so oft Trotzende … usw. Das würden seine Leser nicht müde werden zu hören. Und immerhin konnte er das nuancierter anlegen, echter, nicht bloß als verkappte Hitler-Elogie. Ein halber Tag Arbeit, ein Meinungsstück.

Wann genau er Tanpınar kennengelernt hatte, würde Naumann nie vergessen. Es hatte allerdings mehrere Anläufe gebraucht. Aufgefallen war ihm der feine Mann mit den Hamsterbacken und den Geheimratsecken sofort. Nur hielt er sich bei den Schriftstellertreffen, die auch Besucher wie ihn zuließen, meist rauchend und Kaffee trinkend abseits. Der Rest saß zusammen in großer Runde und unterhielt sich, meist über die neuesten Reformen, die Relevanz der Bildung und der Literatur, manchmal las jemand auch etwas vor, einen Essay, Romanauszüge, ein Gedicht.

Als es bei einem dieser Treffen, auf der Terrasse eines Teehauses im Garten unterhalb des Topkapı-Serails, wieder einmal um die Sprachreform ging und ein junger Dichter, Naumann hatte ihn zuvor auf den Versammlungen nie wahrgenommen, ein flammendes Plädoyer für die neue Schrift und Atatürks wunderbar modernen Ansatz hielt, in lateinischen Buchstaben nun endlich eine wirkliche Nationalsprache zu schreiben, frei von dem Persischen, Arabischen, Osmanischen, was ja auch einen radikalen Neuanfang der Literatur ermöglichte, erhob sich Tanpınar, der wie üblich in der Ecke ganz hinten gesessen und die ganze Zeit teilnahmslos rauchend auf die Bäume und Büsche der Parkanlage geblickt hatte.

«Nicht gar so schnell, mein junger Freund. Eine Uhr lässt sich vielleicht so drehen, dass sie überall Mittag zeigt, aber wenn man nach draußen sieht und es dunkel ist, dann heißt es nicht, dass der mechanische Zeiger die Zeit bestimmt. Wir sollten nicht sofort all die großen Werke – auch der Frauen – vergessen, die die osmanische Literatur hervorgebracht hat: Fatma Aliye Hanım zuallererst, oder?»

Missbilligende Blicke, Zwischenrufe, «aber sie ist eine Konservative», «eine Muslima». Aber auch zustimmendes Nicken.

«Konservativ – das mag schon sein. Aber wir können doch *Udi*, zum Beispiel, genauso auch als Kritik an der Ehe lesen, am Unglück, das eine traditionelle Gesellschaft – nicht nur für Frauen – bereithält. Und so zu tun, als gäbe es nun Romane, Gedichte, gesellschaftlich wichtige Themen zum allerersten Mal, ist doch weit hergeholt.»

Er bekam diesmal noch mehr der Versammelten auf seine Seite, ein Gemurmel mit «Recht hat er», «Wir bräuchten sowieso mehr Frauen bei uns im Kreis» und «Lebt die eigentlich noch?» setzte ein – und Tanpınar, der einmal noch ruhig in die Runde blickte, setzte sich wieder.

Als die Versammlung zu Ende war, hatte Georg sich zu der kleinen Gruppe, die noch um Tanpınar herumstand, gesellt, zugehört und sich dann vorgestellt. Belustigt – oder kam es ihm nur so vor? – hatten die Türken ihn angesehen, Tanpınar hatte genickt, sich eine neue Zigarette angezündet und ihm dann die Hand gegeben. «So macht man das doch bei Ihnen, *Aleman*?» Georg spürte, wie er rot wurde. Hatte er so einen starken Akzent? Tanpınar schüttelte noch ein paar Mal seine Rechte, dann ließ er sie los und lächelte. «Ich habe Sie schon die letzten Treffen über beobachtet, wie Sie versucht haben, etwas zu sagen, diese Schüchternheit, nein, Zurückhaltung, das wirkliche Nachdenken, das man Ihnen ansieht, dazu die Schuhe und der Anzug – da lag es nahe. Franzosen oder Engländer hätten sich früher bemerkbar gemacht.»

In den Wochen danach sprach ihn dann Tanpınar immer wieder von sich aus an, bat ihn einmal sogar, nach dem Treffen noch ein wenig mit ihm zu plaudern. Sie gingen über die Galatabrücke – man hatte sich diesmal in einer *Meyhane* unweit des Fischmarktes in Karaköy getroffen – und schlugen den Weg zur Sirkeci-Station ein.

«Mögen Sie Beethoven?», fragte Tanpınar.

«Selbstverständlich, ich bin ja aus Wien», sagte Georg und fühlte sich ertappt in seiner Nervosität.

«Ich schreibe da gerade etwas.» Sie gingen an der Bahnstation vorbei, den Hang zur Hagia Sophia und dem Sultanahmet-Platz hinauf. Sie umrundeten die Hagia Sophia. «Schön, nicht?», sagte der Schriftsteller.

«Ja, sehr.»

«Wenn man bedenkt, dass sie schon über tausend Jahre hier steht, dass es unter ihrer Kuppel sogar ein eigenes Wetter gibt, manchmal sind da sogar Wolken ...»

Tanpınar seufzte. «Atatürk hat die Moschee darin ja geschlossen und will ein Museum daraus machen, was halten Sie davon?»

«Ich ...»

Tanpınar unterbrach ihn.

«Ach, wie sich die Zeiten hier in Istanbul überlagern! Byzantinische Kirchen, islamische Gotteshäuser, revolutionäre Säkularisierung, wir haben hier wirklich alles! ... Ich ... ich will einen Roman schreiben, der das alles umfasst, ohne es auszusprechen, wissen Sie? Der die Zeit selbst in den Fokus nimmt, die Menschen in ihr, die uns manchmal wie Treibgut erscheinen auf einem viel zu großen Meer. Und Beethoven soll mir dabei helfen.»

«Ja. Ich verstehe. Sie wollen einen Roman schreiben wie eine Symphonie. Oder wie ein Streichquartett?»

Tanpınar lächelte, ließ seinen Spazierstock wirbeln und nahm Naumann am Arm.

«Kommen Sie, gehen wir noch ein Stück über das Hippodrom. Das ist friedlich, nicht? So ein abendlicher Spaziergang durch eine schöne Stadt. Die Leute sollten das viel öfter machen. Sie würden begreifen, dass das Leben nicht wertlos ist, weil es endlich ist, und dass in all dem Chaos, das sie umgibt, doch eine große, fast göttliche Harmonie auf uns wartet. Wie eine Sonate. Oder manchmal als Quartett oder Solo. Poesie ist die Kunst, Sprache zu einem individuellen Instrument zu entwickeln. So, wie Beethoven beispielsweise das Piano entwickelt hat. Sich selbst allein mit seiner gesamten Umgebung erschaffen, mit einer Form zugleich, die jeglichen Zufall ausschließt. Das Ganze ist eine Frage der Vision. Und der Form, die ihr zu verleihen ist. Denn eine schöne Zeile allein genügt nicht.»

Alles, was Naumann in diesen ersten Wochen tat, tat er mit vollem Enthusiasmus. Und keiner wusste, warum. Die Gespräche mit Tanpınar gaben ihm die Kraft, die er brauchte, vor allem, wenn er morgens und auch zur Mittagszeit loszog, dann ging er manchmal, mit einem *Kıymalı Gözleme* auf der Hand, das er sich von einem der Straßenmarktstände holte, durch das Viertel um die deutsche Botschaft und versuchte, Ulrich abzupassen. Kraft, die er brauchte, um mit der Enttäuschung fertig zu werden, dass Ulrich sich nicht meldete. Er hatte ihm noch einen Brief geschrieben, ihn beim Pförtner hinterlegt, noch einen weiteren Pförtner gefragt, wann Herr von Stetten denn zurückkehre. Den Brief hatte er im Plauderton geschrieben, damit Ulrich keine Schuldgefühle bekam, einfach möglichst aufgeräumt berichtet, dass er abends oft noch in dieser oder jener Bar im europäischen Viertel wäre; die Bars lagen sich gegenüber, und Georg setzte sich immer so, dass er den Eingang der jeweils anderen Kneipe beobachten konnte. Dort wartete er dann allein, hielt sich an seinem Tee, Rakı, Bier oder Wein fest, machte sich stundenlang Notizen, büffelte Türkisch. Die Kellner, Efe, Ahmet und Salahattin, blieben, wenn nicht so viel Betrieb war, gern an seinem Tisch stehen, unterhielten sich mit ihn, nannten ihn respektvoll *Abi,* großer Bruder, brachten ihm Meze, für die er nicht zahlen musste. Aber Ulrich kam nie. Ahmet fragte ihn eines Abends, wieso er denn immer so allein hier am Tisch sitze und traurig auf die Straße blicke. Er könne auch gern auf ihn warten, in einer Stunde habe er frei, dann könnten sie zusammen noch woanders hingehen. Georg war überstürzt, fast in Panik, aufgestanden, hatte seine Sachen in die Aktentasche geworfen, ein viel zu hohes Trinkgeld auf dem Tisch liegen gelassen und war gegangen. Auch per Telefon wurde er nicht zu Ulrich durchgestellt, als er zweimal vom Büro des *Beobachters* aus anrief. Nicht da, grade nicht zu sprechen, die Abfuhren waren kurz, ohne Erklärung, Je länger Georg daran dachte, desto unruhiger wurde er, fühlte, wie der Kloß in seinem Bauch schwärzer und größer wurde. Es fraß ihn innerlich auf, dass ihn der Freund nicht sehen wollte. Oder nicht konnte? Vielleicht erpressten dieselben Leute Ulrich ja auch. Aber Ali Bey, der seinen Schüler gut beobachtete, lenkte ihn mit immer neuen Aufgaben in immer neue Kreise hinein, stellte ihm

Bekannte vor, nahm ihn auf Feiern, Vorträge, zu Versammlungen mit, und so wurden es über die ersten Wochen und Monate hinweg weniger Abende, an denen Naumann noch allein vor sich hin grübelte.

«Sie lernen unsere Sprache! Sie lernen, so zu denken wie wir», munterte Ali Bey seinen Schüler immer wieder auf – und tatsächlich ergab sich dann auch eine Einladung zu einem Sprachkongress nach Izmir, bei dem Kemal Atatürk selbst über die Bedeutung des Lernens und der theoretischen und praktischen Reform des Türkischen sprechen sollte.

Es war eine von Naumanns Sternstunden gewesen, gleich 1928 schon über die ersten Ansätze der türkischen Sprachreform in mehreren Artikeln in der *Volkszeitung* und im *Freien Wort* zu schreiben – er hatte damals gerade beschlossen, sein Doktorat an der Universität Leipzig bei Gottwalter über hethitische und sumerische Schriften doch besser aufzugeben und sich nur noch auf das Schreiben zu konzentrieren. «Warum?», hatte ihn sein Doktorvater gefragt.

«Weil ich dabei sein will, wenn etwas geschieht, dabei mithelfen möchte, wie etwas entsteht, und es nicht erst aus dem Abstand von tausend Jahren im Nachhinein verstehen will.»

Gottwalter hatte ihn scharf angesehen.

«Sind Sie in der Bewegung, ja?»

«In welcher Bewegung?» Naumann runzelte verwirrt die Stirn.

«Ach nichts, ich ... Wie kann ich Sie bei der Wissenschaft halten?»

«Herr Professor, ich ... Sie haben genug getan, aber ich bin nun mal ein praktischer Mensch – ich will über meine Zeit schreiben, an ihr teilhaben, nicht bloß alles erst im Nachhinein begreifen. Bitte, verstehen Sie mich nicht falsch, Sie waren und Sie sind ein guter Lehrer, ich bin stolz darauf, bei Ihnen studiert zu haben, Sie haben mir für so vieles die Augen geöffnet.»

Gottwalter nickte unwillig, als schien er zu begreifen, dass dieses Kompliment seines Studenten nun wirklich der Abschied war.

«Aber seit Jahren kann ich durch meine Artikel Menschen daran erinnern, was es heißt, seine Sprache zu sprechen, sie zu pflegen. Ein Volk ist seine Sprache ...»

«… und ein Volk kämpft dafür, das Fremde aus sich herauszuhalten, um ganz rein zu sein, rein – eine Nation, eine reine Nation? Und die Türkei macht uns das vor! Ist es das, was Sie uns sagen wollen? Sind Sie auch so einer, der noch in jeder Faser von Atatürk Hitler ehren will?»

Gottwalter hatte pikiert die Nase gerümpft, und Naumann wurde plötzlich schlecht. Er spürte, wie er glühte, wieder ein Schüler war, der etwas Verbotenes gesagt hatte.

«Nein, Herr Gottwalter … Sie verstehen nicht …»

«Ach, ich verstehe nicht?» Gottwalter wurde zornig. «Ihre Artikel haben Sie wohl in die richtigen Kreise gebracht, wie? Und was ist nach der Sprache dran? Was muss als Nächstes rein sein? Wir wissen es doch schon, nein, Naumann, von Ihnen hätte ich anderes erwartet, Besseres! Gehen Sie nur, gehen Sie mir aus den Augen!» Friedrich Gottwalter war ganz bleich geworden. Er stand von seinem Schreibtisch auf, einem schweren Ungetüm aus Mahagoni, und tupfte sich die Stirn mit einem Leinentaschentuch ab. «Dampfplauderer sind das alles, die uns die nationale Erweckungsbewegung zeigen wollen und dass die Türken unter Mustafa Kemal dem ‹Schandfrieden von Versailles› von Anfang an die Stirn geboten haben, so, wie man es als ‹wahrer Deutscher› eben auch hätte tun sollen, oder?» Naumann schwieg. Hilflos zuckte er mit den Schultern, beschloss dann aber, dass es besser war, wenn er etwas sagte.

«Die Türkei meint es ernst mit ihrem eigenen nationalen Weg.»

«Ach ja? So ernst, dass sie uns Juden dann auch die Rechte entziehen und aus dem Land werfen oder in die Wüste schicken zum Sterben? Wie die Armenier?»

«Herr Gottwalter, nein, um Gottes willen Das ist doch …»

«Kein Vergleich?» Gottwalter beruhigte sich, setzte sich vor Naumann auf die Schreibtischkante, steckte das Taschentuch weg und fuhr in ruhigerem Ton fort: «Passen Sie bitte auf sich auf, Naumann. Das sind gefährliche Zeiten. Ich habe Sie immer gemocht.» Dann sah er ihn eine Weile an, sagte entschlossen: «Gut», drückte sich von der Tischplatte ab und zog Naumann förmlich mit sich zur Tür.

«Machen Sie es gut.» Das war der Abschied.

Naumann hatte, anders als die meisten seiner Kollegen, die Tragweite der türkischen Reformen von Anfang an verstanden – allein schon, weil er Türkisch konnte oder es zumindest damals in Deutschland noch annahm – und diese Expertise auch schon früh in seine Artikel eingearbeitet. Naumann war Feuer und Flamme, als Atatürk die *Dil Encümeni*, einen Sprachausschuss, einsetzte, dessen Aufgabe es war, die türkische Sprache zu latinisieren, ein *Türk alfabesi* zu entwerfen, die türkische Sprache per Gesetz an Haupt und Gliedern zu reformieren. Keine antiquierten Buchstaben wie q, gh und x mehr. «Ich halte es keineswegs für angebracht, dem türkischen Alphabet manche Buchstaben als Erinnerungsstück an fremde Wörter hinzuzufügen, die sich in unsere Sprache gedrängt haben und deren Eliminierung nur noch eine Frage der Zeit ist», so hatte Atatürk es formuliert. Ja, das Alte musste raus! Die Sprachreform versprühte den Esprit einer Revolution, und Naumann verfolgte alles, übersetzte, kommentierte, überhöhte. Den Kabinettsbeschluss, der auf Atatürks Betreiben für das neue türkische Wörterbuch das Ziel einer Eliminierung unnötiger persisch-arabischer Wörter ausgab, die durch türkische Wörter aus der Volkssprache ersetzt werden sollten, feierte er als vorbildlichen Akt, mithilfe der *Halk dili*, der Volkssprache und ihren Turzismen, endlich eine eigene völkische Identität auszubilden. Das kam gut an in den konservativen Redaktionen. So würde das Brudervolk, so würden die weißen Turaner endlich, genau wie die Deutschen, ihre geschichtliche Aufgabe erfüllen, sagte Behrens, Ressortleiter bei der *Deutschen Allgemeinen*. Behrens hatte seine Redakteure schnell davon überzeugt, dass dies, wie auch das Zurückdrängen der Alliierten an den Dardanellen im Krieg und nach dem Vertrag von Sèvres, 1920, der Kampf gegen die scheinbar übermächtigen griechischen und armenischen Truppen an den Küsten und in den Bergen Anatoliens, die Durchsetzung der eigenen territorialen Integrität gegen alle Widerstände der Siegermächte des Großen Krieges bis hin zur Auflösung des Osmanischen Reiches, das ja nur noch ein Rumpfstaat hätte sein sollen, den aber Mustafa Kemal in einen wahren Nationalstaat verwandelt hatte, ein Zeichen war – für den Willen eines Volkes zu leben; ein Zeichen doch auch dafür, hatte Naumann hinzugefügt, für den Willen eines Mannes, sein Volk an die Seite der Zivilisationen Europas zu führen.

Ja, ja, das auch, das auch. Behrens interessierte weiterhin nur das Nationale – und bei ihm musste Naumann immer vorsichtig sein, damit der Chef nicht selbst seine Artikel redigierte, was häufig geschah, und ihnen mit groben, holzschnittartigen Wendungen eine ganz andere Richtung gab, als Naumann sie angestrebt hatte. So nachdrücklich manifestierten sich die deutschen Erweckungstheorien von diversen Schreibtischen aus in Naumanns ganz anderes preisenden Artikeln, dass er oftmals gar nicht mehr wusste, in welchem Hymnenmodus seine Artikel in der Endfassung gelandet waren. Ulrich riss ihm dann oft ein am Nollendorfplatz morgens frisch vom Laster gekauftes Exemplar aus der Hand und las es den Freunden und nächtlichen Begleitern der Gruppe vor, mit der sie gerade unterwegs waren. Bloß ein paar Sätze am Anfang, in der Mitte und am Ende genügten, um sich nicht mehr sicher zu sein: Schrieb da einer über Hitler, über Deutschland oder über die Türkei? Ulrich lächelte immer, aber Naumann war zum Weinen zumute, wenn in einem seiner langen, sorgfältig verfassten und informativen Artikel solche Einsprengsel des Redakteurs plötzlich alles verdarben. Dafür hatte er die Wissenschaft mit dem Journalismus getauscht? Aber dann hatte Ulrich ihn in den Arm genommen, die Zeitung weggeworfen, die Nachtstimmung der Nachtschwärmer noch einmal angefacht, die Gruppe ging frühstücken. Das Leben sei schnell vorbei, sagte er zu Naumann, wenn man jung ist, wie du und ich, dann muss man es spüren, mit seinem Körper, seinem Geist. Und was davon am Ende in der Zeitung stehe, interessiere doch keinen.

In den Wochen des Wartens auf Ulrich, auf eine Erklärung, auf ein Wiedersehen mit ihm, leitete ihn das Lernen und das Schreiben über die Sprache wieder zu dem, was ihn daran von Anfang an fasziniert hatte: die verordnete Neuerfindung einer Welt! Wenn man in einer anderen Sprache zu denken und vor sich hin zu sprechen begann, sah man alles neu, dann kannte man keine festen Grenzen mehr, dann kamen einem die Wörter wie Rundstücke vor, die man kaute, wie Bonbons, die man lutschte, ganze Satzkaskaden, die sich in Musik verwandelten oder in Instrumente, mit denen man die Dinge, die einen umgaben, wie ein Fremder betrachten konnte oder vielleicht wie ein

Kind. Sein Lehrer, Ali Bey, bestärkte ihn darin, sich dem Sprachlichen hinzugeben. Er lud Georg auch ein, ihn doch zu Hause zu besuchen. Ali Bey holte Georg am eleganten Landesteg ab. Beylerbeyi war ein ganzes Stück weiter entfernt, als Naumann gedacht hatte. Er fuhr mit der Fähre nach Üsküdar, fragte die Kutscher an der Anlegestelle nach dem Preis und der Fahrzeit und entschied sich dann doch für einen kleinen Kutter, der ihn den Bosporus weiter hinaufbrachte. Ali Bey zeigt ihm stolz die maurische Fassade und die marmornen Löwenstatuen vor dem Palast, dessen ganze Anlage Naumann schon vom Wasser aus in Staunen versetzt hatte. Schimmernd weiß, mit barock verzierten, kastenförmig aus einander vorspringenden Fassaden zum Bosporus. Ein elegantes, riesiges Schmuckkästchen.

«Dieses Gebäude ist das vielleicht schönste am ganzen Bosporus», sagte Ali Bey. Er führte ihn an weiteren eleganten Holzvillen vorbei – Berater der Sultansfamilie, Adlige, jetzt stünden sie teils leer, teils würden Schulen aus ihnen, und ein griechischer Kaufmann hätte vor Kurzem ein *Yalı* erworben, was die eher konservativen Bewohner ihm übel nähmen. Die barocke Moschee beeindruckte Naumann auch. Ali Bey hatte eine kleine Wohnung am Hang, hinter dem Hamam, im zweiten Stock, mit Blick aufs Wasser. Dort saßen sie anschließend und tranken Tee.

Ali Bey war es auch gewesen, der Naumann bei dieser Gelegenheit eine andere Unterkunft empfohlen hatte.

«Vergessen Sie Hotels oder Pensionen! Sie müssen hier ankommen, und in Istanbul angekommen zu sein, heißt richtig wohnen – sonst wird das nichts mit dem Heimischwerden! *Bay Naumann, kendinizi burada ülkenizde gibi hissetmelisiniz – evinizde gibi!*»

Ali Bey hatte lange überlegt, Naumann dann eine Adresse aufgeschrieben und ihm den Weg erklärt. Das Haus läge in einer kleinen Gasse in Balat am Hang, mit Garten und in einer Nachbarschaft die, na ja, Ali Beys Mund verzog sich zu einem breiten Grinsen, und er wiegte und drehte erst die Hände, dann den ganzen Oberkörper von rechts nach links, als wollte er sehr große Schrauben in die Luft drehen. «Es ist sehr …»

Naumann vervollständigte den Satz in Gedanken, als er das Haus und die Umgebung direkt um das Haus sah. «... bunt!» *«Papağanlar renkli olmaz mı?»*, lachte Ali Bey und goss Naumann bei ihrer nächsten Stunde Tee nach, bevor er ihn weiter, wie immer zum Aufwärmen, längere Phrasen, Fragen und Verneinungen bilden ließ. Ja. Der erste Eindruck, den Naumann von Balat bekam, war der eines nur durch die Farben der verfallenen Holzhäuser aufgeheiterten, sehr armen Stadtteils. Die unregelmäßigen Pflasterstraßen, die weit ausschwingenden Bäume, die vielen Synagogen, ein Gemisch aus Juden, viele, wie er in Gesprächen feststellte, vor Generationen aus Mazedonien gekommen, die Griechen und ihre Geschäfte, dunklen Kneipen und Cafés – es war eigentümlich, zunächst fast melancholisch, aber nach einiger Eingewöhnung beinahe schön, so lebendig. Er musste Treppen steigen und kurvige kleine Straßen erklimmen, bis er sein Haus sah, das im Schatten eines neueren Mehrfamiliengebäudes lag, ohne Blick zum Horn, ein gelbes, gedrungenes Mauerwerk mit rotem Ziegeldach, das aus einer viel älteren, vielleicht sogar byzantinischen Mauer oder den Resten eines Aquädukts hervorsprang, dafür aber einen riesigen Garten mit steinernem Ofen besaß.

Die ersten Wochen in Balat vergingen für Naumann wie im Flug. Das Pensionszimmer, das ihm die Botschaft bereitgestellt hatte, behielt er erst mal. Es lag in der Nähe des Pressebüros, er konnte einen Mittagsschlaf halten, ohne die ganze Stadt durchqueren zu müssen, ließ die Hälfte seiner Garderobe und seiner Bücher im Zimmer, übernachtete auch manchmal dort. Es war ein Instinkt gewesen, der ihn veranlasste, niemandem, auch nicht seinen neuen türkischen Bekannten, von seinem Haus in Balat zu erzählen. Er hatte sich angewöhnt, morgens mit einem Glas Tee auf die kleine Terrasse in seinem Garten hinauszutreten, die zum Teil aus einem Mosaik eigenartiger Marmorreste mit Reliefs bestand, hinter seinem Maulbeerbaum ragte die Ruine eines Brunnens auf, der Schacht war verschüttet, seine Nachbarn, zugleich seine Vermieter, waren Griechen, die sich auch nach den Repressalien der ersten Republikjahre nicht aus ihrem angestammten Viertel hatten vertreiben lassen.

«Wissen Sie, Herr Naumann», sagte Antoninos Galafinakis, der Familien-Patron, dem mehrere Restaurants und Cafés in der Nachbarschaft gehörten, die Naumann bereits gerne und oft aufsuchte, «Zeiten vergehen, doch wir Griechen», er deutete auf die Reste des Brunnens und auf Naumanns antike Terrasse, «bleiben immer!» Naumann hatte auf dieser ersten Führung durch Haus und Garten, bei der ihm der Patron Mokka gereicht und die Aussicht erklärt hatte, sich nicht getraut anzumerken, dass ihm die Bauweise des Brunnens und die Reliefs eher römisch vorkamen. Der Enthusiasmus, der Stolz und das Entgegenkommen von Galafinakis gefielen ihm, er wollte ihm auf keinen Fall widersprechen. «Ach ja, unser Balat», hatte Galafinakis die Welt vor dem Haus und dem Garten mit ausgebreiteten Armen gepriesen und war immer wieder in eine Mischung aus Türkisch, Griechisch und Deutsch verfallen, was Naumann mit einem häufig eingeworfenen «*Efcharisto poli*» konterte. Der Patron hatte ihn in den Arm genommen, stolz wie ein Vater, der seinem Sohn sein Erbe vorstellte. Oben, nicht ganz zu sehen, aber spürbar, liege die große griechische Schule, noch über ihren Köpfen sozusagen schwebe also die Bildung, ihm als deutschem Gelehrten, so hatte Ali Bey Naumann angekündigt, sei das sicher sehr wichtig, und zu Füßen das Schönste, Lebendigste, Anrührendste, was er sich nur vorstellen könne: sein eigenes Haus, seine Familie! Er solle sich also nicht bloß als Nachbar, sondern als Angehöriger betrachten, sie besiegelten den Mietvertrag mit Handschlag und einem Honigschnaps. Danach ließ man Naumann aber dankenswerterweise in Ruhe – lugte nur vorsichtig immer mal wieder durch die Ritzen der blauen Holzfensterläden und grüßte respektvoll, wenn er vorbeiging.

Von seiner Terrasse aus hatte Naumann einen Blick auf das Goldene Horn, einen Ausschnitt zwar nur, aber immerhin. Was er vor allem liebte, war der Wind in den Bäumen. Er schloss die Augen, hörte die Blätter seines Maulbeerbaums rascheln, den Lärm einzelner Zikaden aus den Nachbargärten an- und wieder abschwellen, spürte den Zug des Windes und die Kühle der über ihm dahinziehenden Wolken ganz nah. Dem Himmel so nah, dem Wasser so nah – und seine nackten Füße krallten sich in die Reliefs, auf denen er mal Zeus, mal die Helden des Mythos oder einfach nur Riffel und Streifen erkannte. Er begann die Welt, zum ersten Mal wieder, nur mit dem Körper zu lesen – und das half ihm, redete er sich ein, über die Enttäuschung, Ulrich vielleicht für immer verloren zu haben, ein wenig hinweg.

Es war alles so schnell gegangen. Zuerst drang da der schrille Schrei aus dem Zimmer im dritten Stock im Haus gegenüber, gegen fünfzehn Uhr. Naumann arbeitete an einer neuen Kolumne, in der er über die Anstrengungen Atatürks sprach, ein modernes Schulsystem einzuführen. Er spürte sogar die Versuchung, auch die Namen der deutschen Berater, die in Ankara im Ministerium an der Sprach- und der Schulreform mitwirkten, Meyer und Reuter, einzufügen, beide keine Juden, aber als Sozialdemokraten genau die Leute, die man ihm aufgetragen hatte zu beobachten, wenn möglich, sich mit ihnen zu befreunden, sie auszuhorchen und Dinge herauszufinden, mit denen man später Druck auf sie ausüben konnte. Das Übliche, glaubte man Thiele. Man wollte wissen, ob einer trank, mit wem er sich traf, ob er Frauen mochte oder Männer, für Luxus empfänglich war.

Als Naumann auf den Balkon ging, um nachzusehen, woher der Schrei kam, stand eine Frau im Unterrock auf der Straße und hielt ein kleines Kind in ihren Armen. Naumann hatte sie oft Wäsche aufhängen sehen, im Garten, der die zwei Grundstücke nur durch einen Lattenzaun trennte. Sie erledigte alles draußen, Teig kneten, Manti rollen, Brot backen, die Kinder in einem Zuber waschen, selbst im Winter. Sie lächelte ihm immer zu in ihren schwarzen Kleidern und dem Kopftuch, das sie selbst im Zimmer, wenn sie allein war, und bei größter Hitze trug, wenn sie allein war, der Mann als Droschkenfahrer auf der *İstiklal* und die Kinder in der Schule waren. Eine konservative Familie, nicht gut angesehen in diesen neuen Zeiten und fremd, wie er, in einem Viertel, in dem vor allem Griechen, Armenier und Juden wohnten. Aber sie mochten sich. Zeynep Hanım und er, die Frau in ihren schwarzen Kleidern, die jetzt den Jungen hielt, ihren Kleinsten, und schrie.

Im Nu strömte der Rest der Bewohner verwirrt aus dem Haus, und jeder rannte in eine andere Richtung. Sie schrien um Hilfe, nach einem

Arzt, während Çiğdem Hanım ihr Kind jetzt wie eine Stoffpuppe an beiden Beinen hochzog, es schüttelte. Naumann rannte los, stob durch die Gartentür, nahm die Hecke an der Straße in einem Sprung, stürzte auf die Frau und das Kind zu, neben der er den Droschkenkutscher, seine drei kleineren Töchter im Arm haltend, schluchzend fand. Die Kinder sahen verloren aus, heulten aus Leibeskräften und waren alle barfuß. Naumann trat zu der Frau. Sie hatte das Kind wieder umgedreht, das nach Luft japste und dessen Gesicht schon blau angelaufen war.

«Sana yardım etmeme izin ver, Çiğdem Hanım!», sagte Naumann und nahm ihr den Jungen aus den Armen, umfasste seine Brust von hinten, verschränkte die Hände vor seinem Bauch und zog ihn vorsichtig, aber bestimmt, mit einem Ruck zu sich hoch. Der Junge hustete erst, dann erbrach er sich. Cigdem hatte die Hand vor den Mund geschlagen und stieß einen weiteren durchdringenden Schrei aus.

«O çok iyi, Çiğdem Hanım. Gerçekten.»

Naumann ließ den Jungen los, der, ganz mit Erbrochenem bedeckt, in die Arme seiner Mutter lief. Sie weinten beide, und auch der Vater und die Töchter kamen und schlossen Naumann in die Arme, bedankten sich überschwänglich, gaben ihm Brot und Käse und Früchte mit, die Naumann zunächst dankend abzulehnen versuchte. Der Junge, Gökçe, der erst drei Jahre alt war, kam am nächsten Abend zu ihm ins Haus, um ihm Baklava zu bringen. Naumann war das ein wenig peinlich. Aber, wie Ali Bey sagte, «wenn man ein Menschenleben rettet, ist man von da an auch dafür verantwortlich.» Hatte Ulrich nicht auch genau das für ihn getan? Ihn gerettet, als er zu ersticken drohte? Naumann wurde traurig, aber als Ali Bey das bemerkte, stürzte er sich wieder auf seine Übersetzungsaufgaben.

Wenn er abends in seinem Garten hinter dem Haus am Hügel neben der alten griechischen Schule saß und die Augen schloss, war ihm beinah, als könnte er mit dem Leben, wie er es bislang geführt hatte, abschließen. Erst schwand das Licht, dann kam der Lärm der Zikaden, die ihren neu erwachten Leibern eine regelrechte Wand aus Geräuschen abzugewinnen vermochten. Als Naumann später Arnold, einem Biologieprofessor aus Heidelberg, der ebenfalls im erweiterten Kreis um Auerbach ein und aus ging, gegenüber diese Lautstärke erwähnte, nickte der Biologe eifrig und hielt ihm einen kleinen Vortrag: dass die Zikaden eine der ältesten unverändert bestehenden Insektenformen überhaupt seien, dass sie im Zustand der Maske sechzehn Jahre lang unter der Erde wohnen und ausgeschlüpft nur noch sechs Wochen oberhalb und dass ihr Zirpen einen Menschen taub machen könne und vor allem dazu gedacht sei, Sexualpartner anzulocken. «Wenig Zeit», nickte Naumann und wurde wieder ganz traurig.

Vielleicht hatte er sogar geahnt, dass die echte Krise noch kommen würde. Eines Abends, als er vor der Botschaft wartete und sich wieder dem Spott des Wachpersonals ausgesetzt sah, glaubte er, aus den Augenwinkeln Ulrichs lange, schlanke Gestalt aus einer Seitenpforte direkt hinunter nach Gümüşsuyu einbiegen zu sehen. Sofort eilte er hinterher, musste aber erst aus dem Haupttor wieder hinausgelangen und dann an den Gußeisengittern entlang bis zur Ecke laufen, wo die Straße nach unten, Richtung Bosporus, führte. Außer Atem sah er die Gestalt mit der fesch wippenden Fedorakrempe noch gerade links einbiegen, Richtung Kabataş. Naumann lief hinterher, aber der Mann ging schnell und hatte einen riesigen Vorsprung. «Ulrich!», rief er, aber der andere war schon wieder abgebogen und wurde von einem alten Holzhaus verdeckt. Schließlich betrat der Mann, unweit der Kaianlage, eine große weiße Villa. Als Naumann ihm folgen wollte, hielt der Türke an der Tür, in feiner Livree, ihn auf. «Sind Sie Mitglied, mein Herr?», fragte er höflich.

«Was?»

«Mitglied. In der *Teutonia.*»

«Ich … nein …»

«Oder kennen Sie einen unserer Gäste?»

«Ja, ich … Herrn von Stetten!»

«Herr von Stetten ist hier leider nicht zu Gast, mein Herr.»

«Aber er ist doch gerade … Oder …» Wieso fiel ihm der Name des Verbindungsmannes nicht ein, den Thiele ihm in Berlin für die *Teutonia* genannt hatte?

«Ich müsste Sie bitten, zu gehen, mein Herr. Aber …» Der Livrierte überreichte ihm eine dicke Visitenkarte.

«Sie können sich gern bei unserem Vorstand für ein Gespräch anmelden. Sie brauchen zwei Bürgen, um in die *Teutonia* aufgenommen zu werden. Einen schönen Abend wünsche ich Ihnen, mein Herr.»

Danach betrank Naumann sich zu Hause. Vielleicht war das auch gar nicht Ulrich gewesen. Wer wusste das schon. Der Rakı pochte in seinem Kopf. Naumann ging in den Garten. Der alte Lehmofen an der Gartenmauer, in der frühere Bewohner wohl Brot gebacken hatten und in dem nun seltsamerweise lauter Zikaden hausten, stand auf einer glatten Fläche aus Lehm. Naumann schlug das Buch auf, das Ulrich ihm zum Abschied gegeben hatte, und las ein paar Seiten. Er weinte. Warum wollte Ulrich ihn nicht mehr sehen? Sie waren doch Freunde. Wieso ließ er ihn hier in Istanbul allein? Was bedeutete das? Wie konnte es sein, dass man sich hier nicht einmal eine halbe Stunde auf einen Spaziergang, auf einen Kaffee treffen konnte? Was hatte er denn falsch gemacht? Sie mussten ihm die Fotos gezeigt haben. Oder sie hatten noch andere, von Ulrich, mit dem sie ihn genauso in der Hand hatten wie ihn. Im Nachhinein glaubte Naumann sogar manchmal, man habe ihm bewusst eine Falle gestellt; war nicht der Mann im *Kakadu,* der ihn zum Champagner an seinen Tisch eingeladen und ihn dann in eine billige Kneipe mitgeschleppt hatte, ausgesprochen merkwürdig gewesen? Mit einem Schmiss, der hatte ihn so an Ulrich erinnert. Naumann legte das Buch ab und schichtete Reisig auf. Die Zikaden im Backofen dröhnten. Oder hatte Ulrich das alles inszeniert? Um sich bei Ribbentrop einzuschmeicheln? Nein, Ulrich war doch keiner von denen! Oder? War er vielleicht selbst in Schwierigkeiten? Konnte er deshalb nicht mit ihm sprechen? Naumann unterdrückte einen Schrei. Das Streichholz hatte ihm die Finger verbrannt, er steckte sie in den Mund.

Beim dritten Versuch loderte das Reisig endlich auf.

Naumann las die Widmung im Hesse noch einmal, schluckte, dann legte er das Buch aufgeschlagen in die Flammen.

Eine Seite fing Feuer, dann noch eine. Plötzlich brannten weitere. Naumann geriet in Panik, wollte den Hesse greifen, aber es war zu heiß, er nahm einen Stock, drehte das Buch um, schob den Stock unter die Bindung des Rückens und angelte es aus dem Feuer. Die Seiten brannten. Er trat mit dem Fuß auf das Buch. Funken stoben, der Leineneinband und der Bücherleim stanken. Naumann riss sich sein Hemd vom Leib und fiel auf die Knie. Er weinte. Er presste das Hemd auf die Flammen, erstickte sie. Dann hob er das Hemd wieder vom Buch. Es waren zumeist nur die Ecken angekohlt. Aber die Seite mit seinen beiden Lieblingssätzen war halb verbrannt. Wie oft hatten sie sich die in ihren Briefen geschrieben, zum Abschied, wie einen geheimen Gruß mit der Versicherung, dass die Welt ihre Wege auseinandergeführt habe, dass sie sie aber auch wieder zusammenführen werde. Die Sätze hatten ihrer beider Sehnsucht getragen, ihrer beider Schmerz. Zuerst hatte Ulrich damit begonnen, «Ohne Mutter kann man nicht lieben. Ohne Mutter kann man nicht sterben» unter seinen Namen einzufügen. Es war ihr Motto geworden. Die Erinnerung an den Verlust. Die Hoffnung, sich wiederzusehen. Manchmal schrieb einer in seinem Brief nur einen der Sätze, und der andere antwortete mit dem anderen Satz. Naumann nahm das Buch in die Hand. Er schaukelte es, presste es sich an die Brust wie ein Kind.

Istanbul, Januar 2016

Lee versteht ihn gut. Sie sieht ihn vor sich, wie er mit der Verzweiflung kämpft, wie er Schlag auf Schlag durch diesen Krieg, die Verwundung, das Studium taumelt, dass er kein Leben hat außer beim Schreiben. Auch wenn sie das, was er damals von nationaler Mission und historischer Größe über Atatürk geschrieben hat, nicht begreifen kann, so versteht sie seine menschliche Lage. Wie er Ulrich kennenlernt, wie er wieder anfängt zu leben, an etwas zu glauben. Wie er zusammenbricht, als Ulrich Berlin verlässt. Vielleicht ist es Ayaz ja so mit ihr gegangen, und plötzlich versteht sie ihn ein wenig, seine Wut, sein Gefühl, verlassen worden zu sein. Sie hatte sich in so vieles nur deshalb hineinbegeben, weil sie es liebte, etwas zu riskieren, sich oft keine Gedanken um die anderen gemacht, wenn es sich um Beziehungen, Verliebtheit, Affären drehte. Aber damals musste es anders gewesen sein, die Liebe. Zu begreifen, dass man anders war. Dass man Männer liebte – und

Frauen. Sie hört seinen Atem neben sich rasseln. «Soll ich die Schwester holen?», fragt Lee. Naumann winkt ab. «Nein, reden Sie. Erzählen Sie weiter. Von sich.» Es ist merkwürdig, wie vertraut er ihr nach ein paar Tagen schon ist. Wie leicht es ihr fällt, ihm zu erzählen, wie ihr tatsächlich zumute war, zumute ist.

«Ich habe mich erst vor ein paar Tagen von jemandem getrennt, in Berlin, bevor ich gefahren bin. Und ...» Lee stockt.

Naumann fordert sie mit den Augen auf, doch weiterzusprechen.

«Und jetzt weiß ich nicht, ob das richtig war.»

Sie erzählt ihm von Ayaz, wie sie seine Fröhlichkeit, seine Leidenschaft für die Sprache begeisterte, auch die Spontaneität, dass sie sofort bei ihm einziehen konnte, er hatte alles leicht gemacht, die Nähe, den Sex. Und das Kochen.

«Er kann kochen? Dann holen Sie ihn sich sofort zurück», wirft Naumann ein. Und sie lachen. Naumann fragt behutsam nach, wie sie sich kennengelernt, was sie miteinander unternommen haben, er lädt Lee ein, sich auszusprechen. Sie mag das.

«Was hat Sie denn dann auseinandergebracht?»

Lee zuckt mit den Achseln.

«Ich weiß es nicht. Irgendwie ...»

«Irgendwie?»

«... war es zu schnell, zu viel.» Naumann lässt sie in Ruhe. Dann erzählt sie ihm mehr von dem, was sie vorher erlebt hat, mit Menschen, die sie mochten, mit sich.

Es hatte ihr beim Studium geholfen, dass sie sich aussetzen konnte, dass sie aus Situationen, in denen sie sich exponierte und in denen man sie verletzen mochte, tatsächlich viel Kraft schöpfte. Das gelang ihr auch in ihrer Sexualität. Sie genoss es, angesehen zu werden, Blicke auf sich gerichtet zu fühlen, die Blicke von Männern, die Blicke von Frauen. Angesehen, geprüft, begehrt zu werden. Für sie war das ein tiefer, sie selbst öffnender Akt, der ihr alle Denkverbote wie Kleider vom Körper schnitt und alle Scham von der Seele nahm, nein, die Scham nicht. Scham brauchte man, erst Scham brachte Lust. Die Scham war da, um sie zu überschreiten, und gerade dadurch lernte man.

«Sie hätten gut zu uns gepasst, Lee. Ich meine, nach dem Krieg. In Hamburg und dann in Berlin.» Der alte Mann sieht sie an, mild, mit einer Neugier und Bestätigung und dabei ohne jede Distanz oder Wertung, die sie bei seinem Alter eigentlich erwartet hätte. «Sie wären mit mir durch die Varietés gezogen, Sie hätten Ihren Körper gefeiert, getanzt, gelacht, geliebt, Sie wären Millionen Mal gestorben und wiederauferstanden, so wie wir alle damals, wenn wir die Nächte so verbrachten wie die letzten Tage auf Erden. Unsere Körper waren unsere Tempel, sie gaben uns Halt, nicht unsere Gedanken – nur wenn wir Körper werden, gibt es eine Chance auf Glück. Nur wenn wir atmen und das Leben körperlich spüren, sind wir frei. Aber meiner war zerstört.»

Es fiepte aus seinen Lungen. Das Rasseln hatte aufgehört.

«Ulrich hat das nicht gestört. Aber mich.»

Er nahm sich zusammen, trank etwas Wasser, schluckte ein paarmal trocken.

«Nur wenn wir eine Sprache für das finden, was wir erleben, werden wir echte Menschen.» Naumann sieht an sich herab. Der alte, dünne, mit Hautflecken bedeckte Körper im blauen Pyjama wie eine Papyrusrolle darin, er, der glaubt, noch immer etwas zu erzählen zu haben. «Die Zeit ist der Feind», flüstert er. Die Zeit ist der Feind.

Lee lässt ihn an diesem Tag früh auf seinem Krankenbett zurück. Sie setzt sich in die Atatürk-Bibliothek am Hang unterhalb des Taksim – nach einer kurze Diskussion über ihren amerikanischen Ausweis als Doktorandin erhält sie einen temporären Leseausweis und bekommt sogar einen Platz am Fenster mit Blick auf den Bosporus zugewiesen. Sie gleicht die Notizen ihrer ersten Gespräche mit Naumann mit den Theoriekapiteln ab.

Irgendwann kursierten in der Forschung die Begriffe Exil und Exilliteratur. Man bezeichnete damit die literaturgeschichtliche Beschäftigung mit Autor:innen, die nach 1933 aus Deutschland emigrieren mussten und damit in den meisten Fällen ihr Lesepublikum und auch ihre Existenzgrundlage verloren. Zum anderen geht es um die im Exil entstandenen Werke, um Verlage, die entsprechende Reihen in ihren Programmen aufnahmen. Eine ethische Frage schwingt mit: wie man diese Werke aus dem Vergessen in das Bewusstsein nach-

geborener Generationen zurückholt, wie man ein dunkles Kapitel deutscher Geschichte mit all den biografischen Brüchen wieder aufarbeitet. Exilliteratur zu veröffentlichen und zu studieren wurde auch ein Akt literarischer Wiedergutmachung.

Lee stellt sich vor, was Helene zu dieser Wiedergutmachungs-These gesagt hätte. Erst zerstört man die Menschen, und dann feiert man ihre Bücher?

Meine Arbeit steht in der Tradition der Exilforschung, die versucht, ein Bewusstsein für die prekären Lebens- und Arbeitsbedingungen des Exils zu schaffen.

Das klingt alles so schal, was sie schreibt, so weit weg. Aber Helene und Georg Naumann sind nicht weit weg.

Helene hatte in ihren Vorträgen und Essays auch immer wieder betont, wie sehr sie Exil nicht als abgeschlossene, historische Angelegenheit betrachtete, dass es nicht mit dem Sieg über das NS-Regime erledigt sei, nichts Singuläres, dass die Wahrheit vielmehr im Plural liege, denn Diktaturen hörten niemals auf, Menschen zu vertreiben und zu verfolgen. Exil sei ein Dauerzustand auf der Welt geworden, und man müsse die Lebenserfahrung der Menschen, die im Exil lebten, studieren, ihre Sprache, bei Autor:innen natürlich ihre Texte, ihre Hoffnungen und Ängste, ihr Leben, das manchmal von kaum zu überbietender Intensität gewesen sei – diese müsste man verstehen lernen. Auch dank der Sprache.

Aber braucht es dafür nicht eher einen Roman? Ist dafür ihre Doktorarbeit auch nur im Ansatz gut genug? Lee hält inne, denkt an ihre Gespräche mit Helene, die sich immer wieder, mit ein wenig Bitterkeit, lustig gemacht hatte über Aussagen von Komparatisten und Philosophen, die immer wieder über das Exil als Modellcharakter für die gegenwärtige *Conditio humana* sprachen.

«Das ist leicht zu sagen, wenn man selbst nicht in einer solchen Lage ist. Ich will das nicht komplett verneinen. Die Frage, was ein Zuhause auszeichnet, den Zustand transzendentaler Obdachlosigkeit zu erforschen, wie ihn Georg Lukács formulierte, im Exil in Moskau, ist ja durchaus berechtigt. Ich glaube nur, dass man den Exilbegriff, der ja hochgradig politisch ist, dafür durch einen anderen ersetzen müsste: den des Nomadischen. Es gibt Heinrich Heine mit seiner Aussage, die Sprache sei ein portatives Vaterland, auch den eher romantischen Versuch, die Sprache und die Poesie dann als Zuhause, als Zufluchtsort aufzurufen. Aber wenn man auf der Flucht ist, bietet die Sprache einem kein Dach über dem Kopf.» Helene hatte anschließend geschwiegen, damals bei einem ihrer Dinners im *Beekman Arms*, nach dem Schmorfleisch mit glasierten Karotten überm Kartoffelstampf. Das Kaminfeuer im Präsidentenzimmer prasselte, sie war in guter Stimmung trotz des schwierigen Themas. «Ich erinnere mich auch an eine Anekdote, ich glaube, der Geiger Itzhak Perlman hat die in der Carnegie Hall nach einem seiner Konzerte erzählt. Hannah hat darüber sehr lachen müssen: Wissen Sie, warum es so viele gute jüdische Violinisten gibt? Weil es viel schwieriger ist, mit einem Klavier umzuziehen. Da steckte Biss drin. Und Wahrheit.» Lee sah Helene an, dass sie ganz weit hinter ihren Augen in einer vergangenen Welt und in Gesprächen mit Menschen war, die es nicht mehr gab. So, wie es sie selbst auch bald nicht mehr geben würde. Lee erschauderte. Es ist der Moment, in dem man sich der Sterblichkeit am stärksten bewusst wird, wenn man den Tod geliebter Menschen sieht oder vorausahnt.

«Zu Hause gibt es nie», sagte Helene. «Hotelzimmer, Gästezimmer bei Freunden, Bahnhöfe, Straßencafés. Der Versuch, so auszusehen und so zu tun, als würde man dazugehören. Das ist mir in der Türkei manchmal gelungen. Auch wegen der Menschen, die ich da traf und mit denen mich diese Situation ja verband. Wenn man keine Heimat mehr hat, dann macht man aus jedem Ort ein potenzielles Zuhause. Das ging mir dann später hier in Amerika … nein, es geht mir bis heute immer noch so.»

Helene nahm Lee über den Tisch bei den Händen und schaute ihr tief in die Augen. Lee sah noch etwas schimmern, aber dann funkelten sie wieder.

«Hannah hatte übrigens eine Abneigung gegen den Begriff ‹Flüchtlinge›. Sie sprach lieber von ‹Neuankömmlingen›. Das, was man heute so leicht hersagt: Emigrant, Flüchtling, Exilant, das sind keine Worte, die wir leichtfertig gebrauchen sollten. Sie sind aus der Position von Staatlichkeit entstanden, als wäre man nur jemand, wenn man einen

Pass hat, einer Volksgruppe mit Nation zu-, einem auf institutionenbasierten Staatsapparat angehört. Wir müssen lernen, nicht in solchen Begriffen zu denken.»

«Also hören wir dann bei ‹Nomadin› auf?», fragte Lee.

Helene lachte. «Vielleicht. Aber du kannst ja weiterforschen. Sprache ist nie unschuldig, sie bleibt politisch.»

Lee blättert in Helenes Tagebüchern. Wenn sie darin liest, dann bringt es ihr diese Momente wieder nahe. Helene schreibt: «Ich spreche immer mehr mit den Straßenhunden und mit den Vögeln. Sie fragen nicht nach irgendetwas, sie sind einfach da und erlauben mir, auch einfach da zu sein. Man kann versuchen, den Fluß bei Bonn durch den See, dann den See durch das Meer und den Bosporus zu ersetzen, die Platanen durch Zürcher Zirbeln und dann durch Palmen, eine deutsche Studentenstadt durch eine Schweizer Studentenstadt und dann durch eine Stadt, von der man manchmal glaubt, daß sie alles zugleich ist. Und man kann trotzdem auf einer Holzbank sitzen und an nichts denken …»

Lee fragt sich, könnte sie in ihre Arbeit auch etwas über die türkische Sprachreform einbauen, von der Naumann so fasziniert war? Sie recherchiert am Bibliothekscomputer, lässt sich Artikel zu den obskureren Auswüchsen der Sonnensprachtheorie und zu Kvergić kommen. Naumann hat versprochen, ihr in den nächsten Tagen dazu mehr zu erzählen. Seltsamerweise ist wenig zu finden, schon gar nicht auf Englisch. Lee scannt mit ihrem Rumpftürkisch die Texte. Sie versteht zu vieles einfach nicht. Sie macht mit der Handykamera Fotos von Seiten, eigentlich müsste sie alles scannen, und schickt es an Ayaz. Dann schämt sie sich, schickt ihm eine kurze Nachricht, dass er natürlich anderes zu tun habe und sie ihn nicht um seine Hilfe bitten kann, das sei unfair.

Unfair?, schreibt er zurück, mit einem Herz-Emoji.

Dann bereitet sie sich auf einen weiteren Abend in Istanbul vor, packt ihre Sachen, lässt sich die Bücher und Artikel noch für die nächsten Tage reservieren, geht hinaus, geht den Hügel hinauf, wandert am Rand des Gezi-Parks Richtung Maçka-Park, nimmt die Seilbahn und fragt sich, wie ihre Großmutter es damals wohl alles wahrgenommen hat, die Stadt, die neuen Wege – ein Echo durch Generationen.

Istanbul, 1936

Her şey yerli yerinde; masa, sürahi, bardak,
Serpilen aydınlıkta dalların arasından
Büyülenmiş bir ceylan gibi bakıyor zaman
Sessizlik dökülüyor bir yerde yaprak yaprak.

Naumann hatte mit Ali Bey zusammen ein Gedicht von Tanpınar in einer Literaturzeitschrift gelesen. Ali Bey ließ es von Naumann während einer ihrer Unterrichtsstunden übersetzen. Jedes Ding hat seinen Platz, hieß es. Oder sollte er ‹Alles› sagen? Waren die Dinge nicht auch nur Worte – Worte mit einem größeren Gehalt an Präsenz, mit dichterer Materialität? Nein, er würde bei Dingen bleiben – *hepsi* war alles, und alles war irgendwie nichts. Was er hier in Istanbul gerade lernte, nach den alles auflösenden Ausschweifungen seiner Berliner Zeit, war, das Konkrete zu sehen, die kleinen Dinge zu lieben, die Details eines Stoffs, die Farbe des Tees, die Gespräche, die er von den Nebentischen aufschnappte und die ihn dann manchmal so gefangen nahmen, dass er selbst irgendwann im Geiste schon mitredete. Unergründlich war nur das Licht morgens, wenn er früh aufstand und auf den Hügeln Beyoğlus einen Platz fand, um auf die Sonne über dem Bosporus zu blicken, oder sogar ein Boot nahm, um mitten auf dem schimmernden Gold im Dunst des Sommernebels auf die asiatische Küste zu blicken, die *Yalıs* in Beylerbeyi oder Üsküdar, und dann wieder zuruckzurudern. Er war kräftig, das Rudern fiel ihm nicht schwer. Und der Sommer war so, wie Tanpınar ihn beschrieb: Er war eine schwermütige Jahreszeit. Dass einer das begriff!

Naumann erinnerte sich gut an die *Meyhane*, in der sie immer gesessen hatten, die Dichter und Romanciers um Yahya Kemal und Tanpınar, die Reformer, die Sprachfreunde, die Neugierigen, zu denen er jetzt gehörte. Es war eine verrauchte Kaschemme in einer der kleinen Passagen am *Pera-Hotel*, bevor es vornehm wurde. Sie saßen dort und rauchten und tranken Rakı, aßen Mezze, Naumann schmeckte sogar das frische Schafshirn mit Zitrone, das ihm Tanpınar untergejubelt hatte und das er, ohne eine Miene zu verziehen, sondern sogar mit einem genüsslichen Lächeln verzehrte, was ihm den Respekt der Gruppe eintrug, worauf sie Naumann aus einer neuen Karaffe kräftig Rakı nachschenkten. Auflösung, Wertewandel, die Hutregeln, die verordneten Nachnamen, davon war am Tisch die Rede gewesen, die Zertrümmerung der Religion, der Derwischorden, aber auch der Aufbruch mit dem Bau von Eisenbahn und Straßen und den Bildungseinrichtungen auf dem Land. Ähnliche Debatten hätte man ein paar Jahre zuvor genauso gut in Berlin haben können, dachte Naumann. Nicht über den Islam natürlich, aber über Werte – und was die Nation und die Gesellschaft denn sei und wohin alles führe. Und dann sagte Tanpınar, der sich bislang aus dem lauten Gespräch herausgehalten hatte, literweise schwarzen Kaffee getrunken und geraucht hatte wie ein Schlot: «Sogar die Schrift und die Buchstaben liegen auf dem Boden zerstreut.» Da war es ruhig. Und alle nickten leise. «Aber die neue Schrift ist es ja nicht. Geht aufs Land, schaut euch um. Ihr wisst, was ich meine. Da muss sich keiner umstellen, da kannte auch vorher niemand das Alphabet, konnte weder Arabisch noch Lateinisch noch Persisch, Georgisch, Armenisch, Hebräisch oder Kurdisch lesen – und da kann außer dem Dorfvorsteher vielleicht und dem Muezzin noch immer niemand lesen und schreiben.»

«Dann geh du doch aufs Land und bring's ihnen bei!» Im Getümmel bemerkte fast niemand, dass der Mann jetzt seine Zigarette ausdrückte, den Kaffee herunterkippte, aufstand und sich verabschiedete mit einem «Ich geh' schreiben». Und das war Tanpınar, wie ihm dann einer der anderen Gäste ihrer Debattierrunde sagte, Ahmet Kutsi Tecer, mit dem dieser zusammen eine Literaturzeitschrift gegründet hatte; manchmal saßen Ahmet Haşim in der Rolle des Redners oder Güntekin oder sogar der Nestor und Mentor aller, Yahya Kemal, dabei, der von seinen Tagen in Paris erzählte, von der Notwendigkeit der türkischen Literatur, modern zu sein, absolut modern – und damit wahrhaft türkisch zu werden. Yahya Kemal kannte Naumann sogar schon von Angesicht, da er im gleichen Hotel, dem *Pera*, wohnte, in dem auch Naumann die ersten Tage abgestiegen war. Kemal trug meist feine weiße Leinenanzüge, die sich über seinem gewaltigen Bauch spannten. Seine ganze Gestalt strömte förmlich eine intelligente Energie aus, Naumann fühlte sich von ihm eingeschüchtert und sprach ihn nie direkt an. Trotzdem schloss sich Naumann dem Kreis um Kemal immer häufiger an, auch wenn ihm dessen Ausführungen zu Valéry den er persönlich aus Paris kannte, bald zu viel wurden. «Poesie, liebe Freunde, so hat Valéry es gesagt, ist ein zweideutiges Wort. Es meint einmal: Gemütsbewegung, die zum Schaffen strebt; und ein anderes Mal: Leistung, die danach strebt, unser Gemüt zu bewegen. Im ersten Falle handelt es sich um eine Erregung, deren seltsame Wirkung darin besteht, dass sie sich in uns und durch uns eine Welt bildet, die ihr entspricht. In der zweiten Bedeutung versteht man unter diesem Wort ein bestimmtes Gewerbe, über das man vernünftig reden kann. Auch wenn ich manchmal daran zweifle, dass alle es mit diesem ‹Gewerbe› hier ernst meinen. Ja, Ahmet, ich meine dich! Trink nicht so viel. Aber kommen wir zu Valéry zurück: Das höchste Ziel dieser Kunst, der Poesie, ist dann erreicht, wenn der Leser keinen anderen vollkommenen und notwendigen Ausdruck für die Wirkung, die ein Werk auf ihn ausübt, finden kann als dieses Werk selbst.» Worauf er dann nicht bloß mit Ahmet Haşim sondern mit Ahmet Kutsi Tecer, und überhaut allen Zuhörern anstieß – das Gewerbe war dann erst mal egal.

Sie waren alle so unterschiedlich, dass er zwischen diesen Vertretern aller Spielarten, Dichtern, Kritikern, Beamten, Religiösen und nicht Religiösen, Marxisten und Kemalisten, Traditionalisten, Rechten und Linken, kaum auffiel. Sie fragten ihn nicht darüber aus, was er hier machte, für die Zeitung, aha, sie erfreuten sich an seinem «niedlichen Türkisch», wie Tanpınar einmal sagte, es war, als würden sie ihn wie ein Maskottchen herumzeigen, den Deutschen, der ihre Sprache von Grund auf neu lernte – so wie sie selbst, so wie das Volk.

Istanbul, Januar 2016

In den Fenstern ausgeschnittener Herbst, nein, Sonne, die gelb und rot und vielfach gespiegelt durch die Gardinen der Eckfenster fiel. Lee wachte langsam auf, die Geräusche, Hämmern, in den Fenstern gegenüber auslüftende Bettwäsche, ein Flimmern, kleine Daunenfedern im Wirbellicht. Sie steht auf, es wird jeden Tag früher, sie kommt also an. Trotzdem will sie jetzt endlich bald ausziehen. Das Zimmer, die Küchenecke, die große, durchhängende Matratze. Das ist kein Zustand, das ist ein Übergang. Sie zieht sich an, lässt den Laptop, sie hat vergessen, ihn zu laden, und die Tagebücher Helenes auf dem kleinen Küchentisch liegen, speichert die letzten Versionen in der Cloud und auf einem Stick, schließt das Zimmer ab und geht nach unten.

Und da stand er plötzlich. Ayaz. Vor ihrem «Hotel», am Eingang zu den *Faik Pasha Suites.* Mitten im Lärm. Am Vormittag, genau zu der Zeit, zu der sie hinausging.

Lee spürte ihr Herz schneller schlagen. Er grinste, sie konnte sein jungenhaftes Gesicht mit dem markanten Kinn durch die Scheibe mit den drei Sternen sehen. Ayaz hob die Hand, machte unbeholfen einen Schritt auf sie zu, zögerte dann, legte den Kopf zur Seite, als würde er auf sie warten. Ihre Entscheidung, einen ersten Satz zu ihm zu sagen, welchen, wie, sie zitterte. Sie öffnete die Hoteltür und trat zu ihm hinaus auf die Straße.

«Wa… wi… *Günaydın.*»

«Hallo.»

Sie mussten sich diese Worte fast zuschreien, so laut, wie es schon wieder war. Vor dem Eckladen mit den Badarmaturen zogen drei Männer im Blaumann lange Metallleisten aus einer Verpackung, legten sie auf einen mobilen Sägetisch und schnitten die Leisten zurecht.

«Komm.» Sie zupfte ihn am Arm, ging rechts um das kleine Hotel herum, warf kurz einen Blick in die Straße, die zum Goldenen Horn führte, entschied sich dann, die drei Stufen zum Frühstücksraum hinunterzusteigen, wo es nach trockenen Haferflocken, frischem Fladenbrot, Nescafé und dünnem Tee roch. Sie war nur am ersten Tag kurz hineingegangen, der alte Kellner, wahrscheinlich der Großvater der Besitzerin, mit einem imposant gezwirbelten Nietzsche-Schnurrbart, sah sie freundlich an und fragte, ob er ihr etwas bringen könne. Er brachte gerade ein Spiegelei und frisch aufgeschnittene Paprika an den wackeligen kleinen Tisch mit zwei amerikanischen Touristinnen, die äußerst unglücklich an ihren Gläsern mit Tütenorangensaft nippten.

Lee setzte sich mit Ayaz drei Tische von ihnen entfernt an das Fenster zur Gasse. Möwen hackten auf eine Mülltüte ein, sie konnte ein Fischskelett sehen, das die beiden, wahrscheinlich krächzend, aus dem Loch im schwarzen Plastik zu ziehen versuchten. Sie wartete, bis der Alte den Tee in den vom vielen Spülen kratzig und stumpf gewordenen Tulpengläsern abgestellt hatte. Als Ayaz vorsichtig am Tee nippte, spürte Lee den Impuls, ihn zurückzuhalten. Er verbrannte sich die Lippen und verzog sofort das Gesicht.

«Zu bitter?»

Ayaz nickte, wickelte lustlos ein Stück Zucker, das auf der Untertasse im Zweierpack gelegen hatte, aus der Hülle und rührte es ein.

«Auch nicht besser.»

«Wir könnten ...», setzte Ayaz an, aber sie unterbrach ihn. Sie wusste, er würde sagen, sie könnten ins *DEM* gehen, wohin er in seinen Gesprächen mit ihr in Berlin schon tausendmal gegangen war, wo sie ja auch tatsächlich jeden der letzten Morgen verbracht hatte. War sie so durchschaubar? Hatte er sie so gefunden, einfach die Hotels durchtelefoniert in der näheren Umgebung? Oder im *DEM* selbst angerufen? Sitzt da bei euch ab und zu eine junge Amerikanerin, nein, keine blonde eine kurzhaarige, die ganz gut Türkisch spricht? Lee fühlte, wie sich Zorn in ihr breitmachte, der sich dann sofort mit einem anderen Gefühl vermischte. Ayaz ließ den Tee beiseite und ergriff plötzlich mit seinen kräftigen Händen ihre Hand.

«Lee. Ich muss mich entschuldigen, ich musste einfach herkommen und es dir sagen. Ich ... du bist mir ... wichtig.»

Seine hellen, bernsteinfarbenen Augen leuchteten in einer Mischung aus Enthusiasmus und Zerknirschung.

Lee fühlte eine Prise Schuld in sich aufkommen. Hatte er sich nicht entschuldigt? Und war er nicht jetzt extra noch einmal hergekommen, um ihr das persönlich zu sagen? Sie fühlte Wärme in sich aufsteigen.

Ja, er war ausgeflippt, als sie gegangen war, aber das wäre ihr andersherum wohl genauso gegangen. Schließlich hatte sie ihm nicht erzählt, dass sie sofort fahren würde, dass sie ihn, der ihr sofort beigesprungen war, als sie den Wunsch äußerte, für ihre Arbeit nach Istanbul zu 'gehen, Unterstützung zugesagt hatte, Hilfe, Gesellschaft, verlassen würde. Deshalb hatte sie es ihm wohl auch nicht gesagt, als sie dann das Ticket für sich kaufte, hatte ihn nicht teilhaben lassen an ihren Gedanken und Entscheidungen. Hatte sie Angst gehabt vor der Nähe oder sich beweisen müssen, dass sie auch das, auch Istanbul, schon allein hinbekäme?

Auf einmal überkam sie eine solche Rührung, dass sie ihn in den Arm nahm. Sie spürte, wie er zitterte. Als er sie küssen wollte, wehrte sie ihn aber ab. Seine Lippen landeten nur auf ihrer Wange.

Sie gingen über die Brücke am Goldenen Horn, ließen die Passagiere der Metro, die die Treppen vereinzelt oder in kleinen Grüppchen heruntertrabten, an sich vorbeiziehen, standen am Geländer und fröstelten über dem nebligen Wasser, durch das die Sonne noch immer versuchte, sich ihre Bahn zu brechen. «Milchlicht», sagte er und machte Anstalten, ihr den Arm um die Schultern zu legen. Sie streifte ihn ab. Auf Brücken, hatte er immer gesagt, soll man sich küssen, genau wie auf der *İstiklal.*

«Komm.» Sie zog ihn am Arm, und sie fuhren mit der hier seltsam fremd anmutenden Rolltreppe ans Ufer, überquerten die Straße, gingen an Schuhläden und Besenbindern den Hang hoch zur Süleymaniye. Ayaz kam ins Schnaufen. «Warte.» Er stützte sich kurz auf sie. «Das ist steil.» An einer der Kurven hoch zu den wenigen noch verbliebenen Holzhäusern, viele davon in einem seltsam matten, fast tonlosen Rot, kam ihnen ein Junge in schmutzigem T-Shirt und zerrissenen Jeans-Hosen entgegen, einen riesigen Karren mit einem Sack voller Müll hinter sich, in dessen Gestänge er hing wie ein hilfloses Pferd. Er schrie ihnen etwas entgegen, rutschte auf seinen Turnschuhen, das ganze Gewicht des Karrens ausbalancierend, an ihnen vorbei, und Lee fragte sich, wie er bei der Geschwindigkeit unten je bremsen wollte. Ayaz ließ sie beide an einem Café auf der Hälfte des Wegs haltmachen. Er brauchte einen *kahve.* Sie tranken ihn schweigend und ganz allein auf der Terrasse zum Wasser hin, sahen den Weg hinunter, das Gewimmel der Dächer, die kleinen, verwinkelten Gärten, das fahle Glühen der Januarsonne auf den Häusern von Galata mit dem prägnanten Turm, auf den sich Lee gestern getraut, sich aber dann ängstlich an die Wand gedrückt hatte, als sie auf den Umlauf trat, weil die Mauer so niedrig war. Sie gingen schweigend weiter, besuchten die Moschee – Lee mochte das Licht in ihr, band sich den Schal über den Kopf, die Menschen, die auf dem Teppich saßen und nach oben sahen, ihre Gebetsketten drehend, die Touristen, die Gläubigen vorn, hinter einem Holzzäunchen. Ein Mann drückte ihr eine Broschüre, eher schon ein kleines Büchlein, mit dem Titel «*Understanding Islam*» in die Hand. Als sie rausgingen, nahm Ayaz es ihr aus der Hand und sagte, «Lies das nicht», gab es ihr aber doch zurück, als sie ihn darum bat. Er machte Fotos von ihr auf der Gartenmauer um die Moschee, vor dem Stadtpanorama, sie fühlte sich wohl. Sie aßen Bohneneintopf in einem der einfachen Restaurants vor der Moschee, alle boten sie Bohneneintopf an, alle, eine Reihe von Garküchen mit nichts als Bohneneintopf, dann gingen sie durch den Basaar. Es war schön, mit Ayaz zu bummeln. Stoffe zu befühlen, Antiquitäten zu betrachten, die Händler sprachen Türkisch mit ihnen, und als sie auch auf Türkisch antwortete, bekam sie immer sofort ein Lächeln geschenkt – und von Ayaz einen blauen, schön gemusterten Seidenschal. «Wenn es wärmer wird …» In einem Restaurant im Basaar, das sehr vornehm mit roten Teppichen und sehr gedämpft eine ganz abgehobene, entrückte Stimmung vermittelte, tranken sie *şerbet*, aßen eingelegte Quitten mit Rahm. Es schmeckte Lee. Die Quitten leuchteten unter dem weißen, festen Rahm wie Sonnenstücke, und der kühle Rahm und die weiche Frucht zergingen im Mund mit einer Mischung aus Süße und Saurem, dass es ihr wie ein Kribbeln durch den Körper fuhr. Sie sah Ayaz an, der so glücklich wirkte, wie sie ihn nur selten erlebt hatte. Wie oft hatte er in Berlin von Istanbul erzählt, von der Stadt der Städte, der Perle der Welt, dem Sehnsuchtsort jedes Türken. Und sie hatte gesagt: «Aber du bist doch Deutscher.»

«Ja, vom Pass her, vom Pass!»

Und er hatte erzählt, dass es immer sein Traum gewesen war, in die Türkei zu gehen – nicht zum Urlaub, nein, für immer.

«Für die Türken bist du dann Deutschtürke, und sie machen es einem sicher nicht leicht, aber irgendwann kommst du an. Für die Deutschen … bleibst du immer Türke, es ist auch egal, wenn du hier aufgewachsen bist. Und genau das ist ja auch der Grund, warum Erdoğan hier in Deutschland unter den deutschen Türken so gut ankommt. Weil er uns Selbstbewusstsein gibt, uns eine Heimat gibt, einen Ort, von dem wir kommen und zu dem wir gehören, auch wenn wir woanders leben.»

Sie hatte es damals nicht verstanden, wie man diesen Menschen bewundern konnte, und sie hätte Ayaz niemals als besonders türkisch-national oder konservativ eingeschätzt.

«Das bin ich auch nicht! Ich sage nur, dass ich viele der in Deutschland lebenden Türken verstehe, wenn sie zu den Veranstaltungen gehen, die Erdoğan manchmal in Deutschland abhält – da können sie auf etwas stolz sein, da müssen sie sich nicht als Ausländer fühlen, als Menschen zweiter Klasse.»

Ayaz fühlt sich wohl. Das sieht man ihm an. Eine ungeheure Energie scheint hier in Istanbul von ihm auszugehen, eine Lust am Leben, Lee ertappt sich, wie sie immer wieder in seine Augen sieht, dieses Leuchten, wie das in den Augen eines Kindes, voller Neugier und Freude, sie sieht ihm auch auf den Mund. Die vollen Lippen, das Lachen. Er ist entspannt, er genießt, er spricht nicht so viel von sich wie in Berlin, er fragt sie, was sie gemacht hat und wo sie schon gewesen ist, macht aber keine Vorschläge, hört zu, was sie will. Und, es fällt ihr schwer, sich das einzugestehen, sie genießt ihn, den Istanbul-Ayaz, seine Nähe, seine Präsenz. Er zahlt, holt ihren Mantel und legt ihn ihr um, vorsichtiger diesmal, in dem Bewusstsein, dass sie nicht mehr zusammen sind, kein eindeutiges Paar. Sie kann ihn trotzdem spüren, vielleicht deshalb sogar noch mehr, seine Fürsorge, seine Kraft. Sie gehen über den Platz mit der Hadriansäule an dem kleinen Hamam vorbei, das Ayaz zufolge Mimar Sinan gebaut hat, bis zur Straßenbahnhaltestelle.

«Wo wohnst du?», fragt Lee.

«Bei einem Cousin, in Fener. Hast du eine *IstanbulKart*?» Er zieht seine aus der Hosentasche, in einem gelben Plastikcouvert. Sie nickt und zückt ihre.

Er lacht und breitet seine Hände aus, als wollte er ihr etwas reichen. «Natürlich, du bist ja schon richtig hier.»

Sie mag das. Die Komplimente, das Vertrauen, die neue Behutsamkeit. Als wolle er sie noch mal, wirklich, neu kennenlernen.

Danach stehen sie noch eine Weile verlegen nebeneinander, lassen ein, zwei Straßenbahnen vorbeiziehen. Dann fasst sie sich ein Herz und sagt auf seine Frage, ob er sie denn morgen wiedersehen könne: «Vielleicht. Ruf mich am Abend an. Ich bin den Tag über in der Bibliothek.»

«Sie lieben ihn?», fragt Naumann unverblümt am späten Nachmittag, nachdem sie von ihrer Überraschung und dem Tag mit Ayaz erzählt hat. Sie nickt, schüttelt den Kopf. «Ich weiß es nicht.»

«Finden Sie es heraus, Lee! Aber denken Sie daran, auch für Gefühle muss man erst einmal sich selbst verstehen, bleiben Sie bei sich, es ist Ihr Leben – und es gehört niemals und nie irgendwem anders.»

Als am nächsten Tag vor der Hagia Sophia eine Bombe hochgeht, ist Lee noch keine zwei Wochen in der Stadt. An diesem Morgen, wieder früh geweckt von dem allgegenwärtigen Lärm des Fräsens, Sägens und Hämmerns und einer süßen Nachricht von Ayaz, nach der sie masturbiert, beschließt sie, den Tag wieder mit einem Spaziergang zu beginnen, aber diesmal allein. Sie hängt sich ihre Fototasche um, zieht Laufschuhe an. Sie läuft über dieselbe Fußgängerbrücke mit der Station Haliç über das Goldene Horn und taucht in die gleichen Gassen unterhalb des Hügels ein, auf dem sich immer noch die Süleymaniye Moschee erhebt. Wenn man durch alte Städte zieht, gewinnt man den Eindruck, man bewege sich durch ein lebendes Gedächtnis – und man selbst trägt dazu bei, schaut an, nimmt mit, wird Teil. Sie fühlt sich befreit, es ist gut, den Weg noch mal zu gehen, für sich selbst, ohne Ayaz. Sie entdeckt einen zweiten Serpentinenweg, auf dem ihr immer wieder junge Müllsammler entgegenkommen, die genauso riesige Säcke auf Rikschaartigen Vehikeln karren, wie es der Junge gestern tat, auch sie sind mit ihrem undefinierbaren, schweren Ballast kaum in der Lage zu bremsen, schlittern an ihr vorbei und die kurvige Straße hinab, ein seliges Lächeln auf dem Gesicht. Vielleicht spielen sie im Geiste, sind Kampfpiloten, Rennfahrer, Astronauten. Dann hat sie den Müllhauch hinter sich. Kein Auto ist zu sehen. Sie keucht, so steil ist es, macht dann kurz Rast in einem Café mit Blick auf die Galatabrücke, steigt anschließend weiter den Hügel hinauf. Holzhäuser, einige wunderschön restauriert, andere in unterschiedlichen Stadien des Verfalls. Als sie endlich am Kamm unterhalb der Mauern des Moscheekomplexes ankommt, ist sie erschöpft. Rechts: fast ein Ruinenfeld. Die sind ihr gestern schon aufgefallen. Häuserskelette, vor denen bunte Wäsche gespannt ist, Menschen in Schlafsäcken, Syrer? Sie knipst. Oben besucht sie die Moschee nicht, sie hat keinen Schal und kein Kopftuch dabei, versucht sich aber die Dinge, die sie in den Reiseführern gelesen hat, zu vergegenwärtigen, schlendert durch den Garten der Moschee auf die andere Seite und setzt sich wieder an einen der Tische vor eine der Garküchen, die Bohnengerichte servieren. Es ist nicht dasselbe Restaurant wie gestern. Sie vermutet, sie tut dies alles, um Ayaz auszutreiben. Sie lacht über sich selbst. Muss sie das denn?

Gestärkt lässt sie sich durch das Gewimmel des überdachten Bazaars treiben, ist guter Stimmung. Sie lässt sich ansprechen, lächelt, führt ein paar spielerische Gespräche mit jungen und älteren Ladenbesitzern, die ihr Pashmina-Schals, Seidenblusen, Teppiche, Goldschmuck verkaufen wollen. Sie kehrt auf einen Mokka in einer der kleinen Kaffeestuben ein, ruht sich aus. Ein touristischer Tag soll es werden. Es ist anders ohne Ayaz, auch schön, anders schön. Sie fühlt sich ausgestellter, aber auch frei. Ihr Handy klingelt. Es ist Ayaz.

Er will sie sehen, sagt er. Sie sagt, wo sie ist. Er ist in der Nähe. Sie zögert kurz. *«Canım, sana güzel bir şey göstermek istiyorum.»* Wie sie das *Canım* vermisst hat. Sie sagt Ja.

Also verlässt sie die Hadriansäule und den alten Hamam, den Mimar Sinan gebaut hat, wie sie seit gestern weiß, und geht den Hügel hinunter Richtung Sultanahmet beschließt, sich die Hagia Sophia und die blaue Moschee für ein anderes Mal aufzuheben und sich auch von Ayaz nicht überreden zu lassen, falls das seine Überraschung hätte sein sollen. Sie trifft ihn an der Metrostation, er begrüßt sie respektvoll, küsst sie nicht, auch nicht auf die Wange. Sie merkt, dass sie irritiert ist. Er nimmt sie auch nicht an die Hand, sondern führt sie an einen versteckten Kiosk und löst ein Ticket für die römische Zisterne.

«Komm», sagt er, «das wird dir gefallen.»

Es ist feucht und still in der unterirdischen Halle. Die Decke ruht auf Säulen, das Wasser ist ruhig, spiegelt die Lichter und Säulen wider, jedes Flüstern hallt, man hört Tropfen, Trippeln, Schuhe auf den Holzplanken, die im Zickzack über den Zisternenspiegel führen. Lee stellt sich eine Dante-Inszenierung vor – der Nachen eines gleichmäßig stakenden Totenschiffers bringt Vergil und Dante über die dunklen Wasser, aus denen sich an einigen Stellen Hände, Köpfe, Schultern, ein taumelndes Ballett der Toten erheben könnte. Ein Fotograf lädt sie beide in sein Pappmaschee-Serail ein, er hat auch Kostüme, Sultan und Prinzessin. Aber sie lehnt ab, ist allerdings froh über die Unterbrechung. Ayaz schweigend hinter ihr. Auf der eisernen Gittertreppe kommt sie mit ihren Laufschuhen ins Rutschen, Ayaz fängt sie auf. Auch unten auf dem Stein ist es glatt. Unsicher nähert sie sich den Säulen. Tröpfeln, leises Plätschern. Was davon ist echt, was kommt vom Band? Mit ihrer dunklen Einfärbung an der Basis zeigen die Säulen an, dass das Wasser hier jahrhundertelang höher gestanden haben musste. Lee fröstelt. Ayaz gibt ihr noch seinen Schal. Er hat recht, sie mag diesen unerwartet geheimnisvollen Ort. Sie gehen vorsichtig bis ans Ende der Zisterne.

Plötzlich erschüttert ein Grollen die alten Säulen, der Wasserspiegel vor dem auf den Kopf gestellten Medusenhaupt zittert leise, Wellen kräuseln sich. Der Alarm schrillt los, die Menschen in der künstlichen Höhle des unterirdischen Reservoirs werden aufgefordert, diese zu verlassen, schnell sind drei, vier Polizisten mit Maschinenpistolen auf den Wegen und der Treppe, es geht alles sehr geordnet zu, sehr ruhig. Ayaz versucht, einen Polizisten anzusprechen, bekommt aber keine Antwort. Sie nimmt ihn bei der Hand. Oben ist es anders. Explosionen verdichten die Zeit. Als sie beide ans Licht kommen, herrscht um sie herum Geschrei. Eine Frau liegt auf dem Boden und hält sich den linken Arm, der nur noch eine unförmige Masse ist. Rauch. Neben ihr eine weiße Handtasche, offen, Splitter des Handy-Displays und eines Taschenspiegels. Es riecht nach Rauch und nach Blut. Und nach Angst. Lee kippt um, schlägt aber nicht auf dem Boden auf, Ayaz fängt sie auf. Sie schluchzt, unkontrolliert, entsetzt, während er sich niederkniet, sie in seinen Armen hält, beruhigend auf sie einspricht. Lee ist nie in einem Kriegsgebiet gewesen, Gott sei Dank denkt sie jetzt. Explosionen, kondensierte Zeit. Vor ihr auf dem Gehweg zuckt eine abgerissene Hand. Sie folgt der Blutspur, aber sie findet den Besitzer nicht. Wie in Trance steht sie auf, Ayaz steht hinter ihr, passt auf sie auf. Lee holt ihre Kamera aus dem Rucksack und beginnt zu fotografieren. Als die Polizisten sie wie alle anderen am Park vorbei Richtung Eminönü abdrängen wollen, zückt sie automatisch ihren Presseausweis. Das Dilemma der Journalistin, dass man es als Glück betrachten muss, bei einer Katastrophe dabei zu sein und die Chance zu haben, mit einem guten Foto Menschen aufzurütteln.

«Von den Bildern und dem Schrecklichen, was du da berichtest, platzt mir der Kopf», sagt Phyllis ihr später aus der Redaktion. «Gut, dass du da warst, vor allem gut, dass dir nichts passiert ist .»

Aber so ist es nicht, auch wenn sie äußerlich unverletzt ist. Sie zittert immer noch und hat sich, nachdem sie von den Sicherheitskräften schließlich doch abgedrängt worden ist und nur mit Mühe und durch Ayaz' Überredungsgabe hat verhindern können, dass einer der Uniformierten ihre Kamera konfisziert, gemeinsam mit Ayaz in Sirkeci in ein Taxi gesetzt, und sie haben sich über die Brücke nach Hause fahren lassen. Sie beginnt immer schnell damit, einen Ort, an dem sie sich länger aufhält, innerlich als Zuhause zu bezeichnen. In diesem Fall das *Faik Pasha Apartment*, obwohl sie es nicht wirklich mag. Im kleinen Bad wäscht sie sich das Blut ab, anschließend muss sie sich übergeben. Ayaz hält ihr den Kopf, streicht ihr die Haare aus dem Gesicht. Sie ist dankbar. Dankbar, dass er da ist. Er zieht ihr die verdreckten Kleider aus, Staub und Blut, zieht sich auch aus, und sie waschen sich gegenseitig unter der Dusche. Sie lieben sich und sie kuschelt sich an ihn.

«Halt mich», sagt sie, ehe beide einschlafen. «Halt mich ganz fest in deinen Armen.»

Mit Phyllis verabredet sie sich, nachdem sie den Artikel und die

Fotos geschickt hat, die sofort online gestellt werden, zum Skypen. «Das ist es, was mir immer wieder zu schaffen macht. Dass erst Angst uns politisch werden lässt. Nicht das Gute, nicht Mitleid, Freude, Liebe. Nur Angst. Hier Trump, dort Putin, Assad, Erdoğan. Und sie alle zehren vom Terror. Der Terror, vor dem nur sie vermeintlich zu schützen in der Lage sind. Diktatoren schrecken vor nichts und niemandem zurück, wenn es um Machterhaltung geht. Es ist gut, was du geschrieben hast, Lee, dass du den Opfern Bilder gibst, zeigst, wie es war, in dem Moment, ohne gleich irgendwen zu verurteilen oder anzuklagen. Du musst aber jetzt dranbleiben, auch wenn es schwerfällt. Zapp dich durchs Fernsehen, durchs Internet, geh zur Pressekonferenz der Polizei. Wir brauchen Analysen, Geschichten, Kontext. Aber aus erster Hand. Und möglichst schnell.»

Für die Papierausgabe am nächsten Tag erweiterte sie ihren Online-Artikel, kürzte den persönlichen Erfahrungsbericht ein, rief die Informationen, die *Reuters*, *dpa* und die Botschaften herausgaben, ab, so gut es aus ihrem «Hotel»-Zimmer ging. Ayaz hatte ihr auf der Pressekonferenz geholfen, zu der er sie tatsächlich begleiten konnte: «Sag einfach auf English, ich sei dein Übersetzer und du seist bei der *Times*.» Sie rief im Krankenhaus an und sagte das Treffen mit Naumann ab – es gehe ihr nicht gut, aber er solle sich keine Sorgen machen, sie würde ihn so schnell wie möglich wieder besuchen.

Vom Geschehen, bei dem zehn deutsche Touristen einer Reisegruppe getötet worden waren, und zwar, wie es schien, gezielt, war sie zum Zeitpunkt des Angriffs vielleicht hundertfünfzig Meter entfernt gewesen, allerdings noch unter der Erde, in der alten römischen Zisterne. In ihrem Online-Artikel für die *Times*, der am nächsten Morgen auch in der Papierausgabe gedruckt wird, versucht sie vor allem, sachlich zu bleiben, aber den Leserinnen und Lesern, wie Phyllis ihr eingeschärft hatte, auch den Kontext kurz zu erklären.

Das im europäischen Teil von Istanbul gelegene Viertel Sultanahmet ist bei Touristen beliebt. Dort befinden sich Sehenswürdigkeiten wie die Hagia Sophia, die Blaue Moschee und viele Bars und Restaurants.

Im Januar 2015 waren in dem Viertel zwei Polizisten bei einem Anschlag verletzt worden. Damals sprengte sich eine Frau in die Luft und riss dabei einen Polizisten mit in den Tod; ein weiterer wurde verletzt. Die Attentäterin hatte nach offiziellen Angaben Verbindungen zum IS.

Im vergangenen Jahr hat es in der Türkei zwei schwere Bombenattentate gegeben. Zu beiden hat sich der IS bekannt. Im Juli wurden bei einem Anschlag in Suruç an der Grenze zu Syrien mehr als dreißig Menschen getötet. Im Oktober sprengten sich zwei Selbstmordattentäter während einer Friedensdemonstration nahe dem Hauptbahnhof in Ankara in die Luft. Mehr als hundert Menschen kamen ums Leben. Den Doppelanschlag schreiben die türkischen Behörden einer örtlichen IS-Zelle zu.

Zuletzt wurde am 23. Dezember auf dem Istanbuler Flughafen Sabiha Gökçen bei einem Attentat ein Mensch getötet. Zu der Tat bekannte sich die kurdische Gruppe TAK. *Derzeit läuft im Südosten des Landes eine Offensive der türkischen Streitkräfte gegen die verbotene kurdische Arbeiterpartei* PKK, *die damit gedroht hat, den Konflikt auch in den Westen der Türkei zu tragen. Die* PKK *greift aber in der Regel nur staatliche Einrichtungen an und ist bemüht, ihr Verhältnis zu westlichen Ländern zu verbessern.*

Als sie Naumann am nächsten Tag alles erzählt, bittet er sie, ihm eine *Times* mit ihrem Artikel unten beim Pförtner zu hinterlegen.

«Ich … ich weiß nicht, wie ich damit umgehen soll. Alles Persönliche musste aus dem Artikel der Printausgabe raus, es klingt aber falsch … zu …»

«Nüchtern, ambivalent?»

«Ja, vielleicht. Bei all der notwendigen Berechtigung zur Information, auf die meine Redakteurin Wert legt – und der Horror ist dann doch durch die Bilder auf eine Art pornografisch, die eher den Tätern nützt als den Opfern, oder nicht?»

Naumann nickt. «Aus diesem Widerspruch kommt man wahrscheinlich nicht raus …»

Lee fängt plötzlich an zu weinen. Naumann richtet sich auf, winkt sie ans Bett heran, an dessen Rand sie sich setzt, dann nimmt er sie in den Arm.

«Ist ja gut, Lee, ich verstehe Sie. Ich verstehe.»

Plötzlich bricht alles aus ihr heraus. Die Angst, die Schreie, die Verwundeten, denen sie nicht hat helfen können, die Scham, die sie empfand, als sie Fotos machte, und den Selbstekel, den sie herunterschluckte, als sie am Nachmittag die Texte zu den Bildern verfasste.

«Ich verstehe Sie, Lee. Als ich hier ankam, gab es das in Istanbul noch nicht: Terroranschläge. Die passierten aber bald, fünf Jahre später. *Pera-Hotel*, 11. März 41, da haben sie versucht, den britischen Botschafter aus Bulgarien mit einer Bombe hochzujagen. Die ist in der Hotel-Lobby losgegangen, hat Randall aber verfehlt, sechs Leute waren tot. Ich war damals oft im *Pera* wegen des Nachmittagstees, die feine Gesellschaft, und Atatürk stieg immer in der Royal Suite ab, Raum 101, wenn er in Istanbul war. Um die Ecke gab's angeblich die beste Bar Istanbuls, die hatte aber Ende 35 schon zugemacht, ein paar Wochen bevor ich ankam; und dann gingen wir vom Redaktionsbüro aus in die kleine Sokak hinter der Blumenpassage, die wollten mir was zeigen, hielten mich für einen Kameraden, einen reinrassigen Deutschen, dem sie das gute alte Beyoğlu zeigen wollten, mit geheimen Spelunken in kleinen Nebenstraßen, Frauen und Trinkgelagen, sie wussten ja, ich komme aus Berlin. In der Ruine der alten russischen Kneipe waren nachts auch tatsächlich Betrunkene unterwegs, stemmten den Boden auf, suchten nach Münzen, die in den wilden Nächten bei Hochzeiten durch die Bodenritzen der Bohlen gefallen waren.»

Er redete einfach weiter, hielt sie dabei im Arm.

«Es wird besser, Lee, es muss sehr schlimm für Sie gewesen sein. Es tut mir leid, dass ich Ihnen so unwichtige Dinge erzähle, es fiel mir nur gerade ein.»

«Nein, schon in Ordnung. Sprechen Sie weiter, es ist gut. Ich höre Ihnen gern zu, wenn Sie die Vergangenheit beschwören …»

«Klingt wie ein Schlangenbeschwörer … vielleicht gar kein schlechter Gedanke.»

Spitzer war als Frauenheld bekannt. Einige, so auch Ali Bey, erzählten sich die Geschichten von Spitzers «Extratouren» noch immer mit Genuss und, wie Naumann meinte, einer gewissen Portion an Bewunderung. Andere verachteten ihn, die männliche Angst, vom Konkurrenten ausgestochen zu werden, die verletzte Ehre der Patriarchen, dass da einer der Ihren Frauen unter die Röcke griff. «Und dann hat er sich diese Schwarzhaarige kommen lassen, mit dem Marzipangesicht und den Märchenlippen – Schneewittchen haben wir die genannt, wie ist das bei Ihrem Grimm? Rot wie Blut? Weiß wie Schnee und schwarz wie, wie …?»

«Ebenholz»

«Ja, und dann ist der Spitzer aber selbst sofort auf und davon – nach Amerika.» Was soll's, hatte Naumann gedacht. «Der biologische Walzer spielt weiter, jaja.» Er hörte immer wieder die schneidende Stimme Thieles, die sich über seine Gedanken legte. Ulrich tauchte schmerzvoll in seiner Vorstellung auf, sein Lächeln, ihre gemeinsamen Passionen, das Lesen und das Kino. Aber er hatte in Helene eine gute Gesprächspartnerin gefunden, die ihn oft, ohne es direkt zu sagen, aufforderte, nach Auerbachs Vorlesungen noch zum Tee zu bleiben und sich doch zu ihr zu setzen, was er gern tat, sie war immer fürsorglich. Auch die türkischen Freunde zogen ihn aus seiner dunklen Lethargie, erzählten ihm von den neuen Deutschen hier, wer ihnen gut vorkam, allen voran er selbst, dann der Buchhändler am Tünel und die vielen Ärzte, ja, auch dieser Pflanzenmensch, der sogar ein neues Gewächshaus bauen ließ am Hang unter der Süleymaniye. Das ist ein botanisches Institut! Brauner! Bräuner? Ja, und Professor Heibronn, oder wie hieß der noch? Und sie schwiegen, als er fragte, wer doch eher als mokant einzuschätzen wäre.

Das Prahlerische, das viele von den deutschen Offizieren der Osmanen-Zeit und nun einige Diplomaten an den Tag legten, hatte Ali Bey ihm erzählt, war Spitzer allerdings abgegangen, er – und dass er Helene nach Istanbul geholt hatte, kurz bevor er weiterzog und Erich Auerbach seine Stelle übernahm – war letztlich eine wunderbare Fügung gewesen. Spitzer war 1933 einer der Ersten gewesen, die einem Ruf nach Istanbul folgten. Die deutschen Professoren waren damals wie Stars begrüßt worden, Schlagzeilen auf der Titelseite, die gerade neu gegründete İstanbul Üniversitesi bekam Spitzenkräfte in Geografie und Philosophie, Orientalisten, Historiker, Philologen, und damit endlich Anschluss an die westliche Welt. Und Leo Spitzer hatte man, nach seiner Entlassung gemäß dem Arier-Paragrafen in Köln, in der Türkei gleich eine neue Abteilung gründen lassen, ein Seminar für Europäische Sprachen, Romanische Sprachen und Literatur. Er nutzte dann aber nur drei Jahre später einen Ruf an die damals schon weltbekannte Johns Hopkins University, um weiterzuziehen nach Amerika und seine Stilstudien fortzusetzen, seine genauen Textanalysen, Interpretationen und Lesarten, mit denen Spitzer die kreativen Aspekte der Sprache betonte als, wie er gern wiederholte, Zirkel im Verstehen. Es gab nun bald überall österreichische, deutsche, europäische Gelehrte, allein sechzehn deutsche Ärzte an der medizinischen Fakultät – genauso, wie es, viel länger schon, Spione gab.

«Wirf einen Stein aus dem Fenster, und er trifft mit Sicherheit einen Agenten», hieß es damals. «Istanbul wimmelte von ihnen. Die Botschafter und ihre Entourage waren zwar, mehr oder weniger widerstrebend, aus ihren Prachtbauten in Pera und den Sommerresidenzen in Tarabya und anderen Fischerdörfern am Bosporus nach Ankara umgezogen, aber Istanbul blieb ja die erreichbare Stadt, das Tor zum Schwarzen Meer, die Drehscheibe des Handels – und vor allem auch für den Handel mit Informationen. Stellen Sie sich das vor: Sie konnten fast jede europäische Sprache hören, auf den Straßen fanden Sie die jeweiligen kleinen Sprachgemeinschaften, in Cafés oder richtiggehend in Klubs – da gab es bei allen jeweils den Schuhmacher, den Schneider, Professor, Anwalt, Tandler, Coiffeur, und was glauben Sie, was die über ihr Land zu sagen hatten? Was glauben Sie, was da los war? Geschäfte, Erpressung, Gemauschel und Sex. Sie kriegten doch alle dazu, mit Dreck zu werfen. Die Weißrussen schimpften über die Sowjetunion, die jüdischen Akademiker über die Nazis, viele türkische Intellektuelle waren mit der rigiden Reformpolitik überhaupt nicht einverstanden. Trotzki war seit 33 weg, aber seine Anhänger hatte er noch – genau wie die Zarenfamilie, Geld und Gold aus Moskau und St. Petersburg lagen auf Istanbuler Banken, die wirklich verarmten Russen ließen sich für alles kaufen, sofern sie noch nicht weitergezogen waren nach Shanghai, denn auch Stalin hatte seine Agenten vor Ort, die vor nichts zurückschreckten. Die Engländer waren wie immer umtriebig, aber auch die ehemaligen Alliierten mischten mit, schließlich ging es immer noch um den gesamten Mittelmeerraum – wenn verhandelt wurde, über Ägypten, Palästina, die ganzen ehemals osmanischen Einflussgebiete, dann immer noch hier in Istanbul. Und die Armenier konnten Sie anstiften, wenn Sie türkische Geheimnisse brauchten. Das war bekannt.»

Die ersten Wochen hatten die Thieles dieser Welt Naumann Gott sei Dank in Ruhe gelassen, dann ermahnte man ihn, er solle nun zeigen, was er bereits für Kontakte aufgebaut hatte, wie gut er diese «jüdische Bagage» schon kannte. Der Anruf eines Kontaktmannes von der Botschaft hatte genügt, Zittern und Atemlosigkeit setzten bei Naumann wieder ein. Es war ihm auch nicht eingefallen, diesen Mitarbeiter Thieles nach Ulrich zu fragen, er hielt den Hörer des Bürotelefons in der Hand, ihm schwindelte, und es fühlte sich an, als würde er ersticken. Dann setzte er sich drei Tage lang an die Schreibmaschine, tippte ab, was an Passendem in seinen Notizbüchern stand, die er immer im falschen Futter seiner Aktentasche mitnahm und zu Hause hinter einem losen Paneel in seiner Wand verbarg.

Die ersten Berichte an Thiele waren vorsichtig formuliert. Kleine Dossiers über Emigranten, denen er schon begegnet war, Zusammenfassungen ihrer vorherigen Stationen, eine Einordnung dessen, was sie hier taten.

> **Georg Rohde**, geboren 1899 in Berlin, Privatdozent an der Universität Marburg ab 1931. Klassischer Philologe. Nach den Nürnberger Rassengesetzen von seiner Lehrtätigkeit enthoben wg. jüdischer Frau. 1935 nach Ankara eingeladen, Lehrstuhl für Philologie der Altsprachen an der Universität

Ankara. Initiierte und organisierte seit den frühen Dreißigerjahren monumentales Übersetzungsprogramm der Hauptwerke klassischer griechischer und römischer, später auch allgemein europäischer Literatur ins Türkische zusammen mit dem Bildungsminister Hasan-Ali Yücel. Mit ihm fing es an. Die Marburger Seilschaft.

«Sie müssen sich vorstellen, Georg *bey*, dass es hier so etwas wie Philologie noch gar nicht gab. Alles, was wir hatten und kannten, war Osman Hamdi. Hamdi, der berühmte Maler des Flötisten und der Schildkröte, der Gründer des Osmanischen Reichsmuseums, er galt, obwohl er weder semitische Sprachen noch Griechisch konnte, auch als Autorität im Bereich der Literatur», erklärte Tanpınar Naumann während eines ihrer seltenen Gespräche abseits des wöchentlichen Kreises der Meyhane-Brüder. «Sie machen jetzt erstmals echte Fortschritte bei der Erforschung der sumerischen Sprachen und Kultur, bei der Schrift der Hetither, der Assyrer und ihrer Auslegung sind wir fast Pioniere, aber erst Rohde und seine Studenten machten uns mit den Methoden klassischer Philologie und den Texten der Lateiner und Griechen vertraut. Sie arbeiten gerade an einem Lehrbuch für die Sekundarstufe. Dieses Land verdankt Ihren deutschen Gelehrten viel.» Naumann nickte, verkniff sich eine Antwort, denn er dachte daran, was Thiele wohl dazu sagen würde – in seinem gemütlichen Hessisch, das einen tödlichen Rassenwahn in sich trug: «Rohde? Nein, kein Deutscher – ein Semit.» Er hatte in Istanbul von einigen der emigrierten Deutschen gehört, dass sie oft selbst keine Juden waren, dass man ihnen aber die Wahl ließ, sich von ihren jüdischen Ehepartnern scheiden zu lassen wegen der Rassenschande usw. Hier in Istanbul wurde er diese unseligen arischen Blutuntersuchungen auch nicht los.

Naumann berichtete an Thiele außerdem von seiner Annäherung an den Kreis um Erich Auerbach, an Leo Spitzer und Traugott Fuchs, seine Besuche ihrer Vorlesungen, vom Ablauf ihrer ersten Begegnungen.

Georg Rohde bildet türkische Philologen aus, Archäologen. Sein hohes Ansehen im Ministerium macht es ihm möglich, immer mehr

Professoren, viele davon aus Marburg, zu empfehlen. Einer davon: Auerbach.

> **Erich Auerbach**, Zielperson, Jude. Philologe, Kritiker, Lehrer und Literaturhistoriker, geb. 1892. Studium in Berlin, Freiburg und München. 1913 Doktor der Rechtswissenschaften, Heidelberg. Kriegsveteran. Doktor der Romanistik, Universität Greifswald 1921, zwischen 1923 und 1929 Bibliothekar an der Preußischen Staatsbibliothek in Berlin, dann Professor für Romanistik in Marburg. Weltweite Anerkennung für sein Werk «Dante als Dichter der irdischen Welt», 1929. 1935 aus seiner Stellung entlassen und auf Betreiben Rohdes und Spitzers 1936 an die Istanbul-Universität berufen worden.

Selbstverständlich erwähnte er nicht, dass er in Erinnerung an seine eigenen Kriegserlebnisse während Auerbachs Vorlesung fast zusammengebrochen war. Er bekam trotzdem einen Rüffel.

«Sie sollen Informationen liefern und nicht noch ein zweites Studium anfangen!», herrschte Thiele ihn am Telefon an. «Auerbach ‹Kriegsveteran›? Wir wollen wissen wer, wo, wann, mit wem. Gibt es Verbindungen in die Ministerien, zu anderen Emigrantengruppen – wer ist besonders angesehen. Was sagen die über uns. Berlin muss wissen, wer offen oder verdeckt opponiert und wer in der Regierung der Türken ihnen glaubt – noch mehr: Gibt es politische Strukturen, Netzwerke? Wo trifft sich wer, Gesprächsthemen, Einflussnahmen der Sozis und der Kommunisten, Geldflüsse – wie kommt man an die Leute ran, wen kann man wie unter Druck setzen, handfeste Informationen.»

Bebek, 13. Mai 1937

Wenn er doch einfach mehr spräche! Er spricht mit mir, ja, aber er spricht immer von etwas anderem. Seinen Artikeln, seiner Sprachtheorie, seinen Beobachtungen in der neuen Türkei. Da ist etwas, das ich spüre, eine Verletzung, eine Wunde. In der Odyssee wird immer unterbrochen, wenn ein Gegenstand oder eine Person auftaucht, deren Geschichte erzählt werden muß. Ich wünsche ihn mir so. Meinen Odysseus. Es ist ein warmes Gefühl, als wäre er heimgekehrt, als wäre ich seine Heimat. Ach, warum weiß er es nicht?

Als er wieder allein ist, denkt er an seine Wohnung oberhalb von Tophane, mit dem Blick auf die blauen Rippen des Bosporus. Wie lange hat er dort nicht mehr auf dem Balkon gestanden, unter sich die Schwalbennester an der steilen Mauer und das Dächermeer? Er vermisst das Gefühl, die Stadt einzuatmen, morgens das Licht, das Meer und die großen Moscheen rechts auf dem Hügel auf der anderen Seite des Goldenen Horns. Sein Rücken schmerzt, er zieht sich vorsichtig am Triangelgriff des Krankenbetts über sich hoch, verlagert sein Gewicht in der verschwitzten Kuhle des Krankenbetts, stöhnt auf, lässt den Griff wieder los, sinkt zurück. Es hätte vorbei sein können, als er die Treppe hinunterfiel, ins Rutschen geraten, die Hände Halt suchend erhoben, hilflos nach etwas greifend, als hätte die Luft für Menschen, die noch nicht sterben wollen, einen besonderen Vorrat an Wundern vorgesehen. Der zäh dahinfließende Moment des Fallens. Dann der Aufschlag, der Schmerz, Knochen, die brechen, die man in seinem Körper neu registriert. Einer von so vielen anderen Momenten, an die er sich jetzt erinnert, in denen es ähnlich knapp für ihn gewesen ist. Zu Ende, so geht es zu Ende. Und man glaubt es doch nie. Ein Fehltritt, und es ist vorbei. Seine tausend Bücher zu Hause, die Pflanzen aus der Sammlung des Botanischen Gartens, die ihm der ehemalige Leiter des Instituts, Alfred Heilbronn, irgendwann, als er in Pension ging, geschenkt hat. «Zweimal die Woche leicht wässern, Boden nie austrocknen lassen.» Sie hatten vierzig Jahre überlebt. Und er auch. Seine beiden Studenten würde sich um sie kümmern, die er dafür bei sich wohnen ließ. Seine wenigen Sachen, er hatte nie viel gebraucht, war immer ein Pensions-Mieter geblieben, mit nur ein paar Koffern, nur ein paar Büchern, bis auf die schöne, kurze Zeit in seinem kleinen Balat-Haus, sie waren verschenkt, schon zu Stapeln geordnet, zu Paketen zusammengeschnürt, mit Namen darauf.

Es war alles geregelt. Naumann verdrängt den Gedanken wieder. Er will nicht sterben, das weiß er. Noch nicht. Er schließt die Augen und konzentriert sich wieder auf den Blick von seinem Balkon. Die Möwen hört man schreien, das Licht ist wunderbar, verwandelt den Stadtkörper in eine Landschaft aus roten, braunen, goldenen Farben unter dem unendlichen Blau des Himmels. Der unendliche Himmel, ja, so hatten ihn viele Reitervölker genannt und angebetet, vor allem die Mongolen. Und es war für Naumann ein Geheimnis geblieben, wie die Osmanen, auch ein Reitervolk, sich überhaupt so ans städtische Leben anpassen konnten, nach nur ein paar Hundert Jahren, wo sie Moscheen bauten, die wie Zelte wirkten, Oasen als Gärten anlegten. Wahrscheinlich war es der Himmel gewesen, zu dem sie aufschauen konnten. Der Himmel ist überall gleich. Naumann öffnet die Augen, greift nach dem Glas auf dem Beistelltisch, der etwas wackelt. Nermin hat wieder vergessen, die Rollen festzustellen. Wenn man von seiner Wohnung nach links unten blickte, dann sah man über die Miniatur der Hagia Sophia, Mimar Sinans kleines Meisterwerk, die Studienprobe für Proportion, an der angeblich Cervantes als Kriegsgefangener, als Sklave mitgebaut hatte. Sein Handabdruck sollte sich angeblich im Verputz an einer der Mauern befinden. Der Autor des *Don Quijote* hatte sich in der Stadt, die man damals die Rose der Welt nannte, aufgehalten. Wie hatte das wohl die Niederschrift seines Romans beeinflusst? Er hatte diesen Handabdruck nie gesehen, sich nie dafür interessiert, die Anekdote als typische Touristengeschichte abgetan. Aber man hatte ihm diese Geschichte schon erzählt, als er vor achtzig Jahren hier angekommen war. Jetzt hat er, auf einmal, auch Sehnsucht, dieser Geschichte nachzugehen, den Handabdruck von Miguel Cervantes zu suchen. Niemand ist so arm, dass er nicht doch etwas aus seinem Leben hinterlässt. Blaise Pascal. Lautete der Satz wirklich so? Naumann versucht wieder, sich aufzusetzen. Aber er ist zu schwach. Hilflos versucht er, die Klingel zu erreichen, um Nermin oder jemand anderen zu rufen, aber das Kabel mit dem Drücker ist weggerutscht, baumelt hinter dem metallenen Beistellschrank. Er denkt sich wieder nach draußen, an die Luft. In die Stadt. Mimar Sinan und seine Miniatur-Hagia-Sophia, die er dann als Studie nutzen konnte, als kleines Proportionsmodell für sein echtes Meisterwerk, die Süleymaniye; wenn er an die Moschee dachte, bekam er immer Lust, in die Gassen von Karaköy dahinter einzutauchen, an kleinen Hochglanzgeschäften vorbei, die die jungen Leute jetzt in alten Handelskontoren einrichteten, Kaffeebars, Designerläden, als befände man sich in New York – obwohl er das gar nicht beurteilen konnte, da er nie in Amerika gewesen war, aber Ali sagte es immer zu ihm, wenn er neben ihm herging oder ihn bei ihren Spaziergängen stützte. Ali war in New York gewesen. Auch die jungen Europäer und Amerikaner sagten das, und er hörte ihnen gern zu, wenn sie begeistert im Schatten der Gassen saßen und sagten: Das ist hier wie in New York. Es machte ihn stolz. Links vom *İstanbul Modern*, das sie jetzt auch bald abreißen würden, könnte man die Universität sehen, die nach Mimar Sinan benannt war, dann den alten Anleger und den kleinen, aber ihm lieb gewordenen Park. Die ganze Front von Kabataş sollte neu gestaltet werden, hatte man ihm erzählt, einfach alles! Die Bagger hatten schon mit der Abrissarbeit angefangen. Nicht bloß der nächste Tunnel, auch die Anlegestelle und wahrscheinlich auch eine Mall sollten gebaut werden, Hochglanz-Istanbul, versiegelte Flächen, Fassaden mit Anlagepotenzial. Wem gehörte das Ganze hier eigentlich? Dem Oman? Naumann schnaubt. Dann verlieren sich seine Gedanken wieder, er sieht wie immer die Fähren vor sich, die wie Webschiffe das europäische Ufer mit dem asiatischen verbinden, ein einhelliger Takt und eine Verbindung, als wollten sie die auseinanderstrebenden Kontinente nicht forttreiben lassen, sondern hegten noch Hoffnung, das alte Gewand wieder flicken zu können. Europa, die geschändete Jungfrau mit ihrem Stier, Asia, die heiße Heilige mit ihren tausend Schleiern, ach was! Jede Geschichte erzählt nur eine weitere Version einer verlorenen Wahrheit. Hatten die ersten griechischen Siedler sich nicht am asiatischen Ufer niedergelassen, statt in der Idealbucht, dem Goldenen Horn? Er hatte vergessen, wie es damals hieß, dabei hatte er es doch noch gestern gewusst, oder, Kolchis? Kalchis? Chaldäeon? Die Stadt der Blinden … Ja, so hatte man sie genannt, die Siedler am falschen, am asiatischen Ufer.

Er träumt jeden Tag von diesem Blick. Von den Jahrhunderten, die in den Dingen liegen, den sichtbaren Häusern und Fassaden, den unsichtbaren Geschichten. Wie hatte ihn Auerbach einmal süffisant genannt? Einen gefährlichen Träumer. «Sie können uns niemals verstehen.» Er meinte mit *uns* die Juden. «Vor einer Stunde noch waren wir Menschen, machten unsere Arbeit, schickten unsere Kinder zur Schule oder gingen zum Zahnarzt. Dann waren wir nichts mehr. Eben noch machte sich meine Tante Gedanken, wie sie das Schulgeld für ihre Mädchen zusammenbekommen sollte oder – Himmel – für die Universität. Und dann war man Freiwild. Ungeziefer. Jeder konnte einen töten.» *Töten.* Was für ein merkwürdiges Wort. Fast nicht mehr zu glauben, wenn man es mehrmals hintereinander sagte. Es verzerrte die Stimme, und auch das Gesicht.

Mittelhochdeutsch: tœten, althochdeutsch: tōden, zu tot, also eigentlich = totmachen. Schwaches Verb.

Naumann kann sich an den Bogen und Zusammenhang der Vorlesung nicht mehr genau erinnern. Aber diese eine Sache hat er sich gemerkt. Was ist dann *sterben* für ein Wort?

Als er Lee darum bittet, am Nachmittag das Wort für ihn in einem etymologischen Wörterbuch nachzuschlagen, blickt sie ihn nachdenklich an. Schwache Verben? Starke Verben? Aber sie verspricht ihm, es nachzusehen. Sie könnte es gleich tun, sie hat sich am Morgen in der Elektropassage unter der Straße zur Galatabrücke eine türkische Telefonkarte gekauft, mit einer guten Flatrate fürs Surfen.

In dieser Nacht hat er überhaupt nicht geschlafen, lag mit offenen Augen im Bett, bis sich der Himmel von schwarz zu violett erwärmt hatte und die Schatten aus dem Halbdunkel hervortraten, noch bevor Licht auf sie fiel. Sobald er halbwegs sehen konnte, würde es nicht mehr schwierig sein, sich draußen, im Himmelsfeld vor seinem Krankenfenster, zu orientieren. Er wusste, wo es war, was er wollte, er hatte es am Abend gesehen, als seine Nachbarin auf dem Wohngebäude schräg rechts ihre Wäsche zum Trocknen auf die Leinen auf dem Dach aufgehängt hatte.

Um Viertel nach fünf wagte er es, nach der Schüssel auf dem Nachttisch zu greifen und den Rest des Hirsebreis zu essen, geräuschlos, um niemanden zu wecken, obwohl die nächste Person, die zusammengerollt auf einem Krankenbett schlief, irgendwo draußen, durch den Korridor von ihm getrennt, in einem anderen Zimmer lag. Naumann träumte. In seinem Wachtraum zog er seine Ausgehuniform an, den guten Anzug aus der Schneiderei von Hassan in Gümüşsuyu, der Schneider war allerdings längst tot – und sein Anzug leider inzwischen zu groß, er schlotterte nur noch um Naumanns Glieder, doch egal … Wenn ihn jemand so früh auf der Straße sah, konnte er sagen, er sei auf dem Weg zu einem besonderen Auftrag, obwohl es viel wahrscheinlicher war, dass ihn überhaupt niemand sehen würde. Wann hatte er so etwas das letzte Mal getan? Den Morgen erschlichen? Niemand würde in der nächsten Stunde wach werden. Nur Hunde waren um diese Zeit unterwegs. Hunde ohne Besitzer, aber die hielten sich für gewöhnlich nicht mehr in dieser Gegend auf, weil sich niemand mehr ihrer erbarmte und ihnen etwas zu essen gab, die Hunde waren zum Bosporus gewandert.

Als er Lee seinen Traum aus der vorigen Nacht erzählen will, merkt er, dass es schon wieder dunkel ist. Lee ist gegangen. Vielleicht war der Tag auch so gegangen, von Traum zu Traum, von schwachen zu starken Verben, von Wünschen und Erinnerungen hinein in das Vergessen. In das, was man vergessen wollte, aber nicht konnte.

Dritter türkischer Sprachkongress
Izmir, 1936

Prof. Dr. H.Reşit Tankut hatte voller Gefühl gesprochen. Naumann hatte ihn schon an der Istanbul-Universität sprechen gehört, ihn auch im erweiterten Kreis der Meyhane-Brüder gesehen, im *Jakup II*, aber öffentlich begegnet waren sie sich noch nicht. Er, Tankut, der Türkisch an der Fakultät für Geschichte, Linguistik und Geografie lehrte, war einer der Hauptphilologen und Fürsprecher der Sonnensprachtheorie.

«Wir leben alle in einem glücklichen Zeitalter, das uns zu neuem Wissen erhebt. Gerade erst haben wir eine Vergangenheit hinter uns gelassen, deren Horizonte sich schwarz vor der Landschaft abzeichneten, dunkel und eng.»

Tankut wischte sich den Schweiß von der Stirn. Es war heiß im Kongresssaal.

Das war doch Platons Höhlengleichnis auf Türkisch. Die Muttersprache der Zivilisation. Aber würden ihm seine Leser das glauben? Bei aller Begeisterung für Kemal Atatürk, der die Sonnensprachtheorie zu so etwas wie seiner Staatsdoktrin erhoben hatte. Naumann hatte sich in Vorbereitung auf den Kongress die Werke Kvergićs' in den Spezial-Leseraum der Istanbul-Universität kommen lassen. Spitzer und Auerbach waren auch da, sie nickten ihm zu. Spitzer freundlich, Auerbach, der wohl nicht mit ihm warm wurde, ein wenig skeptisch. Bei Kvergićs' Text handelte es sich um einen unveröffentlichten Aufsatz auf Französisch, *La Psychologie de quelques éléments des langues turques*, den er 1935 an Atatürk geschickt hatte. Eine Kopie davon lag hier, und Naumann hatte alle seine Beziehungen spielen lassen, um diesen Text einzusehen. Atatürk, so ging das Gerücht, würde dann selbst einen Aufsatz auf Türkisch verfassen, etwas über die Etymologie des Türkischen, mit dem er auf Kvergić, aber auch auf die allmählich laut werdenden kritischen Stimmen, die dem dauernden Austausch arabischer und persischer Wörter im Zuge der türkischen Sprachreform nichts abgewinnen konnten, reagieren würde.

Aber wie genau hatte man sich das vorzustellen? Der alpine Mensch auf den Hochebenen Turkistans tritt aus seiner schützenden Höhle und wendet sein Gesicht den wärmenden Strahlen der Sonne zu. Was war der erste intelligente Laut, den er ausstieß? Ein lang gezogenes, wohliges Aaaaaah natürlich. Reproduziert von manchen von uns morgens mit ausgestreckten Armen und aufgerissenem Mund. Phylogenese gleich Ontogenese und umgekehrt. Die Kindheit der menschlichen Rasse. Man muss Philosoph werden, um die Grundlagen seiner eigenen Existenz zu verstehen. Der Mensch also, in seinem Tierstadium, an zwei Dingen interessiert: Selbsterhaltung und Erhaltung der Gattung.

Menschliche Intelligenz bestimmt sich durch die Anordnung der Dinge. Im Hirn gibt es Millionen Synapsen, Areale, die für Feind-, für Nahrungs-, für Symmetrie-Erkennung zuständig sind. Wie ist die Welt, was sind Himmel und Erde, wie kommt man vom Konkretum zum Abstraktum. Und da setzt die Sprachwissenschaft ein. Die Sonne scheint einem ins Maul, und der erste Laut, Aaaah, kommt heraus. Gott ist Sonne. Gott ist Wärme. Die alten Ägypter, auch sie, der türkischen Geschichtsthese der Dreißigerjahre zufolge, bereits Nachfahren der Türken (der frühen Turkvölker), der weißen alpinen Rasse aus den Hochebenen Mittelasiens, von wo aus sie auch die chinesische Kultur, die indische Kultur, Sumer, Akkad, Babylon und das Hetitherreich gründeten, die frühgriechische und etruskische Kultur sowieso, die Ägypter also stellen die Sonne und ihre lebensspendenden Strahlen oft als Ball mit daraus pfeilartig herausschießenden Diagonalen dar, an deren Ende eine geöffnete Hand die Wärme, das Leben, das Licht in die geöffneten Münder der sie anbetenden Bauern und Pharaonen schüttet. Aaaah, es werde Licht, Aaaah, mit der Sprache beginnt auch das Leben. Soziologen und Ethnologen glauben in der Nachfolge von Friedrich Engels und Lewis Henry Morgan, dass sich die frühen Menschen der Urgesellschaft in Clans um ein Totem herum organisiert haben. In den frühesten Zeugnissen ist dieses Totem immer die Sonne.

Ein Totem betet man nicht als solches an, sondern die Kraft, die es repräsentiert. Und die Sonne ist die größte Kraft, das größte sichtbare Objekt. Ihre Wärme war gut, ihre Hitze brannte, war sie blass, wurde es kalt. Das Totem musste benannt werden. Das erste Wort, Aaaah, galt der Sonne. Guttural, einfach, der Vokal mit den wenigsten Ansprüchen an die Stimmbänder. Angenehm und groß genug, um das Staunen zu fassen, die Essenz der Kultur. Und die Aaah-Sager, die ersten Menschen, sie hatten etwas zu sagen, sich auszutauschen, sie sahen, wie sich aus diesem Laut des Staunens über die Wärme der Sonne die ersten Abstrakta bildeten, für die Sonne selbst, den Mond, die Sterne, den Donner, die Aurora Borealis, den Ursprung, den Herrgott, die Erhöhung, die Größe, die Kraft, die Ewigkeit, die Herrlichkeit, Wirklichkeit. So wanderten die Grundlaute, die Nuancen der Wörter, und alles kam von ihr, von der Sonne, und wanderte nun aus dem Mund. Aus dem Licht wurde Klarheit. Das Wunder. Die Intelligenz. Die Sinne und die Sensibilität. Aus der Hitze das Feuer, die Liebe, die Gefühle. Die Bewegung wird Dauer. Zeit. Entfernung. Dimension. Land und Erde. Nahrung. Leben. Wachstum. Vermehrung. Entwicklung. Evolution. Die Farben. Die Färbung. Das Wasser. Der Laut und die Welt. Die Sonne ist die Quelle dieser Welt. Unserer Welt. Sie ist der Ursprung des Lebens und der Sprache. Die Linguisten sehen die Sonne als Quelle unserer Ideen, denn sie war ein Stimulanz. Natürlich mussten die Basisphoneme sich aus dem Mutterphonem entwickeln, acht Vokale, einundzwanzig Konsonanten, die Zunge rollt hoch und runter, wandert, schlangengleich oder wie ein leibhaftiger Seewurm, Gaumen und Höhle entlang, Mutter Ahh wie einen Teig walgend, schärfend, schneidend, dämpfend, vor und zurück, vor und zurück. Ahhh, Ehhh, IiiH, OOOh, Uuuuh, Ääää, ööö, ÜÜÜ. Acht Mutterwurzeln und hundertsechzig Phoneme, die Grundwurzeln unserer Sprache. Zuerst die Vokale: Sie wechseln sich ab mit dem Weichmacher, dem Verlängerer: dem gutturalen, kaum hörbaren g – bei uns Europäern ist es das h … AHHHH! Nennt man das den Mutterkonsonanten? Jaaahhh – kaum hörbar, so wie die Mutter, die einen zu Bett bringt, zudeckt und süße Träume wünscht im Kinderzimmer der Sprache. So wie die Mutter, die allmählich verschwindet, wenn das Kind älter wird, wächst, wenn Brüste sich bilden, Penisse, die Sonne stopft einem ihre langen,

Wärme spendenden Stangen in den Mund, und Sprache kommt heraus. Kopulationsgymnastik. Aufwachsen. Sex. Sprechen ist wilder Sex, Reden Erotik. Rollendes R. Dann geht es weiter von den Phonemen zu Silben. Generationen und Generationen.

Aber dann kommt die Kettenreaktion der Zivilisation. Wo hat es angefangen? In welchem Teil der Welt, wem gehört es, wo ist das Ursprüngliche anzusiedeln. In den Bergen von Turan? Im Zweistromland? Turkvölker mit Sonnenwurzeln im Mund. Auf, auf und in die Ebenen Hindustans, Chinas, Akkads und Sumers, ja bis nach Ägypten. Die Sonne strömt uns aus dem Mund. Wir sind alle eins. Wer beherrscht also die Grundzüge der Sprache am besten. Die Türken? Nur keine Angst vor Rassismus.

«Zieh-Vieh. Verstehen Sie? Wir haben das damals geglaubt. Genau wie überall auf der Welt. Vier Rassen. Fünf Rassen. Schädelformen. Und dann auch noch Theorien über Volkscharakter, Eigenschaften, Intelligenz und Moral angehängt. Die historische Aufgabe des Germanen, des Engländers, des Slawen, Japaners oder Türken. Das war keine ausschließlich deutsche Verirrung. Das ging in den Zwanzigern, Dreißigern um wie die Grippe.» Naumann hustet. Lee steht auf und gibt ihm ein Papiertaschentuch. «Die Türkei brauchte das. Eine nationale Erzählung. Ich habe das damals nicht als problematisch angesehen, vielleicht auch, weil ich mich nach dem Verrat von Ulrich so sehr zu den Reformern und der neuen Türkei hingezogen fühlte.»

Der Kongress war mit einer Ansprache Atatürks zu Ende gegangen. Wie immer benutzte er diese Gelegenheit, allen alles zu zeigen, was möglich war, wenn man das neue Türkisch wirklich konsequent weiterdachte, das war doch nicht schwer, da gab es dann eben Begriffe wie *Tarama Dergisi* für das neue Wörterbuch, von Suchen und Sammeln, aus dem Kerntürkischen abgeleitet, man dachte sich etwas Neues aus, gemäß der Mutterrolle, der *analık rolü*, so konnte man immer etwas bilden! Wenn jemand das nicht auf Anhieb verstand, na und? Alle Sprachen gingen schließlich aufs Urtürkische zurück. Arabische Sprachen, semitische Sprachen, sie stammten aus dem Sumerischen, dem Akkadischen. Beweise? Das Wort Gott ging auf das türkische *kut* für den Segen zurück, und auch die modernen Sprachen ließen sich auf türkische Mutterwurzeln zurückführen. Bulletin kam von *belleten,* etwas auswendig lernen. Elektrik kam von *Uyghur yaltrık,* leuchten. Auch wenn diese Beispiele einige der Sprachwissenschaftler aus Europa etwas unruhig auf ihren Sitzen hin und her rutschen ließen, unter dem Einfluss von Atatürks leidenschaftlicher Vortragsweise klatschten sie doch laut, als er zum Schluss die Bedeutung der prototürkischen Sprache und einer psychologisch-historischen Erklärung des Spracherwerbs noch einmal hervorhob und sich für die regen Diskussionsbeiträge dieser Tage bedankte. Wie grundsätzlich das Türkische und seine Bildungsformen für alle Sprachen wären, hatte Kvergić ihnen doch gezeigt – und der war ja Serbe, Österreicher, was auch immer! Jetzt war er eben auch noch Ehren-Türke – sprachlich gesehen, von der Abstammung her, wie er selbst bewiesen hatte, ohnehin. Der Gazi bekam seine Lacher.

«Denn alle Sprachen sind Nachbarn. Das hätte auch Walter Benjamin nicht anders gesehen, wissen Sie? Oder, um es mit einer Variante des großen Dichters Nâzım Hikmet zu sagen:

ich kam
blieb
lachte
und dichtete

geldim
kaldım
güldüm
yazdım

Bei Hikmet heißt die letzte Zeile im Originalgedicht *öldüm*... ich starb – aber das will ja keiner!!! Ich auch nicht, ich will noch einmal raus aus diesem Krankenbett, noch einmal über den Taksim-Platz gehen und runter zum Bosporus, ich will Ihnen das Leben zeigen, mein Leben in Istanbul.»

Der alte Mann erzählt. Er hat die Gabe, in Erinnerungsfarben zu schwelgen. Er kommt ihr nicht so nah wie Helene. Sie hört trotzdem gern zu.

«Ihnen zu erzählen, tut gut. Wir waren nur Menschen, verstehen Sie?»

Naumann sieht Lee lange an.

«Ich will nicht im Krankenhaus sterben, ich will noch mal ans Meer.»

Sie nickt. Ihre Großmutter hat das auch oft gesagt und geschrieben, in ihren Tagebüchern und Briefen. ‹Ich will ans Wasser›. ‹Ans Meer›. ‹Ich will noch einmal so mit Euch allen, Erich, mit Dir und Deiner Marie, an die Mole gehen, zur Bosporus-Fähre, nach einem unser Freundesabende in Bebek›. Aber Helene und die Auerbachs waren wie so viele weitergezogen, und in Amerika hatte sie dann irgendwann den Kontakt zu den Auerbachs verloren. Karriere ging vor, dann wurde sie schwanger, eine alleinerziehende Mutter auf der Akademikerrennbahn, das war damals nicht leicht gewesen. Lee erinnerte sich an Tagebucheintragungen aus dieser Zeit. Und auch an die Briefe an die alten Weggefährten aus Istanbul. Sie waren so sehnsuchtsvoll gewesen, da steckte in all dem Schrecken der Diaspora, den sie empfunden haben musste, trotz all der Fremde, bei allem Verlust, ein Gefühl von Verbundenheit. ‹Die Schiffe über den Bosporus weben die Zeit. Wir leben hier, durch Freundschaft verbunden.›

Wenn es etwas gibt, was Lee an Istanbul sofort gefallen hat, dann ist es das Meer. Die regelmäßige Überfahrt mit den Fähren, von Europa nach Asien und wieder zurück, das Gefühl, ununterbrochen am und auf dem Wasser unterwegs zu sein, das findet sie hinreißend. Sie hat sich sofort die möglichen Fährzeiten von İstinye nach Eminönü aufs Handy geladen und genießt es, gleich nach den Treffen mit Naumann noch rechtzeitig am vor Menschen wimmelnden Kai zu sein, um mit den letzten Zickzack-Fähren um 18:45 und 20:00 wenigstens noch bis Emirgan oder Bebek zu kommen oder um 19:05 die letzte direkte Fähre die europäische Seite entlang zu nehmen, über Kabataş, Ortaköy, Arnavutköy, Bebek bis nach İstinye. Sie will sich Naumanns Erinnerungen hingeben, dem sprunghaften Hin- und Her, das sie aus vielen Interviews kennt, allerdings hat sie nie an ein so langes Gespräch gedacht. Es war immer wichtig, eine Brücke zwischen sich und dem Gesprächspartner zu bauen, nur wenn der andere sich angenommen und sicher fühlte, kann man wirklich etwas erfahren.

«Von allen Farben haben Blau und Grün die größte emotionale Reichweite. Traurige Rots und melancholische Gelbs wird man schwer finden. Zwischen den alten Elementen taucht Blau überall auf: in Eis und Wasser, in der Flamme so rein und unvermischt wie in der Blume, über unseren Köpfen und in Höhlen, als Fruchtfarbe und langsam aus dem Ton heraussickernd. Aber am schönsten ist es in einer Nacht, wenn man trunken vor Glück oder einfach nur beschwipst aus einer der tausend *Meyhane*-Bars geht und die Wärme der Mauern einen umfängt wie ein gütiges Tuch, ein Laken, und man nicht mehr weiß, wo der Tag war und ob noch Nacht ist und wer man selbst ist und wer die anderen sind, aber man spürt diese Freude, zusammen zu sein. Blau. Wenn Sie wollen, schlage ich Ihnen ein Restaurant vor, in dem man gut isst. Unbedingt die Vorspeisen nehmen! Der Kellner kommt mit dem Tablett, und dann wählen Sie: Auberginen in Joghurtsoße, Oktopussalat, saure Fischchen und Hirn. Unbedingt Hirn, ist vom Schaf und mit frischer Zitrone wirklich himmlisch zum Rakı. Nur dürfen Sie nicht allein gehen. Allein trinken ist traurig. Kennen Sie hier jemanden?» Naumann sieht sie neugierig an. Er war das Jahrhundert selbst, plus sechzehn. Mündig, über alles zu sprechen. Ja, sie kennt hier jemanden. Gut sogar. Eine ehemalige College-Kommilitonin aus Bard. Miray, die auf die deutsche Schule in Istanbul gegangen war. Sie wird sie nicht nur bitten, mit ihr auszugehen, Lee wird sie fragen, ob sie ihr hilft, eine Wohnung zu finden.

Warum sie Naumann das alles so bereitwillig mitteilt, wieso dieser Mann nun Dinge über sie erfährt, die sonst niemand kennt, weiß sie nicht – als hätte sie genauso viel auf dem Herzen wie er. Und obwohl er ihr immer noch nicht erzählt hat, was genau denn die Enttäuschung war, die er Helene zugefügt hat, vermutet sie doch schon einiges.

Ayaz holt sie ab. Der Pförtner in der Krankenhausloge ist neugierig und geht ihr nach, begrüßt Ayaz mit Handschlag, wechselt ein paar Sätze.

«Komm!» Ayaz zieht sie mit. Sie gehen über die İstiklal, die voll ist wie immer. In der deutschen Buchhandlung holt Ayaz ein Couvert ab.

«Was ist das?», fragt Lee.

«Das wirst du schon sehen!»

Sie schmiegt sich beim Gehen an ihn. In den letzten Tagen ist es schön gewesen, ihn bei sich zu haben, die *Faik Pasha Suite* fühlt sich nun nicht mehr ganz so leer und wie ein behelfsmäßiger Raum für Wanderarbeiter an. Ayaz und sie haben eingekauft, sogar auf der Kochplatte gekocht, einfache Pasta. Eine French-Press-Kanne und guten Pulverkaffee von Tchibo, schwer, hier in Istanbul guten Kaffee zu bekommen, sagt Ayaz, die Bohnen warten zu lange am Zoll im Hafen. Und wirklich, die Bohnen sind bitterer, saurer als in Berlin.

Sie gehen am Tünelplatz vorbei, die Straße windet sich nach unten, an Kebab-Läden vorbei, Instrumentenbauern, Boutique-Hotels. Das Derwisch-Museum links, eine kleine, von Laubwerk überwachsene Seitengasse, nun ein Café. Lederläden, Papiergeschäfte. Vorsichtig gehen sie den Hang hinab, die Pflastersteine sind rutschig. Am Galataturm biegt Ayaz mit ihr nach rechts, um den Turm herum, um zwei Ecken, dann schließt er hinter einem Kleidergeschäft, in dem eine junge Frau mit spitzer Kleopatra-Nase bedient, die Lee sofort auffällt, die Tür auf. Sie gehen ins Treppenhaus, kein Fahrstuhl, eine lange, anstrengende Tour in den obersten Stock. Zwei Schlösser, die Schlüssel drehen sie auf, ein freundliches Knack, dann schiebt er die Tür auf, und sie steht in einem Traum. Ein riesiges Zimmer, von dem seitlich weitere abgehen, am Ende des Raums eine Glasfront, eine Schiebetür auf die Dachterrasse – fast auf gleicher Höhe mit dem Turm. Um sie das Dächermeer, bunte Terrassen, Hotelcafés, Wäscheleinen.

«Hier werden wir leben. So lange du magst.»

Er führt sie in die Küche, ein langer, moderner Tresen mit Bar-Stühlen. Moderne Geräte. Eine Sektflasche steht mit zwei Gläsern bereit. Ein Mietvertrag mit Unterschrift.

«Das ist … viel zu groß, viel zu schön, viel zu …»

Ayaz küsst sie. Viel, hatte sie sagen wollen. Sie befreit sich aus seiner Umarmung. Sie spürt, wie ihr Herz rast. Nicht aus Freude. Aus Panik. Sie spürt das Blut in ihrer Halsschlagader pulsieren, sie stützt sich auf den Tresen.

Ayaz dreht sich, zeigt auf die Himmelswohnung, das Licht, die Welt, die man von hier aus sich bewegen sieht, die Wolken über den Häusern und Straßen von Istanbul.

«Hier hast du alles! Und die Bibliothek, die dein Auerbach benutzt hat, im Kloster, die ist ganz nah! Nur die Straße runter, ich hab schon gefragt, du darfst da rein, jeden Tag! Und …»

«Nein.»

Ayaz, der sie wieder in den Arm genommen hat, stutzt. Er geht auf eine Armlänge Abstand.

«Was?»

«Nein. Ich ziehe hier nicht mit dir ein.»

«Wie … wieso nicht?»

«Dass du das fragst, zeigt doch schon alles, Ayaz! Wir sind gerade getrennt. Ich bin aus Berlin weg, du bist mir nach, ich kann das jetzt nicht.»

«Aber …»

Er macht wieder einen Schritt auf sie zu, aber sie nimmt ihre Tasche vom Tresen und wendet sich ab. Sie spürt, wie ihr die Tränen in die Augen steigen. Sie geht.

Als die Tür, die innen gepolstert und mit Kunstleder überzogen ist, sanft ins Schloss fällt, beginnt sie zu weinen. Sie hat sich zu Ayaz nicht noch einmal umgedreht.

Am letzten Abend des Kongresses wurde ein großes Bankett gegeben; Atatürk sah in seinem Frack wie ein Filmstar aus, Naumann war froh, seinen mitgebracht zu haben. Bei seinem Toast – mit Rakı, *Aslan Sütü*, wie Naumanns Nachbar, ein Philologe aus Ankara, Naumann gütig zuflüsterte, Löwenmilch, so als wäre das eine geheime Beschwörung – wurde der Gazi feierlich und wandte sich Prof. Dr. Kvergić zu, der zu seiner Rechten am Kopfende der Tafel saß.

«Ich fühle mich genötigt, Ihnen allen an diesem Abend meinen Dank auszusprechen, vor allem Ihnen, verehrter Professor Kvergić, dem ich versichern möchte, dass man dem Wort ‹Linguist›, mit dem man Sie bezeichnet, nun auch noch das Wort ‹Philologe› und ‹Grammatiker› beifügen muss. Um es mit den Worten von Professor Emre zu sagen», hier neigte sich Atatürk kurz zu dem graubärtigen Mann neben Naumann, «die mich sehr beeindruckt haben: Um nicht nur phonetisch, sondern vor allem semantisch alle Wörter welcher Sprache auch immer zu erfassen, muss man als allgemeine Regel akzeptieren, dass diese Wörter zunächst zu einer ursprünglichen Sprache gehören, und diese Sprache ist, das hat uns dieser Kongress deutlich gezeigt, die türkische. Und ohne diese linguistische Quelle zu konsultieren, bleibt es unmöglich – semantisch, phonetisch und morphologisch –, den Ursprung der Wörter zu finden.»

Professor Emre legte Naumann die Hand auf den Arm und flüsterte:

«Sie sollten Ihr Glas noch einmal wieder abstellen, wenn Mustafa Kemal erst mal spricht, dann dauert es etwas.»

Der Gazi räusperte sich.

«Wenn ich ‹Wort› sage, dann meine ich die Form oder jene Grafie, die etwas bedeutet.»

Atatürk schien mit den Fingern der rechten Hand etwas einzukreisen, zu greifen, in die Luft zu schreiben.

«Jene Form, die aus dem Kopf hervorgeht, aus dem Geist. Ich muss erklären, dass ein einziges Wort, das den menschlichen Geist bedeutet, ganz und gar gleich ist: menschlich. Wiederholen wir das:» Atatürk wechselte ins Französische. «*Esprit: humain: homme: ego: beg: meg* … Um meine Rede zu beenden: Ich glaube, dass es wissenschaftlich sehr interessant wäre, Analysen dieser letzten Wörter anzufertigen.»

Atatürk zerlegte dann die Wörter in ihre Muttervokale, führte homme auf og + oh + om + eg zurück und esprit auf eg + es + ep + er + ig + it. Verglich eg mit *fikir* und *akil.*

«Die *Güneş Dil Theorisi* hat uns gelehrt, den Ursprung der Wörter zu suchen und zu finden. Sie hat uns die Leichtigkeit gelehrt. Lassen Sie uns niemals das Vertrauen und den Glauben verlieren, diese essenziellen und erhellenden Resultate zu begreifen. All das wird uns bezaubern. Und wir alle sollten uns in dieser Weise verausgaben. Es ist die Anstrengung wert.»

Mit diesen Worten schloss der Gazi seine Ansprache, und alle hoben ihre Gläser und sagten:

«*Şerefe*!»

Istanbul, Februar 2016

Auf Ihr Wohl … Ja. Die Dinge hätten schon beim ersten Mal verschwinden müssen. Stuhl, Tisch, Lampe, Spiegel, Besteck, Zahn – der Zahn ist kein Möbel, alter Mann. Naumann denkt – ja, der Zahn ist real, sogar realer als du, er bewirkt, dass du schreist, wenn er weh tut. Er beißt fest in die Decke, versucht, dem Zahn einen Schmerz zu entlocken. Seine Brust tut weh, seine fehlende Lungenhälfte. Phantomschmerz. Er hätte alles zerstören sollen. Auch sich selbst. Wenn er weg wäre, würde es den Schmerz nicht mehr geben, die Dinge nicht mehr geben.

Es ist zu spät, jetzt ist er ein Gefangener der Dinge. Die Teetassen, das Geschirr. Die Gardinen. Die Jahre – die Jahre sind keine Gegenstände, aber sie sind so real wie der Gegenstand, sind mit ihren Erinnerungen in die Lebewesen eingedrungen, in sie übergegangen; sie sind wie Eimer, in die man Wasser gießt und die Geranien auf seinem

Balkon wässert, hoffentlich waren die noch lebendig, solange er nicht stirbt? Wer gießt sie nun? Murat? Jeden Dienstag? Er beginnt zu begreifen, was alles mit ihm lebt.

Er hat sein eigenes Haus zuletzt wie ein Fremder betreten. Die letzten Jahre. Was hält ihn hier? Wasser. Ja, einmal im Monat geht er, auf Ali gestützt, in den Hamam. Er kann sich erinnern. Schwimmen geht er nicht. Aber in den Hamam. Der Masseur dort hat sich an seinen kaputten Körper gewöhnt. Wenn man alt ist, kümmert man sich nicht mehr um die Scham. Das ist eine Torheit der Jugend. Aber da war sein Körper auch schon kaputt gewesen. Er überließ ihn den Händen, die ihn massierten, dem Dampf, der verlockenden Weichheit des Wassers.

Er ist von lebenden Dingen umgeben. Vom Verfall. Er selbst ist das Zentrum dieser Welt des Zerfalls. Der Verfall hält ihn fest. Was für eine Paradoxie. Als wären die Worte auf einmal eine faulige Masse aus Frucht- oder Avocadofleisch, die jemand gewaltsam, mit fast kleinkindhafter Lust durch die Finger einer sich schließenden Faust drückte. Er blickt aus dem Fenster. Eine Katze huscht über das Dach gegenüber. Er richtet sich auf, sieht die Katze zur Gaubenwohnung auf dem Dach springen, dann setzt sie sich auf die Wohnungstreppe, schreit immer wieder, leckt sich die Seite. Hockt dort auf der Treppe in der Sonne und ruht sich aus. Es ist alles so ein Kampf, denkt Naumann. Das ganze Leben. Das Sterben. Das Fell der Katze ist schwarz-weiß. Ihr Schwanz ist schwarz, ihr Körper weiß, mit schwarzen Flecken auf dem Rücken. Er fragt sich, ob sie eine Hauskatze ist, nach der jemand sucht. Er hört den Muezzin. Menschen, die beten. Wofür soll man denn beten? Für die Katzen? Für die Seelen der Verstorbenen? Für Naumann klingen Gebete neuerdings wie Drohungen. Plötzlich denkt er, zum ersten Mal, dass er dankbar wäre, wenn er bald sterben könnte.

Das Leben könnte ohne ihn weitergehen. Aber er hat noch seine Geschichte zu erzählen. Er muss sie Lee mit auf den Weg geben, die, wie soll er es ihr denn sagen …? Lee, die ihn noch einmal in die alten Zeiten zurückbringt. Zu Ulrich und zu Helene. Er will noch sechs Jahre leben. Bis er Jeanne Calment überholt hat, die ist hundertzweiundzwanzig geworden. Französin. Gestorben 97. Auch sie so alt durch mediterrane Diät! *Şerefe.* hundertzweiundzwanzig Jahre und hundertvierundsechzig Tage.

«Zum Wohl, ja. Zum Wohl. Wenn man in der Türkei etwas werden will, dann gibt es das französische oder das deutsche Gymnasium. Oder die Straße, die Freunde von der Straße. Die Leute, mit denen man groß geworden ist, die einen mitziehen, die man mitzieht, eine kleine Gruppe von Personen, auf die man sich unbedingt und immer verlassen kann. Ein loyaler Haufen mit meist einem Anführer. Und so einer ist auch Erdoğan, hat Freunde von früher, auf die er baut. Ist in Kasımpaşa aufgewachsen, als das noch ein richtiger Slum war.» Naumann macht eine Pause.

«Ein Do-ut-des-Prinzip wie in der Antike! Äquivalenztausch, ich kratz' dir deinen Rücken, du mir meinen!», lacht Naumann und unterdrückt dann ein Keuchen. Nein, es strenge ihn nicht zu sehr an, ihre Gespräche machten ihm solch eine große Freude, sie müsse nicht Sorge haben, dass sie ihn erschöpfe. Nun, er würde ihr bald noch mehr erzählen, ja, auch von seiner Begegnung mit Auerbach und natürlich noch mehr von Helene, keine Bange, doch zunächst müsse er erst noch einmal von Atatürk reden, denn um die Türkei zu begreifen, um ihn, Naumann, zu begreifen, müsse sie auch verstehen, was dieser Mann bedeutet hat – damals und heute.

Miray, die Freundin aus Bard, von der Lee Naumann bei ihrem vierten Treffen erzählt hat, lebt in Yeniköy, einem Bosporusdorf, in dem Konstantin Kavafis aufgewachsen ist, der griechische Dichter aus Alexandria. Sie mochte Kavafis' sanften, leisen Ton. Jetzt erinnern sie diese Worte sogar an Naumann und Ulrich. Ob sie sich berührt hatten?

> Und wenn ich nicht über meinen Eros sprechen kann –
> wenn ich nicht von deinen Haaren, Lippen, deinen Augen
>   spreche;
> dein Gesicht aber, dessen Bild ich in meiner Seele bewahre,
> der Klang deiner Stimme, bleibt in meinem Kopf
>   eingeschlossen,
> diese Septembertage, die in meinen Träumen aufblühen,
> sie bilden und färben meine Worte und Sätze,
> welches Thema ich auch übergehe, über welche Idee ich auch
>   spreche.

1903 oder 1904? Wann hatte er das geschrieben? Lee hat auch hier ihre Hausaufgaben gemacht, sich in Berlin mit Büchern versorgt, mit türkischen Freunden gesprochen, sich alte Ausgaben von *Bosporus* besorgt, einer wunderbar großformatigen Zeitschrift, die jeweils ein Thema hatte und meistens historisch angelegt war. Man wird immer historisch, wenn man seine Geschichte verliert, sagt Miray, als Lee ihr von ihrer intensiven Lektüre erzählt. Sie will ihr von Ayaz erzählen, setzt schon an, aber der Schmerz sitzt so tief. Und auch die Verwirrung. Also bleibt sie bei sich. Bei ihrem Doktoratsplan, den Recherchen, der Publikation, die sie so bewundert. Es war ein Magazin, das Engländer ins Leben gerufen hatten. Der Verlust ihrer Stadt, das allmähliche Verschwinden der alten *Yalı*, der alten Holzvillen in den Dörfern auf der europäischen und der asiatischen Seite, schien die normalen Bewohner der Stadt nicht zu berühren. Das neue Stadion von Beşiktaş, die dritte Bosporusbrücke, die von beiden Seiten aus gebaut wurde und pittoresk an halb gespannten Trossen in der Luft schwebte, der geplante Autobahnring, der insgesamt mehr als dreihundert Kilometer lang sein würde und große Teile der Stadt umfassen sollte, sowie der geplante dritte Flughafen hingegen schon. Verkehr, Verkehr, diese Stadt erstickt daran. An Gebäuden und Verkehr. «Weißt du, wie lang so ein Mensch durchschnittlich zur Arbeit braucht, der gerade aus Anatolien in die Stadt gezogen ist? Und jetzt irgendwo an einem Autobahnkreuzpunkt in den Hügeln hinter einem der schönen Dörfer am Wasser wohnt? Er wird abgeholt vom Firmen-Minibus. Dann tuckern die morgens zwei, drei Stunden von Stau zu Stau und abends dieselbe Strecke wieder zurück. Der kennt Istanbul nur als Blech und schläft wahrscheinlich die ganze Zeit in seiner Autokonserve, während er irgendwann auf der Brücke vielleicht mal einen Blick aufs Wasser erhascht. Aber mit Leben hat das hier für die meisten nichts zu tun. Das ist der türkische Kapitalismus. Billig bauen, billig kaufen und am Feiertag vielleicht mit der Familie in die nächste Mall und vor den Schaufenstern glücklich spielen.»

«Aber helfen die neuen Metro-Tunnel, die Brücke und die Autobahnen denn nicht?»

Miray zuckt mit den Achseln.

«Ich glaube, die Stadt wuchert dadurch nur noch mehr aus. Und irgendwer verdient an einer neuen Mall, an einem neuen Hochhauskomplex.»

Mirays Apartment liegt hoch am Hang. Die Terrasse ist so groß wie die ganze Wohnung. Lee raucht mit Miray und ihrem Freund erst mal Marihuana. Sie war mit der Zahnradbahn runter nach Kabataş gefahren, hatte den Anleger für die Fähre nach İstinye auch sofort gefunden, und Miray hatte sie, stolz mit Hakan am Arm, dort abgeholt. Die Fahrt auf der Fähre war wunderbar gewesen. Ganz wie der alte Mann es ihr geraten hatte, hatte sie sich nach oben gesetzt, sich eine Decke und Tee bringen lassen und es genossen, als Gast auf der letzten Fähre der Bosporus-Linie vom Goldenen Horn Richtung Schwarzes Meer hinausgetragen zu werden, eine fast mythische Passage, fand sie, an all den Lichtern vorbei, den tausend erleuchteten Fenstern, das Simit in der Hand und zwei weitere Tees trinkend, die ihr der Mann mit dem Tablett ganz automatisch brachte. Auch später, als sie diese Fahrten öfter unternahm, stellte sich immer wieder ein Glücksgefühl ein, bis sie sogar insgeheim dachte, auch schon zu einer Istanbulerin geworden zu sein; in den Wochen und Monaten später fuhr sie am Abend mit der Fähre von Eminönü nach Hause, denn Miray hatte ihr ein Zimmer in ihrer Wohnung mit der Riesenterrasse überlassen und war selbst nach Berlin gegangen, um zu Ende zu studieren, ein geheimer Tausch der Lokalitäten, nur hatte Lee in Berlin nicht mehr als ein paar Geschichten, kurze Bekanntschaften und einige Kontakte anzubieten gehabt. Da war sie nicht mehr zu Hause, in Berlin. Nun war sie hier. Heimat wird überschätzt. «Exil als geistige Lebensform» – sie hat diesen Vortrag zu Brecht und Feuchtwanger auf einem Kongress zur Exilliteratur in Berlin gehört, ein smarter Titel, der sie nicht losgelassen hatte, von dem ihr aber nicht ganz klar geworden war, was der Kollege, Andreas Rumler, denn damit nun genau gemeint hatte. Bei Brecht. Bei Feuchtwanger. Aber … Lebensform? Ja, vielleicht musste man eher das Adjektiv weglassen und mehr in die Erinnerungen und Erfahrungen der Menschen schauen? Exil veränderte. Helene hatte nicht nur über die Angst berichtet, den Verlust, sondern auch über die Freude, das Losgelöstsein aus der Sprache, der Kultur, dem familiären Kontext – nein, Heimat mochte sie Istanbul nicht nennen, hatte sie gesagt, aber ein Zuhause wohl, etwas nicht Permanentes, was aber vielleicht auch gar nicht so wichtig war. Die Dinge waren plötzlich körperlich, keine bloßen Zeichen, Geschmack, Körper, Duft, das Zurückgeworfensein aufs Wesentliche. Auf einer dauernden Reise durchs Leben. Vielleicht gab es das Entdecken von Möglichkeiten eines Ichs erst, wenn die Sicherheit erschüttert war und man gar nicht anders weitermachen konnte, als sich in der Fremde in der Welt zu behaupten.

So, wie man in einer Stadt, die einen in ihren Bann zieht, eben zu Hause sein kann. Miray nahm sie zwischen sich und ihren Freund, ihre hagere Gestalt voller Energie, aber auch voll kaum unterdrückter Missbilligung für die begeisterte Erzählung der Amerikanerin über ihre Eindrücke. «Vielleicht ist es so für dich. Du bist Ausländerin. Aber ich bin Türkin. Ich muss hier ertragen, dass man mein Auto zerkratzt, dass die Nachbarn mich schief ansehen, wenn ich im Sommer Hotpants trage, dass man meine Wohnungstür mit ‹Hure› vollschmiert, weil ich einen Freund habe.» Dabei sah sie zu Hakan ins Wohnzimmer, der liebevoll einen neuen Joint drehte. «Dass ich eine Mitbewohnerin habe, die genauso drauf ist. Deniz. In New York wäre das kein Problem. Aber hier? Was glaubst du, wie oft mich hier Polizisten hochnehmen, weil ich Marihuana rauche?» Lee ließ, eingemummelt in eine dicke Lamadecke, ihren Blick von der Terrasse über die Bucht schweifen. Mirays Mitbewohnerin war nicht da. «Ich will nur noch weg hier», sagte sie leise. Lee kam es so vor, als spiegelten sich die dunklen Wasser der Meerenge vor ihnen mit den vereinzelten Lichtpunkten der Privatboote und Wassertaxis, die die Wege der großen Tanker, Frachter und Kriegsschiffe kreuzten, die ruhig, aber stetig die Passage nutzten, in Mirays Augen wie lebenswichtige Körperchen im Blutstrom. Eine bewegliche Version der Sterne über ihnen. Ruhig rauchten sie den Joint, tranken Wein und schwiegen, in ihren Decken liegend, in der Winternacht.

Als sie später im Taxi sitzt, auf dem Weg zurück in die *Faik Pasha Suites*, und endlich aus dem Stau um die Hochhäuser von Levent heraus ist, sogar um kurz vor Mitternacht schoben sich hier noch die Automassen durch, vielleicht war das der typische Freitagabendstau, da dachte sie zum ersten Mal, dass es vielleicht keine schlechte Idee war, die Stadt einmal nicht vom Zentrum aus, sondern von ihren Rändern her zu begreifen. Was unterschied Istanbul wohl dort von den Slums, den Vororten, Raumrissen und Halden anderer Megacitys? São Paulo, Kairo, Shanghai, Mexico City, Islamabad? Wie hatte der alte Mann gesagt? Jetzt liege ich hier herum und schaue mir nachts die Milchstraße an. Bewegung nur in den Sternen. Und auf dem Meer. Die Sterne, wie hatte Pascal das gesagt? Sie tragen zwar nichts zu deinem Schicksal bei, das ist Mystizismus, aber weil du die Zukunft sowieso nicht kennst, kann es auch nicht schaden, ein bisschen an die Sterne zu glauben. Als das Taxi sie absetzt, hofft sie, dass Ayaz nicht da ist. Sie hätte ihm keinen Schlüssel geben dürfen.

«İstinye? Direkt am Wasser? Das werden Sie lieben, vor allem im Sommer, wenn die Jungen Saltos ins Hafenbecken machen. Da ist es auch nicht weit zur deutschen Kultur. Das ist gut, dass die heute Geld ausgeben für Kultur, das ist die beste Form der Diplomatie. Ja, Deutschland und Österreich. Da könnte man noch viel mehr machen, finde ich, Zusammenarbeit befördern, gemeinsames Schaffen. Das letzte Mal, als ich da war für die Eröffnung des Jazzfestivals im Garten des Österreichischen Kulturforums, fing es an zu regnen – und was haben die verteilt? Regenschirme? Nein! Russische Plastikponchos.»

«*You can never be sad in a Poncho*», murmelt Lee.

«Was?»

Aber Lee nickt nur höflich, und Naumann erzählt weiter.

«Um mich an all diese Sommer zu erinnern, muss ich das Wasser spüren, das Salz auf meiner Haut, die langsam trocknet, ich, im Bogen nahe Kireçburnu liegend, vor mir die Bucht von Sarıyer, nachdem ich wieder und wieder in den Bosporus gesprungen bin, mit Ali und seinen Freunden Tee trinke, oder waren es Murat und … Ja, es waren viele. Viele Freunde. Viel Freude. Ich habe den Zug der kalten Unterströmung vom Schwarzen Meer gespürt, das wärmere Wasser an der Oberfläche aus dem Marmarameer. Fühlen Sie das, wenn ich erzähle? Ach, ich beneide Sie, Sie werden bald einen Sommer haben, einen ersten Sommer in Istanbul … Eine Wohnung in İstinye. Dass man da heute noch etwas Günstiges finden kann, erstaunlich. Glückwunsch! Nun, ich habe es damals ja auch geschafft über meinen Lehrer. Dass Ihre Freundin die Türkei aber nun verlässt, finde ich schlimm, sehr schlimm, dass die jetzt alle gehen. Die Türkei braucht ihre Intelligenz, braucht ihre Werte. Marihuana sagten Sie? Na ja, wir haben damals getrunken. Viel getrunken, der Gazi auch. Na und? Aber das löst sich jetzt alles auf. Was machen Sie heute Abend? Gehen Sie nur zu Freunden! Lernen Sie Leute kennen, leben Sie, diese Stadt macht etwas mit einem, sie verändert uns. Wenn Istanbul Sie aufnimmt, wenn Sie hier Freunde finden, dann ist das was fürs Leben.»

Für ihre Treffen hat sich ein fester Rhythmus gebildet. Einen Tag kommt sie morgens um zehn und geht gegen Mittag, den nächsten oder übernächsten Tag erscheint sie erst in den späten Nachmittagsstunden zum Tee, insgesamt viermal die Woche. Er scheint diese Regelmäßigkeit und Abwechslung sehr zu schätzen. Wie musste ihre Großmutter das alles empfunden haben, 1936? In ihrem intimen Tagebuch fand sie immer wieder diese fast lyrischen Ergüsse über Naumann. War es zum Kuss gekommen? Zu mehr? Hätten davon die herausgerissenen Seiten erzählt? Deshalb hat Lee ja alle diese Briefe gelesen, auch die Tagebücher, nicht nur die von Helene, sondern von Auerbach, Spitzer und dem Assyriologen Fritz Rudolf Kraus; sie war nach Berlin gefahren, und nun bot ihr Naumann eine Vergangenheit, die ihrerseits mit Vergangenem angefüllt war, so als hätte es die Gegenwart immer schwer gehabt, sich zu einem Leben zu verdichten. Lee hat Naumann an diesem Morgen sogar aus Helenes Tagebuch vorgelesen, aber er schweift ab, als müsse er sich erst noch sammeln.

«Erinnerung. Wie wenig man lernt. Mustafa Kemal, der mehrere der Attacken abwehrte, wurde von Enver Paşa die Anerkennung für seinen Einsatz verwehrt, und dem deutschen Heeresreformer Otto Liman von Sanders erst recht. Auf britischer Seite starb der Dichter Rupert Brooke noch auf dem Weg zur Schlacht auf einem britischen Lazarettschiff – an den Folgen einer Sepsis, die er sich durch einen Mückenstich zugezogen hatte. Wahrscheinlich schlecht gewaschene Finger und dann gekratzt. Fuhr mit der British Expeditionary Force ins Mittelmeer, der Brooke, und dann Mücke! Klingt schon so tot. Hat auch immer gern hymnisch den frühen Tod gefeiert, der Brooke. *If I should die, think only this of me; That there's some corner of a foreign field That is for ever England.*

Und wenn ich sterben sollte, denkt nur dies über mich: dass dort die Ecke eines fremden Feldes existiert, das nun für immer England ist.»

Naumann kratzte sich am Kinn.

«Ich leb' ja noch. Aber wo immer ich bin, ist weder Deutschland noch ein anderer Großstaat. Ich bin es einfach nur. Ein kleines, gefallenes, sehr, sehr alt gewordenes Ich. Nur Fußgänger werd' ich wohl kein guter mehr.»

Naumann lächelte sarkastisch, zeigte auf seine dünnen Beine, die unter der Decke hervorlugten. Naumann schwieg eine Weile, dann bat er sie, zur Stationsschwester zu gehen und ihnen beiden einen Tee zu holen, aber in den extra bauchigen Tulpengläsern, *Ajda,* so hießen die, nach einer berühmten, sehr fülligen Sängerin. Seinen Tee solle sie *koyu* anfragen, bitte, hell- bis mittelbraun wie Milchkaffee und mit ein wenig Zucker. Als sie beide ausgetrunken hatten, erzählte er weiter.

«Stellen Sie sich das vor, Lee, die junge Türkei, Elektrifizierung, Bildung, Eisenbahn. Da hatten viele Angst, sie würden, fast wie die DDR später, ein Anhängsel der Sowjetunion. Damals stand in der *Times* immer wieder etwas über Kemals Funfjahrespläne. Ich habe das alles erlebt, Lee, ganze Generationen, und auch wenn meine Sehnsucht nach meinem Freund Ulrich sich nicht erfüllt hat, so habe ich doch seit nunmehr dreißig Jahren junge Leute um mich herum, die sich um mich kümmern und denen ich dafür die Schule oder ihr Studium mit bezahle; und die haben mir gezeigt, wie schnell sich in dieser Stadt alles ändern kann, wie wild es zugeht. Manchmal haben sie mich sogar mitgenommen, nachts, auf ihre Touren.»

So viele Leute um sie herum hatten *gender trouble.* Aber sie eben keinen. Sie hat Ayaz. Er ist gut zu ihr gewesen, verständnisvoll. Sie ist gerührt, dass er ihr hinterhergereist ist. Er gibt ihr Halt. Sie mag ihn. Sie findet sogar diese Geste gut, eine Traumwohnung zu mieten, einfach so, weil man leben will wie nie zuvor. Aber. Aber. Sie wusste nicht, was es war. Mit Menschen zu leben ist schwierig. Beziehungen.

Das hatte nichts mit Sex zu tun. Das verstand niemand. Zumindest niemand, mit dem sie zusammen war, den oder die gerade das faszinierte, das Wilde, Haltlose. Wie hatte ihre Mutter gesagt, als sie ihr vorschlug, nach dem Tod ihres Mannes doch vielleicht näher zu ihr zu kommen, wenn nicht Manhattan, dann vielleicht New Jersey? «Ich hab in Chicago gelebt, in Charlotte, in St. Louis, in Canton, Ohio. Deine Großmutter ließ nicht locker, bis sie die richtige Stelle hatte. Chicago und Charlotte waren okay, St. Louis eher nicht, und Canton ist das Arschloch der Erde. Ich hab mich immer so entwurzelt gefühlt, nur mitgeschleift wie ein Teddy. Aber hier in Logan County, West Virginia, bin ich jetzt zu Hause. Das ist meine Familie. Alle hier. Die Hügel umarmen mich. Meine Nachbarn sind hier. Meine Wurzeln reichen Hunderte von Jahren zurück.» In dem Moment hatte Lee vielleicht das erste Mal begriffen, wie sehr ihre Mutter unter dem dauernden Umzug gelitten hatte, dass ihr einfaches Hausfrauenleben mit dem Staff Sergant Major ihr Halt gegeben hatte, die Songs, die bestätigten, dass man hier in den Bergen verwurzelt war; Lee litt, weil sie nun plötzlich begriff, dass ihre Mutter selbst so viel Liebe brauchte, und sie schämte sich fast dafür, dass sie ihr halbes Leben damit verbracht hatte, sich wie erstickt zu fühlen an dieser Sehnsucht nach Zuneigung. West Virginia, Mountain. Mama. Heimat. Für Lee war es wie ein Schock, dass ihre Mutter sie das nach der Beerdigung des ehemaligen Staff Sergant Major wirklich gefragt hatte, ob sie nicht zu ihr oder in ihre Nähe ziehen wolle. Sie hatte ihre Mutter immer auf Abstand gehalten, es war ihr zu viel gewesen, diese Not, dieses Geliebt-werden-Wollen. Lag das jetzt hinter ihrer Panik und den ungeklärten Gefühlen für Ayaz? *It stays in the family.* Sie atmet ein. Ein und aus. Nur den eigenen Atem kann man kontrollieren. Es war Ayaz' Entscheidung gewesen, zu kommen, und ihre, nicht gleich wieder mit ihm zusammenzuziehen. Genau, wie sie ihre Mutter damals nicht bei sich haben wollte. Weil sie rausmusste aus West Virginia und es ihr nicht hinterherkommen sollte. Vielleicht wäre es hier und heute anders?

Vielleicht brachte Istanbul heraus, was alles geschehen war und geschieht und geschehen wird, hob letztlich jedes Ereignis auf und erinnerte daran, dass jede Zeit und jeder Mensch die gleiche Aufmerksamkeit verdient, die gleiche Qualität hatte, hat und haben wird; alles musste so betrachtet werden wie Gegenwart, denn alles war ja letztlich in der Zeit gewesen – als Gegenwart für alle. Istanbul erscheint ihr nun manchmal als Teilchenbeschleuniger für Menschen, Neuzugewanderte, Alteingesessene und Flüchtlinge, die man nicht nur auf der

İstiklal sah. Kleine Mädchen gingen, tanzten zur Akkordeonmusik oder einfach geschlagenen Tamburins. Familien schleppten ihr bisschen Habe in Betttüchern verpackt auf dem Rücken durch die Parks und am Rand der Ausfallstraßen. Wo sollten die alle hin? Was sollten sie tun? Gut, es gab Abrissviertel. Miray hatte gemeint, dass sie vielleicht dort provisorisch in den alten Häusern auf Bettstätten und wilden Lagern untergebracht seien, aber große Hoffnung auf Komfort oder Schulen oder Jobs außer dem Betteln dürfe man sich da nicht machen. Istanbul hatte von allen Megastädten in den letzten Jahrzehnten vielleicht den allergrößten Sprung gemacht. Von 2,5 Millionen Mitte der Siebzigerjahre auf fast zwölf Millionen 2007 – und jetzt würde die Stadt, das hatte ihr ein Taxifahrer stolz erklärt, bald die 20-Millionen Marke überspringen. Ja. Und wie schön es immer noch wäre, all diese Jahrhunderte hat die Stadt überlebt, Kulturen aufgesogen, geformt, neues aus Altem entstehen lassen, sich selbst gefeiert, ob sie schon einmal bei einem Türken zu Hause eingeladen worden sei? Dann verstehe sie. Istanbul – wie New York, nur älter, viel älter, die Perle der Welt.

«Sie sprechen von zu viel Vergangenheit? Als würde das Leben bloß aus soundso vielen Episoden bestehen, die immer auf etwas hinzuweisen scheinen, aber sich nie erfüllen? Willkommen im Leben. Glauben Sie mir, irgendwann gibt es gar nichts anderes mehr als Vergangenheit.» Naumann seufzte.

«Wissen Sie, viele glauben, dass Atatürk die Sonnensprache als Theorie nur angenommen hat, um bei der Sprachreform die arabischen und persischen Wörter, die nicht so einfach durch Neologismen ersetzt werden konnten, einzugliedern. Warum auch? Wenn alles letztlich auf eine gemeinsame Ursprache zurückgeht? Ahhh! Dann konnte man die Fremd- und Lehnwörter ja auch behalten! Schrieb sie einfach nur in lateinischen Buchstaben aus. Eine Verwandlung. Ins Fremde, ins neue Eigene. Irgendwie auch eine Reise, ein Umzug in ein neues Exil. Aber da war noch etwas anderes. Etwas, das ihn und auch mich wirklich berührte. Dass man sein Leben und die Welt so noch einmal ganz neu konstituierte, durch die Sprache, dass man eingeladen war, auf eine Entdeckungsreise zu gehen, im ganz Alltäglichen, dass sich der Bezug zwischen den Wörtern und den Dingen auf einmal erneuerte wie ein adamitischer Pakt, in dem man die Welt nun wie zum ersten Mal wieder anschaut. Und Kvergić hatte ja nicht ganz unrecht, auch wenn einem das heute alles absurd vorkommt. Er fragte schließlich nach der Morphologie. Nach dem Wortstamm und seiner Entwicklung, er fragte nach dem Warum der Sprache, und er beschrieb uns das Wie. Dass man vom *göz*, Auge, auf *gözlük*, Brille, kam, von *gözlükçü*, Augenoptiker oder Brillenverkäufer, zu *gözlükçülük*, dem Geschäft oder der Berufsbezeichnung des Optikers. Und wenn das Türkische laut Kvergić tatsächlich eine Ursprache war, dann hieß das auch, dass man nicht mehr nur krampfhaft alles ins Reine übersetzen musste, so, wie die Franzosen das ja mit ihrem *ordinateur* für Computer und mit ihrer *académie* machen, sondern dass man flexibel sein konnte, weil sich letztlich alles doch auf die Sonnensprache bezog – und so waren dann Einwanderungen von Wörtern kein Problem, selbst aus dem Deutschen nicht: *şalter* (Lichtschalter), *şinitsel* (Schnitzel), *aysberg* (Eisberg). Das war einfach eine Art Ansiedlung, ein Umzug.»

Nein, muss sie unwillkürlich in sich hineinlachen.

«Habe ich etwas Merkwürdiges gesagt?»

«Nein, nein, ich musste nur an Lakoff/Johnson denken, zwei Linguisten, und deren Theorie, dass Spracherwerb mit Zeigebewegungen angefangen hatte, mit Deixis, *dort, da, schau.*»

«Ja, das klingt einleuchtend. Sprache verräumlicht, sie bringt uns in Beziehung zur Welt.»

«Zeit tut das auch.»

Sie hatte Linguistik wie eine Offenbarung empfunden, als sie auf dem College gewesen war.

«Die Sprache bestimmt und erweitert das Bewusstsein. Wenn man sich ihr öffnet.»

«Ich habe das gern studiert, die Bildung von Metaphern, die Körperlichkeit der Worte und die vergessenen Bilder, die in der Sprache stecken. An Bard, wo Helene zuletzt und auch am längsten unterrichtet hat, gab es einen deutschen Professor, der immer ein Rilke-Gedicht zitiert hat: ‹Wir kannten nicht sein unerhörtes Haupt …›

«… darin die Augenäpfel reiften.»

«Ja, Archaïscher Torso Apollos. Allein über das ‹unerhört› konnte er stundenlang sprechen – aber mich haben die Augenäpfel fasziniert. Und dass sie reiften. Wieder einen Apfel im Auge zu sehen, die Form, die ganze biblische Mythologie vom verbotenen Wissen, dass sehen als Reife gedeutet wird, aber reifen auch Verfall beinhaltet – das war …»

«Augen öffnend?» Sie lachten gemeinsam.

Wie alt war er damals gewesen als Reporter in Izmir? Sechsunddreißig? Nun gut, jung war das nicht. Ein gestandener Mann, der ihr in ihrer Vorstellung aber mehr wie ein Junge vorkommt, ein verletzter, neugieriger Mensch mit offenem Gesicht, offenen Augen. Ja, so muss er gewesen sein. Mit einem schwer verletzten Herzen.

«Auch die Türken glauben, dass sie Atatürk kennen. Aber das, was man hier in der Schule lernt und im Fernsehen an den Staatsfeiertagen sieht, geht nicht sehr tief. Vielleicht haben ein paar Leute ein oder zwei Biografien gelesen. Ihnen sind die Atatürk-Porträts in den Geschäften aufgefallen, nicht wahr? Sie wissen über die Paragrafen in der Verfassung Bescheid?»

Dass man das Bild Atatürks nicht verunglimpfen durfte, ja, das war ihr bekannt.

Aufgefallen waren ihr auch die Graffiti, die Mustafa Kemal Atatürk auf der İstiklal zeigten und die sie gleich fotografiert hatte; eines, porträtecht, im Frack mit weißer Fliege. Das unbeholfen gesprayte Herz drum herum hatte ihr gefallen.

«Lassen Sie sich ruhig von den Biografien leiten. Aber denken Sie daran, dass wir ein Leben letztlich immer wie eine Heldengeschichte erzählen. Das ist so, es ist schwierig, Distanz zu wahren.» Sie hatte Naumann berichtet, was sie alles gelesen hatte, er runzelte kurz die Stirn und zählte dann an fünf Fingern auf. «Mustafas Kindheit und Jugend – durch seine Geburtsstadt Saloniki geprägt; im Vergleich zu anderen osmanischen Städten zeichnet sich Saloniki durch Weltoffenheit und Multikulturalität aus, man ist freizügig im Umgang mit Alkohol, eine gemischtgeschlechtliche Gesellschaft, für viele der jungtürkischen Aktivisten war das ein Vorbild für die moderne Türkei. Im Krieg dann, bis 1918, als das Sultans-Reich auseinanderfiel, stieg Mustafa Kemal vom einfachen Offizier zum ‹Pascha› auf, ein militärischer Ehrentitel, der auch den preußischen Beratern der osmanischen Truppen verliehen wurde, die das Osmanische Heer seit dem Ende des neunzehnten Jahrhunderts zu reorganisieren versucht hatten.» Naumann erzählte weiter, über den wissbegierigen Mustafa Kemal, den Taktiker, den charismatischen Mann, über Mustafa Kemal Paşas militärische Erfolge, seine überlieferten Aussagen, die klare Insubordination gegenüber der politischen und militärischen Führung unter Enver Paşa, seine Ansichten zu verschiedenen gesellschaftlichen Themen wie Laizismus, seine deutliche Tendenz zu westlichen Werten. Nach dem Versailler Vertrag wurde Mustafa Kemal Paşa zum selbst ernannten Anführer des nationalen Widerstands gegen die Nachkriegsordnung in Anatolien. «Das Land sollte zerstückelt werden, die Griechen brachen von Izmir aus auf und wollten militärisch ein Großreich durchsetzen, verstehen Sie? Aggression und Machtansprüche überall! Die Gegenregierung in Ankara, sicher kein Ausdruck eines geeinten nationalen Willens, stieß auf den Widerstand verschiedenster Gruppen: Neben Anhängern des mit den Alliierten kollaborierenden Sultans und den politischen und militärischen Rivalen waren es christliche, alevitische und kurdische Bewohner Anatoliens, aber auch ganz normale türkisch-sunnitische Provinzbewohner, die gegen die von Ankara eingeforderten Kriegsanstrengungen rebellierten. Erst die späte Übernahme der Kriegsführung und die anschließende Wende im Geschehen auf dem Schlachtfeld brachten Mustafa Kemal die Rolle des unumschränkten Anführers.» Naumann nahm seine Uhr vom Tisch, betrachtete das Zifferblatt.

«Im Folgenden: Jahre des radikalen politischen Umbruchs, Staatsreform, Regierungssystem und die neue Rolle der Religion, die Privatsache sein sollte. Eine klare Vorstellung, wie die türkische Gesellschaft des zwanzigsten Jahrhunderts auszusehen hatte: westlich. Der Weg zum Umbruch eindeutig und – wie viele Kritiker im Nachhinein glaubten – einseitig von Kemals Visionen geprägt. Er opferte dafür sogar frühere politische Weggefährten. Als Mustafa Kemal den Beinamen Atatürk annahm, vollzog sich der Rollenwechsel vom Bilderstürmer zum Übervater. Er zog sich aus dem Tagesgeschäft zurück, folgte seinem Interesse am kulturellen Wandel. Die Sprachreform. Der Tod, die angehaltene Uhr im Dolmabahçe-Palast, das Erbe und die Legende.» Naumann sah auf.

«Aber für welche Interpretation der Geschichte sollte man sich schließlich entscheiden?», fragte Lee. «Atatürk hatte mit seinem Einparteienstaat doch auch etwas Diktatorisches. Oder nimmt man das in Kauf, wenn man seine progressiven Ideale teilt?»

«Man muss den Kontext der Zeit verstehen.»

Aber wie sah der aus? Und wer kannte den wirklich? Lee merkte bereits, wie sie bei den Erzählungen Naumanns unsicher wurde. Mustafa Kemals Ideologie und auch seine Kompromisslosigkeit seien in ihrer Entstehung als Varianten des jungtürkischen Denkens zu verstehen, ferner müsse die autoritäre, die Gesellschaft umstürzende Herrschaftsform in einem Kontext mit anderen Regimen der Zwischenkriegszeit von Japan über Mittel- und Osteuropa bis Südamerika gesehen und Atatürk zwischen jungtürkischer und kemalistischer Programmatik verankert werden, das jedoch sei eher als Kontinuität zu verstehen denn als Bruch. Atatürk, ja, das sei ein schwieriges Thema, nein, es sei *das* Thema heute – immer wenn er, der Gazi, aufgerufen werde, dann habe das auch zu bedeuten, dass man sich für oder gegen die Entwicklungen in der Türkei heute zu positionieren versuchte. Sie solle ruhig versuchen, dieses schwierige Thema, dem zahlreiche, ausufernde Debatten anhingen, in ein kleines und verständliches Format zu bringen, ihre Leser – und auch die in der Türkei, ja, es würde durchaus wahrgenommen, wenn jemand aus dem Ausland etwas Kluges schriebe, würden ihr ein gerechtes, ein klärendes Statement schon danken! «Auch zu Themen wie Mustafa Kemals Haltung zum Völkermord an den Armeniern oder der Zerstörung Izmirs?»

Naumann runzelt die Stirn. «Ja, Mord bleibt Mord, egal wie man das erklärt. Das ist klar, aber hier immer noch für viele ein Tabu. Schwer vermittelbar in der Öffentlichkeit», sagt er. Aber die angehaltene Uhr, die solle sie sehen, im November, wenn sie denn, wie er hoffe, so lange bleiben könne; vielleicht könne er ja seine alten Kontakte zum Robert College für sie spielen lassen, nein? Nun, sie müsse ja wissen, angehalten worden sei die Uhr am Todestag von Atatürk, am 10. November um 9 Uhr 5 am Morgen, aber abgestellt ist die Zeit selbst nicht! Die Türkei lebe in seinem Sinn weiter, und sie würde sehen und beschreiben müssen, was da an Schatten war, was an Licht. «Woran ist er gestorben?», fragt Lee. Naumann antwortet: «Leberzirrhose. Ist grade mal siebenundfünfzig geworden.»

Miray übersetzt ihr eine hitzige Debatte, die sich wie aus dem Nichts plötzlich in einem Café neben dem Sabancı-Museum in Emirgan zuträgt. Miray ist mit ihr in einer Ausstellung über den Russischen Konstruktivismus gegangen, sie bewundern anschließend die seltsamen geometrischen Objekte auf der Speisekarte des überteuerten Museumsrestaurants, kleine tortenförmige Arrangements aus gleichschenkligen Karottendreiecken, Kartoffelkuben und Tintenfischcreme, die offenbar zur Ausstellung passen sollen. Was würden die denn bei einer Rubens-Ausstellung anbieten?, fragt Miray, und Lee lacht. Statt achtzig türkische Lira pro Person in die Istanbuler Haute Cuisine zu stecken für etwas, wie Miray sagt, das sie doch nur optisch ansprechen, aber nicht satt machen würde, kehren sie nebenan bei *Sütiş* ein und hüllen sich unter einem Heizpilz in Decken. Der Streit zwischen zwei jungen Männern am Nebentisch ist heftig, der eine Mann mit Bart hat, wie ihr Miray zuflüstert, darauf beharrt, dass Atatürk Jude gewesen sei, *Dönme*, seine Familie seien konvertierte Juden, aber eben ehemalige häretische Anhänger des Sabbatai Zwi! Der andere Mann versucht, die Fassung zu bewahren, will, wie Miray sagt, eben auch einen neuen Mustafa Kemal, nicht den strengen Übervater, sondern den weniger dogmatischen Lebemenschen mit seinen progressiven Idealen. Aber das sei doch Unsinn, sagt der Bärtige, bloßes westliches, weichgespültes Gerede! Sie bräuchten doch den Vater, und jetzt hätten sie wieder einen, Erdoğan!, und endlich einen mit der richtigen Religion. Dass es nicht zu einer Schlägerei kommt, ist nur den Kellnern zu verdanken, die zu dritt herbeieilen und die inzwischen tobenden Männer aus dem Garten des Restaurants entfernen, dabei besänftigend auf sie einsprechen und in unterschiedliche Taxis verfrachten. Atatürk, und wie man ihn sieht, das ist heute wichtiger denn je, sagt Miray auf dem Nachhauseweg. «Wir sind alle stolz auf das, was man damals erreicht hat, wie plötzlich Frauen an die Unis kamen, in Berufe, ins öffentliche Bewusstsein.»

«Was ist denn an der Sache mit dem *Dönme* dran?»

Miray zuckt mit den Achseln.

«Istanbul, Izmir, Saloniki, das waren Schmelztiegel der Kulturen. Mir ist das ehrlich gesagt vollkommen egal.»

Naumann ist beeindruckt. «Sie nehmen Ihre Aufgabe ernst. Sie hören zu. Das gefällt mir. Als ich Atatürk das erste Mal begegnete, von Angesicht zu Angesicht, war ich nicht so gut vorbereitet, dabei hatte ich über den Mann ja wieder und wieder geschrieben. Aber die Historie und was wir uns mit dem Abstand für Bilder von ihr machen, das ist etwas anderes.»

Istanbul, 1937

Etwa ein halbes Jahr nach seiner ersten, offiziellen Begegnung mit Atatürk in Izmir klopfte es eines Nachts an seine Tür. Verwundert rieb sich Naumann die Augen – er hatte darauf geachtet, dass niemand, wirklich niemand!, seinen wirklichen Aufenthaltsort in Istanbul kannte. Offiziell wohnte er ja im *Pera* – gab den Concierges, die, wie in allen guten Hotels, verschwiegen waren, ein gutes Trinkgeld, damit sie seine Post aufhoben oder Fragen nach ihm mit einem, ja, er wohne hier, sei aber gerade nicht da, man werde ihm aber gern mitteilen, dass sich derjenige gemeldet habe, oder eine Nachricht für ihn in Empfang nehmen, beantwortet wurden. Auch Telegramme und Telefonate nahm man im *Pera* für ihn entgegen und rief dann den kleinen griechischen Laden unterhalb von Naumanns tatsächlicher Unterkunft in Balat an, in dem sich, vielleicht waren die Lebensmittel und Weine ja nur Tarnung für ein größeres Unternehmen der Familie, ein funktionierendes Fernsprechgerät hinter dem Tresen befand. Bislang hatte niemand ihn aufgespürt. Es war zwei Uhr nachts. Der Laden hatte geschlossen. Naumann wunderte sich, wer das denn sein könnte. Als er sich etwas Kleidung übergeworfen hatte, Gott sei Dank hatte er den jungen Georgios, mit dem er die letzten Abende durch die Cafés gezogen war, nicht mit nach Hause gebracht, öffnete er die Tür zu seiner bescheidenen Bleibe. Zwei Männer in Anzügen, riesenhaft und breit wie Schränke, mit eleganten Hüten, baten ihn, Anzug und Krawatte anzuziehen und sie zu begleiten, der Gazi wolle ihn sehen.

Nachdem Naumann sich hastig sogar in seinen Frack geworfen, die Lackschuhe übergezogen und ihnen mit der Krawatte und dem Homburg in der Hand nach draußen gefolgt war, halfen ihm die beiden Riesen in den oben an der engen Straße nach Fatih stehenden Wagen. Dann schaukelten sie los, brausten über die Galatabrücke nach Beyoğlu und hielten schließlich an einem Haus mit Garten, offensichtlich ein Restaurant, in dem aber niemand mehr draußen saß, obwohl es frühsommerlich warm war. Sie ließen ihn aussteigen und führten Naumann die engen Treppen hinauf auf eine Dachterrasse, von der aus man tagsüber sicher das atemberaubende Panorama des Goldenen Horns, der Hagia Sophia, des Topkapı-Serail, der Neuen Moschee und den glitzernden, weiten Bogen des Bosporus vor sich haben mochte. Doch jetzt war alles weitgehend dunkel. Feuerschein am Fluss, die Positionslichter der Schiffe an den Hafenanlagen, und bis auf das Klirren der Gläser und das gelegentliche Husten nach einem tiefen Zug an einer der Zigaretten unter gedämpftem Lampenlicht war es sommerstill. Drei Leute schliefen, lagen halb auf dem Tisch, auf dem sich in einem abenteuerlichen Durcheinander Teller mit Meze stapelten und leere Rakı-Flaschen standen, zwei Männer tranken immer noch weiter, und Atatürk, der am Kopfende saß, rauchte und schob ihm mit dem Fuß den Stuhl neben sich zu.

«Setzen Sie sich.»

Naumanns Herz schlug schneller. Schneller noch als bei der halsbrecherischen Fahrt. Er versicherte sich, dass seine Krawatte saß. Der Gazi hatte seine gelöst, und der elegante Frack hing nachlässig über seiner Stuhllehne.

«Izmir. Kongress. Sie haben mich interessiert. Sie sahen so … hilflos aus. Wie ein Schuljunge, der gerade etwas ungeheuer Wichtiges lernt. Bitte, verstehen Sie mich nicht falsch! Ich meine das als Kompliment. Ich habe einige Ihrer Artikel gelesen … natürlich in Übersetzung. Rakı?»

Er schenkte Naumann ein Glas ein, das ihm einer der Leibwächter gereicht hatte, und hielt es ihm hin.

«Rakı nennt man bei uns …»

«*Aslan Sütü*», antwortete Naumann schnell. Atatürk lächelte, stieß mit ihm an und lehrte sein Glas.

«Hätte ich mir denken können, dass Sie das wissen. Ich schätze Ihre Artikel über uns. Äußerst passioniert. Aber manches gefällt mir auch nicht. Und nicht alles, was Sie über unser Land und unsere Sprache schreiben, ist richtig. Sie müssen mich und die Türkei einfach noch besser verstehen.»

In den nächsten eineinhalb Stunden redete nur der Gazi, Naumann wagte es nicht, seine Jacke abzulegen, obwohl ihm sehr heiß war, auch wusste er nicht, wie er mit dem Gazi umgehen sollte, also trank er, wenn der trank, nickte interessiert, sagte *tamam* und *evet* und hörte zu. Als der Morgen den Topkapı-Palast in goldenes Licht tauchte, sprang Mustafa Kemal plötzlich auf und forderte seine Leute, die unwillig aus dem Tischschlaf gerissen wurden und nur langsam wieder zu sich kamen, auf, sich sofort die Schuhe anzuziehen – Naumann war es gar nicht aufgefallen, aber er war der Einzige, der seine Schuhe anbehalten hatte – und ihn zu begleiten. Als Naumann keine Anstalten machte aufzustehen, zog ihn der Gazi hoch und sagte: «Komm.»

Sie fuhren in drei Karossen den Bosporus entlang nach Rumeli Hisarı, wo einst die alten Belagerungsburgen auf beiden Seiten der Meerenge an einer der engsten Stellen erlaubt hatten, mittels einer Eisenkette den Zugang zum Schwarzen Meer zu versperren und damit jeglichen Nachschub von See her zu verhindern. Der Gazi, der neben dem Chauffeur allein in seinem Wagen saß, ließ anhalten, Naumann, im dritten Wagen, eingezwängt mit vier würdig gekleideten, aber nach Rakı und Rauch riechenden Männern, erkannte jetzt auch einen Dichter, Yahya Kemal, und den Bürgermeister von Istanbul, die ebenso Mühe hatten, sich aus dem zweiten Wagen zu stemmen, wie er, Naumann. Den Gazi schien das nicht zu kümmern. Er hatte sich längst am steinernen Steg seines restlichen Anzugs entledigt, zog eine Badehose an, rauchte, gab dann dem Leibwächter neben ihm Anweisungen, drückte die Zigarette aus und stieg die Eisenleiter hinunter. Naumann und die anderen folgten, taten es ihm aber nicht gleich, sondern setzten sich nebeneinander an den hohen Uferrand. Atatürk lachte und winkte ihnen zu. Dann schwamm er auf die asiatische Seite.

Kemal schnaufte und schien Naumann jetzt ebenfalls erkannt zu haben.

«Das macht er öfter.»

«Schwimmen?»

«Leute einfach so in der Nacht aus dem Schlaf zu reißen, um mit ihnen zu trinken. Er ist einfach endlos wach. Und dann, wenn es ihm gefallen hat und er sich wohlfühlt, geht er schwimmen.»

«Ist die Strömung hier nicht viel zu stark?»

Kemal zuckte mit den Achseln. Sein fassrunder Körper, eingezwängt in den üblichen weißen Leinenanzug, schaukelte wie von einem inneren Ungleichgewicht erschüttert. Oder ahmte er unwillkürlich die kräftigen Kraulstöße des Gazi nach, der den Bosporus fast schon zur Hälfte bezwungen hatte?

«Insgesamt sind das ca. 6 Kilometer, wegen der Strömung kann man nicht gerade schwimmen. Er schafft das, müsste etwa auf der Höhe von Kanlıca wieder rauskommen. Er ist gut in Form. Und außerdem hat er ja noch seine Leute.»

Kemal zeigte mit seiner schlaffen linken Hand auf das kleine Motorboot mit den beiden Leibwächtern, das gerade ablegte und dem Gazi folgte. Der wahrscheinlich ebenso gerade aus dem Schlaf gerissene Fischer am Ruder sah in seinem weißen Unterhemd und ohne Mütze oder Hut zwischen den beiden Riesen wie ein Gefangener aus.

«Kommen Sie, suchen wir uns ein Café, das schon geöffnet hat, er erwartet nicht, dass wir auf ihn warten, das war's mit dem Abend. Und Sie sehen aus, als könnten Sie einen starken *sade* vertragen. Und machen Sie sich keine Sorgen – Ihr Lebensstil ist uns allen bekannt.»

Naumann fühlte Kemals durchdringenden Blick, sah ihn aber lächeln. Ein Lächeln, das viel heißen konnte. Auch, wie Naumann es interpretierte: Wir mögen Sie – trotzdem.

«Auch Tanpınar hat damals bemerkt, dass ich mich mehr für junge Männer als für Frauen interessierte. Ich weiß nicht, was er darüber dachte. Vielleicht fand er gar nichts dabei – er saß ja meistens nur da, rauchte, trank seinen Kaffee und schrieb, während die anderen wild diskutierten. Aus irgendeinem Grund rückte ich ihm immer näher, von Woche zu Woche. Ich hielt mich aus den Gesprächen heraus – wie er. Ich war Zuhörer – wie er. Und wie er hatte ich manchmal das Gefühl, dass diese Leute vor uns ihre wilden Diskussionen nur für uns führten. Reformen, die Bildungshäuser, die Rolle der Religion in einem laizistischen Staat. Und Tanpınar trank seinen Kaffee, schrieb unbeirrt weiter. Und manchmal sah er auf und lächelte. Aber Atatürk mochte er nicht mehr so ungebrochen. Und allzu viel von der Reform hielt er auch nicht mehr. Hat er ja schön drüber geschrieben, über das Uhrenstellinstitut, beißende Satire, wollte, weil Ali Bey ihm das sagte, sogar, dass ich was übersetze für ihn, Kruzi, da war ich geschmeichelt und verlegen, damals. Das, so gut ich auch war, konnt ich wohl nicht.» Lee sieht Bedauern in Naumanns Gesicht. Und fühlt so etwas wie Bewunderung. Dass er sich ihr zu sagen traut, dass er eben nicht der große Hecht gewesen war, für den er sich am Anfang vielleicht gehalten hatte, dass sein Erleben all dessen, worüber er zuvor, mit Abstand, in naiver Verehrung geschrieben hatte, sich veränderte, als er plötzlich selbst mittendrin war, mitten in den Zirkeln und bei den Menschen, die das lebten, was er sich mit seinem Idealismus in den Berliner Tagen lediglich ausgemalt hatte. Sie las das Buch über das Uhrenstellinstitut. Hayri İrdal, ein ansteckend charmanter Antiheld, verstrickt sich mit einer Reihe exzentrischer Figuren – einem Mystiker, einem Apotheker, der sich in Alchemie versucht, einem Würdenträger aus dem untergegangenen Osmanischen Reich, einem «Uhrenflüsterer» – im Institut für Zeitregulierung, einer riesigen Organisation, die ein wahnsinnig kompliziertes System von Geldstrafen anwendet, um alle Uhren in der Türkei auf westliche Zeit umzustellen.

«Die Geschichte von Hayri İrdal ist so voller absurder Missgeschicke, und dass er das alles in Gesprächen seinem Psychoanalytiker erzählt, macht das Buch für mich zu der brillantesten Allegorie des Zusammenpralls von Tradition und Moderne, von Ost und West. Ich habe Tanpınar bewundert. Bewundere ihn heute noch. Wer so ein Buch schreibt, lebt ewig.»

Lee hatte sich, wenn sie ehrlich war, ein bisschen durchgekämpft, war nicht so ganz eingenommen gewesen von den Charakteren, alles Männer, von der Mischung aus Hoffnung auf eine vielversprechende Zukunft und Sehnsucht nach einer einfacheren Zeit.

«Tanpınar war nicht einmal ein Jahr jünger als ich. In Istanbul geboren, wuchs er fast überall in Anatolien auf, in Sinop, Siirt, die Familie zog sogar nach Mossul und Kirkuk, im heutigen Irak, sein Vater war Richter. Zwischen den Dienstphasen lebten sie wieder in der Stadt. Tanpınar lernte als Kind noch das alte Osmanische Reich kennen, in dem sein Vater als Kadi ein wichtiger Mann war. Und als Schriftsteller und Lehrer begleitete er als junger Mann die kemalistische Revolution. Sollte erst Jurist werden, schrieb leidenschaftlich nebenbei, hörte dann aber Yahya Kemal über Literatur sprechen, und der wurde sein Mentor, gründete 1921 mit ihm *Dergâh*, eine neue Zeitschrift für Literatur. Deren Wirkung auf die neue Stimmung im Land und für die Entwicklung einer neuen Sprache kann man gar nicht hoch genug schätzen. Wir mochten uns, Tanpınar und ich. Fast auf der Stelle. Geben Sie mir ein Stück Papier, bitte, und einen Bleistift.»

Naumann zeigt auf den alten, elfenbeinfarbenen Stahlrollschrank neben seinem Bett, aus dessen Schubladen Lee einen Block und einen Stummel mit Bleistiftverlängerer herausfischt und Naumann gibt. Auf dem Block sind scheinbar schnell hingeworfene Zeichen verteilt, Striche in Kapriolen, seltsame Punkte und andere ihr nicht bekannte Interpunktionen. Naumann bemerkt Lees Interesse und lächelt.

«Steno – alte Kurzschrift –, sollten Sie lernen! Hilft, wenn man schnell seine Gedanken sammeln will oder Interviews macht. Wir hatten so etwas damals ja noch nicht.» Naumann zeigt auf Lees Mobiltelefon und ihr iPad, das sie zur Sicherheit immer für eine Zweitaufnahme benutzt. «Aber keine Sorge, ich habe Ali das beigebracht; er tippt Ihnen das, was Sie brauchen, in richtige Sätze.»

«Kann er Deutsch?»

Naumann lacht. «Wer sagt denn, dass ich alles auf Deutsch schreibe?»

Naumann blättert einige Seiten um, überfliegt sie, macht ab und zu eine Randnotiz mit dem Bleistift. «Ja, das müsste zu Tanpınar für Sie genügen. Das sind ein paar Arbeiten zu Tanpınar, die Sie kennen sollten. Und eine Verbindung zu Auerbach, von der Sie ganz sicher nichts wissen. Ich habe Ihnen die Namen von Auerbachs türkischen Assistenten aufgeschrieben, die damals seine Vorlesungen mitschrieben und gleich ins Türkische übersetzten. So ist vieles erhalten geblieben. Vielleicht finden Sie da noch was in den Archiven.»

Dann blickt er sie lange an. «Haben Sie jemals einen schlafenden Menschen beobachtet? Wie weit der doch von uns entfernt ist. Es sind diese zwei Zustände, die uns als Menschen bestimmen – der Traum und das Wachsein, wie zwei sich ergänzende Gegensätze. Das Universum hat so eine Ordnung, meinen Sie nicht? Unser Ego schwimmt im blauen Licht. Die Zeit im Traum ist nicht mehr bloß die Zeit in uns. Sie ist äußerlich, man wird im Schlaf zum Baum, so werden Blätter und Wurzeln zu kosmischen Ranken, man schwimmt im Traum zwischen den Zeiten umher, in der Gegenwart, der Vergangenheit und der Zukunft, die für den Träumenden alle gleichsam Erinnerung sind. Man fühlt den Pulsschlag aller Geschöpfe um sich. Das ist, was Tanpınar mich gelehrt hat, mit seinem Werk, aber auch mit seiner Persönlichkeit. Er war ein Mann, der in Trance schrieb, der auch an den Abenden, mit den Freunden, beim Wein und Kaffee, hastig rauchend, schreibend, redend, auf diese Trance hinzutrieb. Weil er es mit uns teilen wollte, dieses Gefühl, dass dort, wo die Gegensätze verschwimmen, wo Ost und West gleich sind, zwei Seiten einer Medaille, vielleicht unsere einzige Hoffnung liegt. Er denkt über die Zeit nach wie kein anderer Mensch, den ich getroffen habe. So wie in seiner Zeile: *Weder bin ich in der Zeit / noch gänzlich außer ihr.* So fühle ich mich jetzt auch. Was gibt es noch für ein Ziel? Außer weiterzuleben, natürlich. Außer, diese Augenblicke der Erfüllung wieder und wieder aufs Neue zu erleben.»

Naumann sieht sie an, diesmal fast dankbar.

«Und Sie helfen mir dabei mich zu erinnern. Ich bin vielleicht durch die Begegnung mit ihm und mit allen anderen damals doch ein anderer Mensch geworden. Auch wenn das komisch klingt. *Huzur*, das war Tanpınars großer Roman. Den hat er mitten im Zweiten Weltkrieg geschrieben. Aber *Huzur*, das ist mehr. Egal, ob Sie das nun mit Seelenruhe, Seelenheil oder Harmonie übersetzen. Da geht es darum, wie man sich als Mensch in der Natur, in der Geschichte, im Leben findet und verliert und vielleicht wiederfindet. So, wie es ihm selbst wohl gegangen ist, als er mit fünfzehn seine Mutter verlor, in Mossul, als die ganze Familie an Typhus erkrankte. Aber nur die Mutter starb am Fieber. Und Tanpınar erzählte immer wieder, wie dieser Moment sein Leben veränderte, wie er auf einmal das Leid sah, auf den Straßen in Mossul, wenn er selbst in Trauer und in den Pausen zwischen den Fieberschüben auf die Straße ging und den Beerdigungszügen begegnete oder im Bazaar einmal mitansehen musste, wie ein Mann starb, ein alter Mann, aber doch nicht älter als ich, inmitten all des wütenden Treibens neben der Kiepe eines Traubenhändlers. Wie der starb. In einem Augenblick. Ahmet Hamdi sah ihn wohl lange an, den Mann im zerrissenen Gewand, der auf ihn zukam, das schmutzige, gelbe Gesicht, den ausgemergelten Körper, die fieberweiten Augen. Eine Hand, die aussah wie aus einem alten Sattel geschnitzt und die er dann ausstreckte, ausstreckte nach wem? Wollte er betteln, sich vom Karren des Händlers eine Traube nehmen, etwas zu Tanpınar sagen? Und dann, plötzlich, während der Händler mit seinem Fächer die Fliegen von seinen Trauben verjagte, fiel er um wie von einem Schlag. Alle stürzten auf ihn zu. Nur Tanpınar nicht, der weiter auf ihn starrte. Auf die aufgerissenen Augen des Mannes, so als würden sie in dem dürren Gesicht ihr eigenes Leben fortführen. Und Tanpınar sagte immer wieder, dass es ihm so erschien, auch Jahrzehnte danach, als hätten diese Augen um etwas gebeten, als bäten sie heute noch. Geben Sie mir doch einen Schluck Wasser.»

Lee reicht ihm das Glas.

«Danke. Manchmal begegnet man sich erst in den Geschichten der anderen selbst. Aber manche Menschen», Lee hatte das Gefühl, dass Naumann nun von sich sprach, «manche Menschen brauchen noch mehr. Sie müssen das alles erleben. Es selbst erleben, mit eigenen Augen, am eigenen Leib. Das ist eine andere Form der Vision, und die führt einen manchmal auf merkwürdige Wege.»

Naumann scheint um Helene, nach der ersten Begeisterung darüber, dass Lee Helenes Enkelin ist, nun allerdings im Gespräch einen Bogen zu machen. Manchmal spürt sie es geradezu, dass ihm eine Frage nach ihr auf der Zunge liegt, oder eine Geschichte zu ihr, mit ihr. Als wäre da etwas, was er vorher noch unbedingt wissen müsste, als rechnete er irgendetwas in seinem Kopf nach, fügte Puzzleteile zusammen, ließe sie aber dann doch schnell wieder los, bevor sie ein Bild ergäben. Er fragt nach Helenes Stationen, wo sie zuletzt als Professorin unterrichtet hat, fragt, ob Lee etwas über ihre Gefühle für ihr neues Exil in den Staaten wüsste, aus der Anfangszeit und vom Schluss. Sie ist immer wieder erstaunt, wie intensiv der alte Mann zuhört, sie ermutigt, weiterzusprechen, über Helene, aber auch über sich selbst, so als wollte er sie wirklich von Grund auf kennenlernen. Sie merkt, wie schwer es ihr fällt, ihre eigenen Suchbewegungen klar und auch für sie selbst verständlich zu formulieren. Aber es hilft ihr. Vielleicht liegt es daran, dass Naumann in seinem Bett liegt, wie eine Larve eingewickelt in leinene Laken, in seiner letzten Verpuppung des Lebens. Sie glaubt ihm seinen Ehrgeiz nicht, unbedingt noch der älteste Mensch der Welt zu werden. Sie glaubt, er will ihr etwas sagen, was er sich selbst noch nie eingestanden hat. Aber er weicht ihr immer wieder aus. Unbeholfen ins Anekdotische, geschmeidig ins Politische. Also übernimmt Lee die Regie.

«Ayaz will mit mir zusammenziehen.»

Naumann nickt ihr zu. Sie spricht weiter.

«Eine Wohnung am Galataturm.»

«Schöne Gegend, vielleicht ein bisschen touristisch, aber… schön.»

«Wir haben uns gestritten. Er hat das als Geschenk präsentiert, hatte den Mietvertrag schon dabei – ohne mich zu fragen.»

«Lieben Sie ihn denn?»

Darauf weiß Lee im Moment keine Antwort.

«Meine Freundin Miray zieht bald aus. Sie geht nach Berlin, studieren.»

«Die Marihuana-Raucherin?»

Lee nickt.

«Ich will lieber in ihrer Wohnung leben. Allein. Erst mal.»

«Und er versteht das nicht?»

«Er weiß nichts davon.»

Naumann zupft an der Decke.

«Dann müssen Sie es ihm sagen. So bald wie möglich. Seien Sie ehrlich. Ich wollte, ich hätte viel mehr mit Ulrich gesprochen, ich wollte, wir hätten eine Möglichkeit gehabt – es ist nicht alles so klar im Leben, wie manche Leute sich das vorstellen. Nicht alles dreht sich um Familie und Zusammenleben», sagt er, sieht zum Fenster hinaus; die Abenddämmerung hat sich über die Häuser gelegt, ein rosiges Strahlen liegt über den Dächern, man sieht den Bosporus in der Ferne glitzern, einen Strich nur, mehr eine Ahnung, sie kann verstehen, dass der alte Mann wieder in seine Wohnung in Cihangir will, mit dem umlaufenden Balkon und dem Traum-Blick aufs Topkapı-Serail, die Moscheen und das Wasser.

Sie geht jetzt immer mit der Kamera aus dem Haus, einen Block und einen Stift in der Tasche. *Record. Record. Record.* Es ist seltsam, wie aufmerksam diese Stadt macht! Die Proteststempel auf den Promenaden am Bosporus, die die Stadtreinigung nicht abwäscht, Hayır, keine Stimme für Erdoğan, aber das war letztes Jahr, jetzt hat er die Stimmen, die Partei will den Taksim während des Bayram-Festes im Sommer in ein Massenzeltfest verwandeln, hatte Mirays Freundin, die Dichterin Gonca, die an einem privaten englischsprachigen Gymnasium Film unterrichtet, gesagt. Du musst sie kennenlernen, sie saßen zu dritt in einem Café über der İstiklal, tranken Tee, Gonca löffelte *Fırın Sütlaç*, Lee und Miray blieben beim ungebackenen Milchreis.

«Aber Mütter ohne Ehemann werden angefeindet, Frauen, die rauchen, Frauen, die abends ausgehen. Das wird eine Art Überwachungsstaat, Nachbar für Nachbar, und dann sitzen sie alle am Plastiktisch draußen, die Dreißig- oder Vierzigtausend, und werden sich angrinsen, weil sie ja, gute Väter und Männer, Brüder und Onkel, die Religion und die Familienehre schützen.»

Gonca, die eine Tochter, keinen Ehemann hat, nicht raucht, aber trinkt, führt sie in die kleinen Passagen, wo Fake-Marken-T-Shirts, Kleider, Schuhe und Jeans zu Hauf in offenen Nischen und kleinen Geschäften erstanden werden können. Ein körperbetontes Kleid in weichem Sweater-Stoff, mit Versace-Medusenhaupt, für ein paar Türkische Lira, Strass am Shirt, eingenähtes Calvin-Klein-Schild, die Schilder, sagt Gonca, kommen aus Afrika, wo Kinder in Fabrikhallen am Hafen die Etiketten aus Secondhandspenden schneiden. Die Säcke werden dann in die Türkei verkauft.

«Und werden eingenäht.»

«Modisch nicht immer ganz passend.» Miray rümpft die Nase, ein löchriges Top von Armani, das Schild mit Giorgio Armani S.p.A., via Borgonuovo, 11 – Milano 20121, wohl eher aus einem Herrenanzug – und auf dem Kopf.

Lee lacht. «Ist wohl eher Armani *exchange.*»

Mit Gonca und Miray macht sie in den nächsten Tagen Ausflüge, bevor Miray endgültig aus Istanbul geht – wobei das endgültig, laut Gonca, erst mal heißt.

«Wir hoffen alle noch immer. Dass es sich wieder ändert und wir Frauen hier eine Zukunft haben, die nicht von Männern bestimmt ist.»

Lee denkt an Goncas Worte. Aber dann lenkt sie der Menschenauflauf auf der İstiklal ab.

Der Platz vor dem *Galatasaray Lisesi* ist wieder einmal voller Menschen. Sie hat es in den letzten Wochen beim Vorbeigehen oft bemerkt, das Gedränge, normale Shopper, Touristen und dann plötzlich, wie aus dem Nichts, bildet sich eine kleine, dann immer größer werdende Protestversammlung. Links die hohe alte Mauer des Gymnasiums aus der Gründungszeit der Republik. Rechts die Einkaufsstraße, die weiter zum Tünelplatz führt, zur Standseilbahn in das merkwürdige Viertel mit der Arap Camii, dem *DEM* und dem heruntergekommenen *Faik Pasha Hotel*, wo sie die ersten Wochen verbracht hat.

Direkt hinter ihrem Rücken liegt der Fischmarkt, die Çiçek Pasajı, dort sind Tavernen, Weinhäuser, *Meyhanes,* Musik-Bars mit vier bis fünf Stockwerken, in denen am Freitag und heute Abend meistens Livebands auftreten, weiter im Hintergrund. Ganz unten, auf der anderen Seite der İstiklal, liegt dann Tophane. Eine Gruppe älterer Frauen kommt in diesem Moment von dort den Berg hinauf und schließt sich der Versammlung an. Der Staat hat jede Aktion der Samstagsmütter verboten. Die Leute sollen den Staat nicht auf der Straße kritisieren, haben die konservativen Zeitungen geschrieben, so hat es auch der Präsident am Abend zuvor im Fernsehen verkündet; Miray hat ihr die Redeteile, die Lee in Ausschnitten übersetz hat, noch einmal korrigiert, sodass Lee sie bereits in ihr Artikelformat eingefügt hat. Ayaz hat sie seit dem Desaster mit dem Apartment nicht mehr getroffen. Man solle den Staat nicht in der Öffentlichkeit kritisieren, vor allem nicht vor den doch für alle so willkommenen Touristen. Also auf keinen Fall auf der İstiklal.

«Dann zwingt uns doch nicht, ihn zu kritisieren», hatte Gonca den Fernseher angebrüllt und war wütend aus dem Zimmer gerannt. Jetzt, mitten im Getümmel, nimmt Lee sich selbst ins Kreuzverhör, so, wie Gonca und Miray das gestern miteinander getan haben, mit dem leeren Adressaten des Präsidenten im Fernsehen vor sich, in einer Performance, die genau die gleiche Wut ausstrahlte, wie jetzt die immer noch kleine Versammlung von Samstagsmüttern hier. Für wen ist der Staat da? Für die Menschen, die Bäume, die Seen, die Flüsse, die Meere, die Flüchtlinge und die Mütter? Für wen ist der Staat da? Für die Stadt İstanbul? Sind das nicht auch die Bewohner, und die wurden unterdrückt, sind das nicht auch die Bäume, die wurden abgeholzt, sind das nicht auch die Plätze, und die wurden mit Plastik und Bauschutt zugeschüttet, verschmutzt, gelöscht, als wären sie nur weitere selbstverständliche Leerstellen in einer Expansionswelt aus Bauwut. Wer ist denn noch ein akzeptabler Bürger? Wer darf auf dem Friedhof der Waisen begraben werden? Mal sehen, wie viele Berge zählt man in diesem Land? Wie viele im Westen, wie viele im Osten? Wer ist denn jemals über Ankara hinausgekommen? Kennt jemand den Van-See? Ist der Tod noch organisch – oder auch schon aus Plastik? Wen eint und wen trennt die türkische Fahne?

Die Polizei, mit *Kartals,* Panzerwagen, Wasserwerfern. Die Protestmütter werden abgekanzelt, an die Seite geschoben. Keine Gewalt, aber kurz davor. Ein Knall. Es riecht nach Kordit. Versammlung aufgelöst. Drei Straßen weiter ein Disput über Fisch, in einem Restaurant eine Versammlung vor einem Fernseher, Galatasaray gegen *Fenerbahçe,* Stadtteilduell, als wäre sonst nichts passiert. Weltstädte und ihre Gleichgültigkeit.

Lee will alles wissen, sehen, durchstöbern, erkennen, verstehen. Sie hat sich selbst noch nie so besessen von einem Ort erlebt. Es ist anders als New York, nicht so bequem. Sie schaut auf ihr Handy, wieder Nachrichten, die sie unterdrückt. Er will sie sehen, schreibt Ayaz in einer seiner WhatsApp-Nachrichten. Sie schreibt zurück, dass es ihr im Moment zu viel wird, obwohl sie ihn noch liebt, ja, das könnte sie schreiben.

Sie öffnet ihren Laptop und findet eine Nachricht des Universums. Sie hat sich nach der Engelszahl auf der Website der Universumskarten angemeldet, die ihr ihre schwedische Kommilitonin damals geschenkt hat. Sie ist nicht so durcheinander wie nach dem Tod Helenes, aber sie braucht Unterstützung. Auf der elektronischen Karte steht:

Until you dream, there isn't a mold.
Until you speak, there isn't a promise.
And until you move, there isn't a path.

Yet do these simple things, Lee, and you totally own me.

Friends forever,
The Universe

Istanbul, März 2016

«Das Türkische hat eine besondere Form, etwas Bedeutendes in der Vergangenheit zu erzählen, so als wäre es noch gar nicht vergangen, wie unser deutsches *Es war einmal* ... Es war im *Pera-Hotel*, als wir uns das erste Mal begegneten, Auerbach und ich. Ich meine, begegneten ... im Sinne von das erste Mal in einem Raum miteinander sein, einander sehen. Sie wollten doch etwas über Auerbach erfahren, nicht wahr? Auerbach war ja damals schon eine Figur, ein Mythos, schon damals, das wusste ich bereits ... Wie war das? ‹Der Charakter eines Menschen ist sein Schicksal›?»

Lee hat sich dieses Mal noch genauer auf das Treffen vorbereitet. Helene hatte ihr von dem Briefwechsel erzählt, den Auerbach damals mit Walter Benjamin führte. Sie hat am Vortag den ersten Brief Auerbachs aus Istanbul nochmals studiert, die Kopie bereits voller Anstreichungen.

12. Dez., 36

Istanbul-Bayazit
Edebiyat Falkültesi
(ab 20. Wohnung:
Istanbul-Bebek,
Aslanlı Konak)

Lieber Herr Benjamin,
mein einstiger Marburger Mitarbeiter Werner Krauss beauftragt mich, Ihnen mitzuteilen, daß die Übersendung seiner Arbeit über Corneille «nicht in Bezug auf die Arbeit einen Anspruch erregen sollte, sondern die Hoffnung auf gelegentliche Fühlungnahme».

Ich nutze die Gelegenheit, Ihnen meine neue Adresse mitzuteilen und von den veränderten Lebensumständen Kenntnis zu geben …

Als Auerbach noch in Marburg war, hatte er versucht, Benjamin, der in Frankreich im Exil lebte, durch seine Kontakte weiterzuhelfen, Freunde und Vortragsgäste, darunter Schriftsteller wie Malraux. Er habe, schrieb er, aber mit der Hilfsbereitschaft der Franzosen keine gute Erfahrung gemacht. Die ersten Zeilen aus dem türkischen Exil sind seitens Auerbachs auch von bitterer Ironie gegenüber der neuen Situation gekennzeichnet – er nennt Atatürk den «*grand chef*», hält ihn für einen «symphatischen Autokraten» und spricht fast sarkastisch von den Reformen und dem kompromisslosen Willen zur Verwestlichung:

(…) Die Sprachreform, zugleich phantastisch urtürkisch (Befreiung vom arabischen und persischen Einschlag) und modern-technisch, hat es fertiggebracht, daß kein Mensch unter fünfundzwanzig Jahren mehr irgendeinen religiösen, literarischen oder philosophischen Text verstehen kann, der älter ist als zehn Jahre, und daß die Eigentümlichkeiten der Sprache unter dem Zwang der lateinischen Schrift, die vor einigen Jahren eingeführt wurde, sich rapide verflüchtigen. Ich könnte viele Einzelheiten berichten; das Ganze ist dahin zusammenzufassen: Immer deutlicher wird mir, daß die gegenwärtige Weltlage nichts ist als eine List der Vorsehung, um uns auf einem blutigen und qualvollen Wege zur Internationale der Trivialität und zur Esperanto-Kultur zu führen.

Auerbach war 1936 in Istanbul angekommen, kurz vor Naumann. Wie Lees Großmutter. Als märchenhaft empfand er die Stadt nicht, trotz des Hauses mit Löwen, dem *Aslanlı Konak*, in dem seine Frau, sein Sohn und er elf Jahre lebten. Er sah den Verfall der jüdischen, armenischen und griechischen Luxusläden auf der Prachtstraße in Pera, das langsame Verrotten der alten ottomanischen Paläste am Bosporus und hielt den bereits abgelebten barocken oder den nach französischem Stil gemodelten Neunzehntes-Jahrhundert-Prunk im Pera-Viertel für dörflich. Bebek war schon damals ein luxuriöses Viertel, in den großen Wohnhäusern in der Bucht lebte man zurückgezogen vom Alltag der Großstadt. Möwen flogen vom Bosporus auf die Balkone. Lee hat schon mehrere Abstecher dorthin unternommen, das teure Bebeker Marzipan in einer Geschenkpackung für Naumann gekauft, die fast mondäne junge Szene der türkischen Superreichen am Wochenende mit ihren Ferraris im Korso einfahren und in die Bars und Restaurants verschwinden sehen. Vor Auerbachs Haus ragt eine Statue Atatürks empor. Auerbach hatte es damals zunächst gefallen, seine Möbel und seine Bücher waren, wie er schrieb, aus Marburg «im Anmarsch». Doch auch er hielt seine Sonderstellung als «einziger neu berufener Geisteswissenschaftler unter den Europäern» und sein Fach der «*Romanoloji*» im Grunde für Luxus. Auerbachs Briefe verrieten immer mehr, wie sehr er sich zunächst doch ausgeschlossen gefühlt hatte in Istanbul, in dieser «wunderbar gelegenen, aber doch auch unliebenswürdigen und unverbindlichen Stadt». Lee überlegte, ob sie seine Einschätzung teilte. Bislang hatte sie Istanbul anders erlebt – und ihre Bewohner eher als liebenswürdig und verbindlich wahrgenommen.

Es schien insgesamt keine leichte Zeit gewesen zu sein für Auerbach, damals. Lee versuchte, sich an die Erzählungen ihrer Großmutter zu erinnern. Helene, «Fräulein Bischoff», die Auerbach sozusagen direkt von seinem Vorgänger Leo Spitzer als Assistentin und Sekretärin geerbt hatte – und die für ihn die Recherchen machte, für ihn und mit ihm den geforderten Sprachunterricht organisierte und sich mit den staatlichen Behörden herumschlug –, musste sich immer wieder Auerbachs nicht nur ironisch gemeinte Tiraden über Atatürk, den «*grand chef*», und seine «anatolischen Türken, einen naiven, misstrauischen, aber ehrlichen, etwas unbeholfenen und bäuerischen, dabei sehr emotiven Menschenschlag» anhören.

Auerbach sah, so Helene, die Einladungen an die Europäer oft in einem sehr dunklen Licht. Man konnte von den europäisch geschulten Emigranten lernen, ohne aber fremde und vor allem staatliche Einflussnahme befürchten zu müssen. Er hielt Atatürks Einladung der deutschen Juden für einen geschickten Schachzug – ohne wirklich ethische Beweggründe dahinter zu vermuten.

«Auerbach schrieb *Mimesis* – und ich schrieb immer noch die Berichte an den SD, die kleinen Spitzelnotate über die Menschen, die ich traf. Ich schämte mich; auch, dass es nur Berichte waren. Ich wünschte mir manchmal, ich hätte Tanpınars Begabung gehabt, oder wenigstens die eines weniger begabten Poeten, dann wäre es mir vielleicht gelungen die Farben von Istanbul festzuhalten, all die Schattierungen des Blau: das Blau in der Stimme der Imame, das sanfte Blau italienischer Pflaumen, Zwergenblau, Pygmäenblau, gewöhnliches Blau, das Frühlingsazur, das Ameisen als Honigtau aus Larven melken, ein Blau, das an Orange grenzt, Silberblau, sonores Blau, Meeresblau, Bosporusblau, Konstantinopelblau, Byzanzblau, Istanbulblau ... Istanbul, du blaue Stadt am Meer ... Die verhangene Farbe der Luft, wenn man abends über die Dächer schaut. Man sieht in einem Garten davor vielleicht eine Zitrone oder eine Orange, das Blau einer Orange ...»

Allmählich bekam Lee das Gefühl, dass sich dieser alte Mann in seiner Art, sich zu erinnern, vor etwas retten wollte. Was war dieser dunkle Fleck, der an ihm haftete? Eine Schuld? Es war nicht bloß eine Pose, dass er zum Dichter geworden war, beeinflusst von der Stadt, das spürte sie; es ist, als schäme er sich für den äußeren Eindruck, den sein Leben erwecken konnte; er habe doch eine schöne Karriere gemacht – vom Korrespondenten für konservative, manchmal liberale Blätter, der in seinen Artikeln zwar nie gegen Juden gehetzt, aber der deutschen Verehrung für Atatürk neue Nahrung gegeben hatte und in die Fänge des Geheimdienstes geraten war, bis er seine Spitzeldienste vor sich selbst nicht mehr rechtfertigen und sie nicht mehr ertragen konnte. Nun, über achtzig Jahre später, spricht er immer noch, als könnte er Worte sehen, sie schmecken, in sie hineinbeißen wie in frisches Obst; so als wolle er das Vergangene festhalten, vielleicht auch verändern, obwohl das unmöglich ist.

Ihre Gespräche mit Naumann wühlten sie zunehmend auf. Wessen Geschichte erzählte er? Seine? Zu wem gehörte sie? Zu ihm oder ihr, Helene, Auerbach, Atatürk – der Zeit – oder der Poesie?

«Die hatten uns damals am Kragen. Keinen Augenblick, den man nicht auf der Hut sein musste.»

«Ich ...», begann Lee zuerst, dann lenkte sie das Gespräch doch auf einen anderen Punkt. «Die Sache mit der Hesse-Ausgabe, die Sie verbrannt haben, hat mir einen Schauder über den Rücken gejagt.»

«Ja», sagte Naumann. «Nicht nur Ihnen.»

Und dann murmelte er: «Wenn das nur das Schlimmste gewesen wäre.»

Istanbul, Mai 1936

«Wo man Bücher verbrennt, da verbrennt man auch Menschen!»

«Heine!»

Fuchs und Auerbach nickten sich zu. Die Lunchgesellschaft hatte sich um einige türkische Kollegen erweitert, bei denen auch Naumann saß.

«Apasia hätte man auch noch nennen können, die Verbrennung der Bibliothek von Alexandria! Oder die goldene Horde Dschingis Khans, die die große Bibliothek in Bagdad vernichtet hat.»

Auerbach redete sich in Rage. Welch ein Verlust es gewesen sei, diese Weisheit des Altertums, die Papyri, beschriebene Lederhäute, Schriftrollen, das Wissen der Griechen überliefert in den arabischen Schriften, unwiederbringlich verloren. «Und hier gibt es auch keine vernünftige Bibliothek.»

«Sie können zu uns kommen», warf ein Mann im weißen Dominikaner-Habit ein, der sich als Monsignore Roncalli vorstellte. «Es ist eine bescheidene Sammlung, die wir haben, nicht von Schätzen des Altertums, aber, ich kann sagen, seit dem siebzehnten Jahrhundert hat unser Orden doch einiges angehäuft, was von Interesse sein mag!»

Er hob sein Glas, Auerbach erwiderte.

«Bücher tragen die Schätze der Welt! Was da in Deutschland geschehen ist …»

Alle blickten beklommen. Zum zehnten Mai waren jetzt zwei Jahre vergangen.

«Ich habe mich betrunken, als ich hörte, wie Thomas und Heinrich Mann, Lion Feuchtwanger, Bertolt Brecht, wie all diese Namen mit pathetischer, vor Selbstgerechtigkeit zitternder Stimme von einem der Fackelträger ausgerufen wurden, und als ich sah, wie ihre Bücher ‹den Flammen übergeben› wurden», sagte Fuchs. Alle nickten. Die Stimmung am Tisch war in Trübsal umgeschlagen. Jemand räusperte sich. Dr. Özil, der junge Assistent, der Auerbachs Vorlesungen mitschrieb und ins Türkische übersetzte, erhob sich.

«Wir wollen darauf anstoßen, dass solch eine Barbarei nur eine kurze Episode in der Geschichte der Menschheit und der europäischen Zivilisation bleibt. Mögen die Bücher uns Frieden und Weisheit bringen. Ihr Geist wird den Flammen immer widerstehen!»

«Hört, hört!»

Die andere Person, die Naumann über die ersten enttäuschenden Wochen hinweggeholfen hatte, in denen er immer wieder versuchte, Ulrich vor dem deutschen Konsulat abzupassen – wo man ihm weiterhin regelmäßig beschied, nein, Herr von Stetten sei leider auf Dienstreise, er habe wichtige Amtsgeschäfte in Izmir, sei leider in einer Sitzung, müsse noch lange dienstlich telefonieren, man könne gar nichts sagen über die Mitarbeiter; wer er denn eigentlich sei? Nein, von Stetten? Der arbeite hier? War der nicht letzte Woche nach Ankara abgestellt worden – war der Buchhändler Kemal Alpsoy, ein kleiner Ladenbesitzer mit einer bescheidenen Theke am Straßenrand, an einem Seitenausgang des Balık Pazarı. Er stellte billige Bücher aus, in der Regel gebrauchte, die er von den Besitzern zu einem günstigen Preis bekommen hatte, und verkaufte sie, wobei er darauf achtete, einen guten Gewinn zu erzielen. Er ging jeden Tag in Begleitung seiner Frau aus, die ein paar Meter von seinem Laden entfernt einen kleinen Stand mit frischem Gemüse betrieb. Kemal konnte weder lesen noch schreiben, aber der Verkauf von Büchern war für ihn eine echte Leidenschaft. Er überzeugte die Käufer, indem er ihnen den Reichtum seiner Bücher ausführlich erläuterte. «Nehmen Sie dieses grüne Buch», hörte Naumann Kemal sagen. «Es hat nicht nur die Farbe des Korans, der Flagge des Propheten, des Gartens des Paradieses, nein, es sind auch die süßesten Geheimnisse des Universums in ihm verborgen. Dieses Buch stärkt, es verändert Sie sogar. Es ist gut für den familiären Zusammenhalt. Wer dieses Buch liest, wird danach ein anderer Mensch sein, es ist wie das Wasser im Garten Eden: eine Erquickung der Seele, ein Festmahl für den Verstand!» Kemal hatte ein Gespür für Geschäfte und schloss seine Händel immer mit einem kleinen Sermon ab, indem er den Inhalt von Büchern erklärte, von denen er gar nichts wissen konnte. Beim ersten Mal, als Naumann seine Art zu verkaufen beobachtete, war er so fasziniert, dass er Kemal ansprach; dabei war es ein Kochbuch des letzten Zuckerbäckers der Osmanen, ein Buch ohne Bilder, zu dem die anpreisenden, in beschwörendem Singsang gesprochenen Worte trotzdem genau zu passen schienen. Naumann machte es sich zur Gewohnheit, bei Kemal stehen zu bleiben, wenn er die İstiklal entlang von der Botschaft ins Büro oder abends zurück ins Pera lief. Oft kaufte er auch etwas und erfreute sich an den Worten, mit denen sich Kemal von ihm, dem Käufer, und seinem Buch verabschiedete. Naumann sah, dass es Kemal trotz seiner leidenschaftlichen Lobreden schlecht ging und er seine kleine Familie kaum ernähren konnte. Schon nach ein paar Wochen entwickelte er eine solche Sympathie für Kemal und seine Einbildungskraft, die in den Büchern, die er verkaufte, solch zauberhafte Verwandlungen geschehen ließ, dass er immer ein, zwei Bücher von ihm kaufte und sich dann jedes Mal darauf freute, wie die eingebildete Geschichte Kemals und die wirkliche des Buches sich denn verbinden würden. Nach der Scheherazade des Buchhändlers ging er dann zu seiner Frau an den Obststand. Sie waren Eltern eines fünfjährigen Mädchens, das sie jeden Tag begleitete und die Zeit damit verbrachte, zwischen den Ständen hin und her zu laufen. Kemals Frau verschleierte sich, was ihr oft zynische Kommentare von stolzen Türkinnen in Bundhosen und mit Baretts einbrachte.

«Sie verachten uns, weil wir an Allah glauben, Naumann Bey», sagte

Kemal. «Und weil wir aus Yozgat stammen, hoch aus den Bergen. Einfache Leute vom Land sind wir, und wir haben es nicht leicht, aber kommen Sie, ich will Ihnen ein schönes neues Buch zeigen, das ich gestern erstanden habe – es wird Ihnen gefallen, und ich erzähle Ihnen dazu eine Geschichte …»

«Auerbach hat etwas Ähnliches gesagt», erklärt Naumann Lee. «Er hat meine Begeisterung für die Sprachreform und die Modernisierung nicht geteilt, vielleicht auch nur nicht verstanden.»

«Ich weiß, ich habe seine Briefe an Benjamin dabei.»

«Benjamin? Die beiden haben sich geschrieben?»

Istanbul, 1936

Was ihn dazu bewogen hatte, in den Presseklub zum Tee im *Pera-Hotel* zu gehen, wusste er nicht. In seinen ersten Tagen in der Stadt hatte er sich den Luxus des Hotels aus Samt und Mahagoni gegönnt, hatte sich eingerichtet zwischen reichen Engländern, Russen und ein paar Diven, deren Geliebte sie entweder aushielten oder die so clever gewesen waren, sich reich zu verheiraten und ihre Männer um die Welt zu begleiten, wohl wissend, dass sie als Repräsentationsgattinnen entweder verkümmern würden oder dass sie sich selbst als Künstlerinnen, Sammlerinnen, Schreiberinnen oder europäische Abenteurerinnen beim Tee neu erfinden müssten. Naumann war das alles letztlich fragwürdig vorgekommen, schaumig und abgestanden wie ein lauwarmes Bad. Ali Bey hatte sich nach einer dauerhaften Unterkunft für ihn erkundigt. Den ersten Monat hatte er in einer Pension bei einer griechischen Familie in einem abgetrennten Teil ihres riesigen Hauses unterhalb des Galataturms verbracht; dann war er in die Nähe des Taksim-Platzes gezogen, in eine Pension am Hang unterhalb der deutschen Botschaft, die jetzt nur noch Sitz des Konsuls war und wo es sogar einen kleinen Garten direkt hinter dem Haus gab. Aber erst in der Wohnung in Balat, die ihm Ali Bey schließlich besorgte, in seinen eigenen vier Wänden, gelang es ihm, mit einigem Anlauf, sich endlich wieder zu Hause zu fühlen, beim Tee oder wenn er morgens mit nackten Füßen im Gras neben den Katzen Gymnastik machte, mit anschließenden Klimmzügen am stärksten Ast des Maulbeerbaums.

Zum Presseklub im *Pera-Hotel* hatte die Zeitung *The London Times* geladen. Einerseits zur Feier des nahenden Weihnachtsfestes, auch zur Feier des Jahresendes, aber vor allem feierte man sich selbst. Die *Times*, gefeiert als *chief glory of English journalism*, eine der – nicht nur selbst ernannten – großen Zeitungen der Welt. Naumann hatte sich eigens einen Smoking geliehen, mit extra steifem Kragen; jetzt, zwischen den eleganten Raubkatzen in den fließenden Dinnerjackets und den Damen mit Nerzstolas, kam er sich beinahe eingesperrt vor. Der Schweiß rann ihm den Nacken hinab, am liebsten wäre er wieder gegangen, aber da führte ihn ein Kollege, Collins, ein junger Mann, den er vom Rudern kannte, mit einem «Ah, da sind Sie ja!» weg von der Tür und in den Raum hinein. Palmen und blauer Dunst von den türkischen Zigaretten, die laszive Nonchalance eines englischen Upper-class-Nachmittags, wo Gäste sich elegant in Konversationen ein- und ausklinkten, sich manchmal fast zu langweilen schienen, während Diener still Drinks und die Aschenbecher tauschten – und das gegenseitige Einholen und Austauschen von Informationen weiterging. Naumann brauchte einen Moment, um sich dieser Blasiertheit der Pressegesellschaft, dieser näselnden Sicherheit zu stellen, er konnte niemandem einfach auf die Schulter klopfen, «Splendid!» rufen und so tun, als ob er dazugehörte – er gesellte sich also immer wieder zu einigen Grüppchen hinzu, lauschte, warf ein, dass er diesen oder jenen Artikel des «Kollegen» gern gelesen hatte, gestand, dass er die Berichterstattung der *Times* als überdurchschnittlich empfand, was ihm zumindest ein freundliches Nicken einbrachte; vielleicht hatte die Einschätzung, die er bei seiner Abreise aus Wien in einem Kaffeehaus gelesen hatte, doch etwas für sich. «Die Macht und der Einfluss der *Times*», hatte es da geheißen, «wird bestehen, solange England von einer intelligenten oberen Mittelschicht regiert wird, wie es seit den Reformgesetzen im Jahr 1832 der Fall ist. Die *Times* reproduziert die Meriten und die Defizite der herrschenden Schicht, und wie diese – und wie das Königshaus, mit dem die *Times* oft verglichen wird – ist die Zeitung sicher wie das British Empire, sicher wie das kapitalistische System Englands.»

Und Naumann war zwar eingeladen von den Großen, stand nun aber wie unbeteiligt in dem überplüschten Raum zwischen den Etageren mit randlosen Sandwiches, den duftenden Scones und der Clotted Cream, der er sich nicht zu nähern wagte, so graziös schoben sich die britischen Damen diese buttrige Masse in ihre lächelnden Münder. Die Einladung war eine Anerkennung. «Indeed», wurde von den Männern gezüngelt, wenn er sich an ihren Gesprächsgruppen vorbeibewegte. Manchmal, wenn sie ihm keine Chance boten, stehen zu bleiben und sich an dem eben noch geführten Gespräch zumindest für einen Augenblick zu beteiligen, versuchte er eine andere Taktik: «Haben Sie den Botschafter gesehen?», fragte er. Monokel und alte Pincenez wurden aufgesetzt, er wurde beäugt, es wurde abgewogen, doch der Spießrutenlauf durch die britisch-türkische High Society schien nicht dazu gedacht, ihm, dem «Beobachter», dem «kleinen Völkischen», dem «warmen Bruder», wie er es tuscheln hörte, einen Platz in der Ecke zuzuweisen. Man sprach mit ihm. Lord Carnarvon fragte aus seinem Backenbart prustend heraus, «Welchen?», und zeigte in die große Runde am Büfett, wo Naumann zumindest den französischen und den spanischen Botschafter erkannte. Naumann antwortete artig: «Den Ihren, den meinen erwarte ich nicht, hier zu sehen.» Der Platz an der Sonne, er gehörte der *Times* – und dem alten Europa.

Das Verbindungsbüro in Berlin hatte ihm eigens aufgetragen, zuzusehen, dass er Kontakte knüpfte – «Halten Sie die Augen, halten Sie die Ohren offen! Sie berichten direkt nach Berlin!». Die *Times* war unter ihren derzeitigen Eigentümern und dem Chefredakteur Geoffrey Dawson wohltuend antisowjetisch – und, so dachte man, einer englisch-deutschen Wiederannäherung zugeneigt. Aber nicht hier in Istanbul, hier, wo sich die koloniale Macht der Briten noch gar nicht richtig hatte entfalten können, wo sie aber an der Zerschlagung des Osmanischen Reiches beteiligt gewesen war, um sich die Filetstücke der Levante anzueignen; Britannia, das Mühe hatte, weil es sich nicht mehr mit den Jungtürken, sondern mit den Kemalisten arrangieren musste; und nun tauchten sogar hier wieder Deutsche auf und buhlten um Status und Gunst, wo man als Brite daher gleich dagegenhalten musste, wo man zeigen musste, dass es noch immer einen Adel der Nationen gab und dass Emporkömmlinge höchstens, höchstens!, den Status eines Juniorpartners anstreben könnten, nicht aber mehr.

Naumann ahnte schon, dass er ein ideologisches Schlachtfeld betrat, als er seinen Mantel und den Homburg an der Garderobe abgegeben hatte. Aber ein Mr. Aberdeen, Kulturattaché, wie er sich vorstellte, erwähnte, dass er ja – anders als der Konsul und die geladenen Gäste aus der *Teutonia*-Verbindung – *nicht* abgesagt hatte, und Lord Carnarvon drückte ihm billigend ein Glas schottischen Whisky in die Hand. Naumann hatte sich vorgenommen, sich nicht erniedrigen zu lassen, sich nicht bloß als Vorzeigedeutscher – oder als Vorführdeutscher – behandeln zu lassen. Er war erstaunt und achtete vor allem auf seine türkischen Kollegen, wie diese ebenfalls beobachteten, dass die Briten ihn eben nicht herablassend behandelten, ihm nicht bloß mit der einen Hand einen Tee oder Sherry mit der unausgesprochenen Bemerkung reichten, man wäre ja kein Unmensch, mit der anderen ein Hüsteln unterdrückend oder milde lächelnd. Er hatte nicht mehr das Gefühl, die Briten würden sich insgeheim untereinander zunicken, um sich still zu versichern, immer noch unter sich zu sein oder dass solch ein Bursche nicht störte, da seine Ansichten der *Times* sowieso egal wären. Im Gegenteil: Seine Ansichten waren gefragt und scheinbar – Naumann war sich sicher, sie wollten ihn aushorchen, aber das sollte er umgekehrt ja auch – geschätzt. Es sprach dieser Graves doch noch nicht einmal Türkisch! Was er konnte, und darüber gab es genügend amüsierte Berichte von Naumanns türkischen Kollegen, war Handeln im Basar. Mehr als eine Anekdote erzählte von seinem kolonialen Gehabe, sich die Teppiche und Töpfe, die goldverzierten Schränke und an Intarsien reichen Kaffeetische gleich von einer Dienerschar nach Hause tragen zu lassen durch das überdachte Labyrinth, regelrechte Schatzjagden waren das, und Graves war ein Feilscher. Naumanns Türkisch aber und auch sein Englisch konnten sich hören lassen! Er mischte sich mit ausgestellten Schultern und einem eleganten «*Pardon me*!» zwischen zwei Offizieren in Galauniform hindurch in die größte Gruppe um Graves herum, bestehend aus dem britischen Konsul und Halit Bey, dem türkischen Handelsminister und deren Untergebenen. Ein anderer Türke, den Naumann von Fotos als Vizepräsident der Türkiye İş Bankası kannte, hatte gerade seine Ausführungen beendet, in denen es augenscheinlich um die Verteidigung des ersten Fünfjahresplanes und die Anleihe bei der Sowjetunion ging, die zu dessen Umsetzung nötig war. Der kleine dicke Mann schien in seinem Smoking ins Schwitzen gekommen zu sein. «Nein», schloss er nun in geschliffenem Englisch fast ohne Akzent, «die Türkei tritt keineswegs in Moskaus Fußstapfen. Unser Etatismus versucht lediglich, unsere Wirtschaft zu retten.» Die hohen Zölle und das System aus ausgeklügelten Handelsbarrieren sollten die heimische Wirtschaft so lange schützen, bis die Maßnahmen der Industrialisierung griffen – «eine temporäre Erleichterung, kein Heilmittel, die Planwirtschaft!». Er schien diese Worte schon ein paarmal wiederholt zu haben, denn die Herren um ihn herum nickten etwas gelangweilt – man müsse das Ganze sehen: Schließlich wäre das gesamte türkische Handwerk vollständig vom Weltmarkt verschwunden, völlig verdrängt worden von den industriell hergestellten Gütern des Westens. Die Türkei exportiere doch nur noch agrarische Produkte und Rohmaterial! Und die Bedingungen nach dem Krieg, diese schreckliche Depression, hätten den Wert der Exportgüter zusätzlich so gemindert, dass eine ausgeglichene Handelsbilanz durch eine Politik des Freihandels einfach nicht mehr gewährleistet wäre.

Ein großer Mann mit Walrossschnauzer, der neben dem kleinen Bankier stand, mischte sich ein, dem Tonfall nach ein Engländer.

«Als Sie», er sah der Reihe nach erst den Handelsminister, den Redner und dann einen dritten Mann mit Kummerbund an, offensichtlich auch ein Türke, «im letzten Jahr die Einführung des Fünfjahresplans angekündigt haben, da haben Sie doch Ihr wahres Gesicht gezeigt! Das eines sklavischen Schülers Ihres Freundes und Nachbarn, der Sowjetunion!»

Gemurmel und verhaltene Zustimmung auf englischer, offene Empörung auf türkischer Seite. Graves, der sich ein Monokel einsetzte, aschte auf das Tablett ab, das ihm ein livrierter Bediensteter des Hotels sofort unterhielt. «Aber, aber, lassen Sie das doch.» Er nahm das Monokel wieder heraus und lächelte alle in der Runde leicht spöttisch an. Auf Naumann ruhte sein Blick einen Augenblick länger. Die Gruppe hatte Graves Platz gemacht. Sie erwartete mehr, und der *Times*-Mann enttäuschte sie nicht.

«Wir brauchen mehr Verständnis für unsere türkischen Freunde. Und weniger Alarm. Die kemalistische Position ist es nicht etwa, einen faschistischen oder einen bolschewistischen Lebensentwurf einzuführen, auch wenn es manchmal Ähnlichkeiten mit beiden zu geben scheint. Der Kemalismus basiert nicht auf irgendwelchen ideologischen Imperativen. Das habe ich ja schon vor drei Jahren nach İsmet Paşas Besuch in Moskau und in Rom geschrieben. Es geht um das gute Recht auf Nationalismus. Kemalismus basiert auf dem Charakter des türkischen Volkes, der immer schon unterwürfig war.»

Naumann sah es den drei Türken an, wie sie schluckten. Graves machte weiter.

«Unterwürfig und wohldiszipliniert, nur fehlt den Türken eben die Initiative! Der Geist, etwas anzupacken. Daher braucht man hier das Einparteiensystem. Daher auch die Einschränkungen bei Rede-, Presse- und Versammlungsfreiheit, der Hang zu staatlichem Interventionismus – alles sehr verständlich, alles vernünftig.»

Er machte eine Pause.

«Das gegenwärtige System ist vielleicht nicht ideal, aber unter ihm schreitet die türkische Nation auf eine höhere Form der Zivilisation zu. Sehen Sie doch, wie sich der Lebensstandard verändert hat.»

«Vor allem auf dem Dorf», murmelte der dritte Türke seinem Minister zu, auf Türkisch. Naumann sah, dass niemand außer ihm das Gesagte verstand.

«Und allein daher», fuhr Graves fort, «ist die gegenwärtige Form der Regierung jeder anderen, die man hier vordem erlebt hat, vorzuziehen.»

Beifällig nickten alle, auch die Türken. Doch der Mann mit Wallrossschnauzer ließ nicht locker.

«Trotzdem: Pläne wie in der Sowjetunion, Geld aus Moskau und Elektrifizierung, Elektrifizierung, als ginge einem da erst das Licht auf, wie in der Aufklärung – und unsere guten Waren werden hier nicht korrekt gehandelt. Sollen wir zusehen, wie das Land kommunistisch wird? Unser Investment einkassiert, unsere Immobilien enteignet werden? Wer schützt den Freihandel? Wer die britischen Interessen?

Meine Firma investiert hier seit siebzig Jahren. Selbst die Deutschen können nicht so blind sein und die Türkei den Russen überlassen.» Unter beifälligem Nicken sah der Mann, dem von der wütenden Rede ein Äderchen im Auge geplatzt war, Naumann an.

«Nun, ich bin kein Fachmann für wirtschaftliche Angelegenheiten», fing Naumann an und legte Wert darauf, sein gehobenes Oxford-Englisch – auch ein Verdienst der Schule – auszustellen, als Graves ihn schon unterbrach.

«Den *Völkischen* darf man nicht fragen, er beobachtet noch.» Ein Satz in akzentfreiem Deutsch. Graves nickte Naumann zu, so als wollte er *touché* sagen, und alle Umstehenden begriffen, dass der Deutsche das Duell zu verlieren schien – zumal Graves sein Bonmot sofort ins Englische übersetzte, worauf alle lachten. Naumann wollte weiterreden, aber Graves war schneller.

«Nein, die Nazis bauen sich schon wieder als neuer Partner auf – kaufen die türkischen Waren zu exorbitanten Preisen auf, weit über Weltmarktniveau; wenn das so weitergeht, dann sind die Hunnen bald die besten Freunde der Machthaber in Istanbul und Ankara, da müssen wir achtgeben. Aber zuerst müssen wir lernen, müssen wir verstehen, dass der türkische Weg ein nationalistischer ist, kein faschistischer – und auch kein kommunistischer. Wenn wir unsere deutschen Freunde», erneut blickte die Gruppe auf Naumann, «nicht bald in einer Schlüsselposition am Bosporus sehen wollen, dann braucht es alles Verständnis für die türkische Sache.» Der Walrossmann schnaubte. Graves setzte sich das Monokel ein und sprach weiter.

«Wir müssen unseren türkischen Freunden», er machte eine Geste in Richtung des Handelsministers und des Bankvizepräsidenten, «etwas anbieten, sodass die Türkei nicht in neue Abhängigkeiten gerät. Und London – nicht Moskau – sollte die Hauptrolle bei der Umsetzung des nächsten Fünfjahresplanes spielen.»

Oder Berlin, dachte Naumann, denn genau das hatte Göllhauser, der Wirtschaftsattaché und Verbindungsmann in die Albertstraße, als Zielpolitik ausgegeben – dass man auf lange Sicht der wichtigste Handelspartner der Türkei bleibe, weil man klug investiere, vor allem aber der wichtigste Absatzmarkt für die türkischen Agrar- und Handelsgüter werden müsse; dann würde sich die alte Allianz zwischen den Osmanen und dem Deutschen Reich schon wieder in neuer Form einstellen, dann könnte man die alten Pläne von der Berlin-Bagdad-Bahn wieder aufnehmen und den Briten im Kampf um die Ölfelder im Mittleren Osten endlich Paroli bieten. Naumann begriff plötzlich, was er hier auf dem Presseempfang sollte. Provozieren und intrigieren – aber Letzteres konnte er nicht. Den Leuten, die ihn manipulierten, gab er, wenn es sein musste, Informationen weiter, um sich zu schützen, und über die jüdischen Professoren auch. Aber mehr auch nicht. Keine Bettgeschichten, wozu die ihn in Berlin drängten. Wenn, dann nur, was auch die anderen an Gerüchten schon wussten, denn Göllhauser hatte angedeutet, es gäbe auch in seinen Kreisen noch weitere Leute, die für sie arbeiteten, er solle also keine Märchen erfinden. Er hatte plötzlich Lust auf einen Tee. Er wandte sich von der Gruppe ab und ging zum Bufett, wo er einen türkischen Tee ohne Zucker in einer Tulpentasse verlangte; der Hoteldiener lächelte etwas indigniert, rief einen Boy heran, der fünf Minuten später mit einem Straßenhändler wiederkam, der seinen Tee auf einem alten Silbertablett ausschenkte und sich überschwänglich bedankte, als Naumann ihm ein großes Trinkgeld zusteckte, bevor er vom Hausdiener, ähnlich angewidert wie bei Naumanns Bestellung, aus dem Salon gewunken wurde.

Naumann lächelte in sich hinein und setzte sich mit seinem Tee in eine Ecke.

«Mögen Sie unseren Tee nicht?», fragte ein fahler Mann mit dreieckigem Gesicht, der hinter einer Palme stand, deren Wedel Naumann leicht über die Haare strich. Überrascht drehte er sich dem Sprecher zu und betrachtete ihn eingehender. Ein drahtiger, aber nicht allzu großer Körper, sehnige Hände, die eine nicht angezündete Zigarette hielten. Die Augen in dem Dreieck bis tief in die Höhlen zurückgezogen wie große dunkle Löcher. Am auffälligsten aber war die silberne Nasenprothese, die der Mann über dem dünnen Schnurrbart trug, als wäre er leprakrank. Eine gespannte, fast gefährliche Ruhe ging von ihm aus, als er nun hinter der Palme hervortrat, sich vor Naumann stellte und eine Verbeugung andeutete.

«Darf ich mich vorstellen? Murray. Import und Export von …» Er wies lächelnd auf die Zigarette, die er in der Hand hielt. Naumann bemerkte, dass ihm auch die Kuppen zweier Finger fehlten. Der Lepramann setzte sich.

«Ich …», begann Naumann und erhob sich leicht aus seinem schweren Rattansessel. Der Mann hob beschwichtigend die andere, unversehrte Hand.

«Sie brauchen sich nicht vorzustellen, Herr Naumann. Wir wissen, wer Sie sind.»

Als Naumann ins orange Licht der Gaslaterne hinaustrat, die die Straße vorm *Pera Palace* erleuchtete, merkte er, dass er taumelte – diese Hunde! Erst erpressten ihn die eigenen Leute, hier als Spion für sie zu arbeiten, und nun versuchten die Briten, ihn umzudrehen. Hatten die auch Material über ihn gesammelt? Er hatte sich doch hier bislang diskret verhalten! Naumann war es müde, der Spielball zu sein, aber niemals der Spieler. Als er sich seinen Mantel über dem Frack zurechtzog, fing es an zu regnen. Keine Droschke mehr vorm Hotel, er würde zu Fuß durch die İstiklal gehen; die Regentropfen flossen zu hartem Stahl zusammen, wie Speerspitzen schütteten sie auf einmal aus dem Himmel, trommelten auf Naumanns Homburg, die Lichter über der Straße waren wie ausgelöscht, man sah die Hand vor Augen nicht mehr. Naumann hastete weiter. *Wir wissen, wer Sie sind.* Ein scharfes, böses Klingeln und Kreischen. Entsetzt sprang er zur Seite und landete in einer Pfütze, die ihm sofort den linken Schuh und die Socken durchtränkte. Überfahren von der Tram auf der İstiklal, das fehlte noch. Als Naumann sich umdrehte, bemerkte er einen großen Mann, der im Eingang zu einer der Seitenpassagen stand und ihn schon die ganze Zeit beobachtet haben musste. Ein breit ausgestellter Körper im schwarzen Regenmantel, Stiefel und Kappe. Naumann schlug den Kragen hoch, hielt den Hut fest und eilte wieder los. Das Wasser strömte mit Naumann zur Station der Tünelbahn, die gerade abfuhr, Naumann blickte über die Schulter und sah, dass der Regenmantelmann, dessen Gang etwas gezielt Militärisches hatte, ihm folgte. Naumann bog nach links, er würde nicht warten, nass war er sowieso. Er rutschte auf einer Pappe aus, die vor dem ehemaligen Derwischkonvent vielleicht von einem Straßenbettler zurückgelassen worden war, womöglich kauerte der in einem der Eingänge. Der Mann im Regenmantel hielt den Abstand, folgte Naumann nun nicht mehr unauffällig, sondern bestimmt. Naumann rutschte noch ein paarmal aus, fing sich, bog am Galataturm nach rechts, passierte die alte Missionsbibliothek, von der Auerbach neulich mit Spitzer gesprochen hatte. Inzwischen stürmte es auch. Die Bäume über der Camondo-Treppe drehten ihre Kronen im Wind wie wild geschmückte Tänzer an einem alten Opferfeuer, es blitzte. Donner grollte über den großen Banken, deren modernes Kreditwesen das Osmanische Reich nicht vorm Bankrott hatten bewahren können. Naumann nahm einen Durchgang zum Fischerhafen von Karaköy hinunter, die glitschigen Steine rochen nach Innereien und glänzten ölig. Am Kai lag kein Boot. Ein paar Hunde blickten auf, als er an den Buden am Wasser entlang nach links zur Galatabrücke weiterlief. Seinen Verfolger im Nacken, kümmerte sich Naumann nicht weiter um seine Schuhe, die vollgelaufen waren und nur für ihn hörbar über den Brückenasphalt quatschten. Auf der anderen Seite lief er das Ufer entlang, über ihm ragte die Süleymaniye hoch und befand sich der frisch angelegte Botanische Garten des jüngsten Instituts der Istanbuler Universität. Gehetzt blickte er sich um – kein Mensch zu sehen. Der Regen hatte aufgehört, wie ein Bergstrom zu rauschen, er fiel jetzt unregelmäßig, aber immer noch strömten die Wassermassen den Hügel hinunter. In Balat stieg Naumann die steilen Straßen und Treppen in sein Viertel hinauf. An der großen griechisch-orthodoxen Schule, die seiner Meinung nach viel zu sehr wie eine Mischung aus rotem Gugelhupf und kindlicher Ritterburg aussah, blieb er stehen. Sein Smoking klebte ihm am Körper, der Temperatursturz durch den kalten Regen ließ Naumann seinen Atem sehen. Als er den Hügel hinabsah, bemerkte er ein ähnliches Atemwölkchen am Haus des syrischen Bäckers, wo er meistens sein Brot kaufte. Eine Kappe über breiten Schultern. Der Mann im schwarzen Regenmantel. Naumann erstarrte. Er hatte es sich nicht eingebildet. Dieser Mensch verfolgte ihn. Der Mann war noch zwanzig Meter entfernt, stieg die Stufen langsam, aber stetig hinauf, sein Atem schien regelmäßig zu gehen, ganz entgegen Naumanns nun einsetzendem Keuchen. Hastig raffte er sich auf und stieg weiter. Oben auf dem kleinen Platz entschied er sich gegen den schnellen Weg durch die Gasse nach Haus; aus irgendeinem Impuls, einer Angst heraus wollte er dem Mann nicht zeigen, wo er wohnte. Er hatte seine Adresse auch im Büro nicht angegeben, die schickten ihm Post, Telegramme und Telefonnachrichten zum alten Osman, dem Besitzer des Teehauses gegenüber der Synagoge, wo Naumann so oft wie möglich saß, seine moderateren Artikel schrieb – die er in jenen österreichischen und deutschen Zeitungen unterbrachte, die noch nicht ganz eindeutig Nazi-Blätter waren. Das sei Tarnung, hatte er Thiele am Telefon im Büro erklärt, nachdem dieser ihn gefragt hatte. Wenn ich die Juden hier bespitzeln soll, dann müssen die denken, dass ich nicht der bin, der ich bin.

Vielleicht war sein Verfolger ja kein Engländer? Vielleicht die Abwehr? Ein Verfolger aus dem Konsulat? Naumann wollte es nicht darauf ankommen lassen. Noch hatte er Kraft, schließlich ging er diese Treppen, diese Hügelstraßen jeden Tag, es sollte ihm doch gelingen, seinen Verfolger abzuschütteln! Er bog nicht wieder in die kleinen Straßen von Balat ab, sondern stieg weiter auf, an den gerade ausgegrabenen byzantinischen Kavernen vorbei, über den Hügelkamm zur Eroberer-Moschee und dann kreuz und quer durch die Gassen Fatihs. Der Mann im Mantel ließ sich nicht abschütteln, blieb immer zwanzig bis dreißig Meter hinter ihm. Naumann probierte es mit den kleinen Tordurchgängen in die Gärten und Mini-Moscheen, umrundete einen Brunnen und bog scharf in einen Gartenweg zwischen den Mauern der orthodoxen Klosteranlagen ein. Vergebens. Gleichmäßige, stetige und lange Schritte hinter ihm, ohne Eile. Fast glaubte er, den Mann lächeln zu spüren. Naumann verschärfte nochmals das Tempo.

Als er an den alten, verfallenen Holzhäusern vorbei auf dem Platz an der Chora-Kirche ankam, keuchte er. So schnell der Verfolger auch war, so gut er sich auch selbst in den komplizierteren Stadtteilen an Naumann geheftet hatte wie eine Klette, hier würde er sich nicht auskennen können. Naumann beschloss, einen letzten Versuch zu wagen, um ihn abzuschütteln. Er öffnete das Tor der Kirche des Erlösers, das mit einer Kette und einem Schloss gesichert war, sich aber so weit aufziehen ließ, dass sich ein schmaler Mensch hindurchschlängeln konnte. Der Regen fiel, er stürzte jetzt regelrecht herab. Tropfen trommelten auf die Dächer der Bauschuppen, die die deutsch-türkische Restaurations- und Archäologenabordnung auf Geheiß der republikanischen Regierung aufgebaut hatte. Die Kirche, einst auf Befehl von

Bayezid II. zur Moschee umgewandelt – die Fresken und Mosaiken kamen wegen des islamischen Bilderverbots entweder unter Putz oder wurden übertüncht –, sollte unter der Leitung von Dr. Strauss restauriert und zum Museum umgebaut werden. Atatürk hatte das Gleiche schon für die Hagia Sophia angeordnet, die türkische Republik hätte streng laizistisch zu sein, nicht islamisch, und deshalb kam Kunstwerken, historischen Gebäuden, den Schichten der Vergangenheit, die sich in Istanbul auf eine Weise aufeinandertürmten wie in keiner anderen Stadt der Welt, eine herausragende Bedeutung zu. Eine Politik der Erinnerung, die in Anatolien, am oberen Euphrat und in den Bergen am Van-See zu Ausgrabungen führte, zu Ausstellungen, zu Konferenzen über die Hethiter und deren Vor-Völker, die hier schon lange bevor Osman seinen berühmten Traum vom Imperium träumte, gelebt und ein Weltreich aufgebaut hatten. Naumann hatte erst vor zwei Tagen mit dem Baustellenleiter, Murat Bey, und dem archäologischen Führungspersonal einen halben Tag lang in der Kirche verbracht. Und er hoffte nun, dass ihn entweder die neu anschwellende Wasserwand beim Hineinschlüpfen in das alte Gotteshaus vor den Augen seines Verfolgers verborgen hatte oder dass seine Kenntnis der Baustelle ihn schützen würde, denn schon in der Eingangshalle standen die Stützhölzer, Gerüste, Ziegelstapel, Eimer und Mischtonnen an den Wänden oder wuchsen bis zur Decke herauf, sodass ein Durchkommen im Dunkeln fast unmöglich war. Naumann tastete sich durch die ersten Barrikaden, versuchte abzuwarten, bis sich seine Augen an die Dunkelheit in der Kirche gewöhnt hatten. Er duckte sich hinter einen Falttisch, auf dem Werkzeuge und flache Steine lagen, vielleicht Teile von Mosaiken oder herausgebrochene Mauerstücke mit Fresken aus dem Leben Marias. Dafür würde die Chora-Kirche nun wieder berühmt werden, hatte Spitzer ihm erzählt, als er ihn vor zwei Wochen mit einem Empfehlungsgruß zum Leiter des Restaurationsteams geschickt hatte. Besonders gefallen hatten Naumann die Fresken in der südlichen Seitenkapelle, wohl aus den Jahren 1320 und 1321, wie Dr. Strauss erwähnte. «Typisch für die Darstellungen in einer Grabkapelle: Wiederauferstehung und Jüngstes Gericht. Sehen Sie?» Strauss hatte die Aufmerksamkeit Naumanns nach oben gelenkt. «Oberhalb des Simses taucht Christus als Weltenrichter auf, Herrscher über Himmel und Hölle, und dann tritt Maria an seine Seite, als Mittlerin zwischen Himmel und Erde. In der Apsis sieht man schon die Auferstehung Jesu Christi hervortreten, wir brauchen noch ein paar Monate. Und dann hier, im Zentrum, wieder Christus, wie er gerade den Felsen und die Tore der Hölle gesprengt hat, der gefesselte Satan liegt zu seinen Füßen, wunderbar! Mit der rechten Hand zieht er Adam aus dem Grab, mit der linken befreit er Eva. Hinter Adam stehen noch einige Figuren, vielleicht Johannes der Täufer, David oder Salomon, das müssen wir noch genau rekonstruieren, in Evas Grab liegen Abel und eine Gruppe von Gerechten.»

Naumann schob sich zwischen den Tischen immer weiter in die dunkle Kirche hinein. Der Mann im Regenmantel war ihm auch hier hinein gefolgt und nun deutlich zu sehen. Seine riesenhaften Umrisse vor dem Eingang zum vorgelagerten Narthex. Naumann pochte das Herz so laut, dass er glaubte, er könne spüren, wie sich die Trommelfelle nach außen wölbten. Der Mann schob sich langsam in seine Richtung vor, bedacht, in all dem Chaos von Werkzeug und Material nicht zu stolpern. Er zündete ein Streichholz an. Naumann konnte das Zischen hören, bedeckte die Augen, um nicht von dem plötzlichen Licht geblendet zu werden. Der Schein des Streichholzes reichte nicht weit, dann erlosch es wieder. Der Mann riss ein zweites an. Plötzlich wurde es hell. Der Mann hatte offenbar eine Lampe entdeckt, das Petroleum entzündet, die Blende eingestellt und suchte jetzt mit einem dünnen Strahl methodisch die Kirche ab, von einer Seite zur anderen. Naumann kroch, bedacht darauf, jedes Geräusch zu vermeiden, weiter unter den Tisch. Er musste sich wie ein Baby zusammenkrümmen, trotzdem ragten seine Beine, vor allem die Knie im Smoking, noch hervor. Er hörte, wie der Mann auf die Gerüste zuging, eine Leiter hochstieg, über die Gerüstplanke lief, die unter seinem Gewicht nachfederte. Dann sah Naumann, wie er mit dem Strahl von oben nach ihm suchte. Der Strahl wanderte, der Mann ging weiter auf dem Gerüst herum. Plötzlich wurde Naumann unter dem Tisch geblendet. Er stieß einen Schrei aus, stieß mit dem Kopf gegen die Tisch, stolperte unter der Platte hervor, hörte ein Halt! oder *Hold!* oder Stop! oder *Dur!* im Kirchengewölbe verhallen, dann vernahm er ein Geräusch, als wäre ein Holzbrett gerissen, Eisenstangen krachten auf die Tische, Werkzeug, Stein, Holz schmetterte durcheinander, Naumann wurde am Kopf getroffen und fiel rückwärts, ein Riesengetöse, das Licht zitterte, flog wie ein taumelnder Stern über die Wände, die Decke, die Tür, kein Laut mehr von dem Mann. Als die Dunkelheit einsetzte, verlor auch Naumann das Bewusstsein.

Teil II
Die Sprache der Sonne

Istanbul, März 2016

«Neutral bleiben, das war wohl die Devise der Türkei in den Tagen schon vor dem Ausbruch des ersten Großen Krieges. Immerhin kam in den späten Zwanzigerjahren ja Hilfe von überall, Züge und Elektrifizierung aus der Sowjetunion, Kredite aus Frankreich, das neue Deutsche Reich blieb der wichtigste Handelspartner, aber militärisch und bündnispolitisch ließ sich Atatürk nicht in die Karten gucken, wissen Sie.» Naumann, der heute ein auffällig buntes Hemd trägt, in dem er über dem weißen Krankenhauslaken vor dem Hintergrund seiner Kissen wie eine große sprechende Blume aussieht, räuspert sich. «Den Engländern hat das gar nicht gefallen. Und den Deutschen auch nicht. Die wollten Entscheidungen. Aber Atatürk, und später İnönü, wollten sich raushalten aus diesen gefährlichen Bündnissen und erst recht später aus dem Krieg.»

Sich aus dem Krieg raushalten, ja. Das beschäftigt Lee auch immer wieder, wenn sie die Briefe und Tagebücher der Exilgemeinde der Istanbuler Gelehrten studiert, Skizzen für ihre Dissertationskapitel anlegt, die Biografien im Deutschen Orient-Institut studiert und in Gesprächen mit Naumann feststellt, dass er sie manchmal noch präziser, noch genauer skizziert hatte, für seine geheimen Vorgesetzten in Berlin. Die Biografien der Flucht, die Dinge, die die deutsch-jüdischen Gelehrten in Istanbul aufbauten, sie waren präziser in Naumanns Darstellungen abzulesen als in den meisten Archivdokumenten. Ja, viele der Personen, die Naumann beobachtet hatte, fand sie nur durch seine «Berichte», die er Lee nach und nach zu lesen gab. Sie fand auch Korrespondenzen mit ehemaligen Studenten, die Naumann nach dem Krieg geführt haben musste. Ein langer Brief stammte von Erol Güney aus Tel Aviv, in Odessa geboren, der zwischen 1934 und 1938, wie er schrieb:

> wie viele andere mit Professoren wie Hans Reichenbach (ein guter Freund von Einstein), Leo Spitzer, Erich Auerbach, Herbert Dieckmann in täglichem Kontakt war. Und sie waren keineswegs auf Distanz zu uns, sondern versuchten, uns zu helfen, unseren eigenen aufgeklärten Weg zu finden. Sie bestätigten Atatürks Hoffnung, dass die İstanbul Üniversitesi eine entscheidende Rolle auf dem Weg zu einer westlicheren Türkei werden könnte. Und wir Studierende dankten es ihnen. Wir strömten in die Vorlesungen. Es waren Gelehrte eines unerhörten Kalibers. In der Türkei gibt es einen althergebrachten Respekt vor den Lehrern, und Dieckmann half mir bei meinen Studien zu Diderot, darin war er bereits damals, in jungen Jahren, ein weltweit geachteter Experte. Diekmann war für mich das Bild eines Europäers, eines richtigen europäischen Intellektuellen, keines deutschen, französischen oder britischen, nein, eines europäischen Gelehrten. Ich wollte von ihm lernen. Ich glaube, er war verliebt in Auerbachs Assistentin, aber die hatte keine Augen für ihn. Auerbach selbst hat mir auch sehr geholfen bei meinen Lektüren. Eines Tages nahm er mich zur Seite und sagte: «Ich weiß, dass Sie in die Lehre streben, und Sie haben dafür auch eine gewisse Begabung, aber ich würde Ihnen raten, es doch stattdessen ernsthaft mit Journalismus zu versuchen, da hätten Sie sicher Erfolg.» Und das habe ich, nach einigem Zögern und weil die Umstände es anboten, dann schließlich getan. Und ich habe es nie bereut. Wir hatten alle Respekt vor den Emigranten, wir waren ihnen so nah, sie haben viele Karrieren begründet, viel mit uns gesprochen.
>
> Wenn ich Journalismus sage und ihn als meinen Beruf in Anspruch nehmen kann, dann meine ich einen, der sich auch auf das Schreiben über europäische Literatur spezialisierte. Atatürks Nachfolger İsmet İnönü knüpfte direkt an Ideen von Auerbach an: Man müsste, um Europa zu verstehen und

europäisch zu werden, europäische Literatur lesen und studieren, um aber das zu tun, müsste man sie erst mal übersetzen. İnönü gründete ein «Tercüme Bürosu» innerhalb des Kulturministeriums, das die klassischen Werke türkischen Lesern erschließen sollte. Hasan Âli Yücel, der damalige Kultusminister, berief einen Kongress ein, um zu bestimmen, welche Werke übersetzt gehörten und wie, denn, wie geht das berühmte Wort? «Eine Übersetzung ist wie eine Frau: Wenn sie treu ist, ist sie nicht schön und aufregend, wenn sie schön und aufregend ist, ist sie nicht treu.»

Lee hatte an solchen Passagen immer zu knabbern, Treue – die Stabilisierungsnotwendigkeit des Patriarchats – und Übersetzung als Frau zu beschreiben, unterwarf das nicht auch das Verhältnis Original/Übertragung derselben Mann/Frau-Hierarchie? Oder musste sie das anders lesen? Eher transgressiv und dann für die Zeit extrem fortschrittlich, so wie Göransson, ein schwedisch-amerikanischer Dichter und Übersetzer, das in seinen Essays anlegte, die am Bard College und der Columbia inzwischen zum akademischen Standard gehörten?

Das war tatsächlich die Direktive des Kongresses: Und es gab dann viele «treue» und viele «schöne» Übersetzungen europäischer Klassiker. Für die «schönen» musste ein Übersetzer die Ausgangssprache nicht unbedingt perfekt beherrschen, dabei aber ein talentierter Schriftsteller in seiner eigenen Sprache sein. Um einen gewissen Standard zu gewährleisten, gründete das Übersetzungsbüro mit staatlichem Geld die Zeitschrift «Tercüme Review», die sowohl die von 1939 bis in die 1960er-Jahre über tausend neu aus europäischen Sprachen übersetzten Bücher rezensierte, wie auch Gedichte und Auszüge aus wichtigen Klassikern vorabdruckte und so – selbst unter Politikern – zu einer der meistgelesenen Zeitschriften in der Türkei wurde. Ich hatte dank meinen Lehrern die Ehre, als Rezensent beizutragen, selbst zwanzig Bücher zu übersetzen und sechseinhalb Jahre dem Übersetzungsbüro als Generalsekretär vorzustehen. Am meisten hat es mir bedeutet, wenn wir in Istanbul junge Leute aus den Dorfinstituten trafen, die uns auch einluden, unsere neuen Nummern bei ihnen vorzustellen und zu erfahren, dass es dort durch unsere Bemühungen noch mehr Leserinnen und Leser der übersetzten Werke gab als selbst in Istanbul.

Lee konnte sich diese Lebendigkeit gut vorstellen. Genau das war ja auch ihre College-Erfahrung gewesen, hatte ihre Nähe zu Helene sicher noch verstärkt – sie liebte all die Bücher, die ihr Leben veränderten, die sie die Welt neu erfahren und neu befragen ließen. Andere Berichte und Dokumente Naumanns zeichneten ein hartes Bild vom Exilantenleben und seinen internen Auseinandersetzungen. Besonders beeindruckte sie, was Naumann über den Rechts- und Ökonomik-Professor Fritz Neumark geschrieben hatte:

Neumark zufolge ist das Verhältnis unter den deutschen Emigrés angespannt. Flüchtling wird anders gesehen als Nichtflüchtling, selbst wenn kein Nazi. Man bleibt in Gesellschaft von Leuten, die man nicht einschätzen kann, lieber still, weil man ja noch Familie in Deutschland hat. Er hat mir ein Beispiel erzählt: Ein junges Paar, Hans und Elizabeth (Lilo) Grosskettler, mit denen er und seine Frau in den ersten Jahren eine enge Freundschaft pflegten, kam eines Tages aufgelöst zu ihnen und berichtete, dass ihnen von der Botschaft in Ankara unmissverständlich mitgeteilt worden sei, sich nicht in der Gesellschaft von «Nichtariern» zu zeigen. Hans Grosskettler ist Repräsentant einer großen Industriefirma, Siemens. Die Grosskettlers haben die Neumarks gebeten, ihre gegenseitigen Treffen nicht mehr in der Öffentlichkeit abzuhalten, sondern stattdessen auf häusliche Besuche umzustellen. Neumark findet die Unterschiede, die man zwischen direkt Vertriebenen und freiwillig Emigrierten macht, nicht gerechtfertigt. Er gibt an, dass es auch Menschen gibt, deren ethische Einstellung dazu geführt hat, auszuwandern – und nicht die direkte rassische oder politische Konfrontation.

Auch draußen herrschte der Ausnahmezustand, in den verfallenen Höfen von Tarlabaşı am Hang von Beyoğlu, wo die Markthändler jeden Tag unverkaufte Gemüsereste in dünnen Holzkisten auf den Straßen zurücklassen und sich die syrischen Kinder auf der Flucht vor dem Krieg ihr Essen mit Singen und Betteln verdienen. Abgewandt von der feinen Bosporusseite, schmutzig, voller billiger Prostitution, am Hang rutscht der Dreck der Reichen in den Abgrund. Krieg herrscht auch hier und jetzt. Russland hat gerade angekündigt, es werde Assad unterstützen, täglich sieht sie Truppentransporter und kleine Zerstörer die Wasserstraße des Bosporus durchziehen. Und jetzt überall diese Kinder, die bettelnden Kinder in ihren bunten Pullovern mit den schmutzigen Gesichtern und strahlenden Augen, für die die Kulturinstitute Deutschlands, Österreichs, Frankreichs sammelten, für die man Künstler anstellte, die in den Lagern an der Grenze Zauberstunden mit ihnen aufführten, ihnen Schreibkurse, Musikkurse, Filmkurse anboten, man glaubte, den Kriegskindern damit ein wenig mehr als nur Ablenkung zu bieten, während ihnen, dachte Lee, doch nur ein praktisch orientierter Stelzenbauer und ehemaliger Zirkusartist tatsächlich weitergeholfen hätte, wenn er ihnen das Gehen auf den wackligen Stäben beibrachte, eine Kunst, die ihnen, wenn sie mit oder ohne ihre Familien aus den überfüllten Zeltunterkünften und Baracken unregistriert weiterzogen in die Städte, beim Geldverdienen nützte.

Helene Bischoff hatte auch nicht zu denen gehört, die es sich leisten konnten, bei der «Übersiedlung», wie sie es nannte, ihr Hauspersonal mitzunehmen oder die Möbel zu verschiffen, so wie die Professoren. Sie war mit nichts als einem Koffer voll Kleider und Bücher, gekommen. Mit einem türkischen Visum und der Einladung an eine Fakultät war es deutschen Juden tatsächlich möglich gewesen, ihr Heimatland zu verlassen – hellsichtig genug, das Land verlassen zu wollen, waren viele, glücklich genug, zur Kategorie der Gewünschten, den Ärzten, Architekten, Juristen und Intellektuellen, zu gehören, nicht. Die glücklichen Erwünschten konnten so manches Mal, wie Dr. Kantorowics, der berühmte Zahnmediziner, auf Einladung der türkischen Regierung sogar aus dem Konzentrationslager freikommen und ein Leben im Exil beginnen. Sie zogen, so wie Helene, die bereits bei Erich Auerbach in Marburg Korrekturassistentin gewesen war, nach Istanbul und Ankara; da Helene noch ihre Familie in Deutschland hatte, die sie in ihrem Wunsch, französische Literatur zu studieren, unterstützte, besonders Ronsard und seine Sätze, die wie Florettspitzen nachfederten, hatten es ihr angetan, fand sie es leicht, dem Wunsch oder vielmehr dem Angebot Spitzers und Auerbachs, denn die beiden hatten sich schon über sie ausgetauscht, nachzukommen. Hätte man Helene vor 1933 gefragt, ob sie Jüdin sei, hätte sie wohl die Stirn gerunzelt und geantwortet, nein, sie sei nicht religiös. So erging es vielen der Emigranten, Familien aus Berlin oder Wien, aber auch aus Aachen, Köln oder Bonn, die sich gar nicht mit den religiösen Wurzeln ihrer Vorfahren identifizierten. Plötzlich auch noch eine Rasse, nicht einmal nur eine Religionsgemeinschaft, zu sein – und kein Mensch mehr –, Itzig gerufen zu werden, gehasst, bloß weil man angeblich anders war als ein Arier. Und was das war, nun, Helene hatte begonnen, über diese Begriffe nur mit großem Abscheu nachzudenken und sich lieber ganz mit Auerbachs Forschung identifiziert, eine Geschichte der abendländischen Literatur und ihrer Darstellungsformen zu schreiben, die von den großen Texten der Antike bis in die Gegenwart reichen sollte. Sie war jung, sie war, wie man ihr immer wieder sagte, schön, so fiel es ihr leicht, die Zeit in Istanbul weder als ausweglos noch als heimatlos wahrzunehmen – obwohl das, wie Lee in den Briefen und Tagebüchern von Helene erfahren hatte, doch immer wieder Thema der Einträge war, so als ließen sich die dunklen Gedanken am besten in solchen intimen Aufzeichnungen aufheben, und da fand Lee oft Stellen, in denen es um den Tod und das Verschwinden von alten Freunden ging, um das, was gemunkelt wurde, um die mögliche Vernichtung oder die Umsiedlung der «jüdischen Rasse», der sie sich jetzt zwanghaft zugehörig fühlen musste, nach Madagaskar zum Beispiel. Sie hatte sofort versucht, vom Telegrafenamt aus zu Hause anzurufen, aber das Gespräch ging nicht durch. Das Telegramm, das sie absandte, musste genügen. Und dann schrieb sie Briefe. Das war reine Angst und Schuldbekämpfung, zu Anfang. Sie war in Sicherheit, ihre Liebsten nicht. Tagebuch zu führen und ihre Ängste aufzuschreiben hatte Helene dann doch so etwas wie Freiheit gegeben, die Freiheit, mit Freude zu arbeiten und sich in Istanbul einzurichten, so gut es eben ging. Sie lebte – wie die meisten der Emigrierten – in Bebek, hatte eine kleine Wohnung gemietet, nicht unweit der Auerbachs, und ihr Leben spielte sich hauptsächlich in der Universität und in den Kreisen der Ausgewanderten ab. Philologen, Juristen, Architekten, Biologen, Ärzte – Menschen, die sich vielleicht sonst nicht unbedingt so regelmäßig getroffen, so deutlich definiert hätten –, die aber nun als Fremde aufeinander verwiesen waren in der schon größeren Gemeinde von Deutschen, Nazis und Nichtnazis, durch ihre Kinder in der deutschen Schule miteinander zwangsläufig konfrontiert, die mit der Zeit immer nazistischer wurde, weil von Berlin aus stramme Lehrer entsandt wurden, woraufhin die jüdischen Emigranten begannen, ihre Kinder schweren Herzens von der deutschen Schule zu nehmen und auf die englische Schule zu schicken. Helene war mitten darin. Auch sie lernte nur bruchstückhaft Türkisch, organisierte eher den Verkehr zwischen den einzelnen Bibliotheken und dem Schreibtisch von Auerbach, die Simultanübersetzungen von Auerbachs Vorlesungen ins Türkische von jeweils einem der türkischen Assistenten – Auerbach hielt die meisten seiner Vorlesungen auf Französisch –, erwehrte sich den Annäherungen Spitzers und anderer Abenteurer und schrieb an ihrer eigenen Dissertation. Und dachte wohl, dass der Hitler-Spuk auch irgendwann wieder vorbei sein würde. Ihr Weg stand, im Nachhinein, aus der Perspektive der Enkelin betrachtet, für den so vieler im Exil.

Die Unruhe der Flucht, die Unsicherheit dieses Holocaust-Jahrhunderts, die sich in den Briefwechseln fanden, die davon erzählten, wie ihr Weg schließlich viele der deutschen Juden in Istanbul auf Vermittlung von dort schon reüssierten Wissenschaftlern wie Albert Einstein in die USA führte, all das schien trotz der glücklichen Fügung des Entkommenseins auch ein unauflösliches Trauma in sich zu bergen. Oder war es eine durch die Generationen überlieferte Erinnerung an Ereignisse, die Lee selbst nie erlebt hatte, aber die durch ihre Großmutter und Mutter auch auf sie übertragen wurde? Helene hatte Lees Mutter erst spät bekommen, in Princeton, da war sie schon vierzig. Helene sprach nie darüber, aber der Verlust der Eltern, die in Deutschland geblieben und im Lager umgekommen waren, hatte ihr irgendein Gräuel eingeflößt, das sie nach dem Krieg nie mehr hatte an Familienleben und Kinderglück denken lassen. Und bei Lees Mutter war das dann fatalerweise genauso gewesen. Versuche, Amerikanerin zu werden, Büschelhüpferin bei den Cheerleadern in immer wieder neuen Schulen, kicherndes All-American Girl, Valedictorian, Verbindungsstudentin, blond war sie ja. Aber anzukommen gelang ihr nie, so oft, wie sie umzogen, von Stelle zu Stelle, von Seminar zu Seminar, von Mann zu Mann, erwachsen werden konnte man so nicht – bis sie der Sergeant Major schwängerte. Und dann war Marie plötzlich Mary und nur noch Mutter. Je häufiger Lee sich mit Naumann traf, je mehr sie weiterforschte, desto merkwürdiger kamen ihr die Verschränkungen vor. Helene, die sich an Auerbachs Mimesis-Theorie anschloss, dazu mehr und mehr veröffentlichte, an verschiedenen amerikanischen Universitäten für das neue Fach der Komparatistik warb und sich deshalb mit so vielen immer neuen Angeboten beschäftigte, weil sie für sich den Sprung auf die Tenure-Track-Stelle schaffen wollte, nein, sie brauchte die volle Professur. Lee versuchte, in den Archiven der Istanbul-Universität noch mehr Dokumente zu finden über Auerbach, die Vorlesungen, die er gehalten hatte, vielleicht sogar die auf Französisch oder Deutsch, die Helene mit Sicherheit abgetippt hatte. Es kamen zunächst nur eng mit der Hand auf Türkisch beschriebene Seiten zum Vorschein, die sie in ihrem immer noch stark eingeschränkten Türkisch zwar nicht selbst vollständig lesen, aber doch überfliegen konnte und dann in ein Übersetzungsbüro gab, was zwar teuer war, was sie sich aber durch ihren Zusatzverdienst für die *New York Times* leisten konnte. Sie fand zunächst bloß Teile einer Vorlesung über Literatur und Krieg, die Auerbach scheinbar im Winter 1936 gehalten hatte, kurz nach seinem Antritt.

Es gibt zwei Formen von Kriegsliteratur. Zunächst die, die sich zusammen mit den Kriegen bildet und aus kürzeren Stücken lyrischer Natur besteht: Gebete um den Sieg, Lieder, die die Krieger zum Heldentum anspornen. Spottverse, die den Feind verhöhnen, Hymnen, die einen Triumph feiern und den Gottheiten danken. Für all dies gibt es zahlreiche Beispiele.

Lee nahm sich fest vor, an diesen Funden dranzubleiben, schrieb auch McLaughlin, die ihr einen Auerbach-Spezialisten empfahl, Prof. Vialon, der in Freiburg lehrte. Vielleicht könne der ihr noch weitere Orte sagen, wo sie suchen könnte, vielleicht hätte der auch Interesse an ihren Funden. Helene hatte Auerbach damals die Ausgaben Homers und vieler weiterer Werke besorgen müssen, oft auch in anderen als den Originalsprachen – kritische Ausgaben waren kaum aufzutreiben, philologische Forschungszeitschriften gab es in Istanbul nicht. Lee stellte sich Helene zu dieser Zeit immer als eine enthusiastische Entdeckerin in Kloster-Bibliotheken und Schulen vor, wo sie Bibliothekare oder Privatgelehrte überzeugte, ihr doch einige Werke für eine Weile zu überlassen. Helene hatte immer wieder in ihren Essays über Mimesis geschrieben, wie das auch Auerbachs Freund Victor Klemperer einmal getan hatte, dass es «nicht das Abgetrenntsein vom Übermaß der Bücher ist, was entscheidend auf die Arbeit eingewirkt hat; sondern was bestimmend mitformt, ist buchstäblich das Exil selber, der Grund der Verbannung, das gesamte furchtbare Leben der Gegenwart.» Homers *Odyssee*, der Text, wie man auf Irrfahrten schließlich nach dem Großen Krieg nach Hause kommt. Und die Geschichte der Fast-Opferung Isaaks durch seinen Vater Abraham – welche anderen Texte hätten denn Grundlage sein sollen für die Darstellung der europäischen Wirklichkeit im Exil?

Ihre eigene Mutter hatte meistens geschwiegen, wenn es um *Granny* ging. Und die Male, die sie die alte Dame in Princeton, Lee war damals noch ein Kind, gemeinsam besucht hatten, hatte Lee als äußerst spannungsreich erlebt. Ihre Mutter zitterte schon beim Anblick der Greyhounds, die sie nehmen mussten, um überhaupt von West Virginia aus nach New Jersey zu fahren – so als hätte es ihr einen Schlag versetzt, zu reisen, ihre Umgebung zu verlassen, ihre Mutter zu sehen. Lee verstand es erst jetzt. Was für eine Anstrengung es für Marie, ihre Mutter, gewesen sein musste, Helene zu begegnen, die sie für so vieles verantwortlich machte, das in ihrem Leben schiefgelaufen war. Sie waren nie irgendwo angekommen. Wenn Marie, Mary, sich an einen Ort, eine Schule, eine Freundesclique gewöhnt hatte, war Helene bereits damit beschäftigt, die nächste, bessere Position an einem College oder an einer Universität zu ergattern. Es half ihr auch nicht, als später, in einer Highschool an der South Side in St. Louis, eine Holocaust-Überlebende von einem Trauma sprach, das sich eben von Generation zu Generation übertrug, dass ihre Mutter, Helene, diese Rastlosigkeit, von einem Ort zum anderen zu ziehen, als einzige Möglichkeit sah, sich von der Erinnerung und dem emotionalen Gepäck, dass sie als Einzige aus ihrer Familie überlebt hatte, zu befreien. Oder wenn das nicht, dann eben einfach weiter davonzulaufen. Marie bat Helene, zu ihren Schulaufführungen zu kommen, was sie tat, stellte ihr ihre Freunde vor, deren Namen sich Helene mühsam merkte, ließ sie auch wissen, dass sie mit dreizehn John, ihren ersten Boyfriend, küsste. Aber Helene nahm nicht an Maries Leben teil. Schon gar nicht an Marys. Stattdessen musste Marie immer mitziehen, und als richtiges Leben sah sie Helenes Desinteresse an allem Normalen, den Häusern, Autos, Partys, Kindergeburtstagen, Freundeskreisen, Schulsportveranstaltungen, nicht. Es gab für Helene, so sah das Marie, keine Heimat, keine zweite Heimat, keine dritte und so weiter. Nur dauernd neue Plätze, neue Kurse, neue Studenten, neue Kollegen, Konferenzen, Bücher, Job-Interviews. Die Rastlosigkeit Helenes, die sich für das Kind, das Lees Mutter Marie ja auch einmal gewesen war, angefühlt haben musste wie eine Art dauernde Verweigerung vor dem Leben und wie der Beweis, dass niemand sie liebte, löste Wut in Marie aus. Wut, die sie ausbrechen ließ – nicht in Rebellion, nicht in Protest, sondern in das Gegenteil: die Suche nach der amerikanischen, stinknormalen heilen Welt. Über ihren Vater schwieg Helene sich weiter aus, als wäre er ein Monster gewesen, selber ein Nazi! Lee begann, über Marie nachzudenken, wie sie das empfunden haben musste, einfach keinen echten Kontakt zur Mutter zu haben – und einfach nichts über den Vater zu erfahren. «Sie hat mich einfach in ein Loch starren lassen, ein Loch: Ich wusste nichts über sie – nichts über ihre Eltern, nichts über meinen eigenen Vater!» All die Menschen, die Marie an den Colleges und Universitäten kennenlernte, verschwanden nach ein, zwei Jahren wieder aus ihrem Umfeld, als wären sie Pappkulissen in irgendeinem billigen Film, und nur die eigene Mutter nicht, das Rätsel Helene, sie war ihre einzige «Familie», weigerte sich aber, diese Rolle auch auszufüllen – nicht nach außen hin, natürlich, aber so hatte es sich wohl für Marie immer angefühlt. Helene, die sich lieber in ihre Papiere vergrub, in den Bibliotheken und Universitätskomitees, als dass sie Marie einmal wirklich fest in den Arm nahm, sie in den Schlaf schaukelte, ihr die Wahrheit erzählte – welche Wahrheit? – über den Vater. Und so schuf sich Marie dann, alleingelassen, in der Obhut von immer wechselnden Nannys und später den verschiedenen Peergroups in den Schulen, ihren eigenen Vater, den Koreakriegshelden, die Geschichte, die sie beschützen sollte, als herauskam, dass ihre Mutter Jüdin und Deutsche war; eine Geschichte war besser als nichts, denn da war Lees Mutter von ihren Mitschülern schon häufiger mit «Auschwitz-Helga» oder «Buchenwald-Marie» angeredet worden, das erzählt sie der Tochter jetzt widerstrebend über Skype. Die Anfrage, ob sie nicht einmal reden könnten, ist überraschend gekommen. Lee hat besorgt reagiert, ob irgendetwas passiert sei, was Mary verneinte. Sie wolle sie nur mal wiedersehen, jetzt, wo sie so weit weg ist, da, wo Helene gewesen war.

Sie reden lange. Lee ist bemüht. Mary erzählt, dass sie ihre eigene Mutter überhaupt nur hat lachen sehen, wenn sie in ihren wechselnden Universitäts- und Collegewohnungen ihre Studenten empfing, aber nie mit ihr und nie wegen ihr. Dass man das Posttrauma später auch eine Form von Postmemory nannte, die Weitergabe von eigentlich nicht selbst Erlebtem, sondern Erzähltem über die Generationen – Lee hatte das selbst früh erfahren, als Welle der Welle, als sanftes Nachbeben sozusagen, hatte es gesehen, gespürt, nicht bloß durch die Geschichten über ihre Familie, die ihre Mutter nur unwillig berichtete, sondern anhand ihrer Reaktionen auf Kleinigkeiten. Wenn sie sich verbrannte, zum Beispiel. Dann weinte sie und wollte von Lee in den Arm genommen werden. Wenn aber Lee weinte, reagierte ihre Mutter mit einem «Stell dich nicht so an!» auf Deutsch, das sie sonst allerdings kaum sprach, oder sie gab der weinenden Tochter schlichtweg eine Ohrfeige. *«Shut up!»* Hatte Helene das auch mit ihr getan?

Wie Lees Mutter an Sergeant Myers, ihren Vater, gekommen war, warum sie sich von ihm hatte schwängern lassen, warum sie, Lee, sich so fremd und anders hatte fühlen müssen, ja, warum sich das Zuhause anfühlte wie ein Exil, das verstand sie bis heute nicht. Das traut sie sich – noch nicht – zu fragen.

«Das Beben der Geschichte hört niemals auf», hatte ihre Großmutter einmal versonnen gesagt, als sie Helene allein besucht hatte, gleich nach Lees erstem Jahr auf dem College. Das Bard College war nicht zu weit entfernt von Princeton. «Und wenn du glaubst, du könntest deine Kinder vor deinen eigenen Schmerzen bewahren, dann fügst du ihnen nur neue zu.» Als Lees Großmutter starb, hatte Lee sie noch für ihre Heldin gehalten. Jetzt ist sie sich nicht mehr sicher.

Istanbul, März 2016

«Wie lange sind Sie denn nun schon hier? Drei Monate? Vier Monate? Sie sind ja beinahe schon eine echte Einwohnerin von Istanbul! Sie fahren Schiff, Sie sprechen Türkisch, Sie haben Freunde. Ich mochte immer den Unterschied, den das Deutsche mit seinen Vorsilben zwischen den Bewohnern einer Stadt und den Einwohnern macht – da schwingt etwas von Besitzen mit und von Verschmelzen, von sich Eingewöhnen im letzteren Fall. Das war für mich, der ich doch in Wien aufwuchs, immer sehr schön zu sehen, wie das Deutsche alles aktiv aussehen lässt, selbst noch das Sitzen: ‹Ich habe gesessen› statt wie im Österreichischen ‹Ich bin gesessen›. Das Österreichische ist da gemütlicher. Aber Sprache hat ihre Grenzen. Wenn sie die Wirklichkeit beschreibt, verändert sie vielleicht die Haltung dem gegenüber, was uns widerfährt, aber sie verändert das Geschehen nicht, oder leider nur allzu gering.»

Lee wusste nicht, ob sie die Ansichten Naumanns in dieser Hinsicht teilen sollte, schließlich war es in ihrem Studium die ganze Zeit darum gegangen, die richtige Sprache zu finden, um der Ungerechtigkeit der Zustände zu begegnen und der Gesellschaft Alternativen aufzuzeigen. Veränderung begann, wenn man die Dinge anders benannte, sie anders ansehen, anders besprechen konnte. Das war durchaus keine Zauberei – eher die hungrige, entschlossene Energie, sich nicht mit den Verhältnissen abzufinden. Und dafür brauchte man eine andere Sprache.

Die Erzählung von der Verfolgung Naumanns durch den unbekannten Agenten endete also auf der Baustelle in der Chora-Kirche, unter den Augen Marias – da stürzte der Verfolger vom Gerüst, auf das er geklettert war, und Naumann wurde unter Stangen und Brettern begraben, wurde ohnmächtig und von dem Restauratorenteam geweckt, das einen Arzt herbeirief – und der die türkische Polizei; diese nahm ihn mit, und Naumann verschwand im Gefängnis ... So viel hatte sie verstanden, so viel war klar. Aber was war mit dem Verfolger geschehen? War er tot? Und wieso war Naumann, wie er das nannte, in den Karzer gekommen? Sie hatte fast drei Wochen lang immer wieder versucht, ihm darüber Auskünfte zu entlocken, aber er hatte sie abgeblockt, ja, er hatte sie sogar fast eine ganze Woche lang gar nicht empfangen können, wie Murat ihr ausrichtete, auf Türkisch und nur mit diesem einen deutschen Wort, empfangen, verbunden. So als wäre Naumann plötzlich in eine Art Adel aufgestiegen. Amtsadel konnte das ja nicht sein. Altersadel, vielleicht. Doch jetzt schien er wieder reden zu wollen.

Istanbul, 2016/1937

Im Gefängnis dachte Naumann zunächst wieder an die Bücher von Karl May, die er als Junge in den schattigen Hinterhöfen der Wiener Altstadt, in eine Ecke gedrückt hinter Kisten oder der im Halbdunkel trocknenden, wehenden Wäsche gelesen hatte, außerhalb der Reichweite des Vaters, der auf seine Bildung achtete, und der Mutter, die auf die Reichweite des Vaters achtete, auf den Frieden im Haus. Immerhin, Karl May erzählte von Abenteuern, die Naumann vermutlich sogar ursprünglich angetrieben hatten, erst in Hamburg, dann in Wien und Leipzig Orientalistik, sumerische Sprachen und Turkologie zu studieren. Naumann hatte versucht, sein Arabisch kontinuierlich zu verbessern, und dann, neben dem Artikelschreiben und der Arbeit an der Dissertation bei Professor Berwalter, noch im Pergamon-Museum eine Zeit lang in der kuratorischen Abteilung in die Lehre zu gehen. «Geschichte», hatte Professor Meyer gesagt, ein Spezialist für die alten Sumerer und Akkader, «Geschichte ist immer im Fluss. Je tiefer man sich in ihn hineinbegibt, desto größer wird die Gefahr, dass man sich einfach mitreißen lässt.» Ja, dachte Naumann jetzt, während er vorsichtig die Hände unter dem Körper hervorzog, sich an der feuchten Wand des Gefängnisses abstützte und behutsam die Wunden an seinem Kopf betastete, man könnte in ihr ertrinken. Der Anfang von Karl Mays *Durch das Land der Skipetaren* im ersten Kapitel: *Entlarvt* ging so: «Die türkische Rechtspflege hat bekanntlich ihre Eigentümlichkeiten, sagen wir geradezu Schattenseiten, die um so deutlicher hervortreten, je entlegener die Gegend ist, um die es sich handelt …»

Ja, das hatte sie. Schattenseiten.

Dumpf und dunkel lief das Wasser in seiner Zelle die Wände herunter, während die Mäuse am Boden quiekten. Der Raum gab Naumann das Gefühl, in einem Sarg zu liegen. Die Wärter hatten ihn zusammengeschlagen, er musste Schuhe und Socken ausziehen, die sie ihm wegnahmen, woraufhin sie ihn, wie aus dem Lehrbuch, mit Stöcken an den Sohlen malträtierten; sein Kummerbund war verrutscht, seine Weste zerrissen, man hatte ihm seinen zerbeulten Hut aber nach den Schlägen vorsichtig wieder auf den Kopf gesetzt. So saß er da und wartete auf den Konsul. Als er in seinem besten Türkisch und mit drohender Attitüde nach einem deutschen Diplomaten gefragt hatte, hörten sie mit den Schlägen auf. Irgendwie wollte ihm nicht in den Kopf, was passiert war, warum und in welcher Reihenfolge. Naumann war übel. Ein weiterer Mitinsasse der Zelle hatte ihm das Blut aus dem Gesicht gewaschen und ihm die Füße mit schmutzigen Lappen verbunden. Wenn er nicht bald behandelt würde, gäbe das eine Infektion. Bald konnte er die Tage nicht mehr auseinanderhalten, das Licht nicht mehr wahrnehmen, wenn es überhaupt in die Dunkelheit des Gefängnisses drang, nur noch der Schmerz zählte. Der Schmerz und die nie vollkommene Heilung. Der Schmerz und die Furcht vor dem nächsten Schmerz. Bastonade. Die Türken nannten das *falaka. Tabutluk, falaka, tecrit.* Sarg, Schläge auf die Sohlen und Isolation. Die Dreieinigkeit des türkischen Rechtssystems, jeder Verhaftete ist erst einmal schuldig. Vor dem Gesetz ist nach dem Gesetz.

Foltern gehörte einfach dazu. Das alles begann schon zur Zeit der Osmanen, dann benutzte das Komitee für Einheit und Fortschritt, auch bekannt als die Partei der Ittihadisten, der wichtigste und brutalste politische Arm der Jungtürken, einen Gebäudekomplex, der sich Bekirağa Bölüğü nannte, Kompanie des Bekir Ağa, die sich auf dem Gelände befand, auf dem später die İstanbul Üniversitesi entstand. Fast alle waren einmal dort eingesperrt gewesen. Abgeordnete, Dissidenten, nicht Linientreue. «Als Rıza Nur hier 1910 gefoltert wurde, erhob er danach schwere Vorwürfe im Parlament, aber der Antrag, die Vorwürfe untersuchen zu lassen, wurde mit sechsundneunzig gegen dreiundsiebzig Stimmen abgelehnt», erzählte Tanpınar Naumann später mit einem traurigen Lächeln, wobei er seinen Kaffee trank, als würde das Schwarze, Bittere, Aufrüttelnde des Getränks unmittelbar gegen die Geschichte helfen. «Wir Türken haben einen Hang zur Grausamkeit.»

In der Maisonne sucht eine Fliege den Ausgang. Immer wieder taumelt sie gegen das Fenster, gefangen zwischen Gardine und Glas. Ein wütendes Summen, ein Schlag. Dann wieder. Das Summen. Der Schlag.

«Nach der Gründung der Republik wurden der Sansaryan Han und das Militärgefängnis Harbiye zu Symbolen der Folter. Das ‹Haus› Sansaryan in Şirkeci sollte später in eine Polizeistation umgewandelt werden. ‹Zungenlöser› nannte man die Folter», sagt Naumann zu Lee und zittert in seinem Bett, obwohl es, für Mai, schon sehr heiß ist. «Die haben mich kleingekriegt.

Danach wussten sie alles über mich. Meine Füße waren nur noch rohe Lappen aus Fleisch und Schmerz. Ich hatte mich in Andersens kleine Seejungfrau verwandelt. Kennen Sie die Geschichte?»

Lee schluckt und schüttelt den Kopf. Danach zitiert Naumann wie in Trance ein paar Zeilen.

«Vorher die Bastonade,
Was fragst du erst, und eine, die er fühlt,
Damit der Eindruck vorhält nach dem Tode,
Und er uns nicht zu zeitig wiederkommt!

Das sagt der Kadi in Hebbels Lustspiel *Der Rubin*. Jaja. Die Literatur liebt das Märchen. Körperliche Strafen gehen gegen das Ehrgefühl, man wird wie ein Hund behandelt, bis man keinen Unterschied mehr fühlen kann zwischen sich und dem Tier. Der Stock ist das, was der Stab eines Zauberkünstlers sein könnte, der große Verwandler. Wenn du geschlagen wirst, verlierst du jede Illusion. Wer du bist, was du warst, wohin du willst. Du wirst Fleisch, reines, zuckendes, schmerzendes Fleisch. Du windest dich unter dem Schlag. Du schreist hemmungslos. Damit sie nur aufhören, würdest du deine Mutter verraten, deine Liebhaber, deine Tochter, den Sohn. Ja. Die Sohle reißt auf, das wunde Fleisch und die Haut hängen in Fetzen. Dann reibt man Salz darauf.»

Naumann zuckt. Lee sieht Tränen in seinen Augen.

«Das desinfiziert immerhin. Irgendwann treibst du nur noch auf einer Wolke aus Schmerz. Und was du da sagst, weißt du nicht. Bist ein guter Hund, haben sie gesagt. Brav.»

Sie schweigen.

«Aber noch schlimmer, hat Ali Bey mir gesagt, ist das Ausreißen der Fingernägel.»

Haben sie das mit Naumann gemacht? Er hat noch Fingernägel, wachsen die wieder nach?

«Was sehen Sie mich so an? Ich kann nichts dafür. Oder doch, ich kann genauso etwas dafür wie jeder andere Mensch, der noch auf der Welt ist, dass es Grausamkeit gibt. Bitte. Sie müssen machen, dass es aufhört. Irgendwann aufhört. Irgendjemand muss das doch verstehen! Die kleine Seejungfrau, die nur lieben wollte und sich für ein paar Beine an eine Hexe verkauft hat, damit sie ihrem Prinzen folgen konnte. Jeder Schritt ein Stich mit dem Messer, ein Gang auf Glasscherben, aber sie konnte nicht schreien, denn die Hexe hatte für ihre Verwandlung den höchsten Preis gefordert – ihre Zunge.»

Es schüttelt Naumann, er ist gefangen in dieser Vorstellung, gefangen in der Erinnerung, die ihn wie diese Fliege schwirren lässt, voller Panik. Immer wieder mit Macht brummend gegen das Glas, und doch gefangen in einem Kreis. Lee ist hilflos. Sie erhebt sich von ihrem Stuhl, tritt ans Bett heran und umarmt den schluchzenden Mann.

«Man kann nicht mehr sprechen. Man kann nur noch schreien. Mein Zellennachbar hat gelacht: ‹Du musst einfach an das denken, was meine Großmutter mir immer gesagt hat, wenn ich an den Nägeln kaute. Wenn du stirbst, sucht dein Körper in der Scheiße nach all den Nägeln!›

Aber das Schlimmste war, dass sie einen nicht schlafen ließen. Wissen Sie, was mit einem Menschen geschieht, der nicht schläft? Es ist, als lösten Sie sich in tausend Fliegen auf, die einem durchs Hirn krabbeln, dort kopulieren, ihre Larven legen, ins Fleisch kriechen. Man wird schwer, man schreit nach Schlaf, aber man darf nicht, man kann nicht mehr. Ab einem gewissen Punkt denkt man dann, dass man nie wieder schlafen wird. Es ist schrecklich. Wie sie mich da wieder rausgekriegt haben? Ich weiß es nicht, der SD muss seine Beziehungen ausgespielt haben oder der *Beobachter.* Ich kann mich nicht mehr erinnern, jedenfalls kam irgendwann ein Mann von der Botschaft, Jensen hieß der, so ein Norddeutscher mit Spitzer-Stein-Akzent …»

«Spitzer Stein?»

Naumann machte es Lee vor, spitzte die Nase und die Lippen, setzte ein zwischen gespielter hanseatischer Gewichtigkeit und pfiffiger Jovialität angelegtes Gesicht auf und brachte sie so zum Lachen.

«Jensen … der hat mich abgeholt, ich glaub', in einem Wagen, und dann bin ich wie im Fieber eingeschlafen und wieder aufgewacht, habe das Licht gesehen, wie in den Träumen, habe halluziniert, genauso wie jetzt, da ich sterbe. Merkwürdig, wie das Leben einem manchmal Streiche spielt – und man immer wieder dasselbe macht. Das Leben hängt an einem dünnen Faden. Und man hängt so am Leben.» Lee legt ihn behutsam in die Kissen zurück und geht zum Fenster. Sie will die Fliege hinauslassen. Aber die brummt und krallt sich in die Gardine. Istanbul unter ihr, der Taksimhügel, wie der mit Häusern bewachsene Kopf eines Mannes – warum nicht einer Frau? –, warum hatte die Stadt heute so etwas Altmännerhaftes, Hässliches an sich?

«Die haben mich ins Matrosenhaus auf dem Gelände der Sommerresidenz in Tarabya gebracht, ja, genau da, wo Sie jetzt auch mal hingefahren sind, zu dem Sommerfest mit den Künstlern, hatten Sie mir das nicht letzte Woche erzählt? Aber damals gab es da nur Gärtner, Soldaten, Bedienstete, Ordonnanzen vom Stab und einen kleinen Arzt mit Krankenschwester, Hiltrud, Dr. Breuer hieß der, der hat mich betreut. Ich war nicht Wochen in diesem Gefängnis, es waren nicht Monate. Es waren vielleicht neun, zehn Tage. Aber das Warten, bis ich wieder richtig schlafen konnte. Bis ich wieder eine Bewegung machen konnte, ohne sofort Schmerzen zu haben. Nicht wie ein Untoter mit offenen Augen im Nichts der Nacht. Und ein Stein, der liegt im Licht des Tags. Der erste Tag wieder in der Welt. Im Rollstuhl im Garten mit verbundenen Händen und Füßen. Und dann kam Ulrich. Wenn es doch nur einen Halt gäbe. Aber es gab keinen Halt.»

Ulrich war sichtlich gealtert, da war nichts Jungenhaftes mehr in seinen Zügen, stattdessen durchzogen tiefe Furchen sein schönes, offenes Gesicht. Das blonde Haar war schütter und zeigte erste Anzeichen von Grau.

«Wieso bist du nicht früher gekommen?», flüsterte Naumann und schloss die Augen.

«Ich …» Ulrichs Stimme klang brüchig. Als hätte man ihm seinen Traum genommen. Nichts an ihm erinnerte Naumann mehr an den gut gekleideten, sprühenden Dandy, der sich mit einem ewig überlegenen und doch freundlichen Lächeln der Welt um ihn herum entzog.

«Ich habe dich gesucht, ich habe dich gebraucht, ich …» Naumanns Stimme überschlug sich.

Dann stürzte Ulrich plötzlich auf ihn zu, und sie lagen sich in den Armen. Aber das dauerte nur Sekunden, ein paar Augenblicke, in denen Naumann glaubte, für einen Moment noch einmal den süßen Geruch dieses Mannes mit dem Hamburger Speck und dem Teddybären im Zylinder zu riechen, wie damals im dunklen Kino bei ihrer ersten Begegnung.

«Wie geht es Sebastian?», fragte Naumann. Ulrich sah ihn irritiert an, dann lächelte er. «Der schläft in seinem Bett in meinem Kinderzimmer. Aber ich bin sicher, dass er dich grüßen lässt.»

Naumann fing plötzlich an zu weinen. Mit einem Mal wusste er ganz sicher, dass er Ulrich geliebt hatte und immer noch liebte. Dass er es

Ulrich zu verdanken hatte, dass er damals aus seiner Lethargie und seinem Überlebenstrott aufgerüttelt worden war, dass Ulrich und seine Freunde es gewesen waren, die ihn ins Leben zurückgeholt hatten, ohne sie … Dann unterbrach sie eine Ordonnanz. Ulrich befreite sich hastig aus Naumanns Umarmung.

«Herr von Stetten, der Botschafter wartet.»

Ulrich nickte ihm zu, ein entrückter Blick, der nichts mehr zu bedeuten schien als Trauer um das Verlorene. Naumann bemerkte plötzlich, dass Ulrich ihm bei ihrer Umarmung einen Brief zugesteckt hatte. Einen Brief mit Reichsadler und Hakenkreuz auf dem Umschlag, ein offizieller Umschlag mit der vertrauten, schönen Handschrift Ulrichs darauf: *Für Georg.*

Mein Lieber,

Du hast mich immer «Mein Urlicht» genannt, wenn Du betrunken warst. Ich habe Dir das nie gesagt, weil ich es so gemocht habe, daß Du meine Liebe zu Mahler und zu seinen Liedern so sehr respektiert hast, obwohl Dich seine Musik ganz kaltgelassen zu haben schien. Du hast sie mit keinem Wort kritisiert – ganz anders als die Bücher, die Gedichte, über die wir uns stritten, wenn Du wieder in Deiner Neuen Sachlichkeit oder Bauhaus-Funktionalität die Dinge, die uns umgaben, auf ihre Ornamente absuchtest, ja, seziertest. Ich habe Deine Liebe für diese Dinge eigentlich nie verstanden, dieses Kalte, Böse, Elegante – aber Du hattest ja die Filme. Fritz Lang war Dein Ausdruck großer Romantik, und Schnitzler, ja Schnitzler, den hast Du geliebt. Wie ich Dich immer noch vor mir sehe, wie wir uns das vorlasen, die Traumnovelle, *den* Gustl. *Da hat Dich etwas gepackt, was ich in Mahler sah: die Sehnsucht, auszubrechen, sich hinzugeben, zu zerfließen. Ach, Georg. All das Große, das wir zusammen erlebten, in alldem Kleinen, den Frühstücken bei der Olga nach all den durchwachten Nächten, Dein Beharren darauf, sich selbst dann noch an einen Deiner seltsamen Artikel zu machen, von denen ich nichts verstand, wie ich Dich dann angesehen hab, zufrieden, in Deiner Nähe zu sein, im alten Ohrensessel der Witwe sitzend, wie hieß sie noch gleich, bei der Du damals wohntest und von der Du mir immer berichtetest, sie sei heimlich in mich verliebt. Ich könnte stundenlang erzählen, weil ich es mir stundenlang erzähle, nachts, wenn ich in dieser Stadt, die Du, ohne sie zu kennen, immer geliebt hast, wach liege und ohne Freunde nur für die Arbeit lebe – Du bist nicht der einzige, den unsere Entfernung geschmerzt hat. Auch von mir gibt es Photos. Und nicht nur mit Dir. Wie Du lachst, wie ich lache auf ihnen. Und dann kam die SA zu meinem Papa. Und… du weißt ja, wie es bei mir ist – die Familie, sie… hat mich immer wieder zu sehr im Griff, den von Stetten, besonders, weil ich doch der jüngste war. War, sag ich, weil es mir nicht gutgeht. Immer wieder falle ich hin, ist mir schwindlig, fange ich plötzlich an, meinen Halt zu verlieren, als würde sich da plötzlich ein Druck über meinen Kopf und in mein Gesicht legen. Die Lippen werden taub, und ich habe das Gefühl gleich umzufallen und zu sterben. Die Ärzte haben mir gesagt – stell Dir vor, Dr. Isaac am Deutschen Krankenhaus ist wirklich ein Jude! –, es könnte ein Tumor sein, ich solle das Trinken lassen, die Taubheitsgefühle im Arm und am Kopf und die sprachlichen Aussetzer, die solchen Episoden folgen, würden nun immer häufiger werden. Sie könnten operieren, aber es wäre riskant, so riskant sogar, daß sie mir rieten, nun meine Affären zu regeln. Meine Affären! Ich hatte ja keine mehr, seit ich hierherkam. Ja, Georg, glaubst Du mir das? Obwohl hier die Dirnen in den Gassen Spalier stehen und die Matrosen wie die Katzen durch die Spelunken von Beyoğlu und Galata auf Beutezug schleichen und es Kinos gibt, wo immer verschiedene Filmrollen gezeigt werden, wo alles durcheinanderläuft und niemals eine Geschichte zu Ende erzählt wird, wie im richtigen Leben, und das Stöhnen und die Schreie einen da wahnsinnig machen vor Geilheit, da hat sich in meinem Leben doch alles geändert ohne Dich. Es gibt mich nicht mehr. Die Krankheit, das taube Kribbeln, die Arbeit für Ribbentrop, der geschockt war, als er von meinem Privatleben hörte, all das hat zu einer Art Selbstaufgabe geführt. Ribbentrop hat den Sicherheitsdienst nicht im Griff und die SA auch nicht, aber meine Hoffnung, er könne vielleicht so wie die alten Offiziere in der Armee ein Gegengewicht zu den Hitler-Verehrern bilden, hat sich zerschlagen, zu sehr ist er selber einer. Ich soll hier den Goebbels-Besuch vorbereiten, obwohl es doch bald schon vorbei sein wird mit mir. Dich zu sehen hat man mir unter allen Umständen verboten. Der SA-Besuch hat meinem Vater zu schaffen gemacht, ein Schlaganfall. Beim nächsten Mal ist er weg. Ja, ich weiß, Georg, ich hänge zu sehr an ihm, und ich hätte mich emanzipieren müssen wie die Juden, wie die Frauen, aber die Emanzipationsgeschichte in Deutschland ist ja auch immer eine preußische: Was der Staat nicht gibt, wird auf der Straße nicht erstritten. Wie gern würde ich wieder mit Dir durch die*

Straßen ziehen, durch die Bars, mir neue Freunde mit Dir suchen. Aber es ist nun zu spät. Hast Du das Buch noch? Siddhartha*? Von den untrennbaren Freunden, die so unterschiedliche Leben haben und am Ende doch wieder zusammenkommen, irgendwie? So wird es mit uns nun leider nicht sein. Ich war froh, Dich gekannt zu haben, mein Lieber, und ich bin beschämt, daß ich Dir das niemals selber sagen konnte. Mein Georg, leb wohl. Und paß auf Dich auf! Wie heißt es bei Deinem Kafka? ‹Wenn ein Mächtiger quält, muß man ihm auch in der aussichtslosesten Angelegenheit scheinbar nachzugeben versuchen›. Ja, da staunst Du, nicht? Ich habe seinen* Poseidon *gelesen – nur ist die Welt kein Papier, und wir … wir sind an der Schwelle zur Glückseligkeit nicht nur ihr, sondern auch uns abhanden gekommen – vergib mir. Als ich die Photos von Dir sah … und man mir sagte, man würde sie, mit der Andeutung, es gäbe solche auch von mir und von uns, meiner Mutter und meinem Vater geben, wenn ich nicht jeden Kontakt zu Dir abbräche und mich von nun an ganz in den Dienst der Sache stelle, da ist in mir etwas zerbrochen. Ich kann es nicht auflösen, ich kann es nicht wieder zusammenbringen. Vergib mir, Deinem Ulrich, und lebe ein besseres Leben. In Gedanken bin ich bei Dir.*

Lee schweigt. Sie gibt Naumann den Brief zurück, den er fast achtzig Jahre bei sich getragen haben mochte und dessen stilisierte, geschwungene Schrift sie nur entziffern konnte, weil sie es durch das Lesen der Tagebücher Helenes und der Briefe und Tagebücher der anderen Emigrant:innen, inzwischen gewohnt war.

«Wir haben uns danach nie wiedergesehen, Ulrich und ich. Er ist auf eine Reise gegangen, zur Vorbereitung des Besuchs von Goebbels in Istanbul, das weiß ich. Ribbentrop hat ihn quasi zu seinem Stellvertreter in allen wichtigen Angelegenheiten in Ankara und in Istanbul gemacht, eine Art Sonderbeauftragter, um die Türken endlich wieder auf die deutsche Seite zu ziehen. Aber es hat nicht gereicht. Gott sei Dank. Atatürk ist neutral geblieben …»

«Und Ulrich?»

«Ulrich ist gestorben. Er ist in Ankara einfach zu Boden gefallen. Es ging schnell zu Ende. Hirnblutung. Hat mir Dr. Breuer erzählt. Es waren nur Wochen nachdem er mich aus dem Gefängnis befreit hat –

auf Anweisung wahrscheinlich, aber was bedeutet das schon. Dann war er tot.»

Sie schweigen. Die Fliege hat sich ruhig auf das Fensterbrett gesetzt und sieht durch das geöffnete Fenster hinaus. Eine Wolke wirft einen Schatten durchs Zimmer. Wind weht, die Gardinen geben einem im hellen Mailicht das Gefühl von Sommerkleidern am Strand.

«Ich bin damals ein Stück weit gestorben, vielleicht ein wenig aus der Welt gefallen. Es war nur ein kurzer Schmerz, wie wenn man durch eine zersplitternde Fensterscheibe fällt. Aber dann kam ein dumpfes Grau, der dauernde Schleier, wie von einem Schlag, dessen Nachwirkungen man bis in die Ewigkeit spürt.»

Naumann sieht sie an.

«Und durch diesen Schleier kam Helene. Sie hatte keine Chance. Aber sie war da – und ich habe ihre Liebe ausgenutzt. Um mich zu retten. Das tut mir bis heute so leid.»

Naumann blickt versonnen auf die Fliege, die sich die Flügel mit den Beinen putzt. Der Wind hat sich wieder gelegt.

«Ich gehe jedes Jahr an sein Grab. Jedes Jahr. Vielleicht kann ich es wieder tun. Nur diesmal mit Ihnen.»

Er seufzt. Dann ändert sich etwas in Naumanns Ton. Er ist gefasster, berichtet nur noch kurz, was dann geschah, nachdem er die Nachricht von Ulrichs Tod erhalten hatte, er wieder laufen konnte, entlassen wurde in sein nun «hoffnungsloses Leben» in Istanbul, wie er es nannte.

«Kaum wieder im Büro, rief mich die Wilhelmstraße an. Das Paradoxe war, dass mir die Zeit im Gefängnis nun Zutritt verschaffte zu allen. Den Deutschen, den Türken, den Juden. Als hätte mich das Leiden erst zu einem Menschen gemacht, dem man vertraut. Merken Sie sich das. Die Quälerei, die man einem ansieht, ist eine moralische Waffe. Die Wunde, die man zeigt, macht einen zum Freund.»

Tanpınar hielt Naumann am Arm.

«Bleiben Sie!» Und an die anderen Dichter in der Schriftstellerrunde gewandt: «Dieser Mann hat gelitten! Gebt ihm einen Stuhl!»

«Von da an war es anders mit den Türken, von da an war es auch anders mit den Juden. Als hätte man mich vorher eben doch als den erkannt, der ich ja offiziell auch war – ein Doppelagent des Naziregimes, und als hätte mich das Gefängnis nun irgendwie aufgewertet, zum Menschen gemacht. Dass der Sicherheitsdienst und die Botschaft mich nicht früher rausgeholt haben, war in gewisser Weise mein Glück. Wer der Mann war, der mich in der Regennacht bis in die Chora-Kirche verfolgte – mir ist das bis heute nicht klar. Die revolutionär-kommunistischen Dichter dachten, es sei die Geheimpolizei Atatürks, die kemalistischen Dichter dachten, mich hätten die eigenen Leute verfolgt, die Nazis, und das machte mich, wie auch für den Auerbachkreis, weniger zu einem Völkischen als zu einem Menschen, der wie sie nur einen Ort suchte, an dem er leben konnte … Ich glaube, dass auch Gerüchte um meine Homosexualität durchgesickert waren. Tanpınar beruhigte mich aber. Das ginge keinen etwas an. Männerfreundschaften und Körperlichkeit würden bei ihnen mit Sicherheit immer noch weit mehr toleriert als jetzt in Deutschland. Ich solle bloß öfter mal in den Hamam gehen.»

In den Mittwochs-Debatten in den *Meyhanes* ging es nun immer hitziger zu. «Alles ändert sich, das Umfeld, jede Vorstellung, auch ich», sagte ein sehr junger Mann, den Ali Bey Naumann flüsternd als Kemal Sadık Gökçeli, eine der neuen Stimmen vom Land, vorstellte.

«Vom Land? Aus Anatolien?», fragte Naumann, aber der junge Mann hatte einen strengen Blick auf die beiden Flüsterer geworfen und die Augenbrauen zusammengezogen, als forderte er völlig zu Recht die ganze Aufmerksamkeit für sich. «Natürlich. Die Sprache eines Landes kann sich ändern, aber die Sprache eines Romans muss sich durchhalten, sie darf sich nicht verändern. Der Leser darf da keine Veränderung wahrnehmen. Nehmen Sie das Wort ‹*fark*›, Unterschied, Veränderung; im Neutürkischen ist es jetzt gerade durch ‹*ayırım*› ersetzt worden. Auf alle Vorhaltungen antwortete ich, dass ich das Wort ‹*fark*› nicht durch das neue Wort ‹*ayırım*› ersetzen werde, denn dieses Wort ‹*ayırım*› passt überhaupt nicht ins Türkische. Und das Wort ‹*fark*› ist auch nicht arabischen Ursprungs, wie viele behaupten. Übrigens: Hunderte Wörter im Englischen sind auch anderen Ursprungs. Heißt das denn, das Englische sterbe dadurch? Nein! Und auch das Türkische stirbt nicht. Es ist eine starke, gesunde Sprache. Ich beherrsche zwei Sprachen sehr gut. Ich habe zwei Muttersprachen: Kurdisch und Türkisch. Ich bin in einem turkmenischen Dorf geboren. Meine Familie ist beim Einmarsch der Russen aus Van in Ostanatolien in dieses Dorf eingewandert. Zu Hause sprach ich Kurdisch und draußen im Dorf Türkisch und Kurdisch. Zu Hause kann nur mein Vater Türkisch sprechen. Wir sprechen also Kurdisch, und anfangs konnte ich gar kein Türkisch, aber ich lernte es. Und es ist eine außerordentlich reiche Sprache. Besonders das in meiner Gegend gesprochene Türkisch.»

Lee unterbricht ihn. «Das war Yaşar Kemal?» Naumann nickt.

«Der hat später *Mehmet, mein Falke* geschrieben, haben Sie das Buch gelesen? Als Orhan Pamuk den Preis bekam, hat das hier viele Leute aufgeregt. Das sei doch ein westlicher Schriftsteller, ein Thomas-Mann-Epigone. Yaşar Kemal hätte es viel mehr verdient, aber dann hätten sich Teile des Establishments auch aufgeregt. ‹Wollen die uns bloß als Bergtürken darstellen? Mit romantischen Räuberpistolen? Was ist mit der Dichtung? Mit Orhan Veli? Cemal Süreya? Was mit den großen türkischen Romanen der Gegenwart?› Aber einige haben bei Pamuk auch abgewartet, wie die Welt auf einen türkischen Nobelpreisträger reagieren würde.»

Lee hatte Orhan Pamuk an der Columbia mehrfach bei Lesungen und Vorträgen erlebt. Sie hatte sich sogar getraut, ihm zu schreiben und ihn um ein Interview zu bitten für die *Times*, aber er hatte ihr nicht geantwortet.

«Für den bist du eine Nummer zu klein, Kindchen», hatte Phyllis gesagt und sie auch zu beruhigen gewusst. «Mach dir nicht zu schnelle Hoffnungen, was große Namen angeht! Es kommt alles, wie es kommen muss. Mach einfach mit deiner Arbeit weiter.»

Phyllis hatte Lee damals in New York unter ihre Fittiche genommen, sie immer wieder in ihr Fitnessstudio eingeladen, «so ein richtiger Schwitz macht dich bereit für eine New Yorker Nacht», sie auf Partys der *Times* mitgenommen, zu Galerieeröffnungen in Chelsea. Ihre Lebenspartnerin, Georgina, war Chef-Kuratorin am *PS-1*, die beiden luden sie auch zu sich nach Hause ein, in eine große, helle Wohnung am Riverside Drive, «heute unbezahlbar», sagte Phyllis, «aber Georgina hat die Wohnung schon ewig – und auch ein bisschen altes Geld». Die beiden hatten sich um Lee gekümmert, als Helene starb, sie bestärkt, erst mal ihr Studium zu beenden und dann mit dem Journalismus weiterzusehen – und Georgina grüßte auch heute immer noch, wenn Phyllis Lee schrieb oder über WhatsApp mit ihr sprach. Auch zu Ayaz hatten beide ihr etwas zu sagen: «Nimm es nicht zu leicht: wenn jemand dich so liebt, dass er dir hinterherfährt, dann heißt das was. Vielleicht gibst du ihm doch eine Chance?»

Sie trifft sich mit Ayaz auf ein Bier unter dem Galataturm, das Licht und die Nacht, die Heizpilze vorm Restaurant. Lee zittert in ihrer Winterjacke. Sie sagt: «Lebst du jetzt hier? In der Wohnung?»

Ayaz nickt. «Solange das Geld reicht. Ich habe es mir einfacher vorgestellt, in Istanbul einen Job zu finden. Beim Goethe-Institut ist vielleicht ab nächsten Monat etwas frei, die expandieren auf die asiatische Seite, dann muss ich drei Mal die Woche rüber nach Kadiköy.»

Lee spürt Ayaz' Traurigkeit.

«Du hast dir das anders vorgestellt, nicht? Mit uns? Mit dir hier?»

«Ja, hab ich.»

Ayaz nimmt einen Schluck von seinem zweiten Efes. Normalerweise trank er nicht.

«Tut mir leid.»

Lee versucht, Worte zu finden, warum sie die Wohnung, warum sie das komplett eingerichtete Leben mit Ayaz in Panik versetzt hat.

«Ich mag dich, Ayaz. Du bist mir nah, aber …»

«Ja, ich weiß, es war zu viel. Dir ist es immer zu viel. Zu nah, zu schnell, zu gut. Warum traust du dich denn nicht? Warum springst du nicht einfach – mit mir, in ein Leben, das du eben nicht vorausgesehen hast?»

«Weil ich es nicht kann.»

«Dann helf' ich dir. Komm, nimm meine Hand.» Er reicht ihr über den Bistrotisch seine Hände. Schöne, starke Hände, mit kräftigen Fingern.

Sie nimmt sie.

«Können wir es erst mal so versuchen? Ohne gemeinsame Wohnung?»

Istanbul, März 2016

MallIstanbul

Zorlu Center
İstinyepark
Kanyon
Mall of İstanbul
Palladium
Akmerkez
Trump Towers Mall
Forum İstanbul
Sapphire
Cevahir
Astoria
City's Nişantaşı

Diese Malls hatte sie schon gesehen, war stundenlang darin umhergelaufen, es gab noch über sechzig mehr davon; marmorglänzend, manchmal themenbezogen mit künstlichen venezianischen Kanälen und immer angenehm klimatisiert, monatlich, hatte man das Gefühl, wurden es mehr. Für die meisten Malls draußen hatte sie den Metrobüs genommen, diese Busse galten als einer der oft angeführten Verdienste Erdoğans, wenn man mit einfachen Leuten sprach, Leuten, die auf der braunen Seite der Stadt lebten, fernab vom Wasser, nicht auf den Hügelrücken, sondern im Schatten der Hügel und Hochhäuser, in den Tälermulden, die mit Anfahrtszeiten von bis zu drei Stunden rechnen mussten; der Metrobüs sei ein Segen! Lee wurde bei Busfahrten immer schlecht, allerdings ging es schnell. Der Bus fuhr auf einem Extrastreifen, statt im chronischen Stau stecken zu bleiben. Der Fahrer, über sein Lenkrad gebeugt, ein Rausch nach Geschwindigkeit, im Fenster lösten sich grell beleuchtete Moscheen und Supermärkte ab, an den Haltestellen ein halber Meter Abstand zwischen Bürgersteig und Tür. Eine ältere Frau in Hidschab und Sneakers stolperte beim Aussteigen und fiel der Länge nach hin, ein Büchlein in arabischer Schrift landete neben ihrem Kopf. «*Şerefsiz!*», schrie jemand dem Fahrer zu, ein Schimpfwort, das verstand Lee, dann quetschte sich noch jemand aus dem anfahrenden Bus. Im Bordfernseher Endlosschleifen stummer Katzen-, Tulpen- und Kochvideos. An der Metrobüs-Überführung vor der Mall of İstanbul krabbelte ein Handwerker auf allen vieren und sammelte sein Werkzeug zusammen. Er speichelte, als er seine Zange in den abgewetzten Lederkoffer warf. «Der ist wieder betrunken», kommentierte ein Maiskolbenverkäufer von seinem Ziehwagen mit Kesseln aus und nickte beruhigend. Der Handwerker setzte sich erschöpft auf den Asphalt, wischte sich mit dem Ärmel über den Mund und atmete tief in den Bauch. Aus dem Haupteingang der Mall ergoss sich gut gelaunt eine Schulklasse.

«Die Malls schaffen dich, Lee», hatte Phyllis gesagt, als sie mit ihr über Skype das große Wochenendspezial auf der Kunst- und Architekturseite durchgegangen war. Phyllis hatte gekämpft, die Redaktion wollte es zuerst in den Reiseteil verbannen, aber dann hätte es eben auch lustiger, lustmachender sein müssen, und Lee hätte noch ein paar Tage länger herumfeilen müssen. Und die Kritik hätte man aus dem Stück wieder rausgestrichen, die Passagen über Gezi, die Stadtentwicklung, die Besänftigung der Massen durch Fußball und Shoppingmalls, den neuen Flughafen, die geplante dritte Brücke, die

Pläne, die nach Meinung ihrer vielen Gesprächspartner wirklich dahintersteckten: weitere neue Wohnviertel aus dem Boden zu stampfen, erst an den Auffahrten der neuen Autobahn, dann immer weiter um diese Auffahrten herum. Und da, wo sie den Flughafen bauen würden, im sogenannten Belgrader Wald, einem Urwaldgebiet mit einem Artenreichtum wie am Amazonas, ließen sich doch schöne neue Grundstücke und teure Hochhäuser für die Mittelschicht hinsetzen, die es in dieser Form gar nicht gab. Und Erdoğans Verwandte und Freunde und ein paar Großunternehmer und Investoren aus dem Oman oder woher auch immer würden sich großzügig bereichern.

«Ökonopolis! Großartig. Und was du über die hauptsächlich aus den Emiraten stammenden Investoren und über das Haupteinkaufspublikum der Einkaufszentren schreibst, wie sie die öffentlichen Plätze ersetzen, wie da ein spezifisch islamisch geprägter Kapitalismus entsteht, westliche Waren fürs Volk, das ist großartig!» Sie hatte auch mit Naumann am letzten Wochenende über ihr bisher größtes Stück in der *Times* gesprochen, über das Verschwinden der *Meydanlar*, der Plätze, als öffentliche Orte in diesen Malls, über die Segregation des Volkes – darüber, dass man ganz oben in der Luxusmall von İstinye mit dem richtigen Wagen, am besten mit Chauffeur, aufs Dach fahren und dann vor den Boss-, Dior-, Prada- und Mulberry-Läden aussteigen konnte, während das Volk unten mit Bus, Sammeltaxi oder zu Fuß erst mal an den Auslagen der – für türkische Verhältnisse gewiss auch nicht billigen Ketten – vorbeimusste, ja, in Wahrheit auch auf diesen unteren Ebenen zwischen Starbucks, Ramiz-Köfte und dem gut gelüfteten 3-D-Kino im Keller blieb, wenig kaufte, sondern und vor allem am Wochenende hier bummelte. Oben die Reichen, unten die Mittelschicht oder die kleinen Leute, die sich fein anzogen, um für ein halbes Tagesgehalt beim Essen für ein paar Stunden in der Mall mit der ganzen Familie teilzunehmen am türkischen Traum. Unten in der Mall gab es sogar einen nachgemachten *Pazar*, einen Basar mit Kupferhandwerk, Teppichhandel, einem guten Fischrestaurant und anderen ausgewählten Waren und Speisen, wie man sie auch im Großen Basar finden würde, nur waren sie hier ausgesuchter, teurer, es war leiser und es wurde nicht gehandelt. Luxusversprechen, Luxusbeschwichtigung. Lee fand das einleuchtend. Kanyon Shopping Mall, ein architektonisches Bravourstück, das sich durch eine Schlucht von Luxusapartments schlängelte, hatte es dem slowenischen Philosophen Zlavoj Žižek besonders angetan. «Der Kapitalismus ist ein Fluss, der sich nicht mehr die Zeit nimmt, sich durch den Felsen zu fressen. Der Felsen und die Schlucht werden gleichzeitig gebaut. Die Kanyon Mall ist die Epitome dessen, was uns in der Marktgesellschaft von der Erdgeschichte trennt. Zeit. Ablagerung. Geschichte. Hier wird Körper in Schichten gehüllt, hier feiert das Kapital die Verbindung des Machbaren als Abkopplung vom menschlichen Sediment.» Den Rest, die Verbindung mit der außerordentlich schönen, aber nun gefährdeten Natur Istanbuls mit ihrem Artenreichtum, den Urwäldern, die für den neuen, dritten Autobahnring abgeholzt wurden, hatte sie als Kommentare zum Verschwinden dieser Welt von Aktivisten eingebaut, die sie interviewt hatte. Sie hat sich etwas angelesen und angehört, aber sie hatte diese Wälder noch nicht selbst gesehen, was sie dem alten Mann verlegen gestand, der nickte und lächelte. Aber auch ihm gegenüber hatte sie weggelassen, wie sehr sie sich in ein Lederkleid in einer türkischen Luxusboutique in der Kanyon Mall verliebt hatte, sehr sexy auf eine punkige, newwavige Art, mit vielen dreieckigen Ausschnitten versehen, so dass ihr Körper darin im Licht einer Tanzbar aussehen würde wie das gesprenkelte Fell einer Schneeleopardin.

Das i-Tüpfelchen des Artikels war dann der Schnappschuss geworden, nicht von dem betrunkenen Mann im Overall mit der vollgespeichelten Ledertasche, nicht der vom Verkäufer mit seinen wie frische Nieren durchs Bild schwimmenden Maiskolben, sondern das Bild von einer eleganten jungen Frau mit einer übergroßen Designersonnenbrille und lackierten Fußnägeln in halboffenen Schuhen am ersten warmen Märztag auf der Treppe zum Eingang der Mall of İstanbul mit ihrer imposanten Leuchtschrift; die Frau hatte ihre Brille ein Stück gesenkt und offensiv in Lees Kamera gelächelt. Gut zu lesen war die Aufschrift auf ihrem T-Shirt, wie ein Kommentar: «MİsStanbul».

«Wissen Sie, Ihre Aufzählung der Malls am Anfang … die Liste, das kommt ja von List; je mehr man aufzählt, je stärker man versucht, sich genau zu erinnern, desto eher bekommt man das Gefühl, dass dieser Versuch, dem Tod noch ein Schnippchen zu schlagen, ihm von der Schippe zu springen, zwar heroisch, aber letztlich vergeblich ist. Die großen Erzähler wussten das. Denken Sie bloß an Homer. Sein Schiffskatalog im zweiten Gesang. ‹Und ihm folgt ein Geschwader von fünfzig dunkelen Schiffen›. Fünfzig aus Böotien, aus Athen, aus Argos, achtzig von Kreta und hundert aus Korinth. Ein richtiges Register war das, fast bürokratisch. Als Junge hab' ich mich oft gefragt, wie die wohl hießen, diese Schiffe. Ich hab' innerlich selbst Listen angelegt. Ajax' Dampfer, Odysseus' rennende Antilope. Menelaos' Ross. Da kommt die Lust an der Metapher durch und auch die Erinnerung. Sagt man nicht so, dass sich alte Menschen besser an ihre Kindheit erinnern als an das, was vorgestern in der Zeitung stand? Das stimmt wohl. Listen sind sichere Häfen für Erinnerung, hat etwas einen guten Namen, vergisst man es nicht. So ist Sprache wohl überhaupt entstanden, wissen Sie?

Aber Todeslisten gibt es natürlich auch, und die List des Odysseus führt ja letztlich zu nichts anderem. Getötet in Troja, nach einer Festnacht, von rächenden Schatten aus dem Bauch eines Pferds. Das man von da an nur noch das Trojanische nannte. Die Liste, immer weiter aufzählen, nicht aufhören zu reden, bis die Welt sich wieder fest anfühlt und beständig oder noch besser: beständig im Fluss. Und diese Bewegung spüren, diese rasende Leidenschaft der Sprache, das muss man, dann ist man lebendig. Ich glaube, Sie verstehen das. Wenn man sich selbst beim Sterben zuschaut, dann sieht man das. Wie viel Sprechen mit Angst zu tun hat. Ich habe ja noch was vor, das hilft auch. Fit wie ein Turnschuh, sagten Sie? Das beruhigt. Immerhin, ich hab mir ein Ziel gesetzt. Nicht nur das Interview mit Ihnen – ich will auch noch diese Französin übertreffen. Jeanne Calment, sie ist 122 Jahre alt geworden, ja, aber jetzt ist sie tot. Aber was hätte die zu erzählen gehabt! Und? Alles weg, alles vernichtet. Die hatte nur sich, ihre Familie und ihre Geschichte. Und ich muss jetzt noch genau ein Jahr lang durchhalten, der nächste Kandidat, ein Inder, ist gerade mit 117 gestorben. Dann bin ich erst mal der älteste Lebende. Na, zum Glück wird's bald

Frühling. Diese Winter bringen mich noch um. Ah, Sie sind müde? Kein Wunder bei der Reise, die Sie hinter sich haben. Wie hat man in der Schule immer gesagt? Auch diese Stunde geht vorbei. Ja. Gehen Sie schlafen. Bis morgen.»

Teil III
Die Wunde des Odysseus

Istanbul, Mai 2016

Regen, nein, Sturzflut. Die Tropfen prasseln auf das Wellblechdach über der Terrasse des kleinen Cafés in Karaköy. Lee hat sich vor dem Platzregen gerade noch so eben hierhergeflüchtet, einen Kona-Kaffee bestellt, den ihr der begeisterte Ladenbesitzer angepriesen hat, er sei um die ganze Welt gereist und habe mit kleinen Kaffeeplantagenbesitzern Freundschaft geschlossen, die ihm nun die besten Bohnen zu günstigen Preisen nach Istanbul schickten, unbehandelt, bio-zertifiziert. Ob sie das nicht auch schon bemerkt habe, wie schlecht hier der Kaffee schmecke? Das liege an den Zöllen. Die Bohnen stünden oft wochenlang in Containern im Hafen, und da helfe dann auch die beste alte Röstmaschine nicht mehr. Er deutet auf seine Maschine. Ein kupferblechverkleidetes Ungetüm, das in regelmäßigem Rundgang die frischen Bohnen auseinanderzieht, umwendet, der Luftkühlung hingibt. Sie sitzt, wartet auf ihren Kaffee, den Mehmet, der Besitzer hat sich ihr so vorgestellt, als sie tatsächlich nach Einzelheiten seiner Kaffeeplantagen-Bekanntschaften gefragt hat, und darauf bestanden, dass sie sich die Hand schütteln, und sie auch nach ihrem Namen gefragt, ihr gleich im Siphon kredenzen wird, die einzige Art, das Kona-Aroma zu genießen, hat er gesagt. Sie öffnet den Laptop und geht ihre Mails durch.

Eine weitere Nachricht mit Vermögensangeboten von Mr. Wang Lian. Wahrscheinlich hat irgendein Algorithmus sie aufgrund ihres Namens als Asiatin eingestuft. Lee grinst in sich hinein. Sie hat vor einem halben Jahr in Berlin begonnen, solche Schenkungs-, Kredit- und Vermögensüberschreibungsmails zu sammeln. Was genau sie daraus machen will, weiß sie noch nicht. Vielleicht eine Reportage für die

Lifestyle-Seiten in der *Sunday Times*. Was Christopher, der englisch-deutsche Künstler, wohl daraus machen würde, den sie gerade für *Cornucopia* interviewt hat? Ein Raum voll Computerstimmen, die Billionenbeträge für jeden Besucher vorlesen würden? Sie hat sofort wieder Lust, ihn anzurufen, aber es ist noch zu früh. In ein- zwei Tagen vielleicht, wenn er sich zuerst bei ihr meldet. Sie hat ein schlechtes Gewissen. Zwischen Ayaz und ihr ist es seit der erneuten Aussprache unter dem Galataturm still geworden. Er hat den Job bei Goethe bekommen, sie holte ihn einmal in Kadiköy ab. Der Stadtteil wirkte bunter, freier, junger – besonders der Teil kurz hinter dem Fähranleger, wenn man rechts durch die Marktpassagen mit den vielen Restaurants schlenderte. Sie tranken erst Tee im Garten des Nâzım-Hikmet-Museums. Es war laut, trotz der Kälte hatten viele der jungen Leute die Jacken über die Stuhllehnen gehängt, rauchten, flirteten. Ayaz hatte sich erst gefreut, sie zu sehen, sagte nun aber, er sei müde. Als sie am Opernhaus und am wichtigsten Off-Theater der Stadt vorbei dann wieder durch die Marktgassen schlenderten und an einem vollbesetzten Fischrestaurant vorbeikamen, winkte eine Gruppe von einem der Tische. Ayaz nahm ihr den Arm von der Hüfte, schüttelte Hände, stellte vor: «Lena, Maryam, Zerin, Kaplan und Taner. Meine Kollegen. Und das ist …» Sie merkte, wie er zögerte, und stellte sich dann selbst vor: «Lee, einfach nur Lee.» Sie nahmen sich zwei Stühle, Kaplan, ein auf eine schöne Art grau werdender Mittvierziger mit dunklem Teint und blauen Augen, setzte sich ans Kopfende des Tisches, direkt auf die Straße, und rückte ihnen zwei Stühle in die Lücke, Maryam schien sich über Ayaz besonders zu freuen. «Das ist hier eines der besten Fischrestaurants auf der asiatischen Seite», sagte Kaplan. «Wir haben einen frischen *Lüfer* bestellt – der reicht für alle. Wein?» Er goss ihr ein Glas Narince ein. «Schmeckt köstlich!»

«Warte, bis du den mit der Vorspeise probierst! Wir hatten schon, ich bestell' dir einfach zumindest die *Portakallı Enginar*, der Fisch kommt nämlich gleich!» Er rief einen Kellner zu sich, der brachte eine Artischockenhaube, weiß in Orangensaft gekocht mit Gemüse, Kräutern und Krabbenfleisch. «Himmlisch.» Sie sah zu Ayaz, der sich mit Maryam unterhielt, irgendetwas über Tarabya und einen der Gastautoren dort, der demnächst eine Lesung hier machen sollte, bei ihnen in der neuen kleinen Bibliothek. Er wirkte nicht mehr so müde wie vorhin, sie hätte ihn gern kurz einmal umarmt, aber er saß mit dem Rücken zu ihr, und sie wollte hier am Tisch mit seinen Freunden, eher seinen neuen Kolleginnen, von denen er ihr in den ganzen drei Wochen gar nichts erzählt hatte, nicht die Bedürftige geben. Sie hatten sich die drei Wochen, die er jetzt arbeitete, kaum noch gesehen, nur kurze SMS gewechselt. Ein wenig lieblos kam es ihr vor, sie hatte doch positive Signale gegeben, oder nicht? Sie hatten sich drei-, viermal nur zum Essen getroffen, sie hatte auch zweimal bei ihm, er einmal bei ihr in İstinye übernachtet – aber mehr? Der Weg zu ihr raus war ihm abends zu weit, und sie wollte noch nicht wieder öfter bei ihm schlafen. Als der Fisch kam und mit einem fröhlichen *Maşallah* von Kaplan begrüßt wurde, ging sie auf die Toilette. Innen war es voll, noch voller als draußen. An jedem Stück Wand hingen Fotos von Atatürk, selbst im ersten Stock, nachdem sie die enge Treppe zu den Toilettenräumen und den kurzen Gang mit der Extrastufe entlanggegangen war. Ein Kellner sah ihre Verwunderung und sagte: «Der Gazi hat oft hier gegessen. Wir bewundern ihn.»

Lee sah den jungen Mann neugierig an. Als hätte er es selbst erlebt. Als würden die Bilder, auf denen neben Atatürk auch immer wieder zahlreiche Männer und Frauen zu sehen waren, die sie inzwischen aus den Erzählungen Naumanns kannte, den fülligen Yahya Kemal mit seiner Vorliebe für weiße Anzüge, oder Atatürks Adoptivtochter, die Fliegerin Sabiha Gökçen, noch lebende Verwandte zeigen. Als sie sich wieder setzte, hatte ihr Kaplan einen Teller gerichtet. Der Fisch, sorgfältig filetiert, zerging ihr auf der Zunge. Als er ihr vom Wein nachschenken wollte, lehnte sie ab und entschuldigte sich, sie müsse jetzt aufbrechen, sie hätte morgen eine wichtige Deadline. Die Goethes verstanden sie nicht gleich. Ayaz sagte: «Sie ist auch Journalistin.» Die Gruppe nickte, beeindruckt, wie ihr schien, vielleicht hatte Ayaz ihnen doch etwas von ihr erzählt.

Er stand auf, rückte ihren Stuhl vom Tisch, formvollendet, wie immer. Er küsste sie zum Abschied auf die Wange. Nicht auf den Mund. Irgendwie hatte sie das Gefühl, dass er froh war, dass sie schon ging. Auch Kaplan hatte sich erhoben und gab ihr die Hand. «Es hat mich gefreut, dich kennenzulernen. Ich hoffe, wir sehen uns wieder.»

Drei Tage später schickt ihr Ayaz eine SMS: «Ich glaube, es ist aus.»

Sie genießt den Kaffee und führt die Arbeit fort, an der sie für die Freitagsausgabe sitzt. Ein lang schon versprochener Artikel über die alten Gärten vor der Landmauer. Dann unterbricht eine neue Millionenmail ihre Konzentration.

Ich beabsichtige, Ihnen einen Teil meines Vermögens als freiwillige finanzielle Spende zu geben. Reagieren Sie auf die Teilnahme.
Wang Lian
Wanda-Gruppe

Lee klappte den Laptop zu. Seit Wochen hat sie Schwierigkeiten, wieder in ihre Doktorarbeit hineinzukommen, obwohl sie liest und wieder liest, sich in die Bibliothek des Orient-Institut vergräbt, exzerpiert, türkische Philologen an der Istanbul-Universität, an der Boğaziçi, Koç und Sabancı Üniversitesi aufgesucht hat. Vita Activa, nein Vita Hyperactiva. Sie erfährt Widersprüchliches: nein, Tanpınar und Auerbach hätten sich nicht gekannt, doch, Tanpınar hätte begonnen, bei Auerbach eine Doktorarbeit zu schreiben. Sie lächelt. Mehmet bringt einen zweiten Kaffee, diesmal aus Papua-Neuguinea, und wartet, bis sie ihn gekostet hat.

«Çok güzel!» Er lächelt befriedigt. Draußen vor der Terrasse hat sich die Welt in eine Sintflut verwandelt. Der Regen rauscht, die kleine Gasse ist knöcheltief überspült. Auch Naumann sprach vom Regen, der Istanbul immer wieder überfällt und dann so stark ist, dass er die Ratten und den Müll und die leeren Dosen, in denen die Bäcker und Schneider und Lebensmittelhändler hinter ihren Geschäften ihre Zigarettenkippen sammeln, in einem einzigen lebendigen Strom forträgt zur Kanalisation und zum Bosporus. Sie ist inzwischen wie besessen von den Erzählungen Naumanns, sieht ihn und die Stadt nun manchmal nur noch durch seine Augen, taumelt nachts durch die Straßen wie im Rausch einer anderen Zeit. Vor allem sieht sie Helene. Helene, wie Naumann sie sah, Helene, wie sie hier fern der Eltern, um die sie sich sorgen musste wie um eine nie wieder zurückkehrende Kindheit, einen Neuanfang gemacht hatte, ausgehalten hatte, fröhlich geblieben war, einen Mann kennengelernt hatte, der sie nun in seiner Traurigkeit und seinem Enthusiasmus faszinierte, in den sie sich, so

sah es für Lee nun aus, so las sie, was wohl auf den herausgerissenen Seiten stand, verliebt hatte. Eine Projektion vielleicht, aber sie kann die beiden immer wieder in Naumanns sonorer Stimme aufklingen hören, wenn er von den Gesprächen und Spaziergängen am Bosporus berichtet, den Treffen zum Tee unter dem Geschrei der Papageien im Tophane Park, einige der unzähligen von einem Schiff geflohenen exotischen Vögel, die für den Serail bestimmt gewesen waren und sich hier nun ungehindert ein neues Paradies geschaffen hatten. Sie sieht Helene, wie sie mit Erich Auerbach über «Mimesis» spricht, ihm zuarbeitet, Kapitel für Kapitel abtippt, ihm Bücher besorgt, wie sie Korrespondenzen führt mit Gelehrten an der Princeton University und wie er ihr bei seiner anschließenden Weiterreise nach Amerika auch dort ihre erste Stelle verschafft.

Istanbul, 1937

Zu Ulrichs Begräbnis war Naumann nicht eingeladen. Es war Zufall, dass er überhaupt davon erfuhr. Sein SD-Verbindungsmann hielt ihn auf Trab, ließ ihn Berichte schreiben, schickte ihn auf eine Dienstreise nach Ankara, wo er Ernst Reuter kennenlernen sollte, getarnt durch eine Artikelanfrage der *Basler Zeitung*. «Reuter ist zentral! Er hat das Ohr der Regierung, wir müssen wissen, wie sehr er versucht, Atatürk zu einem Bündnis mit der Sowjetunion zu überreden. Aber gehen Sie das behutsam an, der ist misstrauisch.» Ein Artikel für die *Basler*, das war nicht verdächtig. Naumann traf Reuter beim Schwimmen in der Atatürk Orman Çiftliği, einer experimentellen Farm und Urlaubsanlage in der Nähe von Ankara.

«Kommen Sie rein!» Reuter winkte ihn ins Becken.

«Ich … habe keine Badehose dabei», sagte Naumann. Reuter deutete auf die hölzernen Umkleiden.

«Der Bademeister hat bestimmt etwas in Ihrer Größe, kommen Sie, das Wasser ist herrlich.»

Zwischen den begeisterten Badenden, Diplomatenfamilien und Beamten mit Kindern schämte sich Naumann wieder seiner Wunden.

Als Reuter ihn zum Beckenrand kommen sah, stieg er aus dem Wasser.

«Oh, das habe ich nicht gewusst, hier nehmen Sie.» Reuter legte ihm ein großes Handtuch über die Schultern, das Naumann sich sofort fest um die Brust zog.

Reuter hatte den Finger gehoben. Fast sah es so aus, als wollte er Naumann berühren, die alten Narben auf der Brust nachzeichnen.

«Isonzo?»

Naumann schüttelte den Kopf

«Somme.» Reuter nickte, dann blickte er auf Naumanns geschundene Beine und Füße.

«Und die haben Sie hier bekommen, nicht wahr? Ja, ich habe davon gehört. Tut mir sehr leid. Kommen Sie, gehen wir in den Schatten.» Reuter führte ihn an einen etwas abgelegenen Tisch unter einem Baldachin und bedeutete dem Kellner in weißer Uniform ihnen Tee zu bringen. Als er sich vorbeugte, bemerkte Naumann die zahlreichen Narben auf Reuters Rücken.

«Auch der Krieg?»

Reuter schüttelte den Kopf. «Konzentrationslager.»

Sie hatten sich auf Anhieb gut verstanden, sie hatten ihre Kriegserfahrungen geteilt, den Horror, dem Naumann sich so lange nicht hatte stellen wollen. Reuter war an der Ostfront gewesen und dann in russische Gefangenschaft geraten, 1917, kurz vor der Revolution, saß im Arbeitslager und schuftete im Kohlebergwerk in der Nähe des Dorfes Sawinsk in der Region Tula. Dort waren die Kommissare, nach der Sowjetisierung, sofort von seinen Fähigkeiten überzeugt, man warb ihn an, wählte ihn in den Sowjet, schickte ihn erst in die Provinzhauptstadt, Tula, dann nach Moskau, wo Reuter in ein sozialistisches, internationales Kriegsgefangenen-Komitee gewählt wurde, und dann nach Deutschland zurückkehrte, wo er in der KPD eine bedeutende Rolle spielen sollte, aber Reuter hatte sich gleich Anfang der Zwanzigerjahre von den Kommunisten abgewandt und war der SPD beigetreten, hatte den *Vorwärts* mit herausgegeben, war später, 1931, Bürgermeister von Magdeburg geworden und nach der Machtergreifung der Nazis 33 des Amtes enthoben und verhaftet worden. 1935 ging er in die Türkei ins

Exil. Die meisten Dinge wusste Naumann schon aus den Berichten des SD – man schickte ihm neuerdings kleine Dossiers, damit er «nicht doppele», so hatte sich sein Führungsoffizier ausgedrückt, er solle Verwertbares bringen, nichts, was sie schon hatten. Aber die Erzählung eines Menschen, der Ton, die Gesten, die er beim Reden machte, erschlossen einem das Leben und die Gefühle des anderen – mehr, als es jede Zusammenfassung hätte tun können. Als der Nachmittag sich neigte, nahm Reuter ihn in seinem Wagen mit nach Ankara zurück, setzte ihn vorm Hotel ab, mit der Maßgabe, er solle sich kurz frisch machen, aber nicht umziehen, er würde unten auf ihn warten, er wolle ihn zu sich nach Hause einladen. Und da saßen sie dann mit seiner Frau Hanna und dem kleinen Edzard und aßen ein deutsches Abendbrot. Selbst das Bier war nicht schlecht. Reuter erzählte ihm von der Stadtplanungsbehörde, die er nun, wie er stolz anmerkte, leitete, zeigte ihm im Arbeitszimmer seine Entwürfe – unbeholfen, nichts, was ein Architekt jemals abliefern würde, aber groß und visionär. Er redete von den Reformen, die sie unbedingt im öffentlichen Stadtverkehr herbeiführen müssten, die Busse, Straßenbahnen, und ja, er würde bald auch nach Istanbul kommen, und da könnten sie sich dann öfter sehen – man müsste die Fährverbindungen ausbauen und besser koordinieren, sodass die Leute bald gut vom Stadtrand ins Zentrum kämen und am Wochenende schnell wieder aus der Stadt, um sich auszuruhen. Naumann war von der Zutraulichkeit und Energie dieses Mannes überwältigt. Auf einmal wurde ihm heiß. Es fiel ihm wieder ein, dass er ihn ja betrog. Nichts an seiner Geschichte war falsch und erfunden gewesen, er hätte ihm später beim Schnaps sogar fast noch von Ulrich erzählt, aber da hatten ihn die Gefühle schon eingeholt, die Unsicherheit, die Scham, das Bewusstsein der Lüge, denn er war ja hier, um ihn auszuspionieren – und das ging außerdem viel zu gut. Reuter hatte ihm in allen Details von seiner Flucht aus dem zweiten Konzentrationslager erzählt, über Holland waren er und seine Familie entkommen, er hielt sogar mit den Namen seiner Helfer nicht zurück. Naumann versuchte, sie nicht zu hören, damit er sie gar nicht erst vergessen müsste. Seine alten Narben taten ihm weh, er keuchte.

«Ist Ihnen nicht gut? Kommen Sie, legen Sie sich doch hier auf meiner Arbeitszimmercouch ein wenig hin, ich hole Ihnen eine Decke, wahrscheinlich haben Sie sich auf der Reise hierher mit den ewigen Wetterwechseln verkühlt.»

Naumann hatte diese Freundlichkeit nicht mehr ausgehalten. Er verabschiedete sich, Hanna strahlte über das ganze Gesicht, und es sah fast so aus, als wollte Ernst ihn umarmen, aber er entschied sich dann doch für einen warmen Händedruck mit einem gleichzeitigen kräftigen Griff an die Schulter.

«Kommen Sie jederzeit wieder zu uns, lieber Georg, Sie sind hier immer willkommen. Wir sehen uns in Istanbul.»

Noch auf der Straße hatte sich Naumann übergeben.

Als Naumann zurück in sein kleines Haus in Balat kam, fand er eine Nachricht von Ali Bey vor, unter seiner Tür durchgeschoben, und einen Brief von Helene.

Istanbul, Mai 2016

Sie lernte Christopher auf einer Party im Garten des Österreichischen Kulturforums in Yeniköy kennen. Er war Künstler, hatte einen englischen Vater und eine deutsche Mutter und war augenscheinlich erfolgreich. Sie blätterte nach ihrer Begegnung die alte Herbstausgabe vom *Istanbul Guide* durch, die auf dem Klo lag, Deniz und Miray hatten das Magazin abonniert, und da fand sie ihn dann, als einen der Haupt-Acts der Istanbul Biennale. Er hatte riesige Tiere aus Gips gießen lassen und sie vor der größten der Prinzeninseln im Meer verankert. Zwei Giraffen im flachen Wasser, Löwen, Ochsen, Gnus, sie alle sahen aus, als hätten sie mit Noahs Arche Schiffbruch erlitten und stiegen nun hier an Land, direkt unterhalb der Villa, die Trotzki in seinem Exil als Erste bewohnt hatte, bevor ihn die gescheiterten Mordanschläge von Stalins Schergen weiter nach Mexiko trieben. Ein Elefant stand auf einem Floß, Treibgut zwischen den strammen Beinen. Im Wasser und vor dem blauen Himmel des Marmarameeres wirkten diese Figuren so lebendig wie surreal. Wunderschön, hatten viele Zeitungsberichte über die Installation geschrieben – doch es gab auch Gegenstimmen.

Als am 3. 9. 2015 Alan Kurdi, der ertrunkene kleine syrische Junge, an den Strand von Bodrum gespült wurde, wie eine schlafende Puppe in seinem roten Shirt und den kurzen Hosen lag er da, begannen viele Artikel damit, die beiden Ereignisse zu vergleichen. Die weißen Tiere und der tote Junge, die Arche Noah und die Flüchtlingskatastrophe. Christopher hatte sich zu den Vorwürfen, er würde in Zeiten des Grauens eine Kitschpostkarte kreieren, nicht geäußert. Viele fanden das Foto von dem Jungen pietätlos, auch Phyllis hatte Lee in diesem Sinne geschrieben, als Lee noch in Berlin wohnte, und weil immer häufiger die Tiere und der Junge nun nicht nur in einem Atemzug genannt, sondern auch quasi als Doppelbilder im Netz auftauchten und sich eine hitzige Social-Media-Debatte darüber entzündete, ob Kunst in diesen Zeiten denn überhaupt schön sein durfte, und das Wort «pietätlos» immer häufiger auch in Verbindung mit Christophers Skulpturen auftauchte, gerieten die Tiere vor Büyükada immer mehr ins Abseits, war Christopher als gefeierter Name immer mehr verschwunden und wurde er, wie der Junge, stattdessen zum Synonym für die Tragödie des Bürgerkriegs und Europas Unwillen, die Flüchtlinge sicher in seinen Häfen aufzunehmen.

Sie waren behutsam gewesen. Zuerst hatten sie getanzt, eine Jazzkapelle mit einem Sänger als Burt-Bacharach-Verschnitt hatte den Gästen mäßig eingeheizt, dann kam eine kleinere Combo zum Zuge und spielte Salsa. Als es zu regnen anfing und alle sich entweder ins Haus oder unter die Schirme verzogen, zog Lee ihn hinter einen Busch. Sie küssten sich, lang und leidenschaftlich, wie zwei Menschen, die sich einfach aneinander satt trinken wollten. In der ersten Nacht war Lee noch nicht mitgegangen. Aber sie hatten sich für den nächsten Tag in der Stadt verabredet, und er hatte ihr gesagt, sie solle ihre Kamera, einen Hut und eine Zahnbürste mitbringen.

Von Eminönü aus waren sie auf die Prinzeninseln gefahren, sofort empfing sie eine andere Stimmung, eine andere, langsamere Geschäftigkeit. Die alten Holzhäuser am Hafen, das Fehlen der Autos, die Bäume und der durch alles streifende, duftende Seewind taten ihnen wohl. Sie hatten den Tag erst auf Heybeliada und in deren schönen Cafés verbracht, waren geschwommen, hatten sich, sehr behutsam, berührt und einander von ihrem Leben, den Eltern, ihrer Kindheit erzählt, waren dann Hand in Hand auf die Fähre nach Büyükada gestiegen, hatten Fisch gegessen, sich im *Splendid Palace* ein Zimmer geben lassen, klein, aber mit großem Bett und Blick aufs Meer. Dann war er mit ihr zur verfallenen Trotzki-Villa gefahren, und an dem verwunschenen Garten vorbei waren sie zum Strand hinuntergeklettert. Die Tiere waren noch da! Eine Touristin machte gerade Fotos, Lee stellte sich dazu und knipste, was sie konnte. Dann hielt Christopher sie zurück. «Morgen!», sagte er. Sie aßen im *Splendid* zu Abend. Danach liebten sie sich. Lees Körper zitterte nach ihrem ersten Orgasmus so stark, dass er sie lang in den Armen hielt.

Am nächsten Morgen weckte Christopher sie bereits vor Sonnenaufgang. Unten im Foyer herrschte schon reger Betrieb, ein Kamerateam der BBC, deren Produzentin Christopher herzlich begrüßte. Sie luden ihr Equipment auf drei gemietete Kutschen, die mageren Tiere taten Lee leid, sie wirkten so dürr, als seien sie kaum in der Lage, die beleibten Kameramänner, die Tonmänner, Kabelträger und ihre Kisten den Hügel der gepflasterten Küstenstraße hinaufzuziehen. Als sie unten am Strand ankamen, der Abstieg war im Dunkeln mühsam und gefährlich gewesen, einer der Tonleute hatte sich den Fuß verstaucht, aber letztlich waren sie alle heil heruntergekommen, erhellte sich bereits der Himmel. Körniges, rosenfingriges Licht mit ein wenig fliederfarbenem Blau, das dann immer mehr verschwand, bis man den Eindruck hatte, es würde erst weiß, dann still. Und dann röteten die ersten Strahlen der Sonne die Rücken der Tiere, flammenfarben schimmerten sie im nun ölig die Farben spiegelnden Wasser. Lee machte Fotos, das einzige Geräusch, das vom ganzen Filmteam ausging, war das Surren der Kameras und ihr Fotoklicken. Als es gerade richtig hell zu werden begann, passierte es. Christopher hatte sie bei der Hand genommen und zeigte still auf die Tiere. Sie bröckelten! Das Wasser hatte aus den sehnigen Beinen der Zebras, der Gnus, Gazellen und des Elefanten große Stücke herausgerissen. Die Wellen um die Tiere herum schäumten auf einmal, als hätte jemand Brausepulver hineingegossen. Ganz langsam sanken als Erste die Zebras ins Wasser, zischten fast, lösten sich auf, die Gazellen folgten, das Warzenschweinpaar. Am längsten hielten die Giraffen durch, bis der eine Fuß plötzlich brach und die linke Giraffe sich gegen die rechte lehnte und beide krachend auf das Floß des Elefanten schlugen, der schon, auf der immer wieder vom Wasser überschwappten Planke, bis auf die Knie gleichmäßig eingesunken war. Eine halbe Stunde später war alles zu Ende.

Sie hatte Christopher danach noch zweimal gesehen. Einmal an dem gleichen Abend in seinem Hotel. Und dann im *DEM* in Karaköy, hinter der Salt-Galerie, in der die Videos vom Verschwinden der kontroversen Tiere ausgestellt werden sollten. Sie hatten sich nicht mehr geküsst, nur noch umarmt. Sie hatte einen Artikel über das Vergehen des Kunstwerks geschrieben, Details über die verwendeten Materialien und die Auflösungsprozesse im Salzwasser, die Christopher und sein Team so genau vorausberechnet hatten, dass dies wohl von Anfang an das eigentliche Ziel der ganzen Ausstellung gewesen sein mochte, hatte ihr Christophers Assistent zur Verfügung gestellt. Er war etwas gekränkt gewesen, dass sich ihre Liebesnacht nur noch einmal wiederholte. Aber sie hatte lächelnd den Kopf geschüttelt.

«Wann haben Sie gemerkt, dass Christopher nur eine Affäre ist?»

«Weil ich immer noch an Ayaz gedacht habe, an seine Arme, an seinen Humor, wenn wir nachts aufwachten, dann hat er mir immer Geschichten erzählt oder seine Schattenspiele aufgeführt. Das war schön. Das vermisse ich. Außerdem hat es sich einfach gut angefühlt, mit ihm zu schlafen. Er war wirklich da. Mit ihm hatte ich das Gefühl, er begehrt wirklich mich, meinen Körper und alles, was ich bin.»

«Es ist gut, dass Sie den Unterschied kennen.» Er erzählte, dass ihm auch irgendwann klar geworden war, warum Agenten so gute Liebhaber sein mussten, *in raki veritas*, jaja, aber nie erzählt man so ungeschminkt die Wahrheit wie nach einer großartigen Nacht oder besser noch mittendrin. So schutzlos, so verwundbar, wunderbar und glücklich war man nie wieder. Wer da kein Vertrauen aufbaut und seine dunkelsten, süßesten Seiten zeigt – dem ist nicht mehr zu helfen. Und war es nicht besser, jemanden zu begehren, sich zu verzehren, sich ganz in einer Berührung aufzugeben, als dass man das Ganze durch Folter erreichte? Lieber Mata Hari sein, als mittelalterlich zu rädern. Aber damit rechtfertigte er wahrscheinlich zu sehr sein eigenes Vorgehen. Er war ja subtiler, gab sich nicht bloß als Freund aus, sondern war es ja wirklich! Wurde dadurch der Verrat nicht nur größer? Schmerzen stießen ihn ab – okay, Fingernägel im Rücken, ja, ein, zwei Streiche mit dem Ledergürtel, die Erwartung der Folter, wenn man gefesselt wurde. Aber das Ziel war Lust und nicht Gewalt. Das war etwas anderes. Gewalt machte dumm. Lee wollte ihm zustimmen, war aber mit den Gedanken woanders.

«Haben Sie nicht auch schon mal gedacht, wie schrecklich, dass das Beste vorbei ist und dass Sie es gar nicht bemerkt haben?»

«Das geht mir seit über sechzig Jahren so. Oder glauben Sie, jemand fasst einen alten Mann noch an, wenn er nicht dafür bezahlt? Als wir jung waren, haben wir es nicht gemerkt. Und jetzt liegen wir in unseren Gedanken an die Jugend wie Maden im Mehl. Alles weg. Fettgefressene Erinnerung. Und jeder von uns würde sein Leben tauschen, wenn er diese Momente nur einmal noch wieder erleben könnte. Jung sein, lebendig sein.»

«Als ich jung war, da hab ich so oft gedacht, ich stecke fest. Wie schrecklich.»

«Sie sind noch jung.»

«Ich bin dreiunddreißig.»

«Sehen Sie? Noch nicht zu alt für die Liebe.»

«Was genau ist damals zwischen Ihnen und meiner Großmutter geschehen?»

Lee war das herausgerutscht, sie konnte sehen, dass es Naumann wieder unangenehm berührte, auf ihre Frage nicht antworten zu können. Oder nicht zu wollen.

«Es gab nicht nur ein Damals – es gab zwei. Das erste Mal war ich nicht bereit für mehr. Und das zweite Mal … erzähle ich Ihnen ein anderes Mal.»

Lee lernte Canan in einer Bar kennen. Sie war eigentlich nur mit Hakan mitgegangen, der todtraurig war, dass Miray in Berlin nicht nur nach einem Studienplatz und einer Wohnung, sondern schon nach einem neuen Freund forschte; als Hakan nach dem dritten *Bomonti Filtresiz* hemmungslos mit ihr flirtete, wehrte sie ihn erst mit ein paar kühlen Worten ab, bis sie ihn einfach in die Ecke schob und an die Bar ging, um sich ein neues Getränk zu holen.

«Wäre einfacher, wir hätten den Penis», sagte die junge Frau neben ihr auf Englisch und nickte in Richtung des melancholischen Hakan, der wie ein Wikinger aussah, empfindlich wie ein Teenager war und sich wie ein Kind benahm.

Lee nahm ihr zweites Bier, naturtrüb, ungefiltert, und hielt es der Frau hin.

«Auch eins? Sie sprechen gut Englisch.»

«Zwei Jahre Berkeley. Jetzt wieder TU.»

«Sie sind aus Berlin?»

Die Frau nahm Lee das Bier ab, trank daraus, gab es Lee zurück und nickte.

«Zur Schule gegangen, ja, aber aufgewachsen bin ich in Kayseri und studiert hab ich zuerst hier.»

Als Lee auch einen Schluck nahm, lächelte die Frau – und deutete wieder zu Hakan.

«Jetzt sind wir Flaschenschwestern.»

Canan verbrachte einige Wochen in Istanbul und wollte in Ruhe ihre Doktorarbeit zu Ende schreiben. Sie studierte Ingenieurwissenschaften und Verfahrenstechnik, spezialisiert war sie auf die Geschichte und die Entwicklung künstlicher Gliedmaßen seit dem Ersten Weltkrieg. Als Lee ihr begeistert von ihrem Senior-Projekt erzählte, das vor allem die Prothese, Sexualität und die Reaktion auf Versehrtheit in der Kunst der Weimarer Republik zum Thema gehabt hatte, redeten sie sich fest. Canan beugte sich immer näher zu Lee, die Musik hatte von Radiohead zu Duman gewechselt, die ganze Bar, bis auf Hakan, der verzweifelt in Lees Richtung gestikulierte, sie möge doch wieder zu ihm kommen, sang begeistert den Refrain mit, *senden daha güzel*. Ihr Freund hatte sie gerade verlassen, oder sie ihn, so richtig wurde das in der Erzählung Canans, die ein tief ausgeschnittenes schwarzes Abendkleid mit Jeansjacke trug, an der Theke, im Lärm der Gespräche und der Musik hier in der obersten Etage des *Kosmos* nicht klar, von dem Miray gesagt hatte, dass alle hier gern hingingen, weil es sich tatsächlich wie auf dem Weg zu den Sternen anfühlte, ein Platz nicht mehr von dieser Welt. Lee fragte sich, ob das nicht überhaupt der Zweck einer Bar sei, genau diese Art von Ortlosigkeit, damit man mit Leuten wie Hakan tändelte und solchen wie Canan ins Gespräch kam. Sie sei «disappointed» von ihrem Leben, ihrem Liebsten, hatte Canan gesagt, und Lee hatte auf Deutsch geantwortet, dass «enttäuscht» doch ein schönes Wort sei. Inwiefern? Insofern, als die Enttäuschung doch ein Ende der Täuschung darstelle und man nun endlich beginnen könne, sich zu fragen, wer man wirklich sei und was man wirklich wolle. Sie hatten Hakan traurig in seiner Ecke sitzen sehen, waren beide zu ihm gegangen, hatten noch eine halbe Stunde mit ihm geredet, Lee hatte ihn zum Anschied umarmt, ihm gesagt, er würde schon über Miray wegkommen, und ihm fast vorgeschlagen, er könne ihr doch auch hinterherfahren, dachte dann aber an Ayaz und was das mit ihm und mit ihr gemacht hatte – kein Drama, eher ein zähes Ringen zwischen dauerndem neu Anfangen und misslungenem Abschied. Canan und Lee waren zum Kadıköy-Anleger hinübergegangen, um noch mit der letzten Fähre auf die asiatische Seite zu fahren, wo Canan wohnte. Ob das okay sei, hatte Lee gefragt.

«Mehr als okay», sagte Canan am nächsten Morgen.

Istanbul, 1937

Auerbach trank Tee. «Das achtzehnte Jahrhundert endete mit der Revolution und den Napoleonischen Kriegen, das neunzehnte mit dem Weltkrieg. Und unseres? Obwohl es gerade erst angefangen hat, sieht es schon wieder düster aus. Nein, mein Lieber, Sie müssen schon aufpassen, was Sie sagen. Ich dächte wieder gern wie Dante, wie Vico oder wie die Franzosen.»

Naumann war in Auerbachs Vorlesung zur Europäischen Kulturgeschichte gegangen. Er hatte am Tor der Universität dem Wachmann seinen Ausweis gezeigt, war dann durch den Hof in das Gebäude mit der neuen Fakultät geführt worden und hatte sich einen Platz im kleinen Hörsaal gesucht, der sich bald mit Studenten füllte. Auerbach hielt seine Vorlesung auf Französisch. Einer seiner türkischen Assistenten stand neben ihm, mit Notizen in den Händen, und übersetzte für die vorderen Reihen ins Türkische. Literatur und Krieg.

«Jedenfalls ist unsere philologische Heimat die Erde. Die Nation kann es nicht mehr sein.» Aber dann sprach Auerbach weiter. Von der neuen Mentalität der neuen Literatur, die eben nicht mehr der im neunzehnten Jahrhundert vorherrschenden Idee der Nation nacheiferte, sondern sich des Mannes im Schützengraben annahm, aus seiner Perspektive, aus der Perspektive des Leidens erzählte.

«Mehr als von Heldentaten und großen Visionen ist von den Leiden des Krieges die Rede, von Schützengräben, Schlamm und Hunger. Und warum das alles? Man wünscht sich, frei zu leben und zu arbeiten, Kinder großzuziehen und ihnen, wenn sich alle vernünftig verhalten, eine Zukunft zu bieten, die den Möglichkeiten unserer Zivilisation entspricht. Will der Mann auf der gegnerischen Seite, der sein Maschinengewehr auf mich richtet, um mich umzubringen, nicht ungefähr dasselbe?»

Naumann hatte nicht gehört, wie Auerbach seinen Vortrag schloss, wie die Studenten geklopft hatten, nicht gemerkt, wie sich der Saal leerte, bis ihn der Mann mit dem Spitzbart, der eigentlich schon auf dem Weg zum Ausgang war, direkt ansprach. Auf Deutsch.

«Kommen Sie, Mann. Sie brauchen einen Tee.»

Im Fakultätsrestaurant neben dem Haupttor saß Naumann dann, bald gestärkt durch türkischen Tee und ein paar Sandwiches, die der aufmerksame Kellner in Livree und weißen Handschuhen den Mitgliedern der Fakultät und einigen Gästen anbot, saß neben dem Spitzbart und lauschte Auerbachs Ausführungen weiter. Inzwischen, in diesem intimen Raum mit den weißen Tischdecken und livrierten Kellnern, ging es im vertrauteren Kreis um die neuen Leistungen der Türkei, durch die man sich bestätigt sah, hier einen Beitrag zu der als allgemein betrachteten europäischen Kultur zu leisten.

«Die Sprachreform ist doch Fantasterei. Urtürkisch! Man befreit sich vom persischen und arabischen Einschlag, das sei dann modern! Und? Man hat es fertiggebracht, dass kein Mensch unter fünfundzwanzig mehr irgendeinen religiösen, literarischen oder philosophischen Text versteht, der älter als ein paar Jahre ist! Die Sprache verfällt durch diesen Zwang, alles zu latinisieren! Rapide! Aber, ja, ich kann sehen, dass man den «grand chef» sympathisch findet mit seinen stechend blauen Augen. Ein großzügiger Autokrat, gebildet und witzig. Der ist so vollständig verschieden von seinen europäischen Kollegen. Der hat das Land selbst zum Staat gemacht.» Auerbach wischte sich das Gesicht mit einem Taschentuch ab. «Wenigsten gibt es jetzt eine Hoffnung auf Frieden in dieser Weltregion.» Man merkte Auerbach an, dass ihn der Teil der Vorlesung, in dem er über den Weltkrieg gesprochen hatte, persönlich berührt hatte. Die Kollegen wollten statt über Atatürk auch lieber über Homer sprechen. Der Musenklang in den Waffen. Der Schild des Achill, da sei doch eigentlich alles schon dargestellt. Auerbach sagte, er könne sich tatsächlich eine größere Arbeit zum Thema vorstellen, dass dies aber nur eine kleine Abschweifung gewesen sei, sie wüssten ja, er würde darauf zurückkommen, ganz bestimmt. Er sei beim Odysseus. Beim Waschen der Wunde. Alle, auch der Spitzbart, nickten.

«Wer ist denn unser neuer Freund hier?», fragte ein großer Mann, der sich als Leiter des Botanischen Gartens vorstellte.

«Naumann, die Herren. Ich … bin sehr beeindruckt von Ihrem Vortrag gewesen, Herr Auerbach.»

Auerbach nickte kurz und redete dann mit seinen Sitznachbarn weiter über Vico.

Lee war selbst vor Kurzem in der klassischen Philologie der Istanbul-Universität zu einem Vortrag von Hilmi Yavuz gewesen, zu dem Canan sie überredet hatte.

«Wer ist das? Ein Politiker? Eine Schauspielerin?», hatte Lee gefragt, und Canan hatte mit einem belustigten Hochziehen ihrer Augenbrauen das charakteristische Zungenschnalzen von sich gegeben, mit dem man ein Nein, *hayır,* vermied, als könnte die Welt eine weitere wirkliche Verneinung einfach nicht mehr ertragen.

«Er ist der Zeus unter den Dichtern. Du musst ihn sehen, bevor er stirbt.»

Ein beeindruckender alter Mann, mit hoher Stirn und randloser Brille, in traditioneller Kleidung, der über eine Stunde lang frei vor den knapp hundert Studenten redete, über Yahya Kemal, die Tanzimat-Dichter, die genuine große Poesie schon der osmanischen Zeit, auf deren Divane er sich bezog, er rezitierte sein Gedicht

Doğunun gurbetleri

akşam en güzel masaldır
iyi anlatılırsa

doğru olan herşeyde biraz
öfke, biraz yılgınlık vardır
der, bir kıssa
cam incelince şarap da incelir
yaşam acıdan kırmızıya
ölüm hüzünden beyaza
ve bir gül gelirse
bu yol ayrımından gelir
mutlaka ve nasılsa
kendi elimizle kurduğumuz gurbetten
daha zor bir sürgün yoktur
yaşasak da, yaşamasak da
umuda ve sonbahara hüküm ki:
gülün saltanat devrinden
ne sevdikse bugünden
ve ne kaldıysa dünki
acıyı yakuta döndürsün
hüznü döndürsün elmasa

akşam en güzel masaldır çünki
iyi anlatılırsa

die fremde des ostens

der abend ist das schönste märchen
wenn es gut erzählt wird

bei allem, das richtig ist, ist auch ein kleiner
zweifel, ein wenig scheu dabei
sagt ein sprichwort

wenn das glas verdünnt, verdünnt auch der wein
das leben geht von schmerz zu rot
der tod von trauer zu weiß
und wenn eine rose kommt
dann kommt sie von dieser wegabzweigung
                    ganz bestimmt und sowieso
dieses exil, das wir mit eigenen händen bauten
es gibt keine schlimmere verbannung als diese
ob wir leben oder ob wir nicht leben
folgt der hoffnung und dem herbst:
die epoche in der die rose herrschte
was wir auch immer liebten aus dieser zeit
und was blieb von gestern
wandle den schmerz um in rubin
die trauer in diamant

der abend ist das schönste märchen
                    wenn es gut erzählt wird,

während Canan ihr eine um die andere Seite mit Notizen zu den Hauptthemen und Argumenten auf Englisch zureichte, sodass Lee dem Vortrag zu folgen vermochte. In der anschließenden Fragerunde, noch einmal eine halbe Stunde bevor ein dicker Student im Abendanzug, der nervös schwitzend am Anfang Yavuz vorgestellt hatte, die Veranstaltung wieder schloss, traute sie sich dann auch, eine Frage zu stellen.

Wie es sich denn mit Übersetzungen verhielt, wenn es bei genuinen Dichtern doch darauf ankäme, dass sie die Tradition der östlichen wie auch der westlichen Dichtung kannten, weiterführten und veränderten. Was antwortet Yavuz denn darauf? Sonst verpufft die Frage doch völlig!

Canan war stolz auf sie. Und Lee fühlte sich geschmeichelt. Sie lud Canan danach zum Essen in eine Lokanta.

«Do you know what my name means?», fragte Canan.

Lee schüttelte den Kopf.

«Something with love?»

«Lover», sagte Canan.

Lee dachte an die Geschichte, so, wie Christopher sie ihr erzählt hatte. *Sie wollte es gar nicht wissen, was genau aus Canans Sicht vorgefallen war. Überhaupt hatten sie sich eigentlich nicht über Christopher unterhalten, genauso wenig wie über irgendeinen anderen Mann, Partner oder was auch immer. Sie schienen sich wirklich einfach nur so füreinander zu interessieren.*

Das ist bestimmt nicht leicht. Wenn man fast so heißt wie die Liebe, aber nur als Geliebte gesehen wird. Oder sah sie sich selbst so? Lee sagte an diesem Abend nichts. Sie aßen ihre Portionen von Köfte, Bohnen, Kartoffeln, Auberginen und Linsen, tranken Ayran und Wasser dazu, ließen es sich danach mit einem Tee und Baklava gut gehen.

«Nichts ist so, wie es scheint», sagte Canan schließlich, als könnte sie Lees Gedanken, die immer noch um das Namensproblem kreisten, lesen wie ein Sprachband von Jenny Holzer.

«Nein. Gehen wir noch aus?»

Istanbul, 1937

Istanbul war ein Leuchten. Über den Wassern hingen die Kailaternen im dunstigen Licht wie zu tief herabgestiegene Sterne. Naumann rührte das immer wieder, wenn er sich auf dem Karrenpfad Richtung Arnavutköy bewegte oder abends auf einem der Schiffe stand, die den Bosporus in Richtung des Schwarzen Meers durchpflügten. In der Abenddämmerung spielten oft Delfine, jagten Schwärme saisonaler Fische, *Lüfer* oder *Palamut,* man konnte dann tatsächlich an die alten antiken Geschichten glauben, wie die vom jungen Arion, einem Sohn des Poseidon und der Nymphe Onea, der von einem solchen Tümmler gerettet worden war, nachdem er seine Leier so schön gespielt hatte, dass er in Sizilien den ersten Preis in einem Wettbewerb errang. Auf der Rückfahrt waren die Matrosen und der Kapitän des Schiffes so neidisch auf Arion und so gierig auf das Preisgold, das dieser gewonnen hatte, dass man ihn ergriff und über Bord stürzen wollte. Arion erbat sich, ein letztes Mal die Leier zu spielen, was man ihm gewährte.

Da schickten die Götter einen Delfin, der Arion auf seinen Rücken nahm und bis nach Korinth brachte, wo der Delfin allerdings verendete. Gerührt von der Geschichte, errichtete Periander, der König von Korinth, dem Delfin eine Statue. Es hieß, dass auch Apollo daraufhin den Delfin und die Leier als Sternbilder an den Himmel gesetzt habe. Ein griechischer Jonas, dachte Naumann bei sich, als er dem Kapitän zusah, wie er einen der Matrosen zum Bug schickte, um die Landetaue bereitzulegen. Wahrscheinlich helfen uns diese Geschichten bei all dem, was uns geschieht, am Leben zu bleiben. Die *Illias*, die ja eigentlich kein Kriegs-, sondern ein Trauergesang war. Die *Odyssee* mit ihrer Sehnsucht, endlich nach Hause zu kommen. All die Bücher, über die er mit Ulrich diskutiert hatte, und ja, selbst oder vielleicht gerade auch Hesses Geschichte in dem nun halb verbrannten Buch von den zwei sich verlierenden Freunden, die sich am Ende doch wiederfinden. Irgendwie muss man mit der Einsamkeit und dem Schmerz zurechtkommen. Und der Ungerechtigkeit. Davon zu hören, zu lesen und es zu teilen mit anderen, verbindet.

Naumann ließ sich in Bebek, einem kleinen Bosporusort an einer malerischen Buch hinter Arnavutköy, anlanden und absetzen. Die mächtige Gesandtschaft des ägyptischen Khediven war das einzige funktionale Gebäude hier, eine kleine Moschee direkt am Wasser hinter den Anlegern, ansonsten war es sehr grün, sehr still und sehr sommerlich. Aber hierhin hatte es viele der Juden verschlagen, die Atatürk und das türkische Erziehungsministerium in den letzten zwei Jahren eingeladen hatten, als Gelehrte, Ärzte, Reformer und Architekten türkische Universitäten, Schulen und politische Institutionen mit aufzubauen, Ankara zu einer echten Hauptstadt zu machen und die Istanbul-Universität zu einer westlichen Akademie.

«Ankara ist ein faszinierender Anblick: mitten in einer braungelbvioletten Wüste gelegen, eigentlich eine arme türkische Kleinstadt mit einer alten phrygisch-galatisch-griechisch-byzantinisch-osmanischen Burg, mit dem Augustustempel, in dem sich das Monumentum Ancyranum als Inschrift findet. Und daneben eine übermoderne Verwaltungsstadt neuester Bauart, lauter Ministerien, Hochschulen, Museen, Banken – und auf einem Hügel gegenüber, zu dem eine große Autostraße führt, an der rechts und links die ausländischen Botschaften liegen, steht das einstöckige rote Haus, das Atatürk für sich gebaut hat. Es ist gar nicht zu beschreiben, wie übermenschlich, trostlos und erhaben das Ganze aussieht!» Erich Auerbach hielt inne. Der Herr Professor hatte Naumann überraschend zu einem seiner berühmten «Europäischen Abende» eingeladen. Der Salon im *Aslanlı Konak* war voller Zigarrenrauch, Professorenkollegen in Abendgarderobe, Assistentinnen, wie bei einem Oberseminar in ihre feinsten Kleider gewandet. Naumann kannte einige schon von Angesicht aus den Vorlesungen. Auch einige der türkischen Assistenten und ihre Familien waren eingeladen worden und fühlten sich sichtlich geehrt.

«Sie sind neu hier in unserer kleinen Enklave?»

Die hübsche junge Frau, die Naumann angesprochen hatte und die ihm schon während Auerbachs Vorlesungen aufgefallen war, vielleicht wegen ihres Marzipanteints unter dem rotblonden Haar, hielt ihm ein Glas Weißwein hin. Naumann bedankte sich, nickte und stellte sich vor.

«Naumann, Journalist», wiederholte die Frau mit spöttischem Lächeln. «Ich bin Helene.»

«Naumann», antwortete Naumann.

«Und was schreiben Sie so, Herr ... Naumann?»

«Ich interessiere mich vor allem für Atatürk und für das, was er aus diesem Land in so kurzer Zeit schon gemacht hat.»

«Oh, ein Revolutionstourist. Ja, den Frauen das Wahlrecht zu geben, ist schon was. Rechte haben wir – als Juden und als Frauen – ja jetzt sowieso nicht mehr in Deutschland.» Naumann sah sie verdutzt an.

«Und fraglich auch, was wir für Rechte haben als Juden im Exil. Die können uns auch jederzeit in die Wüste schicken oder wieder weiter oder was man sonst so mit uns tut.»

«Ich ...»

«Machen Sie mir unseren neuen Gast nicht gleich verlegen, liebe Helene!» Auerbach hatte sich zu ihnen gestellt. Durch das Fenster des Auerbach'schen Salons schaute man über die Lichter von Bebek und über die dunkle Schneise des Bosporus auf die asiatische Seite und konnte sehen, wie in den Wohnhäusern der Dörfer am Wasser vereinzelt Lichter aufblinkten oder verloschen.

«Scheu trifft es besser, oder?», fügte Helene spielerisch hinzu.

«Deutsch!» Auerbach nahm einen Schluck aus seinem Glas. «Nationaldeutsch, oder Herr Naumann?»

«Ich bin aus Wien. Studium bei Gottwalter ...»

«Oh, nicht schlecht, nicht schlecht. Ich habe inzwischen einige Ihrer Artikel gelesen. Orhan ...», Auerbach nickte in Richtung eines seiner Assistenten, der sich angeregt mit Prof. Fuchs unterhielt, «hat mir eine Sammlung zusammengestellt. Ziemliches Spektrum, das Sie da bearbeiten. Von rechts nach links, na, links gibt es ja kaum mehr bei uns zu Hause ... aber zu Hause nun in den Worten von Hugo von St. Viktor: ‹*mundus totus exilium est.*›»

«Die ganze Welt ist ein Exil?»

«Sie sind mit Ihrem Latein also noch nicht am Ende, bravo», warf Helene ein. Drei Kollegen von Auerbach, alle rauchend, gesellten sich dazu.

«Wenn nur die Bibliotheken hier besser wären, so kann man ja gar nicht forschen. Darf mich vorstellen, Fuchs, Traugott Fuchs, Germanist, Romanist ...»

«... und Maler. Aber das macht ihn immer verlegen. Und unser Dritter hier ist der Ritter. Mit dem reden Sie später noch. Und ich, gestatten: Kosswig, Curt Kosswig, Zoologe. Und mit wem haben wir das Vergnügen?»

Auerbach übernahm wieder: «Das ist Herr Naumann, ein abgebrochener Doktorand, Orientalistik und alte voranatolische Kulturen. Bei Berwalter ...»

«Ach?» Die beiden Kollegen schüttelten Naumann die Hand. Fast fühlte er sich aufgenommen. «Wie finden Sie uns in der Heimat für Heimatlose? Wir treffen uns regelmäßig, Nachbarn, Freunde. Bei den Auerbachs kann man das ganze Drumherum für einen Augenblick vergessen und kommt auch mal wieder zur Serenität der Seele in diesem gastlichen Marienheim.» Fuchs deutete mit großer Geste auf die Frau, die gerade Wein nachschenkte und die, wie Naumann nun vermutete, Marie Auerbach sein musste.

«Ich muss Sie enttäuschen, meine Herren. Herr Naumann ist gerade wegen des Drumherums in Istanbul! Schreibt über alles, was sich bewegt in der Türkei. Und ich muss schon sagen, auch sehr interessant. Ihre glühende Verehrung für Atatürk in allen Ehren, lieber Herr Naumann.» Auerbach neigte sich ihm zu.

«Ich bin ja gerade erst aus Ankara zurück. Rohde hat mich eingeladen, alter Kollege aus Marburg, für einen Vortrag.» Auerbach schien einen Moment zu überlegen, dann fuhr er fort. «Natürlich. Ich habe den neuen Regierungssitz Ihres Helden besucht. Holzmeister hat da ein schrecklich monumentales Ding gebaut auf dem Glockenfelsen, wie heißt das *Gaz Evi*?»

«*Gazi Evi*, Haus des Führers, wenn Sie so wollen, obwohl Gazi eigentlich …», sagte Naumann, wurde aber von Auerbach gleich wieder unterbrochen.

«Ja. Führer. Genau da liegt das Problem. Das Haus, das da ehemals stand, war ein Gartenhaus, das einer armenischen Familie gehörte, die 1915 in den Massenexodus getrieben wurde. Ob die auch alle umgekommen sind?, hab' ich mich gefragt. Wie sagt man dazu, was haben Sie geschrieben, türkischer Befreiungskampf? Wie passt da der Genozid rein, Herr Naumann?»

«Das war nicht Atatürks …»

«Die Stadt Ankara hat Mustafa Kemal das Haus dann geschenkt, zum Dank für die ‹Befreiung des Vaterlandes›. Und Holzmeister baut so einen Klotz drauf, dass niemand sich mehr an irgendetwas von vorher erinnert. Na, ich will nicht unfair sein. Ohne Atatürk wären wir alle nicht hier.»

Fuchs, Ritter, Helene und Kosswig nickten.

«Reformen, Reformen. Aber als Jude vergisst man nicht so schnell, wie das mit der Vertreibung ist. Und als ich vor dem Monumentum Ancyranum stand, das sich Kaiser Augustus *hier* als literarisches Monument aufstellen ließ und das von den res gestae divi Augusti erzählt, den Taten des göttlichen Augustus, da wurden mir auf einmal die Parallelen zwischen Ihrem Helden, Naumann, und dem römischen Kaiser klar. Ein Tatenbericht in der Ichform, das große Preisen fast übermenschlicher Leistungen, die Liste der Ehren und Ämter, der Diplomat, der Kunst- und Wissenschaftsförderer, der Einiger der Nation im Bürgerkrieg und Retter der Nation im Krieg gegen Ägypten. Da berührt sich Augustus' Politik mit Atatürks Turkifizierung, finden Sie nicht? Zumindest habe ich mir das teilweise übersetzen lassen, was Atatürk in seiner Marathonrede … Wie heißt das, Natuk?»

«Nutuk», sagte Naumann, «und sie dauerte sechsunddreißig Stunden.»

«Ja, danke, was er da also 1930 …»

«1927!»

«… alles gesagt hat. Neuordnung des Staates, ja. Mythische Geschichtsauffassung, aber doch letztlich, Augustus und er, beide Heroen, Aristokraten, eine selbst inszenierter Historiografie, die quasi religiös wird und kaum Raum lässt, die handelnden Individuen jenseits von Herrschern und Politik zu betrachten … ein gutes Beispiel für Vicos dialektische Geschichtsphilosophie vom Aufstieg und Niedergang der Völker.»

«Sie dürfen ihm das nicht übel nehmen. Normalerweise ist er ein viel besserer Zuhörer. Heute war er aufgekratzt, er ist ja auch erst ein paar Tage aus Ankara zurück. Kommen Sie, ich bringe Sie an den Hafen, mal sehen, ob wir noch ein Boot für Sie finden, es hat mich auf jeden Fall sehr gefreut, Sie kennenzulernen.»

Ritter hatte ihn die steilen Straßen Bebeks hinunter zum Hafen begleitet. Naumann hatte sich für den Rest des Abends zurückhalten müssen, die Ablehnung Atatürks, der diesen Leuten doch Zuflucht gewährt hatte, ja, das Desinteresse an dem, was um sie herum vor sich ging, was hier aufgebaut wurde, und doch auch mit ihrer Hilfe, das konnte Naumann nicht verstehen. Keiner sprach Türkisch, keiner debattierte außerhalb der Sprechstunden oder vielleicht noch im Universitätsrestaurant mit den türkischen Intellektuellen. Aber vielleicht war es unfair, so zu denken. Nicht jedem mochte es leichtfallen, einfach so von allem Deutschen abgeschnitten zu sein. Wie hatte Kosswig gesagt? Eine Heimat der Heimatlosen? Ein Intellektuellenexil. Das traf es wohl eher. Aber Naumann hatte sich zusammengerissen. Er hatte gelächelt und Helene immer wieder angesehen, die Geschichte des Arion von Lesbos erzählt, an die er auf der Hinfahrt nach Bebek gedacht hatte, nur um sich dafür eine scharfe Korrektur von Helene einzufangen: «Sie haben vergessen zu erwähnen, dass König Periander von Korinth, nachdem das Schiff ohne seinen Sohn eintraf, den Kapitän nach dem

Verbleib Arions befragte und ihn der Lüge überführte. Obwohl die Mannschaft und der Kapitän schließlich ihre Schuld eingestanden, ließ sie der erzürnte König kreuzigen.» Er hatte sich bei Auerbachs Frau, Marie, überschwänglich für den schönen Abend bedankt, mit Kosswig und Fuchs noch weiter Konversation gemacht, war aber Auerbach aus dem Weg gegangen. Nun, es würde hoffentlich bald wieder eine Gelegenheit geben. Die erste Annäherung hatte er geschafft. Ritter küsste ihn *à la parisienne* auf die Wangen, als sie sich am Landesteg verabschiedeten.

Auf der Fähre zurück in die Stadt befand sich auch Helene. Sie hatte ihn den ganzen Abend lang immer wieder angesehen, er hatte ihre Blicke gespürt, hatte sich von ihr angezogen gefühlt, was er erregend und zugleich seltsam fand. Wie gelöst von seinem Ich, seinem Schicksal: Naumann, der Mann ohne Mutter, ohne Freunde, Vaterland. Der Spion wider Willen, der Mann, der die Gefangenschaft überstand. Ein Ritter des Leids. Aber selbst Ironie berührte ihn nicht mehr. Dafür aber Helene.

Jetzt auf der Fähre sprach sie ihn an.

«Ich wollte Sie nicht in Verlegenheit bringen.»

«Haben Sie nicht.» Er fuhr fort, er habe gedacht, sie wohne auch in Bebek, das habe sie ihm doch erzählt, was sie denn nun, so spät, noch in der Stadt machen wolle? Sie hatte gelächelt. Die ersten Sterne zogen am Firmament auf, Istanbul leuchtete. Naumann lehnte sich über die Reling.

Sie stellte sich zu ihm.

«Er gibt es nicht zu, aber das Exil belastet ihn. Er lebt dann in seinen Dante-Versen, den hat man ja auch aus Florenz gejagt. Er hat mir gestern noch einen Brief an seinen Freund Karl Vossler vorgelesen.»

Naumann sah sie fragend an.

«Ein berühmter Romanist, Dante-Spezialist, Nichtjude, den haben die Nazis, weil er sich immer wieder gegen sie geäußert hat, gerade zwangsemeritiert.»

«Auch Marburg?», fragte Naumann.

Helene schüttelte den Kopf.

«München. In seiner Wohnung am Maximilianeum darf er wohl erst mal bleiben. Ja.» Helene deutete auf die Sterne, die sich im Wasser spiegelten. Dann schaute sie auf die langsam wie Treppen ansteigenden Straßen und Häuser auf den Hügeln über Ortaköy. «‹Fremde Treppen …›, so nennt Erich das Exil mit Dante.» Und sie begann zu zitieren. «Wirst alles Liebe, wirst dein Teuerstes / verlassen müssen: dieses ist die erste / von der Verbannung dir geschlagene Wunde; / und wirst erfahren, wie das Brot der Fremde / so salzig schmeckt und wie die fremden Treppen / hinab hinan ein hartes Steigen ist.»

«Das ist …»

«Schön?» Helene drehte sich um und lehnte sich an die Reling. Naumann konnte ihren Hals sehen. Er war weiß, mit einer blau im Mondlicht pochenden Ader.

«Traurig.»

«Das ist oft dasselbe, finden Sie nicht?»

Er hatte plötzlich das Gefühl, sie am Arm fassen zu müssen, sie zu sich zu ziehen, zu küssen. Sie war … wie Ulrich, oder? Nein, er war nur verwirrt. Er war nur einsam, das war nicht möglich, und sie war …

«Können wir uns wiedersehen? Nächsten Montag, in der Uni nach Erichs Vorlesung, zum Tee?»

Helene pfiff. «Ich steige jetzt hier aus.»

Helene pfiff noch einmal lauter, der Kapitän drehte sich aus dem Fenster der Brücke zu ihr, sie bedeutete ihm anzulegen. Es war eine erste Verabredung, der später noch viele folgten, und im Nachhinein war er sich nicht sicher, ob sie ihn oder er sie eingeladen hatte. Sie sprachen später darüber, als sie sich dann wirklich küssten, und konnten sich nicht auf eine Wahrheit einigen. Es war hoffnungslos.

*

«Wie kommen Sie voran, mein Lieber?» Das Büro war aufgeregt gewesen. Naumann kam spät. Er hatte die frühe Fähre verpasst. Im Büro war man ganz aufgebracht. «Berlin, kommen Sie schnell! Es ist die Albrechtstraße.»

Einen solchen Aufruhr hatte Naumann dann doch nicht erwartet. Schellheimer ließ ihn sogar sein Büro benutzen, wo Naumann auf dessen feinen Kelim mit seinen leicht unregelmäßigen Mustern starrte, ein hypnotisches Gewirr aus nomadischer Geometrie auf rotem Grund.

«Hören Sie, Naumann. Ich will Sie nicht drängen, aber wir brauchen was Handfestes.» Thiele – mit dem Stiele – hatte diesmal seinen Akzent fast ganz abgelegt.

«Handfest, Naumann, verstehen Sie? Und dieser Auerbach ist ja wer. Bearbeiten Sie den. Machen Sie sich den zum Freund. Lassen Sie ruhig raushängen, Sie wären mit dem neuen Deutschland nicht einverstanden; wir müssen an die Juden ran und an die Kommunisten, an Reuter. Wir müssen wissen, ob die Kreise sich austauschen, was sie über uns sagen, was sie im Schilde führen, wie sie den Gazi beeinflussen. Wir brauchen Informationen! Wie steht wer zu wem, hat jemand das Ohr der Regierung, wer intrigiert gegen uns? Wir müssen die Türken auf unsere Seite ziehen, und wer uns da in Istanbul oder Ankara im Weg steht, ist von höchster Bedeutung. Vor allem der Reuter, der ist doch sogar ein Spezi von Ihrem Spezi von Stetten, den hat er doch gerade getroffen vor ein paar Tagen bei seinem Vortrag in Ankara, und Sie waren doch gestern in Bebek, nicht wahr? Geniale Idee, sich von den Türken festnehmen zu lassen und sich dadurch zu einem potenziellen Leidensgenossen zu machen! Und nun nur nicht so schüchtern, ziehen Sie ruhig alle Register, nutzen Sie ruhig Ihren Charme! Irgend so ein warmer Bruder wird doch wohl auch unter den Itzigs zu finden sein, nicht wahr? Wir trauen Ihnen das zu! Und Reuter mag Mädchen, je jünger, desto … oder? Ich habe einen Kurier angewiesen, Ihnen Material mitzugeben, auf ein paar Tausender kommt es nicht an. Bald ist da doch noch so eine Sprachkonferenz, haben Sie doch gesagt, da fahren Sie hin! Da ist auch der Reuter da, weiß nicht, was er da macht, erfindet der jetzt auch so Worte für die neue Sprache?» Thiele lacht und zieht die Luft dabei so stark ein, dass es wie das Wiehern eines Esels klingt. «Na, Sie wissen schon besser, was das Ganze soll, aber: Wir brauchen jemanden in diesen Kreisen, verstehen Sie? Habe Ihre Artikel über diese Sonnensprache gelesen, erst höflich gelacht, aber dann. Junge, Junge, da wären wir ja sozusagen verwandt, die Arier, die weißen Türken. Ja. Nicht dass Sie glauben, wir würden hier so etwas nicht verstehen, man ist ja schließlich», Thiele sprach dabei ein noch dezidierteres Hochdeutsch, sodass es fast affig klang, «promoviert!»

«So?», fragte Naumann und biss sich auf die Lippe.

«Ja, so! ‹Phillip von Zesen – Deutsch ist die Muttersprache›. Und nicht nur von Deutsch! Von Französisch, Spanisch, Englisch … ergibt gar keinen Sinn, von ‹welsch› zu sprechen, also fremd, ist alles Deutsch, sagt der Zesen, saß selbst mal auf dem hohen Ross von Akademia – aber, na ja, die Bewegung … Aber nun genug, mach'n Se ma …» Thiele legte auf, und ein paar Stunden später bekam Naumann sein Geld, seine Unterlagen, Reisespesen und das endgültige «Aktion beginnt» auch vom örtlichen SD-Mann Rühtle, der wie Schellheimer in Oxford studiert hatte und das auch immer wieder ganz aufgekratzt betonte. Die Wilhelmstraße! Ein Fernsprechanruf fast der obersten Leitung! *«Splendid!»*

«Nun aber rasch, Naumann, brauchen Sie einen Fotografen? Nein? Nun dann zack, zack, rüber zu sich, packen und dann noch mal hierher, und ich bringe Sie noch zu Tisch in die Germania, bevor Sie nach Izmir fahren.»

Thiele war hier!, schoss es Naumann immer wieder heiß durch den Kopf, als er sein Büro anwies, ihm für übermorgen eine Passage nach Izmir zu buchen.

Istanbul, Mai 2016

«Geht es dir gut?», fragt Phyllis besorgt, nachdem sie Lees Artikel, der auf einem Interview mit einem türkischen Mädchen beruht, das in Beyoğlu zusammengeschlagen worden war, weil es einen kurzen Rock getragen hatte, gelesen hat. Lee schüttelt den Kopf. Ihr Skype-Gespräch kommt schnell auf Ayaz, Phyllis trifft immer sofort den wunden Punkt, aber die Verbindung ist schlecht, also beenden sie es vorzeitig.

«Wir dürfen keine Angst haben», sagt Canan, die für Lee das Interview übersetzt hat. «Männer und Frauen erinnern sich anders. Die Rolle von uns Frauen hier in der Türkei gleicht der von Seiltänzerinnen. Wir sind nicht östlich, wir sind nicht westlich. Wir sind irgendwie dazwischen. Und trotzdem werden wir Frauen immer die Ersten sein, die man in den Abgrund stößt.»

Canan zündet sich eine Slim-Zigarette an, während sie noch zweimal Tee bestellt. Das Café in Firuzağa, am unteren Ende der Sıraselviler Caddesi, war zu einem ihrer häufigeren Treffpunkte geworden. Lee kam entweder von einem Interview mit Naumann oder ging danach die steile Straße zum Alman Hastanesi hinauf.

«Unser Leben machen uns diese Leute aber nicht kaputt. Wir müssen stark sein. Du weißt, am 10. November, an Atatürks Todestag, wenn die Sirenen um genau fünf Minuten nach neun heulen, dann steht die Stadt für Minuten still. Die Autos halten an, die Menschen bleiben stehen. Hier in Cihangir und bei mir drüben in Harem waren es im letzten November vor allem wir Frauen, die auf die Balkone getreten sind. Wir haben uns zugenickt. Atatürk garantiert die Gleichheit der Geschlechter in der türkischen Gesellschaft. Daran kann keine konservative islamische Dekonstruktion etwas ändern.»

«Glaubst du?»

Sie trinken schweigend ihren Tee. Lee checkt ihre Mails.

Professor Vialon hat geschrieben. Er würde sich freuen, ihre Dissertation von Deutschland aus mit zu betreuen. Er wäre auch äußerst interessiert daran, die in Lees Besitz befindlichen Briefe und Aufzeichnungen ihrer Großmutter studieren zu können – und natürlich unbedingt die Fragmente der Auerbach-Vorlesung. Ob er sie anrufen könnte? Er verspricht ihr auch Hilfe, die Namen der jüdisch-deutschen, aber vielleicht auch der türkischen Intellektuellen zuzuordnen, die in den Tagebüchern Helenes aufgetaucht waren und deren Geschichten Lee bislang noch nicht hatte entschlüsseln können, wenn sie das wollte. Sie könne sich sicher sein, dass ihre Arbeit einen weiteren Stein zum Verständnis dessen liefern könnte, was in den Dreißigerjahren in Istanbul wirklich in den Kreisen um Auerbach geschehen war, wie man diese Wunde erlebt, wie man sie beschrieben hatte, die das Exil war und aus der heraus dann so ein großartiges Werk wie *Mimesis* hervorgegangen sei. Er bot ihr auch an, sie mit weiteren Spezialisten in Istanbul in Verbindung zu bringen, es gäbe ja noch viel zu tun! Sie solle nur bald vernünftig Türkisch lernen, das hätte sie doch angefangen, oder? Er könne ihr natürlich nichts versprechen, aber, falls das Geld und die Zeit, die das Fullbright-Stipendium ihr bringe, nicht ausreichten, könne er sich auch für sie bei der Deutschen Forschungsgemeinschaft verwenden. «Dann kommen Sie für ein Jahr nach Oldenburg, oder Sie bleiben als meine Recherche-Assistentin gleich in Istanbul. Wir haben ja einen Verbund gegründet, um die Vernetzung der deutsch-jüdischen Exilwissenschaftler und die Entwicklung der türkischen Akademien, die eigentlich schon Ende der 1920er-Jahre begonnen hat, besser zu verstehen.» Er würde auch mit ihrem Doktorvater an der Columbia University sprechen, sie kannten sich ja gut, sie hätte hier sicher eine Zukunft.

Recherche-Assistentin, wie ihre Großmutter, Wissenschaft. Lee hatte sich hin- und hergerissen gefühlt. War es das, was sie wollte? Forschen? Schreiben? Lehren? In der abgeschlossenen – wenn man einmal drin war –, sicheren, aber auch trockenen Welt der Gelehrten? Für eine Weile hatte sie das paralysiert, und dann hatte sie sich wie manisch an eine neue Serie für die Zeitung gemacht – Autorinnen und Autoren von heute, die das zerrissene Istanbul beschreiben. Ein Interview mit Ahmet Ümit im *Gezi Café, this is my office,* hatte er lächelnd gesagt, ein Krimiautor mit 300 000er Startauflage, aber auch ein alter linker Intellektueller, wie in ihrem Gespräch schnell deutlich wurde. «Vom Kommunisten zum Literaturstar, das ist schon ein weiter Weg, finden Sie nicht?»

Ümit, mit seinem offenen Lächeln, kratzte sich im schwarzen Bart. «Was mögen Sie denn an meinen Büchern besonders?»

«Nun, bis jetzt habe ich nur fünf gelesen, aber ich mag, wie Sie Istanbul beschreiben, dass Sie immer wieder an Orte gehen, an denen man das alte Istanbul im ganz Alltäglichen findet, die byzantinische Therme in der Garage, die römischen Weinkeller als Unter-Keller eines Hauses aus der Kemal-Zeit.» Er lächelte. «Ja, ich möchte meine Leser unterhalten, aber ihnen auch ein wenig über unsere Geschichte beibringen – die ist hier ja viel älter als die Osmanenzeit.» Ein Gespräch mit Mario Levi, einem jüdisch-türkischen Autor der sephardischen Minderheit, die, nach der Reconquista aus Andalusien vertrieben, am Hof des Sultans eine neue Bleibe fand, *Istanbul war ein Märchen,* hatte Levi geschrieben, ein Buch von ineinanderfließenden Geschichten wie von Sheherazade. Lee traf Sema Kaygusuz, die in ihren Büchern immer wieder den kurdisch-türkischen Konflikt in den Blick nahm und von der Lee gerade ein satirisches Stück im Theater gesehen hatte, Sultan und der Dichter, eine Persiflage auf Erdoğan, Ayfer Tunç sprach mit ihr über Film und ihren neuen Roman – und verwies sie auf die Autorin Aslı Tohumcu, die gerade ins Fadenkreuz des männlich dominierten Literaturbetriebs geraten war.

Mit Letzterer verabredete sie sich in einer Galerie hinter der Moschee in Nişantaşı, einem reichen, auf einem Hügel gelegenen Viertel, in dem Orhan Pamuk groß geworden war und das sie vom Taksim aus über einige verschlungene Pfade und dann mit der Seilbahn über den Maçka Park erreicht hatte. Eine weitere Autorin, die sie beim Tanzen kennengelernt hatte, hatte Lee auf den anlaufenden Skandal aufmerksam gemacht, den eine Geschichte Aslı Tohumcus ausgelöst hatte; einige meinten, sie würde da auf einen Zug aufspringen, habe die Qualität vergessen, der Text, den sie in einer Zeitschrift veröffentlicht hatte, sei gar keine Literatur. Der Schriftstellerverband hatte die Autorin herbeizitiert und eine öffentliche Debatte über die literarische Qualität gefordert, ein Exfreund der Autorin, selbst Schriftsteller, glaubte sich schlecht verhüllt in der Figur eines lüsternen Mannes wiederzuerkennen, in dessen denunziatorisch verzerrter Perspektive allein die Autorin waltete. Der Mann zerrte sie mit einer Verleumdungsklage vor Gericht. Im Internet tobte ein Sturm der Beschimpfungen und Gewaltandrohungen.

Aslı hatte für Lee ihren Text selbst übersetzt.

Lee konnte Phyllis förmlich vor sich sehen, wie sie, den Telefonhörer am Ohr – bei der *Times* gab es noch Tischtelefone in den Eckbüros –, wie bei einer indischen Tanzperformance die Handflächen nach oben drehte und erst mit dem Kopf wackelte, dann die Arme auf und ab bewegte, als würde sie einen unsichtbaren Ball über den Kopf werfen und wieder auffangen.

Manchmal brauchte man einen Plan B zum Glücklichsein.

Als ihr Vater sie anrief, konnte sie es kaum glauben. Sie hatte die Nachricht schon in der Mail gelesen, gleich nachdem sie lächelnd einen weiteren *phishing*-Versuch, die sie, seitdem sie in der Türkei war, immer häufiger bekam, ins elektronische Nirvana befördert hatte.

Mit zusammengebissenen Zähnen hatte sie dann die Mail ihres Vaters geöffnet, was sie las, hatte sie kaum verstanden, aber da hatte ihr Handy bereits geklingelt. Die heisere, tränenerstickte Stimme, wie früher, wenn er sie erst geschlagen hatte und dann in Weinen ausgebrochen war, sie an sich gezogen und gewiegt hatte wie ein Kind. Noch als Vierzehn-, Fünfzehnjährige.

«Deine Mutter ist tot.»

Sie konnte erst nichts sagen. Man ist auf solch einen Augenblick niemals vorbereitet.

Sie hatte aufgelegt, den Drink wegstellt, ihren Laptop zugeklappt, ohne ihre Dateien zu sichern, sich ihre Leinenjacke genommen und war aus der Wohnung gegangen, sie hatte doch abgeschlossen, nicht wahr?, war dann den Hügel hinunter zum Wasser und bis nach Ortaköy spaziert. Das Nachmittagslicht wurde zum Abendlicht. Als sie auf dem kleinen Platz vor der barocken Moschee ankam, setzte sie sich in ein Café.

Sie hatte so lange gedacht, dass das Alleinsein gut für sie war. Dass es gut gewesen war, fortzugehen aus West Virginia, wo die Stoßstangenaufkleber «I love West Virginia» ernst gemeint waren, der Staat war für viele wie eine Familie, wo die Nachbarn zur Familie gehören, manchmal wörtlich, regelmäßig stellten die Komiker in einer der abendlichen Shows der New Yorker Fernsehstationen die rhetorische Frage: *«And, do you date your cousin?»* Wo man früher demokratisch gewählt hatte, blau, ganz sicher hatten bei ihrem letzten Kurzbesuch im vorigen Jahr *‹Hilary for Prison›*-Schilder in den Vorgärten gestanden. Neuerdings war es Trump-Country, aber nicht, weil die apallachischen Wähler rassistisch, dumm oder angewidert von der Idee eines weiblichen oder eines schwarzen Präsidenten oder voller Angst vor Terrorismus und Moslems waren, ohne Job auf Fürsorge angewiesen oder abhängig von Oxycodon oder beides, nein. Die West-Virginischen Wähler wählten Trump oder republikanisch, weil die anderen, das sogenannte Establishment, sie so sahen, als rassistisch, hinterwäldlerisch und dumm. Kind, das musst du doch einsehen, hatte ihre Mutter gesagt, wir brauchen jemand anderen in Washington. Jemand anderen als diese Clintons, diese Verbrecher. Wir sind keine Rassisten, wir sind nicht bigott. Wir lieben nur unsere Heimat. Aber Lee wollte kein Korn sein, kein Gras, kein Baum, kein Mensch mit einer Schaufel. Wo sie hinwollte, wo sie schon gewesen war, da war es besser gewesen als zu Hause, zumindest für sie. Ja, sie hatte weggemusst aus Logan. Und jetzt? Jetzt tat es weh.

Sie hatte ihren Stiefvater zurückgerufen. Er schien sich inzwischen beruhigt zu haben. Sie sah ihn vor sich, diesen schweren Mann mit den tief ins Gesicht eingegrabenen Falten. Hirnschlag, sagte Tante Anne. Lee teilte beiden mit, dass sie in zwei Tagen fliegen würde, so lange sollten sie mit der Beerdigung bitte noch warten. Sie würde es morgen dem alten Mann sagen, dass sie für eine Woche wegmüsste. Es war komisch, dass sie inzwischen so an ihm hing. Wie alt war ihre Mutter geworden? Dreiundfünfzig? Das war nichts!

Die Beerdigung ihrer Mutter war zügig vonstattengegangen. Nach jüdischem Ritus – ebenso wie nach muslimischem – musste die Tote möglichst innerhalb von vierundzwanzig Stunden begraben werden. Lee war nur mit ihrer Laptoptasche, einem Mantel und dem Pass auf die Straße gestürzt, hatte ein Taxi gerufen, sich zum Flughafen fahren lassen, unterwegs über Telefon ein Ticket nach Charlotte gebucht, sie würde sich einen Wagen mieten müssen und vor allem ihren Stiefvater überzeugen, die Totenwache zu halten und die jüdische Gemeinde anzurufen, um das Kaddisch zu sprechen, auch wenn die beiden gläubige Christen waren – und Lee gar nichts. Ihre Mutter hatte nie über ihren Glauben gesprochen, aber sie hatte sie weinen und auf Hebräisch beten gesehen, als sie Helene begraben hatten, in Princeton. Lee vermutete zwar nur, dass ihre Mutter es so gewollt hätte, und war selbst überrascht, wie wenig Widerstand ihr von ihrer Tante und ihrem Vater entgegengebracht wurde. Erst im Flugzeug hatte sie sich dem Schmerz ergeben. In Charlotte dauerte es lange, bis sie endlich in einem gemieteten Hyundai saß und auf den Highway fuhr – sie kam natürlich zu spät. Draußen herrschte bereits eine für den Mai höllische Hitze. Zikaden zirpten, als stünde das Gräberfeld unter elektrischer Spannung. Das Kaddisch war gesprochen, die Gemeinde ging auseinander, nur ihre Tante und ihr Vater standen noch am Grab, ihr Vater unbeholfen, ein klobiger Mann in kantigem Anzug, so als wüsste er nicht so recht, was er nun tun sollte. Der Blick ihres Vaters sagte alles. Du kommst zu spät. Ihr eigener Blick war von Tränen verhangen.

Istanbul, Juni 2016

«Wieso haben Sie mich so lange allein gelassen?», klagt Naumann. Lee hat zwei Tage gebraucht, um aus dem inneren Chaos wieder herauszufinden.

Als sie in Istanbul endlich durch die endlose Einreiseschlange hindurch war und man ihr mitteilte, dass sie keine gültige Aufenthaltsgenehmigung mehr habe – ihre neunzig visumsfreien Tage seien vorbei – und sie bitte mitkommen sollte, war sie mitten im Flughafen Atatürk zusammengebrochen. Die Beamten waren sehr mitfühlend gewesen, als sie aus ihr herausgebracht hatten, dass ihre Mutter gerade verstorben und sie nur hin und zurück zur Beerdigung geflogen war. Man ließ sie mit dem Vermerk zurück in die Türkei, dass sie sich bei ihrer Arbeitsstelle und, vielleicht mit der Hilfe der amerikanischen Botschaft, auf der Visumsstelle des Ausländeramts auf dem Atatürk Boulevard um eine neue Aufenthaltskarte bemühen solle. Bei der nächsten Ausreise gäbe es sonst die größten Schwierigkeiten. Sie bedankte sich, nahm die Metro, stieg in Yenikapı um, aß schnell etwas im *Gezi Café* und ging dann zu Naumann.

«Älterwerden ist hart. Ich bin ein richtiges Grippelgspiel geworden. Zuerst fing es mit den Gelenken an. Ein Knarren, Knarzen, Reiben, Schmerzen. Irgendwann wachte ich gar nicht mehr ohne Schmerzen auf. Entweder wird man zum Grantscherben und ergibt sich, oder man stärkt die Disziplin. Yoga am Morgen, Yoga am Abend. Meine Nachbarn haben mir irgendwann mit den Treppen geholfen, aber man will ja nicht abhängig sein. Alt sein ist dann noch wieder etwas anderes. Es beginnt in dem Moment, in dem man aufgibt, daran zu glauben, dass die Schmerzen vergehen, dass es irgendwie wieder besser werden könnte. Wenn man die Alis und Erdems, die Yusufs und die Bekannten und Verwandten, die gelegentlich zu Besuch kommen, immer daraufhin mustert, ob sie einen die Treppe rauf oder runter, aufs Klo, ins Bett, in die Badewanne, unter die Dusche tragen, stellen, hieven könnten. Und dieser Zustand hält an. Man glaubt nicht mehr dran, man weiß es. Ah, aber innen drin, da gibt es mich noch, da bin ich noch so wie vor siebzig, achtzig Jahren. Ja. Da flötet mir ein Lied, da sehe ich ein Gesicht, da erinnere ich mich noch genau an den Tag vor neunundziebzig Jahren und an die Hand, die mir über den Mund strich, und an die Lippen, die mich küssten und mir sagten, du bist schön, das Leben ist schön. Aber das wollen Sie gar nicht wissen. Sie haben Ihr eigenes Leben, und in dem komme ich nun so vor. Als grauperter, todkranker Mann, nicht wahr? Aber warum soll ich Ihnen nicht erzählen, wie es wirklich ist? Dass man vor allem Angst hat, allein zu sein? Und warum man immer noch pfeift?» Naumann pfiff unbeholfen eine Melodie, die türkisch klang, als hörte er innerlich eine Ney, eine türkische Flöte, spielen.

«Sokrates hat gesagt, als sie ihm schon den Schierlingsbecher bereiteten und ihn fragten, was er denn da pfeife, er lerne eine Melodie ... Haha ... als hätte man nichts Besseres zu tun, wenn man gleich stirbt.»

Beide schwiegen eine Weile. Das Licht im Zimmer war mild. Es roch nach Rosen.

«Was ist, Lee, ist Ihnen etwas zugestoßen?»

Lee fing an zu weinen.

«Es ist meine Mutter, die tot ist! Und Sie, Sie .... Sie sind ...»

«Ich bin dein Großvater, Lee.»

«Ja.»

Er streckt ihr die Arme entgegen.

Die Eröffnung der Konferenz fand im neuen *Hilton* statt, das seine schmucke Fensterfront wie ein eleganter, moderner Klotz vom Hügel hinter dem Taksim hinunter auf den Bosporus spiegelte. Naumann hatte es erstaunlich gefunden, dass das Dach über der offenen Eingangshalle als ein textiles Mosaikgebilde gestaltet war, ein fliegender Teppich aus Tausendundeiner Nacht. Ornament und Terror, funktionale amerikanische Eleganz und überbordender Orientalismus.

«Amerikanische und türkische Architekten, kollaboratives West-Ost-Design, deutsche Baufirma, türkische Bauarbeiter und Ingenieure. Importierter weißer Zement aus Oregon, Glas und Stahlträger aus Deutschland, italienischer Marmor und Keramik. Ich wusste, dass ich dich hier finde, diese neue Symbolkammer anzuschauen. Magst du es?»

«Es ist scheußlich!»

Helene lachte. Er drehte sich zu ihr um und sah ihr direkt in die leuchtenden Augen. Sie hatte ihm verziehen.

Der Brief war überraschend gekommen. In einem offiziellen Princeton-Couvert an seine Sekretärin am Robert College. Kurz wie ein Telegramm. Aber mit unbedingter Aussage.

Lieber Georg,
ich komme für drei Tage zurück und spreche auf der Konferenz, die ihr mit der Istanbul-Universität zusammen organisiert habt – bitte komm. Ich möchte Dich sehen.
Helene

Lieber Georg … ich möchte Dich sehen. Hatte sie ihm verziehen? Naumann hatte sich aus den Vorbereitungen für die erste internationale Komparatistik-Konferenz, die nun in Istanbul stattfinden sollte, bis zuletzt herausgehalten, was seine Kollegen am College verwundert hatte. Aber du hast sie doch alle gekannt, nicht wahr? Auerbach, Spitzer … und unseren Tanpınar, fügten die türkischen Kollegen hinzu. Tanpınar war als Autor inzwischen zu einer Legende geworden. Naumann konnte immer nur nicken, wandte aber den Blick ab und entschuldigte sich, wenn es zu diesen Fragen kam, er müsse dringend weg, ein Termin, eine Sitzung oder einfach aufs Klo. Die Amerikaner verstanden es nicht, die Türken noch weniger. Und er selbst …

«Es ist schön, dich zu sehen!» Helene umarmte ihn. Naumann erwiderte die Umarmung, löste sich dann langsam von ihr und sah sie an. Neugierige Blicke wurden auf das Paar geworfen, den Mann in besten Jahren in seinem distinguierten grauen Anzug mit Hut und die schwer einzuschätzende Frau im elegant orangefarbenen Flanell-Kostüm, die ein so schalkhaft keckes Lächeln aufgesetzt hatte, das sie jünger machte, als ihre wohl Mittdreißigerjahre normalerweise erwarten ließen. Ihre helle Haut war von der Aufregung gerötet. Fasziniert sah Naumann wieder auf ihre Lippen, die so voll waren, sich immer leicht zu bewegen schienen wie Finger.

«Jetzt fehlt nur noch ein Kuss», sagte sie. «Aber den kriegst du nicht.»

Naumann war verwirrt. Helene nahm ihn bei der Hand und führte ihn in das Auditorium. Auch hier glänzte alles. Das Podium war vor einem zehn Meter hohen roten Samtvorhang aufgebaut, die Sitzreihen der Zuhörer wölbten sich mit kleinen Tischen halbkreisförmig und ansteigend in dem großen Saal. Wenn man noch Flaggen auf die Tischchen setzte, dann könnte man hier auch gleich eine UN-Vollversammlung abhalten, dachte Naumann.

Helene platzierte ihn in der ersten Reihe und verschwand dann in einem Nebenraum. Dr. Baryhülkar, Rektor der Istanbul Üniversitesi, eröffnete die Konferenz und kündigte als Keynote-Sprecherin Helene Bischoff an. Naumann war wie in Trance. Die Lebensdaten, die Leistungen, ihre Veröffentlichungen, er hatte Helenes Karriere in den USA nur vage und immer mit einem Stich des Bedauerns aus der Ferne verfolgt, jetzt war sie auf einmal wieder da. Sie hatte ihm so viele Briefe geschrieben in der ersten Zeit, um Erklärungen gebeten, ihn auf dem Papier angeschrien, angefleht, ihn verdammt. Umschläge mit Adressen und Briefmarken beigelegt, er möge tun, was immer er wolle, nur antworten solle er, er sei ihre erste große Liebe gewesen und sie habe Antwort verdient. Ja. Hatte sie. Nur er konnte es nicht. Die Scham war so groß gewesen, so überwältigend, dass er nicht mit ihr sprechen wollte. Ihre Briefe waren allmählich versiegt. Es musste irgendwann zu ihr durchgedrungen sein, dass er ein deutscher Spitzel gewesen war, ein Agent der Nazis, einer, der Berichte schrieb, auch über sie. Da konnte kein Platz für Liebe sein.

Helene trat ans Podium, bedankte sich. Sie wartete kurz, bis sich der Rektor gesetzt hatte und sich Kopfhörer aufsetzte, die ihn mit den Simultanübersetzern oben auf der Balustrade in den Kabinen verband, und begann. Naumann drehte sich um, etwa die Hälfte der Gäste hatte Kopfhörer auf. Helenes Stimme war klar und fest.

«Wie Sie wissen, ist Istanbul keine Unbekannte für mich. Die Stadt war, wie für so viele, mein Beginn. Als Stadt der Zuflucht, als Stadt des Exils. Istanbul ist der Ort, wo mein Fach, die Komparatistik, geboren wurde, wo mein Doktorvater und Lehrer *Mimesis* schrieb. Istanbul hat aber schon vorher exilierten Forschern und Suchenden Heimat und Kraft gegeben. Die Stadt ist selbst zu einer Metapher geworden für die Verbindung zwischen Ost und West, für die Bereicherung unserer Kultur. Müsste ich dies nicht im Plural sagen? Kulturen? Ich sage versuchsweise Kultur, im Singular, denn ich glaube an die Kraft des Künstlerischen, des Literarischen – auch in seiner Übersetzung. Kultur ist das, was erst entstehen kann, wenn wir das Vielfältige denken, das andere nicht bloß ins Eigene übertragen und es damit verletzen, sondern ihm Platz lassen, sich als Bereicherndes, Fremdes, als Gast bei uns anzusiedeln. Literatur ist so ein Begegnungsraum, eine Kontaktzone, in der getauscht und verhandelt wird, auch verwandelt. Mein Lehrer, Erich Auerbach, der ja mit seinen Istanbuler Jahren und seinem Hauptwerk *Mimesis* hier von uns geehrt und gefeiert werden soll, hat seine Arbeit als ‹Dargestellte Wirklichkeit in der abendländischen Literatur› untertitelt. Viele, die ich heute hier sehe, habe ich damals kennenlernen dürfen, als Schülerin in Auerbachs Vorlesungen und Seminaren, und viele von ihnen haben schon damals die Frage gestellt, was denn das sei, das Abendland, ob denn die Texte, die Auerbach für die wichtigsten Darstellungsformen der Wirklichkeit hält – er beginnt ja mit der *Odyssee* und der Bibel –, nicht auch zu ihnen sprechen, nicht auch zugleich ihr Orient sind. Was sagt uns Homer mit seinem Gesang? Was der Gott des Alten Testaments und der Thora? Was zeigen sie uns? Was machen sie mit uns?»

Naumann hing an Helenes Lippen. Sie war so anders geworden, schöner, fester. Die Liebenswürdigkeit ihrer Stimme und die feinen Gesichtszüge unter dem immer noch schillernden rotbraunen Haar verwandelten sich beim Sprechen in eine so offene, einnehmende Präsenz, dass der ganze Saal eins geworden zu sein schien. Ab und zu hörte man ein Hüsteln, das leise Murmeln eines *Evit* oder das Rascheln von Papier.

«Im Jahr 1904 fuhr Suleyman al-Boustani nach Istanbul und begann hier zunächst an seiner Übersetzung der *Ilias* ins Arabische zu arbeiten. Das Buch erschien 1906. Al-Bustani tat etwas, das ich bewundere. Er ließ sich bezaubern. Lassen Sie mich kurz aus seinem Vorwort zitieren:

Wie sehr verdient es unsere arabische Sprache, eine Fassung niederzuschreiben, um eine Version dieses verwaisten Juwels zu erhalten. In der Tat verdient sie es mehr als die verschiedenen städtischen Gesellschaften, die sie überliefert haben; denn es gibt nichts in der Poesie der Europäer oder in den europäischen Sprachen, das ihr die Mittel bietet, in einem schöneren Kleid zu erblühen als das, das unsere Sprache zu bieten vermag, denn die griechische Poesie ist in einer Sprache, die der natürlichen Beschaffenheit der Welt (fītra) *nahesteht, ähnlich wie unsere eigene Sprache, und das Thema der* Ilias *gehört zur Untersuchung der* jahilliya, *des Status der frühen heidnischen Phase eines Volkes, wie auch zu unserer eigenen* jahilliya *(also der Zeit vor dem Islam). Es gibt keine Dichter irgendeiner Gemeinschaft auf der Welt, deren Ideen so sehr mit denen der* Ilias *übereinstimmen, sowohl in der Weisheit als auch in der poetischen Beschreibung, wie die der Dichter unserer Vorfahren.*

Al-Bustani übersetzte die *Ilias* in den ganzen Reichtum verschiedener arabischer Versformen, ignorierte den Hexameter – ja, er eignete sich den Text an, verfremdete ihn, schrieb über die Verse, die er verwendete, reflektierte genau, was er tat und warum. Seine Idee, könnte man vielleicht sagen, war, durch die verfremdende Übersetzung die *Ilias*, diesen griechisch-trojanischen Trauergesang, den Krieg zwischen Ost und West und was daraus folgte, als Gründungsakte nicht nur der okzidentalischen, griechisch inspirierten Kultur zu lesen, sondern diese Lesart zu einer Form levantinischen Bewusstseins zu erweitern, das auch die frühe arabische Kultur miteinbezog.»

Helene, die immer wieder türkische und arabische Quellen zitierte, den griechischen Text Homers mit den Übertragungen al-Boustanis, aber auch mit spanischen und italienischen Übersetzungen verglich, hielt ihre Zuhörer in Bann.

«Es sind die Wunden, von denen Auerbach sprach, als er das berühmte Kapitel der Fußwaschung aus der *Odyssee* zum Ausgangspunkt seiner Betrachtungen machte. Wunden, die Literatur nicht schließen kann. Bedenken Sie, wo wir hier waren; hier, in Istanbul, auf der Flucht, aber mitten dabei, gemeinsam etwas Neues aufzubauen. Vielleicht sind wir nicht weit genug gegangen, Verbindungen zu sehen, sie durch unsere philologische Arbeit zu überprüfen, zu stärken. Literatur und Identität, das wissen wir, haben eine gemeinsame Wurzel: Der Mensch ist ein Wesen, das Geschichten erzählt, nicht bloß ein Zoon politikon, wie Aristoteles meint, sondern eines, das in Geschichten denkt und lebt und sich entwickelt. Ethik und Ästhetik sind eins, so heißt ja ein berühmtes enigmatisches Diktum von Ludwig Wittgenstein, das uns philosophisch in Atem hält. Ästhetik meint hier Wahrnehmung, *aisthesis*, und verweist darauf, wie die Darstellung der Wirklichkeit auch ethische Urteile beeinflusst. Wir wissen, dass Kriege und Helden erzählt und gemacht werden, dass sie Einfluss haben auf das, was wir denken, auf das, was geschieht. Wie al-Boustani die *Ilias* als Reflexion über das Eigene im Fremden zu lesen und bewusst eine Transgression im Übersetzen vorzunehmen, selbst Namen zu arabisieren und Versmaße, weil sie andere Gefühle erzeugen, das ist ein solcher Akt kultureller Reflexion. Ein Experiment in levantinischer Wirklichkeitsdarstellung.

Literatur gehört niemandem. Und allen. Jedem, der sie liest. Das heißt nicht, dass man keine Machtansprüche in ihr erkennt, keine Manipulation, kein Gehabe der Überlegenheit, wenn Kulturhüter,

Politiker, Verlagsgiganten festlegen, was gut ist und lesenswert und was nicht. In welche Sprachen übersetzt wird und wie, ist ein politischer Akt. Und auch die Texte, die wir als grundlegend ansehen, wie die *Ilias* oder die *Odyssee,* prägen ganze Generationen. Wir alle lieben wahrscheinlich Odysseus und fiebern mit ihm mit, bis er endlich, endlich aus dem Exil, das ihm der Krieg beschert, und die Ungunst der Götter, nach Hause kommt.

Ich habe mich immer gefragt, wann jemand ein anderes Epos schreibt – das Epos der Penelope, die zu Hause sitzt und wartet, die Freier abwehrt, den Sohn großzieht, schützt, was sie als Odysseus' Besitz verwaltet, verteidigt.

Im 23. Gesang, dem Bett des Odysseus, wie wir es kennen, ist sich Penelope nicht sicher, ob der Mann, der gerade die Freier getötet hat und behauptet, Odysseus zu sein, lügt oder die Wahrheit spricht; sie waren zu lange getrennt. Die Wunde der Frau ist die Wunde des leeren Betts. Deshalb stellt sie ihn auf die Probe: Sie befiehlt ihren Mägden, sein Bett aus dem Zimmer, in dem es sich befindet, zu tragen. Odysseus reagiert mit Wut, weil er glaubt, dass jemand sein Bett zerstört oder umgearbeitet hat, denn er hat es doch eigenhändig aus dem Stumpf eines Olivenbaumes geschnitzt, den er fällte, um dann darüber das Haus zu errichten. Das Bett wurzelt also fest in der Erde, ist von seinem Ort nicht fortzubewegen, was ein Fremder natürlich nicht wissen kann. Penelope kann sich sicher sein, dass er wirklich ihr heimgekehrter Gatte ist, niemand sonst könnte so reagieren.

Das Baumbett, das in der Erde wurzelt, könnte man sich ein noch archetypischeres Symbol vorstellen? Man kann das Bett, den damit verbundenen Schlaf, das nun so gewünschte Ausruhen des Heimkehrers Odysseus als Wunsch interpretieren. Im Schlaf wenden wir uns von der Außenwelt mit all ihren Kränkungen und Gefährdungen ab, genießen einen Zustand der Geborgenheit, den einzigen Ersatz für den ursprünglichen narzisstischen Zustand im Mutterleib. Regression, die unsere verbrauchten Kräfte wiederherstellt, damit wir gleichsam neugeboren wieder zu aktivem Leben erwachen.

Odysseus schläft in einem Baum, verwurzelt in der Erde. Und Penelope? Was ist ihr Wunsch? Ist sie die Wartende? Die Frau, die Mutter, die das Bett bewacht, so lange, bis der Mann zurückkehrt aus der Fremde?

Ich habe, wenn man Übersetzung, wenn man Lesen, wenn man philologische Analyse auch als Wunsch nach dem anderen versteht, nach dem Begreifen von etwas, was man vorher nicht wusste, die Figur der Penelope immer auch als männliche Projektion gesehen. Als Mutter, keusche Geliebte, Verwurzelte, Heimbewahrerin. Die Frauen, die ich hier in den Dreißigerjahren in Istanbul kennenlernen durfte, seien es junge Türkinnen gewesen, die sich den Himmel eroberten, seien es Kolleginnen von mir gewesen, wie Lieselotte Dieckmann, waren mit solchen kulturellen Zuweisungen nicht einverstanden. Penelope hat eine weitere, eigene Geschichte verdient, es ist nicht immer das Heimkommen, das zählt. Ihr gebührt nun ein neuer, ein eigener Gesang – vielleicht könnte man einen Anfang wagen und eine Variation auf Konstantinos Kavafis. ‹Wenn du aufbrichst nach Ithaka / bete, dass die Reise lang sein möge›, hieß es da, und so finden wir Odysseus dann in *Zweite Odyssee* ganz klassisch als sehnsüchtigen Heimgekehrten, Ithaka, das Ziel der Reise, das beim Erreichen die Reise auslöscht, als einen erneuten Anfang ‹ohne Homer, ohne Hexameter›. Aber Penelope müsste jetzt reisen: ‹Wenn du aufbrichst von Ithaka …›

Und ihre Gebete sind noch zu sprechen.

«İlginiz için teşekkür ederiz.»

Naumann war hingerissen, er registrierte den Applaus, der von Herzen zu kommen schien, sah in begeisterte, leuchtende Gesichter und bemerkte, dass sich Helene gelassen, aber vor Freude strahlend, neben das Podium stellte und sich mit einer tiefen Verbeugung beim Publikum bedankte, das sich erhoben hatte. Dann schritt sie zu ihm und lächelte ihn an.

«Na, wie war ich?»

Er hatte sie abends nach dem Empfang und dem üppigen Buffet – auch so eine neue amerikanische Masche, dass man sich nehmen konnte, was und in welcher Reihenfolge man wollte, und sich dann im großen Speisesaal an einen beliebigen runden Tisch setzen konnte, mit wem man wollte – einfach entführt. Sie hatte sich aus ihrem Zimmer nur schnell eine Jacke geholt, eine blaue, weiche Kaschmirjacke mit Gürtel, die ihr Kostüm bis auf eine Handbreit bedeckte und die sie sich über die Schulter legte.

Sie fuhren mit dem Taxi zum Fähranleger und dann durch die Nacht mit der Zickzacklinie den Bosporus hinauf.

«Das hab ich vermisst», sagte sie und schmiegte sich in der beginnenden Abendkühle an ihn. Sie saßen auf dem Oberdeck, direkt am Wasser. Das Fischerdorf Ortaköy mit der eleganten Barockmoschee und Bruno Tauts versteckt am Hang gebauter japanischer Villen zogen an ihnen vorbei.

«Irgendwann werden die hier bestimmt eine Brücke bauen, dann ist es mit der Romantik vorbei.»

«Ach was. Aber du hast recht. Es ist romantisch. Das hätte ich nicht geglaubt, dass wir beide noch einmal so dasitzen würden, die Stadt an uns vorbeiziehen sehen, die Dörfer, als wären wir Reisende in eine andere Zeit.»

«Ich habe dich vermisst, Helene.»

«Das glaube ich dir nicht.»

«Doch, es ist wahr. Aber ich konnte damals nicht …»

«Mit mir zusammen sein? Wegen deiner Scheißspionage?»

«Wegen Ulrich. Und wegen dem, in was ich da hineingeraten war. Du warst so jung und wunderbar – und ich habe dir die ganze Zeit etwas verheimlicht. Ich konnte Ulrich nie sagen, was ich für ihn empfand – und ihr wart euch auf irgendeine Art fast ähnlich.»

«Ähnlich?»

«Vielleicht war das Gefühl, das ich mit dir hatte, dem ähnlich, das ich mit Ulrich teilte. Diese unbeschwerte Nähe, dieser Wunsch, ihm alles zu zeigen, alles miteinander zu teilen, von den Büchern bis zum Leben.»

«Ich hätte das damals alles gewollt, Georg.»

«Ich weiß.»

Als sie in Bebek ankamen, stiegen sie aus und tranken Kaffee. Das Wasser in der Bucht schwappte an die Seiten der geankerten Boote.

«Guck mal, da schwimmt ein Delfin.»

Tatsächlich. Eine Schule aus drei Delfinen, immer wieder tauchten ihre Rücken glänzend zwischen den Positionslichtern auf.

«Was ist jetzt für eine Zeit?», fragte Helene. Und Naumann wusste sofort, was sie meinte.

«*Lüfer*-Zeit! Die großen Barsche sind aber jetzt in Üsküdar, wahrscheinlich fressen sie Çinekop.»

«Ja, wahrscheinlich frisst du mich auch.»

Dann küsste sie ihn völlig unvermittelt auf den Mund. Die Männer am anderen, noch besetzten Tisch am Buchtcafé blickten kurz von ihrem Backgammonbrett auf. Einer murmelte *«Tavla»* und nahm die letzten zwei Steine aus seiner Endzone. Die andern drei grinsten.

Zurück zum Hotel nahmen sie ein Wassertaxi, das ihnen der Kellner bestellte.

«Ich habe dich auch vermisst, Georg.»

Istanbul, Juni 2016

Canan ist nicht mehr zu ihr ins Zimmer gekommen, wie Lee es sich eigentlich erhofft hatte. Sie war vom Tod ihrer Mutter und dem Rückflug noch völlig aufgewühlt gewesen, hatte feststellen müssen, dass ihr Versuch, sofort wieder mit ihrer Arbeit und ihren Interviews weiterzumachen, gescheitert war. Es tat ihr auch leid, dass sie Naumann mit ihrer Trauer womöglich überfordert hatte, während wiederum sein Geständnis, obwohl sie es ja alles schon geahnt hatte, sie überfordert hatte. Sie war danach ganz durchgeschüttelt gewesen und wollte einfach nicht nach Hause fahren, in Mirays Wohnung, wo sie doch nur allein gewesen wäre. Sie hatte Canan angerufen, die noch einen Englisch-Kurs an einer öffentlichen Schule in Fatih unterrichtete, ihr aber sagte, wie man mit dem *Dolmuş* zu ihr käme und dass sie sich den Schlüssel beim Nachbarn abholen könne oder sie könne die Fähre nach Harem nehmen, die Treppen hinter der Busstation am Anleger hochsteigen, sie solle vorsichtig sein, für Ungeübte wäre das eine echte Strapaze, und dann einfach in dem Café oben auf sie warten.

Lee hatte sich an den Busfahrern und Ticketverkäufern vorbeibewegt, die ihre Ziele in unterschiedlichen Kadenzen in den regnerischen Nachthimmel schrien, Bursa, Bursa, Adanaaaaa, Eskişe-hiiii-rrr. Sie hätte andere Schuhe mitnehmen sollen, stöckelte unter den Arkaden hindurch, an den Reisekiosken und aussteigenden Reisenden aus einem Bus aus Ankara vorbei. Die Treppe nahm sie dann barfuß.

Als Lee mitten in der Nacht allen Mut zusammennimmt und zu Canan ins Bett steigt, nimmt diese sie zwar in den Arm, erwidert aber ihre Küsse und Berührungen nicht. «Das war nur einmal, weißt du? Ich mag dich, aber ich glaube nicht, dass wir uns lieben können. Du hast deinen Ayaz und deinen Christopher, und selbst wenn es mit keinem klappt, du brauchst keinen Mann und keine Frau so sehr, wie du dich selbst brauchst – wir beide sollten lieber Freundinnen sein.» Es tut gut, bei Canan zu sein. Sie schläft bei ihr ein. Am nächsten Morgen frühstücken die beiden lange, und Lee erzählt Canan vom Tod ihrer Mutter, von Naumann, Helene und mehr von ihrem langen, ungeklärten Hin und Her mit Ayaz. Danach fühlt sie sich stark genug, zu Naumann zu fahren.

«Die Zunge ist dein schlimmster Feind. Ach Gott, man verspricht sich. Man verspricht sich so vieles. Ich hab so vieles damals nicht gesehen oder erst so spät, nachdem es zu spät war oder fast zu spät. Und als wir diese Nacht verbrachten, diese schöne Nacht, da war es, als hätte sie mir vergeben.» Wieder kramt Naumann etwas aus seinen Stenoblocks heraus.

«Ich habe Helene dann meinerseits geschrieben – und sie hat nicht geantwortet. Und auch zu telefonieren habe ich mit ihr versucht. Vergebens. Vergeben und vergebens – wie nah das alles am Wort ist. Und wie nah einen das Wort an den Abgrund treibt. Ich habe sie wohl geliebt, ohne es zu ahnen, und sie hat sich mit dieser Nacht wohl von mir und von Istanbul verabschiedet. Mehr, dachte ich damals, war es wohl nicht. Dass es deine Mutter gab – dass sie meine Tochter war, davon wusste ich nichts. Es ging alles so schnell. Das Leben geht einfach so schnell vorbei. Man kommt gar nicht nach. Du musst mich sehr hassen.»

Lee schüttelt den Kopf. Sie hasst ihn nicht. Sie nimmt ihn in den Arm, bis sie beide von Tränen geschüttelt irgendwann voneinander ablassen.

Es gibt in den nächsten Tagen viele Momente, in denen Georg nach Bildern von Marie fragt. Aber Lee hat nur drei, sie zeigt sie ihm auf ihrem Computer. Eines zeigt Marie mit Helene, Marie ein kleines, blondes Kind, das einen Finger am Mundwinkel hat, das Knie schelmisch unter dem kleinen Faltenröckchen abgestellt, als wollte es einen Knicks machen. «Da wurde sie eingeschult.»

«Kannst du es mir ausdrucken?»

Helene wirkte auf diesem Bild seltsam allein, sah direkt in die Kamera, traurig, entrückt, fast so, als hätte sie das Kind an ihrer Hand vergessen. Lee erzählt, wie ihre Mutter sich immer wieder gefreut hat, wenn sie von all ihren ehemaligen Schulen zu Klassentreffen eingeladen worden war. «Ich hätte mein halbes Leben zu Reunions reisen können, Lee, auf so vielen Schulen war ich – und meine Mitschüler haben mich alle gemocht!» Bei beiden bringt es die Trauer um Marie heraus. Sie wischt ihm die Tränen aus den Augen. Dann entschließen sie sich, über etwas anderes zu sprechen, etwas, das ihm auf dem Herzen liegt. Der Versuch einer Umkehr. Naumann erinnert sich, so, wie ein Sprecher in einem historischen Hörstück Erinnerungen vorträgt, gelassen, angemessen, gefühlsbetont, aber mit Würde.

«Als am 9. November die Geschäfte jüdisch-deutscher Familien überfallen, verwüstet und geplündert wurden, Pflastersteine waren durch die Scheiben geflogen, Köpfe wurden rasiert, Familien tyrannisiert, geschlagen, gedemütigt, mit Schildern, Jude!, behängt; sie wurden abtransportiert, Ereignisse, die die nationalsozialistische Presse später mit dem Scherbenwort ‹Reichskristallnacht› ausschmückte, als hätte man ein frohes Fest gefeiert, an diesem Tag starb Atatürk.»

Seine Stimme zittert.

«Leberzirrhose. Man soll doch die Wahrheit sagen. Die Fakten schreiben. Für irgendetwas muss es doch gut sein. Ich gebe dir die Durchschläge meiner Berichte. Ich bin nicht stolz auf sie – und ich habe versucht, es wiedergutzumachen – gut zu sein für andere, um

Verzeihung gebeten, aber für Verrat, so haben die meisten es gesehen, gibt es keine Vergebung. Und Helene, Helene ist weggelaufen, als ich versuchte, es ihr zu erklären.»

Sie spürt auch, wie in ihr selbst eine tiefe Traurigkeit aufsteigt.

«Als ich endlich wieder schreiben konnte, journalistische Texte, nicht bloß als Tarnung, da kam der Respekt zurück. Nicht der von anderen, alle Welt redet ja andauernd von Respekt, weißt du? Dabei weiß keiner mehr so genau, was das heißt: Respekt für den Einzelnen? Dieses unergründlich besondere und unwiederholbare Leben einer Kreatur? Sie dir die Augen eines Hundes an, wenn er stirbt, wie demütig er um Liebe bettelt, um ein wenig Zuneigung in seinen letzten Stunden. Schrecklich, schrecklich. Es ist eine wichtige Erfahrung, beim Sterben zuzusehen. Aber es ist noch viel wichtiger, vorher auch wirklich ein Leben zu haben. Das wäre mir fast nicht mehr gelungen. Aber mit dem Schreiben und dem Lehren kam der Respekt wieder, der Respekt für mich selbst.»

Naumann sieht sie an. Lee nickt ihm aufmunternd zu, sagt, sie ist da.

Die Rechnung der Nazis nach dem 9. November war nicht aufgegangen. Zumindest nicht in der Zeitungslandschaft. Da überschattete die Nachricht vom Tod Mustafa Kemals alles, auch die sogenannte Kristallnacht.

Naumanns Artikel zum Tod von Atatürk war am 11. November in der *Hamburger Zeitung* erschienen. Er hatte einen Fehler korrigiert; und auch der Redakteur der Zeitung hatte bewiesen, dass noch nicht alles vorbei war, dass es noch Leute gab, die nachdachten, die vielleicht nicht mutig genug für einen echten Widerstand waren, die aber doch eine Chance sahen, sich ihr Denken nicht völlig verbieten zu lassen. Naumann hatte seinen Nachruf auf Atatürk nicht wie die anderen Schreiber als Heldenepos angelegt, Lee konnte das auch den Kopien entnehmen, die ihr das Innsbrucker Zeitungsarchiv per Eilpost geschickt hatte. Naumann hatte den Führerbegriff aufgenommen und kritisch diskutiert, *Gazi,* den die nationalsozialistische Propaganda bei Atatürk so verführerisch nah dem eigenen fand. Sein Artikel war ein emotionaler, aber sachlicher Text, der noch einmal die Bedeutung des türkischen Führers Mustafa Kemal Atatürk herausstrich, die Stationen seiner kriegerischen, parlamentarischen, reformistischen, erzieherischen Maßnahmen nacherzählte, um dann zu dem Schluss zu kommen, dass es sich bei dem kemalistischen Staatsmodell doch um etwas – und nicht nur nuanciert – anderes handelte als um die faschistischen Volksgemeinschaften von Hitlers Deutschem Reich oder der Groß-Rom-Idee Mussolinis. Um die Umsetzung abendländischer Werte. Um Laizismus. Progressive Entwicklung der Gesellschaft, Bildung, ein neues Verhältnis zwischen Männern und Frauen, politische Partizipation.

Und Naumann hatte noch nachgelegt. Im Dezember 1939 erschien der Essay «Führer und Nation» im *Hamburger Tageblatt*. Naumann hatte den Text auch anderen Zeitungen angeboten – aber weder der Beobachter noch irgendein anderes Publikationsorgan waren daran interessiert gewesen. Der Essay ging nur am Anfang mit der Logik des nationalsozialistischen Führer-Ideals konform. Ideen, wie der perfekte Führer eine Nation zu lenken habe, wie zu regieren. «Derjenige, der mehr an sich selbst denkt als an das Wohl seines Landes und seiner Nation, ist bloß ein Politiker zweiter Klasse. Nur der, der unermüdlich für die Zukunft wirkt, ohne Rücksicht auf sich selbst oder diejenigen um ihn herum, vermag es, ein Fundament für das Glück, für den Fortschritt und die Zukunft seines Volkes zu legen.» So weit, so gut und nicht im Widerspruch zu all den Gedanken über Führerqualitäten und Nation. Aber dann kam die Abweichung: Um all das zu erreichen, müsse ein Führer vor allem Umsicht walten lassen. In mehr als der Hälfte des Essays ging es um Friedensprozesse, dass ein Führer zum Wohle seines Volkes den Frieden in der Welt nicht nur wahren, sondern aktiv herbeiführen müsse, denn die Entwicklung und das Gemeinwohl aller hingen davon ab. Es ging um eine gemäßigte Außenpolitik im Konzert der Völker, nichts, was die tausend Artikel und Kommentare deutscher Journalisten und Politiker sonst in dem Türkenführer sahen – ein richtiger Schlag ins Gesicht war das! Denn der Autor war der sonst so gepriesene «türkische Caesar» selbst, Atatürk!

Naumann hatte den Essay auch selbst übersetzt. Allerdings ohne seinen Namen hinzuzufügen – denn das Ganze wirkte nicht bloß wie ein Einspruch, es war fast wie ein offener Widerstand gegen die Parteilinie, gegen Hitler.

«Warum ist so viel Krieg in der Sprache? Und wieso können wir uns nicht einfach lieben», flüstert Naumann, der, wie Lee jetzt sah, die Augen geschlossen hat. Im Begriff wegzudämmern. Ein schöner Ausdruck fürs Vergessen. Dämmern. Aber er vergisst sie nicht, die Frage, die er so an der Schwelle zum Schlaf über ihre ganze Konversation des Tages mit in den Abend genommen hat. «Es ist so viel Krieg in der Sprache, weil so viel Krieg in uns ist. Vor allem in mir. Ich bitte dich, Lee. Verzeih dir selbst und allen, denen du oder die dir etwas angetan haben. Es ist besser, man macht seinen Frieden.»

Istanbul, Juni 2016

«Als ich das erste Mal hier ins Krankenhaus gekommen bin, 1937, ja, im August, Blinddarm, es ging sehr schnell, die Stadt war so voller Hitze wie eine gefüllte Schweinsblase, die man früher zum Tauchen benutzt hat, da war das hier eine Privatklinik, vorrangig für eine zahlungsfähige Klientel. Ein deutschstämmiger Chefarzt, zweiundzwanzig Schwestern, der Rest im Haus immer noch das, was sie heute multikulti nennen würden, türkisch, armenisch, griechisch, levantinisch, slawisch. Das war noch das alte Istanbul, das alte Beyoğlu. An der Pforte: Sava, İbrahim oder Mehmet, in der Küche: Artis, Gregor und Hans, die Zugehmädchen: Marie, Kalliope, Defne und Frieda, der Gärtner: weiß ich nicht mehr, ein Armenier. Es ist schön, was die Zeit mit einem anstellt, das Ferne liegt auf einmal so nah.»

Naumann sieht aus, als ob er träumt.

«Ich hätte wohl ohne meine Freundschaft zu Dr. Eckstein gar keinen Platz hier im Krankenhaus bekommen, au wenn i sonst koan Wappler bin.»

Albert Eckstein und Joseph Igersheimer waren elementar gewesen beim Aufbau der medizinischen Fakultäten in Istanbul, Izmir und Ankara. Sie hatten Ärzte ausgebildet, in Fachzeitschriften mithilfe von Übersetzern veröffentlicht, im Grunde die ganze Ausbildung von Medizinern revolutioniert. Eckstein fuhr viel herum, ein Foto, das er mit seiner Handkamera in Bürlük gemacht hatte, einem kleinen Dorf in Anatolien, wo er nach Betroffenen der rätselhaften Kinderkrankheit Noma suchte, wurde sogar 1942 auf die 10-Lira-Banknote gedruckt. Drei Frauen, stolz und prächtig – trotz der Kopftücher, die linke im Hintergrund zeigt spitzbübisch ihren Lederslipper unter dem gewaltigen Rock. «Da war Energie in den Bildern, so wie in Albert. Der hat das dann auch erforscht, wie man Noma behandeln kann. Hat sie ausgerottet, die Krankheit! Dafür sind sie ihm immer noch dankbar, jedenfalls die Generationen, die noch davon wissen ...»

Naumann schweigt und fährt sich mit einem zittrigen Finger um den Mund. Die Bartstoppeln, die, ganz ungewohnt, diesmal wohl ein paar Tage alt sein mögen, weder Murat noch Salahattin haben ihn also in den letzten Tagen besucht – und von keinem anderen lässt Naumann sich rasieren, wie er Lee immer wieder erzählt –, die Bartstoppeln machen ein kratziges Geräusch, fast wie von einer Kartoffel- oder Gemüsereibe.

Naumann seufzt.

«Ach ja, früher hatte ich Freunde. Meine ehemaligen Studenten vom Robert College, sind alle was geworden. Mehmet Bey, ein begnadeter Redner, er sprach fließend Englisch, Deutsch und Französisch, konnte dir Goethe aus dem Kopf zitieren, und Shakespeare, der hat eine Buchhandlung aufgemacht, die dann solchen Erfolg hatte, dass daraus eine Kette wurde, D und S, hast du vielleicht in den Malls gesehen, richtige Kaufhäuser sind das geworden, sein Sohn führt das weiter. Hier in Istanbul waren es lange die Kinder und Kindeskinder von ihnen, die mich ab und zu noch besuchten, mit mir *Kahve* trinken gingen, auch mal etwas rauchten. Aber meine Studenten sind alle tot. Jetzt gibt es nur noch Gräber. Und mich – bis zum Schluss.»

Lee sagt an dem Abend ihre Verabredung mit Canan ab. Sie geht gleich nach dem Gespräch mit Naumann wieder in die Atatürk-Bibliothek, am Hügel von Gümüşsuyu, und nimmt aus dem Präsenzbestand die alte 1946 bei Francke in der Schweiz erschienene Ausgabe von Auerbachs *Mimesis* zur Hand, blättert darin und liest nochmals die Einleitung, in der Auerbach den parataktischen Stil der Bibel mit dem hypotaktischen von Homers Epen kontrastiert. Die Auslassung, das Rätsel und das Abtasten der Wirklichkeit. Es kann kein Zufall gewesen sein, dass es in seinen Beispielen um die Opferung Isaacs und die Wunde des Odysseus ging, den die alte Magd in Ithaka beim Waschen seiner Füße wiedererkennt.

Die Leser der Odyssee *erinnern sich der wohlvorbereiteten und ergreifenden Szene im 19. Gesange, in der die alte Schaffnerin Eurykleia den heimgekehrten Odysseus, dessen Amme sie einst war, an einer Narbe am Schenkel wiedererkennt. Der Fremdling hat Penelopes Wohlwollen gewonnen; nach seinem Wunsch befiehlt sie der Schaffnerin, ihm die Füße zu waschen, wie dies in allen alten Geschichten als erste Pflicht der Gastlichkeit gegenüber dem müden Wanderer üblich ist; Eurykleia macht sich daran, das Wasser zu holen und kaltes mit warmem zu mischen, indes sie traurig von dem verschollenen Herrn spricht, der wohl das gleiche Alter haben möge wie der Gast, der jetzt vielleicht auch, wie er, irgendwo als armer Fremdling umherirre – dabei bemerkt sie, wie erstaunlich ähnlich ihm der Gast sehe –, indes Odysseus sich seiner Narbe erinnert und abseits ins Dunkle rückt, um die nun nicht mehr vermeidbare, ihm aber noch nicht erwünschte Wiedererkennung wenigstens vor Penelope zu verbergen. Kaum hat die Alte die Narbe ertastet, lässt sie in freudigem Schreck den Fuß ins Becken zurückfallen; das Wasser fließt über, sie will in Jubel ausbrechen; mit leisen Schmeichel- und Drohworten hält Odysseus sie zurück; sie fasst sich und unterdrückt ihre Bewegung. Penelope, deren Aufmerksamkeit zudem durch Athenes Vorsorge von dem Vorgang abgelenkt wurde, hat nichts gemerkt.*

Auerbach hat das Buch während seines Exils in Istanbul geschrieben, angeblich in Ermangelung einer Bibliothek. Obwohl er, wie ihr Naumann erzählt hat, die des katholischen Klosters unterhalb des Galataturms regelmäßig frequentierte, deren Inventarliste auch sie beeindruckt hat. An ihren Wunden sollt ihr sie erkennen. In Homers Erzählung strich die alte Magd ihrem gealterten Herrn über das Bein und spürte die alte Wunde, die sich dieser als junger Mann bei der Jagd auf einen Eber eingehandelt hatte und die niemals völlig ausgeheilt war. Echte Wunden heilen nie. Man kommt nicht mehr unversehrt zurück.

Als sie am Nachmittag darauf wie verabredet ins Krankenhaus kommt, hat sie Naumann Marzipan zum Tee mitgebracht.

«Badem Ezmesi? Aus Bebek? Aber das ist doch sündhaft teuer! Das brauchst du nicht, das darfst du nicht!»

Aber Lee sieht, wie Georg sich freut und wie ihm die weiche Mandelmasse schmeckt. Er sieht plötzlich wie ein krankes Kind aus, dem man seine Lieblingssüßigkeit mitgebracht hat. Auf Gesten kommt es an, das lernt sie immer mehr. Sie hat Ayaz geschrieben und sich für ihre gemeinsame Zeit bedankt und sich entschuldigt. Sie hat ihm gesagt, dass sie ihn gern noch einmal treffen will, um ihm zu erklären, warum sie von ihm wegmusste, wenn er das hören mochte. In ihrem Gespräch mit Naumann fragt sie nun wieder nach Helene. Und diesmal antwortet er, ohne zu zögern.

«Ich habe Helene geliebt. Nicht so wie Ulrich vielleicht, anders. Aber doch geliebt.»

Lee nickt.

«Ich habe sie nicht nur geliebt, ich habe sie auch sehr bewundert. Erst für den Mut, in ihrer Jugend das Exil so durchzustehen. Sie hat mir immer von ihren Eltern erzählt, welche Angst sie um ihren Vater hatte, der partout nicht aus Deutschland wegwollte, das sei seine Heimat, hätte er immer wieder gesagt, aber es gelang ihr wohl nur noch wenige Male, mit ihren Eltern zu telefonieren, dann brach das ab. Ich habe sie auch dafür bewundert, dass sie mir vergeben hat, meine Spitzelei und meine Lügen – und das, obwohl erst nichts aus uns wurde. Und auch als sie mir dann nach unserer zweiten Chance nicht mehr geantwortet hat – auf keinen Brief, kein Telefonat, als sie zurück nach Princeton ist.»

«Sie war schwanger.»

«Ja, es ist schade, dass sie mir das nicht erzählt hat. Ich wäre gern für sie da gewesen. Ich wäre gern für Marie da gewesen … und später für dich. All die verlorene Zeit. Ich habe damals gedacht, dass sie sich nun an mir rächt. Auge um Auge … Liebe um Liebe – unbeantworteter Brief um unbeantworteten Brief …»

Lee hat sich zusammengenommen und erzählt Naumann die Geschichte von Helene, von Marie und von ihr selbst noch einmal ganz von vorn, im Zusammenhang, mit all den Leerstellen, die sich durch die Gespräche mit Naumann jetzt gefüllt haben mit all den Dingen, an die sie sich nun nach den Gesprächen und aus dem Wieder- und Wiederlesen der Tagebücher noch genauer und ein wenig anders erinnert. Von Helenes Eigenheiten als Alleinerziehende, vom Leiden Maries, ihrer Mutter, seiner Tochter, die sich ihren Vater erfinden musste und so gern eine Vorzeigeamerikanerin gewesen wäre, von West Virginia, den Trump-Wählern, den toten Kohlestädten, dem Trumpismus, dem Verfall in die verbale und echte Gewalt. Naumann hält ihr die Hand. Seine Altersflecken auf dem Handrücken werfen im weichen Licht, das durch die Gardinen fällt, seltsame Muster, als bewegten sich Muskeln darunter, wie von zahlreichen Tieren, eine Leopardenhand.

Naumann sieht sie an und streckt die Hand aus, als wolle er die Welt außerhalb seines Zimmers umfassen. «Du bist doch noch jung. Du kannst noch alles verändern. Wenn es mit Ayaz nichts wird, dann mit jemand anderem. Vielleicht wirst du auch irgendwann Mutter. Vielleicht schreibst du einen Roman. Warum denn nicht?» Er hustet wieder. «Wir haben damals das Träumen fast verlernt.»

Lee runzelt die Stirn.

«Glaubst du nicht mehr an Träume?» Naumann sieht sie mit seinen wässrigen Augen an. Sie fühlt sich ertappt.

«Wenn man nicht an Träume glaubt, dann glaubt man bald auch nicht mehr an sich.»

«Warst du noch dabei, als Goebbels Istanbul schließlich besucht hat, 1939? Direkt nach dem deutsch-türkischen Freundschaftsabkommen? Ich habe dich auf einem Foto gesehen, im Ruderklub. In der Germania.»

«Nein, du musst mich verwechseln. Nach Atatürks Tod bin ich abgetaucht. Ich hab das deutsche Schiff, auf dem der Staatsbesuch ankam, nur vom Hafen aus gesehen, wie es da lag, ein Angebot an eine neue Partnerschaft; ich hatte nur noch Angst, dass man meinen Vorgesetzten berichtet, wo ich bin, und dass die mich erledigen. Ali Bey hat mir eine andere Wohnung besorgt, in Kumkapı, nicht weit vom Sitz des armenischen Patriarchen. Ich bin viel spaziert, ans Marmarameer, durch die staubigen Straßen, in denen die Katzen lagen, ruhig, unter dem Schatten der Maulbeerbäume, wie auf dem Dorf. Ich bin einfach nicht mehr im Pressebüro aufgetaucht. Ich habe Hausunterricht gegeben, für *Cumhurriyet* geschrieben, unter Pseudonym. Habe den Krieg abgewartet. Und ging dann als Lehrer ans Robert College. Über den Propagandaminister und seinen Pagen haben damals im April 39 dann andere berichtet, auch über den Besuch des Gestapoführers. Wen sie danach auf Auerbach und die jüdische Szene angesetzt haben, weiß ich nicht. Vielleicht war es denen auch egal, weil es immer deutlicher wurde, dass die Türken sich auch nach Atatürks Tod nicht auf die Seite der Nazis schlagen würden. Ich war jedenfalls froh, dass ich nicht mehr mit anhören musste, wie Thiele sich über die Träume der Leute lustig machte, die außer dem, was sie mit nach Istanbul nehmen konnten, nichts mehr hatten. Ich weiß noch, wie er, als ich ihm von der Sonnensprache erzählte, auch über Atatürk witzelte, er glaube an Atlantis! Hitler war sein Ahh – und Goebbels sein Ohh, und wir alle hätten ihm zufolge ihr Mund und ihr Ohr sein sollen und unsere welthistorische Mörderaufgabe zu erfüllen. Ich will nicht mehr daran erinnert werden. Ich hatte diese Männer so unendlich satt, Leute, die glaubten, nur weil sie Macht hatten, über alle, die auch nur ein bisschen anders waren, richten zu dürfen. Ich glaube, Thiele kam nie vor Gericht. Aber was sage ich. Ich hätte ja auch vor ein Gericht gehört. Jedenfalls moralisch.»

Naumann schweigt eine Weile.

«Es tut mir leid, dass ich nicht gleich nach deiner Mutter gefragt habe, als wir uns das erste Mal gesehen haben. Ich bin manchmal nicht so achtsam, wie ich glaube. Ich habe das, was mir passiert ist, auch längst noch nicht begriffen. Und es gibt einfach keine Rechtfertigung. Für gar nichts.»

Er schnäuzt in ein Stofftaschentuch.

«Das ist immer ein Schock, wenn die Eltern sterben. Aber was, wenn die Kinder vor den Eltern sterben? Und was, wenn man das noch nicht mal weiß? Ich war nicht gut mit meinem Vater, ich habe ihm alle Schuld gegeben, am Tod meiner Mutter und an unserer Fremdheit. Und dabei ist alles, was mein Vater so fürchtete wie vor ihm die Österreicher nur den Türkensturm auf Wien, eingetreten: der Anschluss Österreichs ans Reich. Aber was rede ich da. Gott sei Dank bekam er das gar nicht mehr richtig mit nach seinem Schlaganfall. Er war wohl noch bei Bewusstsein, als die Brigaden durch die Straßen rollten, als Hitler seine Rede auf dem Heldenplatz hielt. Aber was er davon hielt, in seinem ungeliebten Haus in der Josefvorstadt, konnte mir keiner sagen, als er dann ein paar Wochen später verstarb. Mit dem Vater ist es eine seltsame Sache. Ich hatte ihn immer bekämpft, und als er tot war, da hab ich ihn plötzlich vermisst, so als fehlte mir sein Leben und das, wofür es stand, als Widerstand. Plötzlich war da nichts mehr, wogegen ich anleben konnte. Plötzlich war ich der Nächste in meiner Familie, die Mutter war ja schon tot. Der Nächste am Grabe, das habe ich gedacht. Der Nächste am Grab. Und ohne den Mann, den ich bewundert hatte, über den ich mein ganzes Leben geschrieben hatte, Atatürk, und ohne den Mann, den ich bekämpfte und der so gegen mein Leben stand, war nun eine Weile gar nichts mehr. Den Goebbels-Besuch hab ich überlebt, als die ganze Geheimdiensttruppe da war, den Druck von Thiele auch, der mein Verschwinden zunächst gar nicht mitbekommen hatte. Ich hatte wirklich Angst, dass die mich umbringen. So mutig, wie du mich nach der Zeitungssache machen willst, bin ich nicht gewesen. Ich habe mich eher herausgeschlängelt als unter Protest abgesetzt.»

Naumann hatte sich damals Ärzten angeschlossen, die unter der Leitung von Dr. Eckstein das Innere Anatoliens bereisten, eine Kinderkrankheit in den Dörfern dort untersuchten, über die Eckstein schon länger forschte. Er hatte seine Dienste als Dolmetscher für die kleine Gruppe Deutsch sprechender Mediziner und als Fotograf und Stenograf auch für die größere Gruppe türkischer Assistenzärzte Ecksteins angeboten. Naumann hoffte, dass seine angekündigten Berichte über die Reise zudem die Redaktion des *Beobachters* und seinen Führungsoffizier in Berlin erst einmal beruhigen würden, denn auch Eckstein war ja Jude! Und er konnte das auch als weitere vertrauensbildende Maßnahme deklarieren. Außerdem hatte er regelkonform vorher Urlaub beantragt – und als Redaktionsleiter konnte er den Urlaubsantrag selbst unterschreiben.

Während der Reise allerdings änderte sich noch viel mehr. Er vermisste plötzlich die Stadt, diese Beschwingtheit, die das Leben so nah am Wasser für ihn bedeutete. Und er vermisste Helene, der er immer wieder Briefe schrieb. «Die Kargheit hier in den Bergen. Die anderen sagen, dass es sie klar macht im Kopf. Mich nicht. Mir wird immer unklarer, wer ich bin, was ich will. Helene, es tut mir so leid, dass ich dich angelogen habe.» Die Dinge, die ihn in den Dörfern umgaben, die kleinen, mühsam hochgemauerten Schulgebäude, die er sah, riefen all die Diskussionen wieder hervor, denen er unter den türkischen Literaten beigewohnt hatte: über die Notwendigkeit der Reformen, das Entsenden von Lehrern aufs Land, die Bildung von Kulturzentren. Hier gab es keine heißen Diskussionen, hier gab es Armut. Und Stolz. Er zeichnete alles auf, was er sah – die nur schleppend in Gang kommende Alphabetisierung, die Kämpfe gegen die Tradition, auch die Weigerung, die Religion, auf die man seit Jahrhunderten vertraut hatte, einfach so per Dekret aus Ankara aufzugeben. Die Dorfstrukturen mit den Ältesten an der Spitze auf der einen Seite und auf der anderen die enthusiastischen, aber überforderten jungen Lehrer, Ärzte, Ingenieure aus Ankara, Izmir und Istanbul, die sich an den Bau einer moderneren Infrastruktur machten. Er dokumentierte, befragte, fotografierte. Und endlich, endlich konnte er bei dieser Arbeit eine Weile vergessen, wer er war und was er war.

Als er nach Istanbul zurückkehrte, meldete er sich krank. Er hatte sich Eckstein anvertraut, der ihn eine Weile prüfend ansah, ihm dann aber ein langwieriges Lungenleiden attestierte, worauf Naumann, mit dem Attest ausgestattet, ein letztes Mal ins Büro des *Beobachters* ging, den Dienst quittierte, sich sozusagen selbst entließ – was nicht schwierig war, Berlin hatte bereits nach seiner eigenmächtig genehmigten Reise einen neuen Büroleiter und wahrscheinlich auch Ersatz-Berichterstatter gesandt. Naumann hatte allen Mut zusammengenommen, eine kleinere Lehranstellung angetreten, war den Zirkeln in Istanbul eine ganze Weile ferngeblieben, ob aus Scham, ob aus Furcht, doch am Ende erzählte er den Leuten, auf die er angesetzt gewesen war – und den Leuten, die ihm wichtig geworden waren, alles. Ali Bey, sein Türkischlehrer, umarmte ihn. «Das ist mutig von Ihnen, mutig. Aber ich muss Ihnen sagen, so etwas tut man nicht. Ich muss nachdenken. Gehen Sie jetzt, und kommen Sie erst mal nicht wieder.»

«Weißt du, die Juden in Istanbul haben mich nach meiner Entdeckung nicht gehasst. Ich hätte es verdient gehabt. Ich habe ihnen schließlich etwas vorgemacht. Mir ihr Vertrauen erschlichen. Fuchs und Seligmann. Eckstein und Auerbach. Ja. Und Helene. Alle hätten sie genug Gründe gehabt, mich zu hassen. Ich hätte das verstanden, auch wenn ich sie ja nicht belügen wollte. Ich habe es schließlich eben doch getan.» Georg lachte dumpf. «Alle Leben ähneln sich am Ende doch sehr. Was man getan hat, das hat man getan. Und wie man damit umgeht, das ist die Frage … Nun, irgendwie geht es doch weiter. Ich war danach einsamer. Eine Zeit lang hat meine Scham mich so in den Klauen gehabt, dass ich nicht einmal aus dem Haus gehen konnte, oder wenn, dann frühmorgens und nachts, zu Spaziergängen an die Seemauern, zu den Möwen am Ufer des Marmarameers. Tanpınar ist immerhin gekommen, hat mich eingeladen und mir zugehört. Hat mir die Hand gegeben und gesagt, es sei eine schlimme Geschichte. Er hat mir alles Gute gewünscht. Und damit war ich für ihn auch irgendwie abgehakt. Zumindest habe ich das so empfunden. In die alten Runden habe ich mich für Jahre nicht mehr getraut. Mich an meine Arbeit gehalten, mein Viertel. Später dann an meine Studenten. Ali, Salahattin und Murat kennst du ja. Sie sind schon die Enkel meiner Studenten, derer, die mir sehr zugetan waren, die mich besucht haben, auch nach meiner Emeritierung vom College, und die ihre Söhne mitbrachten zum Sonntagskaffee. Und ich habe für jeden von ihnen, wenn sie es brauchten, ein kleines Stipendium eingerichtet von meiner Rente in Dollar. Ich wünschte mir jetzt so sehr, ich hätte Marie gekannt. Und ich will dich, Lee, noch besser kennenlernen.»

Istanbul, Juli 2016
Letzter Besuch bei Naumann

Ein wenig enttäuscht ist sie schon, als sie am nächsten Tag das Krankenzimmer betritt und er ihr nichts anmerkt. Sie hat sich geschminkt, die Augenringe überdeckt, die sie seit dem Tod ihrer Mutter hat. Er sitzt aufrecht im Bett, hat sich ein paar Extrakissen in den Rücken gestopft und wühlt aufgeregt in einem Stapel von Papieren, die vor ihm auf dem Tablett liegen.

«Ich habe Salahattin gebeten, mir mehr von meinen alten Briefen zu bringen, vielleicht kannst du damit etwas für dein Buch anfangen.» Sie hat ihm schon oft gesagt, dass ihre Doktorarbeit wahrscheinlich nur online veröffentlicht wird, es sei denn, sie findet mit viel Glück einen kleinen Wissenschaftsverlag, und dass sie bislang nur Aufträge für ein paar Artikel hat, von denen die meisten, so wie die, die sie bisher in der *Times* veröffentlicht hat, Zeitaufnahmen der Türkei sein sollen, in denen sich zwar das widerspiegele, was sie mit ihm besprochen hat, aber eben alles viel stärker von Gesichtspunkten der Gegenwart bestimmt sein soll, als er es sich bewusst macht. Über Georg Naumann, über Atatürk, über die Sonnensprache, über Naumanns eigene Rolle als Spitzel und gepresster Propagandaschreiber, der dann im entscheidenden Augenblick zu mehr Realismus aufruft und mit Atatürk und dessen anders gelagertem Führerbegriff auch indirekt Adolf Hitler kritisiert und sich dadurch in Deutschland unmöglich macht, hat sie noch nichts unterbringen können, selbst für eine Doppelseite in der Sonntagsausgabe der *Times* wäre das zu viel. Georg und Helene, sie sind ihr jetzt nah, sie kann sie zusammen sehen, als ein Paar – das sich nicht findet. Auf die Briefe ist sie neugierig. Sie sieht, wie der alte Mann einen doppelseitig beschriebenen Bogen aus dem Stapel zieht.

«Lies doch, bitte! Das war der letzte Brief von Kvergić an mich. Verrückt. Der kam ein paar Jahre nach dem Krieg. Aber genau so habe ich ihn auch in Erinnerung behalten.» Sie soll ihn jetzt lesen? Sie sieht Georg an. Er nickt ihr zu.

Sehr verehrter Herr Dr. Naumann,

Kvergić hatte eine klare, saubere, sich schwungvoll nach rechts neigende Handschrift, die manchmal Lücken zwischen den Silben ließ. Seltsam. Sie fragt sich, was Leo Spitzer oder ein Grafologe wohl dazu zu sagen hätten. Charakter. Sehr ver-ehr-ter… komisches Wort sowieso. Wirklich nahegestanden hatten sich Georg und Kvergić also nicht. Der ganze Brief war schräg, bat um die Einflussnahme Naumanns auf «Kreise der Regierung», da ein «*dritter Weltkrieg wird unfehlbar damit beginnen, daß Westeuropa mehr oder minder von Osteuropa überrannt wird. Um den Nachschub und Verkehr dann zwischen Ost und West abzuschneiden, werden die Amerikaner einen hundert bis zweihundert Kilometer breiten ‹Gürtel› legen, von Nord nach Süd. Dieser besteht aus radioaktivem Staub. Die Einwohner des ‹Gürtels› werden daran elend zugrunde gehen, und die Schuld wird man den Russen zuschieben, ‹weil sie die Einwohner nicht rechtzeitig evakuiert haben›. Der radioaktive Gürtel zerschneidet Europa in zwei nicht kommunizierende Teile für die nächsten 25 000 Jahre. Kein Staubsauger der Welt wird diesen Staub aufklauben können. Er wird außerdem durch Wind und Wasser weitergetragen in umliegende Gegenden. Es ist nun immens wahrscheinlich, daß dieser Gürtel quer durch Westdeutschland und einen Teil von Österreich sowie Westjugoslawien gehen wird.*»

«Ist er verrückt geworden?», fragt Lee.

«Es schien fast so. Neben seiner Angst vor dem Atomkrieg schrieb er auch von der ‹*Weltgeschichte als ein* intelligence test *der Völker*›, von der ‹*psychologischen Diktatur der Muttersprache*›.»

Lee schüttelt den Kopf. «In diesem Brief ist die Welt aus den Fugen. Hast du jemals darauf geantwortet?»

Georg nickt. An diesem Abend ist er zu müde, um mehr darüber zu sagen. Und sie muss ihm noch beichten, dass sie in den nächsten Tagen nicht in der Stadt sein wird. Sie will auf die Prinzeninseln fahren. Ein letztes Mal schwimmen. Und für eine Geschichte über Tausende von Straßenhunden zu recherchieren, die man im neunzehnten Jahrhundert dort ausgesetzt hat, damit sie verhungern, und deren Heulen bei ungünstigem Wind bis in die Straßen rund um den Topkapi-Palast zu hören war.

«Ja, eine traurige Geschichte, die mit Kvergić und die mit den Hunden. Ich freue mich, dass du bald nach New York zurückgehst; ich werde dich vermissen. Wenn du wiederkommst, dann bin ich bestimmt auf den Beinen.»

Naumann hat sich eine leichte Leinenjacke um die Schulter legen lassen und einen Ascot gebunden. Er sah sie feierlich an. «Dies ist der letzte Brief von Helene, den ich bekommen habe. Die ganze Schachtel ist voll. Ich möchte, dass du sie mitnimmst. Sprache braucht man, glaube ich, nicht so zu psychologisieren, manchmal reicht es, man hat einfach die Worte und die Stimme einer geliebten Person. Als ob sie wieder mit einem spricht.»

Lee will gleich lesen, als Georg ihr den grünen Archiv-Kasten gibt.

«Nein, nein, lass jetzt, mach das, wenn du allein bist. Ich bin sicher, sie hat meine auch aufbewahrt, vielleicht sind sie bei dir am College?

Schreib mir doch auch bitte häufig und gern auf Papier.»

Er betrachtet sie. Zärtlich. Sie beide sitzen und lächeln sich an. Bis er tiefer und tiefer in die Kissen rutscht und schon dabei ist, einzuschlafen. Ein zufriedener Mensch. Sie packt den Archiv-Kasten ein, steht auf, geht und schließt leise die Tür. In ein paar Tagen würde sie Abschied nehmen, kurz und schmerzlos – und dann im Herbst wiederkommen. Vielleicht war er da wirklich auch wieder auf den Beinen. Mit ihrem Großvater das Grab von Ulrich besuchen, sich Stellen seines Lebens zeigen lassen. Das wäre schön. Auf dem Gang hört sie von draußen Sirenen. Sie zuckt zusammen. Geh nicht über den Taksim. Aber sie will jetzt schnell nach Hause und die Metro bis Maslak nehmen und dann noch das Taxi. Sie will lesen und schreiben und packen, bevor sie dann Canan im *Kosmos* trifft, die morgen zu ihrer Mutter nach Kayseri fliegen will. Wie hat Georg das formuliert? Einfach da sein, das ist die einzige echte Aufgabe im Leben. Einfach da sein, oder einfach sein? Das konnte man auf vielerlei Weise verstehen. Genau wie das Motto, das Auerbach *Mimesis* vorangestellt hatte. Ein Vers von Andrew Marvell: *Had we but world enough and time … / Hätten wir nur Welt genug und Zeit …* Auf die drei Punkte kommt es an. Als sich die Tür des Krankenhauses hinter ihr schließt und sie die Menschen aufgeregt um die Ecke vom Taksim-Platz her in die Sıraselviler Caddesi strömen sieht, denkt sie, wie recht Marvell doch hat.

Epilog

Istanbul, Juli 2017

Er hatte es also doch nicht geschafft, älter zu werden als alle anderen. Bis Januar hatte er noch durchgehalten, die Kälte des Bosporusnebels mochte durch die schlecht schließenden Fenster seines Apartments gekrochen sein, das sie an zwei Tagen, zusammen mit Naumanns Helfern, den Enkeln seiner Studenten, Murat Bey, Ali Bey und Salahattin Bey, aufgelöst hatte. Sie hatten sie fast mit Ehrfurcht behandelt, als wäre nun der Respekt vor dem verehrten Lehrer ihrer Großeltern auf die Enkelin übergegangen. Lee lud alle zum Essen ein, in der Wohnung, bestellte auch *Künefe* in dem kleinen Grill unten im Haus, der so guten Tomatensalat mit Koriander machte und dessen Besitzer immer zu ihr hinauseilte, sobald sie das Haus betrat oder verließ, und fragte, ob er sonst mit irgendetwas behilflich sein könne. Das Essen bei ihm war so gut, dass man am liebsten den ganzen Tag nichts anderes aß als Salat und sein *Urfa* oder *Adana Kebab*. Georg hatte eine erstaunlich kleine Wohnung unterhalb der Firuzağa gehabt, nur ein paar Straßen von dem Café entfernt, in dem sie so oft mit Canan gesessen hatte – mit einer kleinen Dachterrasse und Blick aufs Goldene Horn. Wie er bis ins hohe Alter die Stufen der engen Treppe hochgekommen war, blieb ihr schleierhaft. Vielleicht hatte er sich mehr am Geländer hochgezogen, als dass er gestiegen war, vielleicht hatten ihn Salahattin und Murat auch getragen. Vielleicht war er sowieso kaum noch herausgegangen.

Fast hundertsiebzehn war er geworden.

Sie hatte sich nicht dazu durchringen können, Georg zu sagen oder zu schreiben, wie es denn wirklich gewesen, was überhaupt geschehen war. Sie war mittendrin gewesen bei den Ereignissen am 15. Juni und hatte keinen Überblick gehabt – und ihn, trotz all ihrer Recherche danach, auch nicht erlangen können. Die *Times* hatte ein paar ihrer Augenzeugenberichte vom Putschversuch gebracht, aber die Interviews danach und auch ihre Beschreibung der merkwürdigen Liveübertragung im Fernsehen, bei der eine Moderatorin mit dem nach eigener Angabe an einen geheimen Ort in Sicherheit gebrachten und nun mit der Niederschlagung des Putsches beschäftigten Präsidenten Erdoğan, am Telefon sprach, hatte es nicht über Phyllis' Schreibtisch geschafft.

«Das sind alles Spekulationen. Halte dich an die Fakten, ich kann das nicht bringen. Und dein Türkisch ist immer noch nicht gut genug, oder?»

Das hatten dann andere beschrieben, die Zweifel, die Spekulationen, in anderen Artikeln. Wieder und wieder hatte sie mit Freunden besprochen, wie merkwürdig dieser Putsch doch gewesen sei, wie unkoordiniert, dilettantisch. Und wie gut er dem Staatspräsidenten ins Konzept gepasst haben dürfte. Das Interesse der *Times* an ihr war verflogen. Oder auf jemand anderen übergegangen. Sie wusste es nicht. Auch Prof. Vialon hatte sich nicht mehr gemeldet, obwohl sie ihm bereits in den Wochen zuvor von ihrem Interesse an seinen Vorschlägen für eine mögliche Recherche-Position zu einer Sichtung von Auerbachs Istanbuler Vorlesungen, die man auf Türkisch in den Archiven finden und vielleicht übersetzen und herausgeben könnte, zurückgeschrieben hatte. Plötzlich war alles ungewiss. Die Zeit in Istanbul schien stillzustehen, Canan meldete sich nicht, Lee fühlte sich allein und verletzlich. Als sie ihrem Doktorvater an der Columbia University schrieb, dass sie mit dem, was sie hätte, zurückfliegen würde, hatte der gleich geantwortet und einen Termin mit ihr für die kommende Woche ausgemacht. Lee gab die meisten Sachen weg, die sie in ihrer Zeit in Istanbul gekauft hatte, stellte ihre Bücher bei Miray ins Regal; einen Koffer mit Kleidern verstaute sie in der Abseite und befestigte einen Zettel daran, dass sie ihn abholen würde, wenn sie das nächste Mal käme.

Georg hatte sie lange umarmt. Und sie zum Abschied auf die Stirn geküsst. «Meine Enkelin. Es ist schön, dass du mich gefunden hast, dass wir uns gefunden haben.»

Nun war es das nächste Mal, aber sie hatte Miray, von der sie gar nicht wusste, ob sie überhaupt wieder in der Türkei war, nicht angerufen. Die Kleider wären nach einem Jahr, so nah am Bosporus, wohl ohnehin verschimmelt.

In New York hatte sie lange überlegt und immer wieder versucht, seine beiden Helfer anzurufen. Vergebens. Das Alman Hastanesi stellte sie nicht durch. Er hatte ja auch gar kein Telefon auf dem Zimmer. Plötzlich fiel ihr ein, was das doch alles kosten musste, die lange Zeit im Krankenhaus, wie er das bezahlen würde. War sie nicht seine nächste, seine einzige Verwandte? Und dass, wenn seine Brüche nach so langer Zeit nicht geheilt waren, es auch wohl nie wieder werden würden und er dort sterben müsste. Ohne noch einmal den Bosporus gesehen zu haben und ohne sie. Sie war traurig gewesen, die erste Zeit zurück in New York. Sie war dreiunddreißig geworden, ohne das Ereignis besonders zu feiern. Sie hatte sich konzentriert, ihre Doktorarbeit zu Ende geschrieben, und da sie sie erst Ende Mai verteidigt hatte, würde sie erst im Herbst offiziell den Titel verliehen bekommen. Ein paar Texte von Georg waren in den Anhang mit aufgenommen worden, der Kvergić-Brief, den sie im Analyseteil, zusammen mit den Dokumenten der Sprachkongresse, als Beispiel für die wilden Sprachtheorien der Zeit anführte, ausgewählte Briefe und Schriften ihrer Großmutter Helene – aber so richtig lebendig kam ihr das alles jetzt schon nicht mehr vor. Sie hatte die dreihundert Seiten wieder und wieder durchgelesen, hier und da noch an Formulierungen gefeilt und dann einfach abgegeben, die Arbeit an die *Library of Congress* geschickt, ein Embargo eingelegt, das verhinderte, dass ihre Arbeit online eingesehen werden, zitiert oder auch nur in Teilen veröffentlicht werden konnte. Falls sie die Post-Doc-Stelle am Bard College bekam, konnte sie die Arbeit später noch zu einem lesbaren Buch machen. Dann war sie plötzlich frei. Von Georgs Tod nur zwei Wochen nach ihrem Abflug hatte sie nichts erfahren, und selbst wenn sie die Nachricht erreicht hätte, wäre nicht klar gewesen, ob sie rechtzeitig zu seiner Beerdigung hätte zurückfliegen können.

Wie in Trance hatte sie nun, ein Jahr später, ihr Studentenzimmer gekündigt und sich ein Ticket nach Istanbul gekauft, mit offenem Rückflug. Und so stand sie hier, vor seinem Grab, gleich neben dem berühmten Tulpengarten des Parks in Emirgan, und erwies ihm, Georg Naumann, ja was? Die letzte Ehre? Das hätte ihm wohl gefallen. Sie legte einen Stein auf das Grab ihres Großvaters, von dem sie so lange nichts gewusst hatte, und ging zur Bushaltestelle. Mit dem Geld würde sie vorsichtig umgehen müssen – der Rest ihres Stipendiums und der Honorare aus dem letzten Jahr war noch nicht aufgebraucht, wenn sie aufpasste, konnte es über den Sommer reichen. Wie hatte Naumann bei ihrer allerersten Begegnung gesagt? «Ich beneide Sie. Ein Sommer in Istanbul.» Jetzt würde es vielleicht ein zweiter Sommer werden.

«Ich habe mich in so vielen Träume verloren, so oft gelogen, so viele Menschen betrogen, vor allem aber mich selbst. Und nun weiß ich gar nicht mehr, was das noch heißt, ich zu sein», hatte Georg ihr zuletzt noch gesagt. «Gelebt zu haben, geliebt zu haben. Verstehst du, Lee? Die Zeit macht jeden von uns zum Krüppel. Wenn auch nicht körperlich, so doch bestimmt im Innern. Nichts, nichts von uns bleibt, jedenfalls nichts von dem, was wir einmal für wichtig gehalten haben. Das ist die einzige Lehre im Leben, die wirklich zählt. Es im Jetzt und Hier zu belassen, sich ganz zu erleben, mit all der Wut, all der Enttäuschung, all dem Schmerz und der Leidenschaft, was auch immer es ist. Schieb nichts mehr auf, mach es so, wie du willst, und nicht so, wie andere es von dir erwarten. Dein Leben gehört dir, aber du musst es auch wollen! Verpasse nichts mehr, vor allem nicht die Momente, in denen du glücklich bist, den Moment, in dem du liebst. Er kommt nicht wieder. Nichts kommt jemals wieder.» Er hatte ihr das Buch gegeben, das sie seitdem wie einen Talisman bei sich trug, so, wie sie vorher immer Helenes Tagebücher bei sich gehabt hatte – diese gab sie nach Abgabe ihrer Dissertation schließlich dem *Arendt Institute* zurück. Naumann hatte über den Schutzumschlag gestrichen, als er es aus der Schublade seines Nachttisches zog, raues, schönes Papier, der Titel, sah sie, bestand aus zwei Namen, *Narziß und Goldmund*. «Das war unser Buch», sagte er. «Ulrichs und meins. Und nun ist es deins.»

Auf einmal spürte sie den Wunsch, all die Orte zu sehen, von denen Naumann ihr erzählt hatte, von denen ihre Großmutter berichtet hatte, über die sie in ihren Tagebüchern geschrieben hatte; all das, was damals für so viele Juden und Deutsche und Türken, Armenier, Christen und Griechen so wichtig gewesen war. Den Van-See, Izmir, Gallipoli, die alten Hethiterstädte, den Euphrat und auch den Ort, wo Osman angeblich seinen Traum gehabt hatte, als der Mond aufgegangen war und sich in seine Brust senkte, als ihm aus seinem Nabel ein Baum emporgewachsen war, dessen Schatten über die ganze Welt reichte, also den Ort des Traums, der letztlich aus Konstantinopel Istanbul gemacht hatte und aus Vorderasien das Osmanische Reich – und Ankara wollte sie sehen, den Gegenpol, die europäische, aus der Steppe gestampfte Hauptstadt der Republik. Und auch die Schreckensorte, Sarıkamış im Kaukasus, wo Tausende Soldaten im Kampf gegen die Russen erfroren waren, und die Syrische Wüste, sofern das jetzt überhaupt möglich war, in die man Hunderttausende Armenier getrieben hatte, aus Hass, Angst, als ethnische Säuberung. Geschichte musste mit ihren Wunden erkannt werden. Sonst war sie nur eine weitere Lüge.

Dann klingelt ihr Telefon. Canan.

«Ich höre, du bist wieder zu Hause? Herzlich willkommen! Wenn du Zeit hast, dann komm doch zu mir. Oder lass uns uns erst im Café treffen, wie früher, ja? Istanbul hat dich vermisst.»

Und du?, will Lee schon fragen, sagt dann aber einfach nur Ja.

Aus dem Verlagsprogramm

LITERATUR BEI C.H.BECK

Simone Atangana Bekono
Salomés Zorn
Roman
Aus dem Niederländischen von Ira Wilhelm
248 Seiten. 2023

André Hille
Jahreszeit der Steine
Roman
342 Seiten. 2023

Nico Bleutge
schlafbaum-variationen
gedichte
115 Seiten. 2023

Stefan von der Lahr
Dämonen im Vatikan
Kriminalroman
445 Seiten. 2023

Martin von Koppenfels und Susanne Lange
Klingende Einsamkeit – Soledad Sonora
Kleine Anthologie spanischsprachiger Lyrik
192 Seiten. 2023

Hasskjöi
Aiwan Serai
Egri Kapu
Balat
Tershane
Kassim Pascha
Fener
Salma Tomruk
Edirne Kapu
Krieg s-Hafen
Divanhane (Admiralität)
Jeni Kapu
Sultan Selim
Gül Djami
Dschubali Kap.
Alte Brücke
Mahmud Brücke
Kara Gömrük
Händels-Hafen
Un Kapani
Jeni Bagtsche
Sultan Mehmed
Odun Kapusi
Suleimanie
Afik Ali Pascha
Et Meidan (Altes Janitscharen Quartier)
Schah Sade
Seraskierat
Eski Serai
Ak Serai
Laleli Djami
Jeni Kapu
Awret Bazari
Vlanga
Jeni Mahalle
Kum Kapu
JENI KAPU STATION
KUM KAPU STATION
PSAMATIA-STATION
Reede
MARMARA-MEER